KB118420

잘 가거라, 찬란한 빛이여...

ADIEU, VIVE CLARTÉ...
by Jorge Semprun

Copyright © Éditions Gallimard, 1998
Korean Translation Copyright © Munhakdongne Publishing Corp., 2017
All rights reserved.

This Korean edition was published by arrangement with Éditions Gallimard
through Sibylle Books Literary Agency, Seoul.

이 책의 한국어판 저작권은 시빌에이전시를 통해 프랑스 Gallimard사와 독점 계
약한 ㈜문학동네에 있습니다. 저작권법에 의해 한국 내에서 보호를 받는 저작물
이므로 무단 전재 및 무단 복제를 금합니다.

이 도서의 국립중앙도서관 출판예정도서목록(CIP)은 서지정보유통지원시스템 홈페이지
(http://seoji.nl.go.kr)와 국가자료공동목록시스템(http://www.nl.go.kr/kolisnet)에
서 이용하실 수 있습니다.
(CIP제어번호: CIP2017026536)

인문 서가에
꽂힌 작가들

호르헤
셈프룬
선집 1

윤석헌
옮김

ADIEU, VIVE CLARTÉ...

Jorge Semprun

잘 가거라, 찬란한 빛이여...

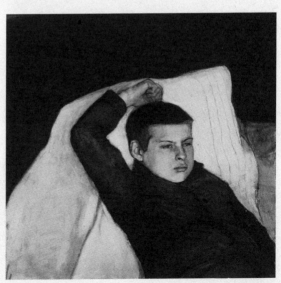

문학동네

일러두기

1. 이 책은 다음의 원서를 옮겼다.
Jorge Semprun, *Adieu, vive clarté...*, Gallimard, 1998.
2. 본문 주는 모두 옮긴이주다.
3. 원서에서 이탤릭체로 표시한 인용문들은 "고딕체"로, 대문자로 강조한 곳은 작은따옴표로 묶어 표시했다. 작가가 글을 쓴 프랑스어 외에 따로 스페인어로 인용한 시의 원문은, 문맥상 필요한 경우가 아니라면 병기하지 않았다.
4. 단행본이나 잡지는 『 』로, 논문은 「 」로, 노래, 그림, 공연 등은 〈 〉로 표시했다.

한국어판 서문

프랑크 아프레드리Franck Appréderis
(영화감독이자 시나리오 작가, 파리 주재 셈프룬협회원)

    나는 호르헤 셈프룬과 수십 년 이상 우정을 나눌 수 있는 특권을 누렸다. 1976년 처음 같이 작업한 이후로, 그의 마지막 사년 동안은 쉼없이 그와 함께 여러 차례 일을 할 수 있는 행운도 따랐다. 그와 함께 50년대 생제르맹데프레를 배경으로 한 텔레비전용 짧은 시리즈물 시나리오를 썼고, 그의 대표작 『글이냐 삶이냐』에서 영감을 얻어 열 시간 동안 나눈 대담을 촬영한 영화도 한 편 찍었다. 열 시간의 대담, 이것은 그의 내면세계로 들어가는 시간이었다. 적어도 그가 내비추고 싶어했던 그의 내면으로 들어가는 시간이었다. 그는 프랑코 독재정권 시기에 불법이었던 스페인 공산당 지도부에서 비밀요원으로 활동했다. 오랜 습관 탓에 그는 심지어 가장 친한 친구들에게조차 비밀스러운 사람이었을 것이다. 그리고 나는 그 오래된 습관을 일깨워주기를 좋아했다.

호르헤 셈프룬은 20세기의 중요한 증인이다.

그는 많은 작품을 남겼고, 그 안에서 우리는 스페인과 프랑스의 이 위대한 인물이 남긴 모든 것을 다시 찾을 수 있을 것이며, 개인적으로 나는 그와 함께했던 그토록 열정적이고 다채로웠던 순간들을 다시 맛볼 수 있다. 또한 그가 시나리오를 쓴 알랭 레네 감독의 〈전쟁은 끝났다〉〈스타비스키〉, 코스타가브라스 감독의 〈제트〉〈고백〉〈스페셜 섹션〉, 이브 부아세 감독의 〈습격〉 같은 영화들이 우리에게 남아 있다. 텔레비전용 영화로는 조셉 로지, 피에르 그라니에드페르, 우고 산티아고와 같이 작업한 게 있으며, 부아세와 같이 작업한 〈드레퓌스 사건〉, 그리고 나와 함께 한 〈아! 이것이 삶이었지〉와 〈침묵의 시대〉가 있다.

다들 알다시피, 호르헤 셈프룬은 부헨발트 나치 수용소를 증언한 위대한 작가이자 목격자다. (『머나먼 여행』『소멸』『얼마나 멋진 일요일인가!』『필요한 죽음』『글이냐 삶이냐』 등을 보라.) 스페인인이지만, 파리 앙리4세 고등학교의 총명한 학생이었고, 소르본 대학 철학과 학생이었던 그는 글을 쓰기 위해 프랑스어를 선택했다. 그와 나눈 대담에서 그는 이렇게 말했다. "만약 내가 수용소로 보내지지 않았다면, 어쩌면 나는 결코 작가가 될 수 없었을 겁니다. 확신할 수는 없겠지만. 그러나 숨쉬고 싶다는 욕구와 같았던 글을 쓰고 싶다는 나의 욕구는 수용소를 체험한 이후에 생겼지요. ……그럼에도 수용소에 대한 기억을 이야기하기 위해 십칠 년을 기다릴 수밖에 없었어요. 수용소에 대한 기억은 죽음에 대한 기억이었으니까요…… 죽음을 살아나게 해야 하는 것이었으니까요……"

어쨌든 그가 전하는 말 속에서 내가 매번 놀랐던 것은 그가 그 기억들에 공포감을 느꼈음에도, 그는 부헨발트가 괴테의 도시인 바이마르에서 단지 몇 킬로밖에 떨어지지 않았다는 것을, 수용소가 만들어졌던 에테스베르크에 있는 언덕이 베르테르, 파우스트, 빌헬름 마이스터의 작가가 즐겨 산책했던 장소라는 것을 그가 결코 잊었던 적이 없었다는 사실이다. 〈침묵의 시간〉을 찍기 위해 그와 함께 바이마르에 있었을 때, 그는 그가 그토록 찬미했던 독일의 위대한 시인이자 작가의 집에 셀 수도 없이 수차례 다시 가보고 싶어했다. 또한 1944년 아우슈비츠 수용소에 있던 수용자들이 부헨발트로 이송되었을 때, 그가 유대인 대량학살 사실을 처음 알고 느꼈을 죄책감이 얼마나 컸는지 알게 되었을 때도, 나는 충격받았다. 그는 인간이 그런 혐오스러운 범죄를 저지를 수 있다는 사실을 이해할 수도, 용서할 수도 없었다. 인간이, 모든 인간, 그러니까 교양 있고 프랑스-스페인-독일 문화를 습득한 그 자신을 포함한 인간들이, 그런 혐오를 할 수 있다는 사실에 대해서. 셈프룬은 스페인, 프랑스뿐만 아니라 독일 문화까지 두루 접했던 사람이었다. 마드리드에 있을 때 아주 어려서부터 아버지가 고용한 가정교사들로부터 독일어를 배워 제대로 그 말을 구사했다. 그는 마르틴 하이데

거와 에드문트 후설의 책을 독일어로 읽었다. 게다가 이 지식
은 부헨발트의 지옥 속에서 자신을 탄압하던 감독관에게도 쓸
모가 있었다.

그에게 부헨발트라는 곳이 단지 나치 강제수용소였던 것만
은 아니다. 얄타회담 이후 바이마르가 동독 영토에 속하자, 소
비에트연방 당국은 곧바로 부헨발트를 스탈린 체제에 반대하
는 수천여 명을 보내 처형하는 수용소로 이용했다. 60년대 초
반 공산당에서 축출되기 전까지 자기 인생을 공산당에 바쳤음
에도, 셈프룬은 스탈린이나 나치나 똑같이 야만적이었다고 생
각했다. "……나는 공산주의자 혹은 레닌주의자라는 생각을
버렸다……"(셈프룬과 공산당에 관련해서는 그의 저서 『라몬 메
르카데르의 두번째 죽음』 『페데리코 산체스 자서전』 『네차예프 돌
아오다』를 보라.)

호르헤 셈프룬은 국적이 프랑스냐 스페인이냐고 질문을 받
을 때나, 정치인인가 작가인가 하는 질문을 받을 때면, 이렇게
답을 하곤 했다. "나는 무엇보다 부헨발트 수용소의 생존자입
니다." 그리고 "나의 조국은 바로 언어입니다. ……제가 말하는
언어는 소통이고, 사랑이고, 증오요, 불화이자, 화합입니다. 바
로 모든 것이지요! ……개별 언어는 우리가 바꿀 수 있지만,
보편적인 언어는 세계적인 것입니다."

호르헤 셈프룬은 인간의 영혼이 지닌 다양한 요소에 관심
을 가졌기에, 공산주의 활동가로서 조금씩 거리를 두기 시작

하고, 문학과 영화로 관심을 돌렸다. 그가 이 책 『잘 가거라, 찬란한 빛이여……』를 쓴 건, 부헨발트에 대한 기억에 사로잡혀 막연하게 살아가지 않기 위해, 망명지의 청소년기, 파리와 세계, 여성성이라는 신비로움, 그리고 아마도 프랑스어를 자기 것으로 만들던 보석같이 찬란하고 우울한 기억들을 위해서였을 것이다.

1988년 펠리페 곤살레스 스페인 총리는 그에게 문화부 장관직을 제안했고, 그는 그 제안을 받아들이며 이렇게 말했다. "저는 근본적인 이유로 제안을 수락했습니다. 민주주의 정권으로 이양을 마친 젊은 조직과 함께 일해보고 싶었습니다. 저는 삶에서 대부분 언제나 가장 어렸습니다. 레지스탕스 활동을 할 때에도, 스페인 공산당 정책 사무실에서도, 가장 어린 축에 끼었습니다. 아니면 제일 막내였지요. 그런데 갑자기 저는 가장 늙은 사람이 되어버렸네요." 그는 그렇게 어린 시절의 도시 마드리드로 다시 돌아왔다. 삼 년 동안 장관직에 있으면서, 이전에 비밀요원으로 활동하는 동안 그를 그렇게 찾아 헤매던 스페인 경찰들이 이제는 그의 안전을 담당하고 있는 것을 보며 미소를 지었다. 호르헤 셈프룬의 성격 중 거의 알려지지 않은 점이 있는데, 그것은 바로 그의 유머감각이고, 삶을 즐길 줄 아는 사람이었다는 것이다.

셈프룬과의 대담집 『언어는 나의 조국』 결론부에서, 그는 프랜시스 스콧 피츠제럴드의 문장을 인용하면서 끝을 맺었다. 그가 인용한 문장으로 나도 이 글을 마무리짓고 싶다. "최고의 지성을 시험하는 척도는 상반된 두 가지 생각을 동시에 머릿속에서 담고 사고하는 기능을 유지할 수 있는 능력이다. 이를테면 우리는 희망이 없는 상황이라는 것을 이해해야만 하며, 그렇다 하더라도 그 상황을 변화시키기 위해 결단을 내려야만 할 것이다."

호르헤는 최고의 지성이었다.

2017년 10월
파리에서

평생
세심하고 다정한 우정을 보여준
장마리 수투에게

차례
ADIEU,
VIVE CLARTÉ...

1부

천 년을 산 것보다
더 많은 추억이 내게 있으니……*

* 샤를 보들레르의 시 「우울」 중에서. 시집 『악의 꽃』에는 같은 제목으로 된 시 네 편이 차례로 실려 있다. 이 시는 수록 순서상 두번째 시다.

1

그녀는 내 옷가지 중 하나를 눈 위로 들어올려 햇빛에 비추었는데, 지금 생각해보니 상태를 확인하려 했던 것 같다. 저물어가는 햇빛이 줄줄이 세워진 높다란 창들을 통해 왼편에서 들어오고 있었고, 그 창문들로 앙리4세 고등학교 기숙사생들의 내의보관실이 있는 거대한 궁륭형 방이 환했다

수녀 두 명은 셔츠, 양말, 팬티들 같은 내 소지품을 늘어놓고 정리하느라 열심이었다. 정확히 말하면, 나이 많은 수녀가 저무는 햇빛에 비추어 살펴보려고 들어올린 것은 바로 팬티였다.

끔찍하고 씁쓸한 감정이 나를 사로잡았다. 분노와 뒤섞인 수치심이 폭발했다.

모든 기숙사생이 받게 되어 있는 짐 검사를 주도하던 내의보관실의 늙은 수녀가 우리 사이에 놓인 긴 선반에 팬티를 내려놓았다. 그녀는 왁스 칠을 해서 매끈매끈한 기다란 나무판에

열린 채로 놓여 있는 내 가방에서 다른 수녀가 새 옷을 집어들기를 기다렸다.

별안간 그녀를 견딜 수 없었다.

평온한 얼굴을 한 그녀는, 매우 연로한 나이임에도 매끄러운 피부를 지니고 있었다. 철로 정교하게 만든 안경 너머로 꿰뚫어보는 듯한 시선. 치밀하고 절제된 몸짓. 침착함, 호의, 유능함, 이 모든 것이 그녀에게서 여실히 풍겨나왔다. 그녀의 임무는 앙리4세 고등학교에서 기숙사생들의 옷가지를 감독하는 것이었다. 미소를 잃지 않으면서도 단호하게 그녀는 그 일을 수행했다.

나는 그녀를 증오하지 않을 수 없었다.

젊은 수녀가 내 옷가지에서 또다른 옷을 그녀에게 내밀었다. 이번에는 러닝셔츠였다. 그녀가 흰색 면으로 만든 러닝셔츠를 머리 위쪽으로 펼치며 똑같은 동작을 취했는데, 그 행동이 품질을 확인하기 위함인지, 받아줄 수 없을 만큼 해졌는지를 알아내고자 함인지, 그야 어찌 알겠는가?

요컨대 대수롭지 않은 행동이었으나, 그 때문에 나는 슬픔과 체념, 돌이킬 수 없는 절망과도 같은 격렬한 감정에 빠지고 말았다.

나는 열다섯 살이었고, 스페인내전은 끝났다.

누에스트라 게라(우리의 전쟁). 내전을 지칭하며 우리는 언제나 '우리'라는 대명사를 사용했다. '우리의 전쟁'이라, 이 말은 아마도 역사상 다른 모든 전쟁과 구분하기 위한 것이리라. 어떻게 스페인내전을 역사상 다른 전쟁들과 비교할 수 있겠는가? 상상도 할 수 없는 일이었다.

사반세기 후에, 내가 어린 시절을 보낸 마드리드에 돌아와 엘카예혼 레스토랑에 들렀을 때, 근엄한 표정에 덥수룩한 수염을 기른 어니스트 헤밍웨이*는 우리가 여전히 이러한 표현을 사용하고 있다는 사실에 놀라워했다. 우리는 포퇴푀** 특유의 진하고 풍부한 맛을 음미하고 있었다. 누군가 내전에 관한 일화 하나를 이야기했고, 이것이 추억의 빗장을 열었다.

"젠장! 빨강이고 하양이고 간에 당신들 모두 똑같이 말하고 있잖소. 누에스트라 게라, 우리 전쟁이라고! 그 전쟁이 마치 당신들이 나누어 가져야만 했던 유일한 재산―아니면 적어도 가장 소중한 재산―이라도 된다는 듯이…… 말하자면 일용할 양식이라는 듯이…… 죽음이야, 당신들을 한데 모이게 하는 건 바로 오래전 내전의 죽음이라고……" 헤밍웨이가 중얼거렸다.

---

* 1936년 스페인내전 발발과 함께 헤밍웨이(1899~1961)는 공화정부군에 가담하여 활약했다. 그 체험에서 스파이 활동을 다룬 희곡 「제5열」이 탄생했고, 1940년에는 스페인내전을 배경으로 미국 청년 로버트 조던을 주인공으로 한 장편 『누구를 위하여 종은 울리나』를 발표했다.
** 쇠고기, 야채, 향초를 넣고 약불에 오래 끓여서 만드는 프랑스식 전통 스튜.

아마도 스페인 사람들이 나누고 싶어하던 것이 단지 죽음만은 아니었으리라 나는 생각했다. 그들의 젊은 시절도 함께 나누고 싶었을 것이다. 그 옛날 청춘의 열정 같은 것을. 그런데 어쩌면 죽음도 단지 청춘의 열정적인 모습 가운데 하나가 아닐까라는 생각이 들었다.

이십오 년이 지난 뒤 마드리드에서, 근엄하고 덥수룩한 수염을 기른 어니스트 헤밍웨이 옆에서.

어쨌든 앙리4세 고등학교, 정교한 균형을 갖춘 내의보관실이 딸린 방에 있던 나는 열다섯이었다. 스페인내전은 패배했다. 이틀 전인 1939년 2월 23일, 나는 곤살로 형과 파리에 도착했다. 우리는 네덜란드 헤이그에서 왔는데, 우리를 데려와 앙리4세 고등학교 기숙사에 등록시켜준 사람은 장마리 수투였다.

에마뉘엘 무니에*가 보낸 수투는 우리 가족의 안부를 확인하고 아버지가 스페인 총괄 통신원을 지낸 『에스프리』지에 대한 지원을 제공하기 위해, 1936년 우리가 여름휴가를 보내던 바스크 지방의 어촌 레케이티오**에 나타났다. 8월이었고, 과격한 폭동 세력의 우두머리 중 하나인 몰라 장군 부대가 스페인

---

* Emmanuel Mounier(1905~1950). 프랑스의 철학자이자 『에스프리』지의 발행인. 무니에를 비롯해 1932년 창간된 이 철학 잡지의 동인들이 스페인내전 발발 후 셈프룬과 그 가족이 프랑스에 정착하는 데 많은 도움을 주었다.
** 스페인 북부 비스케이 만에 위치한 해안 도시.

북부 공화파 점령지역에서 프랑스로 가는 길목을 끊기 위해 이 룬*을 점령하기 며칠 전이었다.

9월 말 파시스트 부대의 선두를 피해 다른 난민들과 함께 불을 끈 트롤선을 타고 빌바오에서부터 밤새 항해하여 바욘에 도착했을 때, 그리고 레스텔베타람에서도,** 우리를 맞아준 것은 바로 수투 가족이었다.

몇 주가 지나, 네덜란드 스페인 공화국의 공사로 임명된 아버지는 장마리 수투를 불러 그에게 비서 임무를 맡겼다.

전전날 벨기에를 통과할 때, 제복 입은 경관이 우리의 여권을 검사했다. 지나치게 높은데다 거창하게 가장자리 금박 테 장식을 한 그들의 경관모가 우습게 보였다. 장군이나 쓸 법한 모자가 아닌가! 경관들은 곤살로 형과 내가 갖고 있던 외교관 여권을 수상하게 여겼다. 그들은 다소 불쾌하게 입을 삐죽거리면서 여권을 죄다 넘겨보고 돌려보았다.

서구 민주주의국가들이 차례로 프란시스코 프랑코***를 위시

---

* 프랑스 남서쪽 국경선과 인접한 스페인의 북부 도시.
** 빌바오는 프랑스와 인접한 스페인 북부 바스크 지방의 주요 도시이고, 바욘과 레스텔베타람은 스페인 국경과 인접한 프랑스의 남서부 도시.
*** Francisco Franco(1892~1975). 스페인의 군사독재 정치가. 1936년 인민전선정부가 수립되자 즉각 반정부 쿠데타 준비에 착수하였으나 정부에 의해서 좌천되었다. 그해 7월 모로코에서 쿠데타를 일으켰고, 세력이 커져 10월 국

한 주변 소수의 반란 장교들이 세운 부르고스* 정부를 인정하
려고 서두르고 있었던 것은 사실이다. 스페인 공화국은 몰락해
가는 법치국가의 허울에 지나지 않았다. 없는 것만도 못했다,
그때부터는.

벨기에 경관들이 우리 여권을 보면서 괴상한 경관모를 가까
이 붙여대고는 수군거렸다.

우리가 어떻게 하면 다시 스페인 공화국 사람이 될 수 있었
을까? 우리에게는 벨기에 왕국의 영토를 지나갈 권리조차 없
던 걸까? 그저 여행자에 불과한 우리가 의심스러운 존재라고
해서 그 순백의 영토를 전염시키고 있던 것도 아니잖은가?

결국, 벨기에 경관들은 우리를 기차에서 끌어내릴 마음을 접
었다. 수투가 침착하게 설득하자 마지못해 수긍한 것이다. 그
들은 우리가 파리로 여행을 계속할 수 있도록 내버려두었다.

이제 늙은 수녀의 뼈만 앙상하고 허약한 두 손이 흰 면으로
된 러닝셔츠를 집어들었다.

나는 그녀가 증오스러웠다, 바로 그 순간.

민당 정부 수반 및 군총사령관이 되었다. 이 년 반에 걸친 내란에 승리하여 팔
랑헤당 독재에 의한 파시즘 국가를 수립하였다. 1947년 국민투표로 종신 총
통이 되어 1975년 11월 사망할 때까지 스페인을 통치했다.

* 스페인 북부 도시. 스페인내전 당시 마드리드를 점령하기 전까지 프랑코
장군의 국민 진영의 지도부가 주둔해 있던 곳.

이건 불합리한 일 아닌가 하는 의구심이 들었다. 도를 넘어선 짓이었다, 어쨌든. 훗날 곤살로 형과 이 얘기를 할 기회가 온다면, 내가 이 일을 ─아마도 어느 정도 씁쓸함이 배어 있는 억지웃음이겠지만─ 웃어넘길 수 있으리라는 사실까지도 나는 인지하고 있었다. 형도 나와 똑같은 반응을 보였을까? 절망적인 증오가 내 가슴을 채웠고, 내 피를 끓게 했고, 내 눈을 흐리게 했다, 바로 그 순간.

내 속옷들이 그런 식으로 들추어지는 것을 보면서, 벌거벗겨진 것만 같았다. 몸을 뒤지는 기분, 강제로 내 은밀한 곳까지 뒤지는 듯한 기분이었다. 또한 무엇인가가 완전히 끝났다는, 근거 없지만 명백한 확신이 자리했다. 끝난 게 아니라면, 전면적인 시작이라는.

어린 시절의 끝이었고, 청소년기의 첫발이었다. 가족과 함께 사는 것, 가족끼리 나누던 웃음과 놀이가 끝나버리고, 모국어를 사용하는 것도 끝나버렸다. 기숙사에 반입한 옷가지를 의무적으로 검열하는 동안, 모자가 드리운 그늘 아래로 미소지으며 단호한 태도를 유지하던 수녀 자신도 어쩔 도리야 없었겠지만, 사소한 그 동작 하나로 나를 망명지라는 거대하고 황량한 영토로 내던져버린 것만 같았다.

그리고 성년의 영토로.

앙리4세 고등학교 기숙사에서 내가 지닐 수 있는 것은 이 보잘것없는 가방뿐, 나머지는 죄다 빼앗겼다.

불현듯 치밀어오른 야릇한 자존심이 혼란을 누그러뜨렸다. 내게는 더이상 아무것도 없었다, 정말로. 나 자신과 추억들 말고는 그 무엇도. 좋다, 나는 그들에게 내가 가진 것들을 보여주기로 했다. 내 옆에서 그들은 그것들을 계속 조사했다.

그들이라고? 그들은 누구였지? 누구였단 말인가?

앙리4세 고등학교 내의보관실에서 기도와 호의로 닳아빠진 수녀 얼굴 뒤로, 나는 지독히도 거들먹거리던 벨기에 경관들의 모자가 우글거리는 것을 보았다. 그리고 스페인의 붉은 진영 사람들을 지옥에 처넣으라고 비난했던 네덜란드 신부의 차갑고 파랗게 질린 눈빛도.

헤이그의 파르크스트라트 가에는 가톨릭 성당이 하나 있었다. 성당은 1813광장과 스페인 공사관과 마우리츠하위스 미술관이 있는 광장, 그사이 중간 지점에 있었다. 미술관에는 17세기 화가들인 요하네스 베르메르의 〈델프트 풍경〉과 카렐 파브리티우스의 〈오색방울새〉가 전시되어 있었다.

하지만 일요일마다 가던 그 성당에, 나는 더이상 나가지 않았다. 다른 날도 마찬가지였다. 마우리츠하위스 미술관에는 종종 가곤 했지만, 파르크스트라트 성당에는 다시 가지 않았다.

헤이그에 도착한 지 일 년 후 ―그러니까 1938년 초에― 나는 신에게 무관심해진 상태였다. 그런 무관심과 식어버린 애정에 극적인 요소라고는 전혀 없었다. 청소년기의 오만함 같은 것도 아니었다. 신이 내게 무관심해졌다는 사실을 기꺼이 받아들일 채비를 했던 것뿐이다. 나는 신과의 결별에서 누구한테 특권이나 우선순위가 있는지 집착하지 않았다. 어느 날 갑자기 신은 나를 보려 하지 않았던 것 같다. 내가 신의 손에서 떨어져 나왔을 수도 있고.

'데하도 데 라 마노 데 디오스Dejado de la mano de Dios' 즉 '신의 손에서 버림받았다'라는 스페인어 표현이 딱 들어맞겠다. 그렇지만 두려움 혹은 혼란 속에서 선수를 쳤던 쪽이 신인지 나인지 하는 식으로 내가 버림받았다는 경험을 했다는 건 아니다. 그저 단순했다. 그러니까 어느 날 어린 시절의 신앙을 잃어버렸던 것.

그것이 신앙이었을까, 정말 그랬을까?

오히려 어떤 관례나 인습 같은 것이 아니었을지, 요컨대 종교적이고 문화적인 단조로운 그 무엇? 어쨌든, 내게 신앙 혹은 그러한 역할을 했던 모든 행동에는 열정이 배어 있지 않았다. 종교적인 불안이나, 철저한 고독도 없었다.

어찌되었건, 미사에 더이상 참여하지 않았다, 일요일마다. 그럼에도 논쟁이나 질책, 혹은 부모님의 두려움 – 아니면 적어도 놀라움 – 을 피하고자, 나는 거짓말을 했다. 사실 누구의 감정도 거스르지 않는 선의의 거짓말로 똑같은 결과를 얻을 수 있는데, 상처를 줄 수 있는 진실을 말한다는 게 무슨 소용이 있을까? 더군다나 스스로에게 상처를 주는 것도 아닌데. 주일 장엄미사에 참석하는 가족 행렬에서 벗어나기 위해, 나는 고독과 명상이라는 새로운 욕구를 핑곗거리로 둘러댔다. 혼자 남겨지리라 확신하며, 나는 이른 아침에 열리는 독송 미사가 더 좋다고 공공연하게 말하곤 했다.

그리하여 일요일마다 아침 여덟시가 되기 전에 나는 자전거를 타고 오랫동안 산책했다.

때때로 비가 내리지 않으면, 또 공기가 맑고 하늘이 파란 날이면, 스헤베닝언 숲을 가로지르는 자전거 길 중 하나로 접어들어 북해를 보러 갔다. 가톨릭 의식이 내게 가져다주었을지도 모를, 그 어떤 감정보다 더 강렬한 감정에 사로잡혀 생기를 얻고 돌아오곤 했다.

그런데 어느 토요일, 아버지가 다음날 나와 함께 성당에 가고 싶다는 바람을 밝혔다―한데 그것은 명령이었다. 이런저런 이유를 둘러대면서, 때로는 그럴 것도 없이, 얼마 전부터 아버지는 ―미처 얘기하지 않은 게 있는데, 우리는 모두 일곱 남매로 나이에 따라 몇 부류로 쉬이 나눠지는바― 큰아이들 가운데 하나인 누군가와 긴 산책을 함께하며 단둘이서 대화를 나누고자 애쓰던 차였다. 몇 해 전 마드리드에서 지켜왔던 관행을 그런 식으로 부활시킨 셈인데, 가장 나이가 많은 세 아들, 즉 곤살로 형과 나와 동생 알바로를 도시 경계까지, 몽클로아와 서쪽 공원 저편까지 데리고 가서 오래 걷곤 했다. 당시 그 땅은 황량하기만 했는데, 서부영화나 미국 소설가 제인 그레이의 소설에서 보았던 요란한 행진에 안성맞춤으로 여겨지는 그곳에는 막 대학기숙사 건물들이 지어지고 있던 참이었다.

헤이그에서의 주일미사는 아버지에게 단지 대화를 나눌 기회 중 하나에 불과했다.

아버지와의 대화는 대개 문학에 관한 것, 특히 작가라는 나의 사명에 관한 것이었다. 내가 작가가 되어야 한다는 것, 부계의 전통을 따라야 한다는 것은 사실상 정해져 있었다. 내가 철들 나이에 이르렀을 때부터 이러한 사명은 가족들 사이에서 기정사실화되었는데, 어린아이의 마음과 감각이 세계와 자아의 동요를 느끼며 경탄스럽고도 두려운 발견에 열을 올리는 시기를 철들 나이라고들 하니 말이다. 말하자면 그러한 각성에 필요한 말들을 발견해가는 시기인 셈이다. 더 정확하게는, 말을 하는 행위 자체가 바로 각성인 시기.

내가 부여받아 나의 유전적 특성에 아로새겨진,* 작가라는 사명을 대체할 유일한 것을 두고, 어머니는 가끔씩 다정함을 잃지 않은 채 놀리듯 표현하셨다. 오히려 즐겁게 말씀하셨던 것 같다. "작가 아니면 대통령이지!"라고 아무에게나 말하듯 공공연하게. 산탄데르에 있는 휴가지 별장의 수국 만발한 정원에

---

* 셈프룬의 외할아버지 안토니오 마우라(1853~1925)는 스페인 정부의 총리를 역임한 20세기 초반의 주요 정치인이었다. 다섯 차례에 걸쳐 정부 수반을 맡았다. 아버지는 톨레도와 산탄데르 도지사를 지냈다.

서였다. 역사의 흐름이 나를 이 두 사명 혹은 숙명 중 하나로부터 막아버렸고, 예측하지 못했던 사건들을 몇 번 겪은 뒤 나는 정말로 작가가 되어야만 했다.

어쨌든 헤이그에서 몇 달 전부터, 시詩가 내 펜 아래로 왔다. 나는 그것들 중 상당수를 정성스럽게 공책에 적었고, 내 주변 사람들에게 읽게 했다. 아버지와 형과 누나들에게. 또한 청소년기 내 취향의 호불호를 형성하는 데 있어 각각 다른 방식으로 확실하게 영향을 미쳤던 공사관의 두 인물에게도.

장마리 수투가 그중 하나였다. 그에 대해서는 이미 언급했고, 다시 얘기하게 될 것이다. 다른 한 사람은 공사관에서 보좌관으로 일했던 스페인 사람, 헤수스 우시아였다. 나보다 나이가 열댓 살쯤 많았던 – 심지어 수투보다도 나이가 위였던 – 우시아는 어린 시절에 큰 교통사고를 겪은 뒤로 다리를 절었다. 이따금씩 통증이 다시 나타날 때면 지팡이를 사용하지 않고는 걸을 수 없었다. 신체장애 탓에 그는 원했던 스페인 공화군에 지원할 수 없었다. 공화국을 위해 그가 할 수 있었던 것은 외교부에 몸담는 것이었다.

우시아는 매우 잘생기고 세련된 젊은 남자로, 엄청난 문학적 교양과 비범한 지능을 갖추고 있었다. 헤이그에서 시작되어 지성을 교류하면서 함께 싹튼 우정은, 망명생활의 이런저런 사건 – 그는 1939년에서 1945년까지 멕시코에 살았다 – 탓에 간간이 끊기긴 했지만, 그가 사망한 1970년대까지 지속되었다.

문제의 일요일, 먼저 알렉산데르스트라트 거리를 따라 걷다가 파르크스트라트 거리를 지나 성당 쪽으로 걸어가면서, 아버지는 내가 지은 시에 대해 말씀하셨다. 문학에 대해, 작가라는 직업에 대해서. 아버지가 한 말과 관련하여 나는 아주 흐릿한 기억만을 가지고 있을 뿐인데, 이는 그후로 벌어진 사건, 바로 성당 안에서 벌어진 사건이 내 기억 속 모든 자리를 차지하며 나머지를 희미하게 만들어버렸기 때문이다.

장엄미사 설교를 하려고 교단에 올라간 파르크스트라트 성당의 신부가 스페인 붉은 진영에 대해, 그들에 맞서 신성한 전쟁을 해야 한다고, 가톨릭교회의 적수들에 맞서 신앙심을 수호해야 한다고 호소하며 유례없이 난폭한 독설을 퍼붓는 일이 일어난 것이다.

아버지는 호전적인 설교의 세세한 내용과 그 뉘앙스를 모두 이해할 수 있을 만큼 네덜란드어에 능통하지 못했다. 그럼에도 신부가 말하는 내용이 스페인에 대한 것이며, 스페인 붉은 진영에 대한 것이라는 사실은 알아차렸다. 미사가 끝나고 성당을 나서며, 아버지는 신부가 열을 올리며 한 이야기의 핵심을 들려달라고 내게 요구했다.

나는 가능한 한 아주 상세하게 설명했다.

자세한 설명이 끝났을 때, 아버지는 철책이 쳐진 파르크스트라트 성당 앞마당에서 몸이 굳어버렸다. 얼굴은 파랗게 질려 있었고, 눈빛에는 절망적인 분노가 일었다. 아버지는 발길을 돌려 성당으로 되돌아가며, 내게 같이 가서 통역을 해달라고 부탁했다.

외교관 신분을 내세우며 왈가왈부한 끝에, 아버지는 마침내 엑스 카테드라, 즉 설교 단상에서, 위엄 있게 설교를 마치고 내려온 그 신부를 우리가 들이닥친 제의실로 오게 만들었다.

그리하여 나는 우리가 조금 전에 들었던 설교에 대한 아버지의 입장을 통역해야 했다. 아버지는 우선 역사적이고 교의적인 면에 관해서 설명했다. 국제정치 상황만을 고려하기에 앞서, 스페인내전에서 중요한 것은 그 내전이 합법적인 민주질서를 거스르며 사회적 특권과 불평등, 즉 부자들과 가난한 이들의 대립을 고수하려는 군사반란이었다는 말이었다. 어떻게 성직자라는 사람이, 경박함을 적나라하게 드러내며 성전에 무례까지 범해가면서 증오심에 불타 스페인에서 일어난 갈등에 대해 개인적 의사를 표명할 수 있는 것인가? 가톨릭 교리는 무엇보다도 이웃에 대한 사랑과 하층민들, 모욕과 굴욕을 당한 사람들을 보호하기 위해 만들어진 것 아닌가?

아버지는 1936년 10월부터 레스텔베타람에 있는 수투의 집에서 「알려지지 않은 스페인 문제」라는 긴 글을 써서 『에스프리』에 기고했는데, 이 글은 빌트호번에 있는 더헤멘스합 출판사에서 요하네스 브라우어르의 서문과 함께 『스페인 너머의 스페인 가톨릭』이라는 네덜란드어 번역 소책자로 곧 출판되었다. 결국, 아버지는 그 글에서 발전시킨 논지를 다시 언급하면서 가톨릭 세계에서 영향력 있는 몇몇 프랑스 가톨릭계 인물들, 가톨릭 주간지 『세트』 공동발행인들인 자크 마리탱, 프랑수아 모리아크, 조르주 베르나노스, 성 도미니크회 사제들이 내세운 입장을 그 근거로 내세웠는데, 이들은 여러 관점에서 스페인에서 일어난 군사반란이 마치 십자군처럼 인식되는 것을 부정했으며, 또한 백색테러*로 자행된 범죄들을 비난하는 것도 금기시하지 않았다.

하지만 일종의 절망적인 고백이 될 수 있었기에, 아버지는 교리적 논증을 지양하면서 —물론 격렬하게 주장했지만 무엇보다 역사적 사건의 진실을 바로잡는 것에 초점을 맞춰야 했기에— 곧 어조와 관점을 바꾸었다.

아버지의 이야기는 이제 네덜란드 신부만을 향한 것이 아니었다. 차라리 그 신부를 빌미로, 인간으로서 비열하고 보잘것없는 그 인물을 매개로, 아버지는 가톨릭교회 전체에 대고 호소하고 있었다. 아마도 로마교황도 들어주기를 바라면서. 로마 가톨릭교회와 관련해서는 그 중심에서 고립되었고, 명망 있는 가톨릭 대표자들로부터 비난받았으며, 스페인 공화국 편에 서서 정치에 참여했다는 이유로 반동분자가 되어버린 아버지

---

* 프랑코 장군의 탄압이라고도 불리며, 국민 진영이 자행한 정치적 폭정과 탄압을 지칭한다. 마찬가지로 공화 진영도 적색테러를 벌였으나 그 규모나 사상자 수가 백색테러에는 못 미친다.

로서는, 신과의 직접적인 관계에 만족한다고, 그 관계가 초래할 거만한 특권 속으로 몸을 피하겠다고는 마음먹을 수 없었으리라.

개인적이고도 내적인 신과의 관계에 대한 요구가, 사랑의 신이자 가난한 이들과 모욕당한 이들의 신이라는 예수의 얼굴을 마주보고 토론하겠다는 요구가, 곧 오만이라는 죄를 저지르는 것은 아닐까? 비난의 대상이 되지 않기 위해서, 혹은 더 나아가 회개 혹은 이념의 포기라는 신학적 요구를 피하기 위해서, 고해와 영성체라는 성사聖事를 그만둘 권리가 아버지에게 있었을까?

한데 – 몇십 년이 지나 내게 보다 선명한 기억으로 요약된 – 이 모든 질문은 불평이나 간청의 어조가 아니었다. 성마르고 완강한 요구를 드러내는 질문, 이를테면 저주였다.

한편 아버지의 논지에 대해서 처음에는 일종의 막연한 자만으로 –아마도 무관심으로 가득차서– 응수하던 파르크스트라트의 신부는 이제 아무 말도 하지 못했다. 그는 파란 눈이 먼저 차갑게 변하더니, 얼이 빠진 채 손을 떨며 멀어져갔다. 두려움과 공포에 질린 기색이 오히려 그의 얼굴에 역력했다. 그는 제의실 구석에 있는 문을 불쑥 열더니 마침내 사라져버렸다.

아버지는 잠시 허공에 대고 말을 이어가며 투명인간이 되어버린 상대를 향해 계속해서 호소했다. 갓 신과 영원한 작별을 고했던 나도 그때만큼은 신이 아버지에게 기별하기를, 신이 아버지에게 모습을 드러내기를 간절히 바랐다. 정말로 아름다운 모습이길 바라며, 어떤 모습으로 이 환영이 등장할 수 있을까 상상해보기도 했다. 내가 상상했던 것은 바로 림피아스의 예수였다.*

림피아스는 ―아버지의 고향이 있는― 산탄데르 지방의 마을 이름인데, 그곳 소교구 성당에는 멋진 십자고상이 있다. 덧붙이자면 대중의 신앙심이 림피아스의 예수에게 권능을 부여한바, 엄숙하고 예측할 수 없는 어떤 순간에 그가 진심 어린 연민의 눈물을 흘린다는 것이다.

그러나 림피아스의 예수는 우리 앞에 나타나지 않았다. 어쨌든, 나는 그를 보지 못했다. 아버지는 고통스러운 침묵 속에서 몸이 굳은 채 그대로 움직이지 않았다. 그런 뒤 곧 나를 제의실 밖으로 데리고 나왔다.

나는 헤이그에 있는 파르크스트라트 성당에 결코 다시 가지 않았다. 마우리츠하위스 미술관에는 살아가면서 종종 들렀다.

---

* 크기가 2미터 27센티미터에 달하는 이 십자고상은 일반적으로 예수의 사후를 표현한 일반적인 상과는 달리 단말마의 고통을 느끼는 살아 있는 예수의 모습을 재현했다. 16세기 페드로 데메나라는 조각가와 그의 제자들이 함께 제작한 이 작품은 1755년부터 기적을 불러왔다고 전한다. 특히 1919년 3월 30일이 가장 많이 언급되는데, 조각상의 예수가 눈을 감았다 뜨거나 입을 움직이고 온몸이 땀에 젖는 것을 목격한 이들이 많아서 그 이후로 순례자들이 몰려들게 되었다고 한다.

그러나 1813광장의 기념비와 백조들이 떠다니는 마우리츠하위스 연못 사이에 있는 이 성당에는 두번 다시 안 갔다.

1990년, 내가 여기서 ─당혹스러운 추억을 편안히 떠올리며─ 다시 그려낸 때로부터 대략 오십 년이 흘러, 어린 시절 살았던 집이 마주보이는 마드리드 알폰소11세 거리의 문화부 장관 공관에 살던 시절, 사진 한 장이 내게 헤이그에 있던 스페인 공화국의 공사관을 생각나게 했다.

보다 구체적으로 말하자면 다양한 색의 큰 유리창을 통해 천장에서 빛이 들어오는 중앙의 대형 홀 사진으로, 그곳은 이층 방들로 가자면 거쳐야 하는 회랑과 이어지는 계단이 시작되는 곳이었다.

당시 바스크 지방* 중앙정부 대표, 그러니까 일종의 도지사에 해당하는 후안마누엘 에기아가라이가 내게 보내준 사진이었다.

---

* 전통적으로는 프랑스와 국경을 이루는 피레네산맥을 사이에 둔 인근의 양쪽 지역을 가리키지만 스페인 내에서 자치권을 지니고 있다. 1937년 스페인 내전 때에는 당시 독일 공습을 받아 바스크 지방 도시의 많은 부분이 파괴되었으며, 스페인 출신 화가 파블로 피카소는 당시의 그러한 상황을 〈게르니카〉라는 그림으로 표현한 것으로도 유명하다. 에스파냐로부터 분리와 독립을 요구하던 바스크민족주의 운동은 많은 탄압을 받았고, 바스크인들은 1959년 '자유조국바스크(ETA)' 조직을 만들어 프랑코 정권에 맞섰다.

사진을 보내주기 얼마 전 산세바스티안에서 점심을 함께할 때, 그가 이렇게 말했다. "어머니가 장관님의 아버님 사진 한 장을 아직도 갖고 있는 것 같다고 하시더군요, 1937년 헤이그 에서 찍은 사진 말입니다!"

놀랄 것이 전혀 없었기에, 나는 다음 말을 기다렸다.

스페인내전 시절 아주 어린 소녀였던 그의 어머니는 바스크 지방의 음악 합창단인 에레소인카*의 일원이었다고 한다. 그런 자격으로 그녀는 바스크 지방의 입장을, 아마도 우리가 제대로 기억하고 있다면 공화국의 입장이기도 했던 내용을 알리는 순회공연에 참여했다는 것이다. 바스크 지방의 가톨릭신자이자 온건한 민족주의자들은 자신들이 오랫동안 바라왔던 독립적인 지위를 부여해준 인민전선**의 합법적 정부를 여전히 지지하고 있었다.

1937년 에레소인카가 서유럽으로 순회공연을 다니던 당시, 결혼 전 성姓이 우셀라이였고 이후 후안마누엘 에기아가라이

---

* Eresoinka. 스페인내전 때인 1937년 빌바오의 바스크 정부 주도로 만들어진 악기 연주, 합창, 무용으로 구성된 예술단. 1939년까지 서유럽과 미국 순회공연을 다녔으며, 이차세계대전 발발로 중단되었다.

** 1936년 1월 총선을 대비해서 제2공화국의 두번째 대통령이자 마지막 대통령을 역임한 마누엘 아사냐(Manuel Azaña, 1880~1940)를 중심으로 조직된 좌파 정당의 연합. 스페인내전 당시 프랑스로 망명한 뒤 사망한 마누엘 아사냐 관련 일화는 6장(269~272쪽)에서 이야기된다.

의 어머니가 될 어린 소녀가 헤이그에 왔다. 단체 사진 한 장 덕에, 공사관에서 열렸던 합창단의 환영 연회가 영원히 기억에 남게 된 셈이다.

"어머니께 그 사진이 있나 찾아보시라고 할게요. 사진이 있으면 장관님께 한 장 보내드리겠습니다!" 에기아가라이가 말을 맺었다.

얼마쯤 시간이 흘러 나는 정말로 그 사진을 받았다.

바스크 지방의 젊은 남녀로 구성된 에레소인카는 공관의 중앙홀 계단에 자리를 잡고 있다. 그들 특유의 의상을 입고서 계단 아래에서 위까지 자리를 차지한 모습이다. 계단 맨 아래쪽에 정말 아버지가 있다. 가족들이 뿔뿔이 흩어지고 망명을 떠나는 등 우여곡절을 겪었던 그 시절에 찍은 몇 장 안 되는 사진들 속에서 내게 강한 인상을 남긴 아버지의 심각한 얼굴과 우울한 눈빛이, 그 사진 속에도 들어 있다.

아래쪽 계단에는 우리 중 가장 나이가 많은 수사나 누나와 마리벨 누나가 있다. 후안마누엘 에기아가라이의 어머니는 계단 제일 위쪽에 있다. 그녀랑 멀지 않은 자리에, 합창단의 독창 가수 중 하나로 그때부터 이미 루이 마리아노*라 불리던 환한 미소의 젊은 사내가 있다. 훗날 스타가 되고 그가 동성애자라

---

* Luis Mariano(1914~1970). 테너이자 오페레타 가수. 영화 〈제8요일〉의 삽입곡 〈세상에서 가장 아름다운 엄마〉를 부른 가수로 세상에 알려졌다.

는 얘기가 사람들 입방아에 올랐을 때, 나는 화가 났다. 그가 무슨 권리로 남자한테 관심을 품었던 것일까? 나는 그 사실을 일종의 배신행위라고 생각했다. 아니면, 내 누이들에 대한 모욕이라고, 어쨌든. 헤이그에서 누이들한테 그가 끈질기게 치근댔으니까. 심지어 누나 둘한테 비슷하게 애매하게 굴었다. 아마도 이런 불분명함이 그의 진짜 취향을 짐작하게 할 만한 하나의 지표는 아니었을까?

에기아가라이의 어머니가 선 계단보다 조금 더 위쪽에 또다른 젊은 여자가 있다. 바로 미래의 테너 플라시도 도밍고의 어머니다.

마드리드에 있는 프랑스 대사관에서 플라시도 도밍고에게 레지옹도뇌르 훈장을 수여하던 날, 나는 행사에 참석한 그의 어머니에게 다가가 장관 사무실에 그녀의 사진이 보관되어 있다는 얘기를 건넸다. 그녀는 무슨 말인지 이해하지 못한 채 내 말을 실없는 농담으로 여겼다. 그래서 나는 더 자세하게, 1937년 헤이그의 스페인 공화국 공사관에서 찍은 에레소인카 사진에 대한 이야기를 들려주었다.

그녀는 분명히 기억하고 있었고, 감정에 사로잡혀 이내 낯빛이 창백해졌다. 에레소인카! 마치 기도하듯, 그녀는 열에 들떠 중얼거렸다. 그리고 두 눈에 눈물이 맺혔다.

사진을 바라보고 있자니 추억들이 뒤섞여 뭉치로, 소용돌이

치며 몰려든다.

전통적인 비율에 따라 지어진 하얀색 커다란 저택 앞, 그러니까 1813광장 기념비 쪽으로 난 건물 정면에는, 잔디가 깔리고 목련이 심어져 있는 좁은 공간만이 있었다.

(이 나무 이름을 말하면, 과일을 맛보는 것 같고, 구름이, 샘물이 생각나는 것 같다가도, 바다 위 일몰이 보이는 것도 같다. 목련, 내 기억의 잿더미 속에서 마구 흔들리는 이 하얀 꽃잎의 흔적을 찾아보길⋯⋯)

반면 저택 뒤편은 널찍한 정원이었다. 정원 안쪽 구석에는 관리인들의 거처와 테니스 코트가 있었다. 우거진 녹음 아래에 있는 통나무 오두막은, 정원에서 사용하는 연장들을 보관하는 곳이자 형제들이 놀던 연극 무대도 되었고, 처음엔 즐겁다가 점점 거칠어지던 전쟁놀이의 목표물도 되었으니, 우리가 돌아가면서 맡았던 인디언들은 서부의 요새인 오두막을 공략하곤 했기 때문이다. 그러면 제7기병 연대*의 양키 역할을 했던 아이들이, 솔방울을 던지고 서양물푸레나무나 과일나무들의 긴 가지를 휘두르면서 인디언들을 몰아붙이는 식이었다.

학교에서 하루 일과를 마친 뒤 ─나이도 다르고 학년도 달랐지만 잠시 그런 것들은 잊어버린 채 우리 다섯 형제는 함께

---

* 현 미국 육군의 기병연대로 1866년 창설되었으며, 서부 개척기 시대에는 인디언과의 전쟁에 참여했다.

모여 놀았으니 ─ 몇시가 되었든 늦은 오후에 정신없이 놀고 나면, 가족 전체가 한자리에 모이는 시간이었다. 거의 하나의 의식처럼 자리잡은 관례로, 예외적인 상황을 제외하고는 대부분 지켜졌다.

중앙 홀의 커다란 벽난로에서는 장작불이 타올랐다. 이 홀은 에레소인카가 사진을 찍었던 곳으로, 건물의 다른 층에 있는 방과 거실과 사무실로 갈라지는 통로 역할을 했다.

이렇게 가족이 모두 한데 모이는 것은, 그날 있었던 일을 나누기 위해서가 아니었다. 전쟁에 관한 새로운 소식을 공유하기 위한 자리였다. 아버지는 공문서를 가져오셨다. 큰아이 축에 속했던 곤살로 형과 나는 큰 소리로 내전과 관련한 네덜란드 언론의 기사들을 읽었다. 외교 행랑을 통해서 조금 늦게 배달된 스페인 신문들 또한 꼼꼼하게 검토했다.

우리에게는 이 짧은 시간이 필요했다. 우리의 운명이 내전의 결과에 달려 있었으니까. 하지만 환희에 찬 시간은 아니었다. 스페인에서 들려온 소식에는 좋은 것이 거의 없었다. 좋은 소식은 아주 드물었고, 몇 차례 아주 짧은 소식들뿐이었는데 ─ 가령 과달라하라 소식, 혹은 테루엘 전선, 혹은 에브로강 전선 돌파처럼 공화국 부대가 주도권을 잡았던 경우에 날아온 것들로 ─ 이마저도 곧바로 기대를 버려야만 했기에, 스페인에서 온 소식은 말 그대로 처참했다. 공화국 통제하의 영토는 나귀 가죽*처럼 줄어들었다.

어쨌든 1938년 9월 뮌헨회담,** 그러니까 체코슬로바키아 영토와 관련해서 히틀러가 요구했던 사항들에 대해 프랑스와 영국이 항복에 가까운 협정을 맺은 이후, 스페인 공화국이 끔찍한 상황에 처해졌다는 것은 분명했다.

가족끼리 식사하는 자리에서 ―아버지의 시선이 슬프고 기력을 잃은 것은 이 순간부터였는데― 그는 뮌헨회담에 대해 상당히 엄숙한 태도로 우리에게 이야기했다. "민주주의국가들이 운명의 날을 몇 달 미룬 셈이야. 잘하면 몇 년이 걸릴지도 모르지. 그렇지만 어쨌든 전쟁이 닥칠 거다. 우리는 아무것도 아닌 것 때문에 제물로 바쳐질 거야."

일 년 뒤 파리에서, 독일과 소련의 협정*** 뉴스가 터졌을 때 내가 느낀 첫번째 감정은 분노가 아니었다. 내 기분을 이해할 수 있으리라.

---

* 발자크의 소설 『나귀 가죽』에서 유래한 말. 이 마법의 가죽을 소유한 사람은 소원을 성취할 수 있지만, 소원이 하나씩 이루어질 때마다 길이가 짧아지며 동시에 주인의 생명도 조금씩 짧아진다.

** 1938년 9월 30일 독일 뮌헨에서 영국, 프랑스, 독일, 이탈리아가 체결한 조약. 나치 독일이 체코슬로바키아의 독일인 거주자 밀집지역인 수데텐 할양을 요구하자 영국과 프랑스는 또다른 세계대전의 발발을 피하고자 이를 들어주었다.

*** 이데올로기적 차원에서 모든 것이 대립되었음에도 불구하고 독일과 소련은 1939년 상호불가침조약을 체결했지만, 1941년 나치 독일이 소련을 침공하여 독소전쟁이 발발함으로써 이 조약은 파기되었다.

나는 아직 열여섯이 안 되었고, 스페인내전은 패배했으며, 내 주변 사람들은 모욕과 학대를 당하며 거대한 세계로 뿔뿔이 흩어졌다. '주변 사람들'이라는 표현을, 가족이라는 엄밀하고 좁은 의미로만 말한 것이 아니다. 넓은 의미, 완전한 의미에서의 주변 사람들, 프랑코 체제하의 스페인에서 박해받아 망명이라는 혹독하고 차가운 바람을 따라 유럽과 아메리카 대륙으로 흩어진, 스페인 붉은 진영의 고통받는 모두를 나는 말하는 것이다.

스페인에서 난폭한 탄압이 자행되었다. 몇 달간 지속된 탄압은 그 강도와 규모 면에서 히틀러와 스탈린 같은 독재자들에 비견할 정도였다. 수만 명의 희생자가 발생했다. 수많은 익명의 난민들과 민간인 부대 및 반反파시즘 당원들이 스페인과 인접한 프랑스 남단의 해안가 마을에, 모래사장에 철조망으로 지은 아르젤레 같은 수용소나 끔찍한 위생조건에 놓인 바르카레 같은 집단수용소에 강제로 수용되었다.*

스탈린이 민주주의국가들을 배반했던 걸까? 그게 뭐 대수라고! 이렇게 생각하며, 나는 약간 가학적인 즐거움을 느꼈다.

---

* 스페인내전에서 프랑코 반란군이 승리하자 사십육만 명에 달하는 스페인 난민들이 프랑스 국경을 넘었고, 난민들 수치를 예상 못 했던 프랑스 정부는 바닷가 모래사장에 임시 수용소를 마련해 난민을 수용했다. 아르젤레에 약 사만삼천 명, 바르카레에 약 칠만 명이 수용되었다.

나 자신도 밝히지 못한, 아마 밝힐 수도 없을 즐거움을. 프랑스와 영국이 나서서 남 좋은 일만 시킨 꼴일 뿐이라고 나는 혼잣말했다. 게다가 반파시즘 운동을 구현한다는, 뮌헨회담 당시 인물들인 프랑스 총리 에두아르 달라디에와 영국 총리 네빌 체임벌린의 얼굴을 본다는 생각만으로도 참을 수 없었으리라.

내 판단 근거는 단 하나였다, 그 시기에는. 이런저런 사람들이 과거 스페인 공화국에 대해 취한 태도가 어떠했느냐는 것. 이런 근거가 정치적으로 아주 정교한 것이었다고 주장하려는 게 아니다. 다만, 그것은 내 가슴에서 나온 외침이었다.

어쨌든, 내 가장 심오한 신념 가운데 하나가 이 시절에 형성된다.

본래 나의 정치적 견해는 서툴게 전개되어간 게 사실인데, 무엇보다 그러한 견해를 실질적으로 적용하는 방식이나 역사적 역량과 관련해서는 특히 그랬다. 반면에 다른 여러 신념, 혹은 근본적인 직관 같은 것들은 청소년기 이후로 변한 게 없다.

그 변하지 않은 신념 중 하나가, 뮌헨에서 민주주의 강대국들이 항복하고 스페인 공화국의 패배가 불가피함을 넘어 임박했던 시기에 형성되었다. 말하자면 평화가 최고의 선은 아니라는 것. 폭넓게 알려진 어떤 견해, 무엇보다 유럽 좌파에 만연한 생각과는 달리, 평화는 최고의 선이 아니며, 진보와 연대로 표현되는 모든 정치적인 것의 신성하고 변하지 않는 목표도 아니라는 것이다.

따라서 이와 같은 전제로, 훨씬 더 쉽게 일반적인 확신을 갖게 되었다. 보다 보편적인 확신을. 바로 삶은 우리가 추구해야 할 최고의 가치가 아니라는 확신을. 온갖 고백을 쏟아내는 그 많은 지식인이 종종 스스로를 규정하는 경박한 미사여구를 써서 무엇을 말하든지 간에. 그리고 고백마저 않는, 말하자면 종교적인 믿음마저 없는 그런 이들이 무슨 이야기를 하든 간에.

삶의 의미가 삶에 내재한다는 것을, 삶은 그 의미를 삶 자체에서 찾는다는 것을, 따라서 삶의 의미는 그것을 이끄는 것이 행복이든 불행이든 삶이 펼쳐놓는 그 자체의 결과라는 것을, 삶에 의미를 부여하는 자질들이 삶에 내재함을 확인할 필요가 있다는 것을, 어떤 초월성도 삶에 의미를 부여하지 않는다는 것을, 외부에서 오는 그 무엇도, 삶 이전의 것이든 삶을 넘어선 것이든, 삶에 의미를 부여하기 위한 필연이 아니라는 것을 쉽게 확인할 수 있는 만큼, 반대로 어떤 초월성의 형태에 의존하지 않고서, 말하자면 종교적인 기준을 전혀 필요로 하지 않으며 역사가 초래할 수 있는 우발적인 모든 사건에서 벗어난, 어떤 절대적 가치를 따르는 명료하고 사려 깊은 기준이 없다면, 인간적 가치의 등급을 매기는 것은 비상식적인 일이다.

결국 삶의 의미가 삶에 있다 해도, 삶의 가치는 삶보다 우위에 있다. 삶은 그보다 우위에 있는 가치들을 통해서 초월된다. 그러니 삶은 최고의 가치가 아니다. 반면, 삶이 최고의 가치였다면, 처참했을지도 모른다. 역사상 실천에 있어 삶을 최고의 가치로 고려했을 때, 그것은 매번 역사적 재난이 되었다. 인간들이 삶을 항상 최고의 가치로 여겨왔다면, 실제 세계는 속박 상태로, 사회적 소외 혹은 만족스러운 순응주의 속으로, 끊임없이 다시 빠져버렸으리라.

그 자체로서의 삶이든, 삶을 위한 삶이든, 삶은 신성한 것이 아니다. 그러나 삶의 결과를 공들여 만들기 위해서는 형이상학이라는 끔찍한 무용함에, 삶에서 비롯한 도덕적인 요구에 제대로 익숙해져야만 할 것이다. 삶은 오로지 부차적인 방식으로, 대리하는 방식으로서만 신성하다. 말하자면 그 자체로서의 삶이든, 삶을 위한 삶이든, 꾸밈없는 삶이든, 삶 자체의 가치보다 상위에 있는 가치들인 자유를, 자율성을, 인간의 존엄을 보장할 때, 비로소 삶은 신성해진다. 삶을 초월한 가치들을 통해서.

쉽게 짐작하겠지만, 물론 내가 이러한 신념을 받아들여야 했던 그 시기에는 그것이 이런 식으로 표현되지 않았다. 나는 열다섯이었고, 이것은 고작 1938년에서 1939년 사이에 자리한, 포기에 맞선 감정적 반응이었을 뿐이니까. 하지만 구체적인 표현이 어떠했든 간에, 나의 신념, 즉 저항이라는 가치에 대한 주요하고 변하지 않는 특징이 생겨난 건 바로 이 시절이다.

2월의 어느 밤, 공사관의 커다란 중앙 홀에 자리한 벽난로에서 불이 피어올랐다. 밤이 내렸고, 방을 밝히던 커다란 유리창이 캄캄해졌다.

2월 말 무렵의 어느 밤이었다.

가족 모임에 사람이 더 많았다, 그날 밤에는. 장마리 수투와 헤수스 우시아가 우리와 함께 있었다. 낯선 상황은 아니었다. 평소와 다른 것이 있다면, 앞서 말한 네덜란드인 스페인 연구자, 요하네스 브라우어르 박사가 참석한 것이었다.

몇 년 뒤 반反나치 레지스탕스 활동을 하다가 영웅적인 죽음을 맞이한 브라우어르는 소설에나 등장할 법한 인물이었다. 우리는 과거 그가 학생이었을 때 아무런 이유 없이 범죄를 저질러 오랜 시간 감옥에서 지냈다는 것을 알고 있었는데, 그 사실이 우리에게는 강렬한 ─정말이지 강렬한─ 인상을 남겼다. 그는 아무런 이유도 없이, 아무런 욕망도 없이 ─그보다는 아무런 목적도 없이─ 단순히 라스콜리니코프*에게서 영감받은 정신적 경험으로 제 종말을 몰아붙여, 하숙집 여주인을 살해하고 말았던 것이다.

감옥에서 나온 뒤 브라우어르는 학업을 다시 시작했고, 대학교수가 되었다. 더불어 네덜란드에서 스페인 문학의 최고 전문가 중 하나가 되었다. 스페인 공화국의 친구였던 그는 정기적으로 공사관에 드나들었다. 때때로 아버지는 형제 중 큰아이들

---

* 도스토옙스키 소설 『죄와 벌』의 주인공으로 전당포 노파와 그녀의 이복 여동생을 도끼로 내리쳐 살해했다.

이 대화를 들을 수 있도록, 때에 따라서는 대화에 참여할 수 있도록, 브라우어르를 접대하는 거실에서 얼마간 시간을 보내기를 허락하셨다.

1939년 2월의 그날 밤, 안토니오 마차도가 콜리우르에서 사망했다는 소식에, 브라우어르는 넋이 나가 있었다.

20세기 전반기를 스페인 시의 새로운 황금기로 만든 소위 1927년 세대*가 등장하기에 앞서, 안토니오 마차도는 세르누다, 알베르티, 알론소, 디에고, 기옌, 살리나스, 기껏해야 대담함과 현란함과 창조적인 오만함의 최고봉으로 언급될 뿐인 이들의 작품으로 정의되는 실험정신이나 전통과의 단절이라는 모든 움직임과 거리를 둔 시인이었다.

그렇지만 이들 모두가 어떤 방식으로든 안토니오 마차도를 그들의 스승으로 여겼다. 우선, 전통적이기는 하지만 무엇보다 자연스러움이 배어나는, 비밀스러운 음악성으로 이루어진 시인의 언어가 지닌 명백한 간결함 때문에. 또한, 어쩌면 혼동과 사회적인 위기에 처해 있던 시절 내내 정신적으로 동참하면서도 공화 진영에 대해 신중하면서도 단호한 태도를 유지했던, 이 카스티야** 시인의 태도 때문이었으리라.

---

* 1923년에서 1927년 사이에 활동한 스페인의 여러 시인의 유파를 가리킨다. 이어지는 내용에 언급된 시인들이 이 그룹에 속한다.

** 카스티야는 스페인 중부지방으로 옛 왕국의 이름이기도 하다. 중앙고원에

그런 식으로 마차도는 스페인 공화국과 운명을 끝까지 함께 했다. 카탈루냐 지방의 전방에서 프랑코 진영 부대에 떠밀려 패배했을 때, 그로 인해 난민 수십만이 1939년 2월 프랑스 국경으로 밀려들었을 때, 안토니오 마차도도 그들 중 한 명이었다. 전통의 명료함을 내세워 대중적으로 사랑받았던 시인은 민중들과 같은 운명을 겪었다.

하지만 그는 망명생활의 끔찍한 미래를 견디지 못했다. 이런저런 우여곡절을 겪고 콜리우르의 호텔로 피난한 그는, 거기서 거의 곧바로 숨을 거두었다.

그날 밤, 장작불 앞에서, 낮은 목소리로 안토니오 마차도의 시 몇 줄을 처음으로 낭송했던 것이 누구였는지, 나는 기억하지 못한다. 아마도 바로 브라우어르 자신이었거나, 어쩌면 헤수스 우시아였을 것이다. 어찌되었든 우리 모두는 마차도의 시를 암송할 수 있었다. 그래서 미리 의논할 것도 없이, 때로는 투박한 억양으로, 때로는 상냥한 억양으로 ─ 시가 종종 환기하는, 그토록 사랑받았던 카스티야고원의 대지처럼 ─ 오래되고 숭고한 시구들을 차례차례 이어가며, 우리는 그의 가장 아름다운 시 몇 편을 낮은 소리로 읊조렸다.

펼쳐진 흙빛 황야와, 해발 1200미터에 이르는 높은 분지 지역, 광대한 평원과 높은 산들로 대표되는 곳으로 『돈키호테』의 무대가 된 지역. 안토니오 마차도의 시집 중에 『카스티야의 평원』이 있다.

다음날, 곤살로 형과 나는 기숙사생으로 들어갈 앙리4세 고등학교가 있는 파리로 떠나야 했다. 그뒤로 우리는 결코 ─당시는 그 사실을 알지 못했다, 어찌 상상이나 할 수 있었겠는가? ─ 형제자매 모두가 단 한 번도 한자리에 모이지 못할 것이었다. 어느 곳에서도, 결코 다시는 함께할 수 없었다. 한데 우리는 그러한 사실을 모르고 있었다.

벽난로 불이 붉게 타올랐고, 밤 그림자가 우리의 가슴속으로 떨어졌다.

수녀 두 명이 내가 기숙사에서 입을 옷가지 몇 벌을 검사하는 일을 끝마쳤다. 젊은 수녀는 내가 쓰게 될 선반에 내 물건들을 정리하려고 자리를 떴다.

그때, 헤이그에서의 그 마지막 밤에, 우리 중 누군가가 읊조렸던 안토니오 마차도 시의 마지막 부분이 떠올랐다.

"최후의 여행을 떠나는 날이 되어,/ 결코 다시 돌아오지 않을 배가 떠날 때,/ 초라한 가방 하나 메고 배에 오르리./ 거의 벌거벗은 채로, 바다의 아이들처럼."

내 가방은 초라했을 것이다, 아마도. 그리고 최후의 여행이 아니라 삶을 향한 출발이라 해도, 그렇게 초라한 가방이 더 나았을 것이다. 어디에 매인 것도, 무거운 짐도 없이. 이 명백한 불행은 하나의 기회였다. 나는 망명이라는, 생기를 불어넣어주는 불확실성 속에서 동요했다. 격렬하게 고동치는 내 심장의 근심 어린 확신 속에서.

나는 호기심으로 가득했다.

젊은 수녀가 멀어졌다. 그녀는 내 속옷들을 정리하러 갔다. 나는 더이상 증오하지도, 격분하지도 않았다. 침착했고, 내면은 매우 잔잔했으며, 결연했다. 모든 것에 대해서, 그것이 무엇이든 간에.

"한번 해보자고, 파리!" 아주 낮은 소리로 나는 외쳤다. 그러자 파리는 세계와 삶, 그리고 미래를 향한 하나의 이름에 불과했다.

2

　최초의 기억이 단 하나는 아니라고, 나는 오랫동안 믿어왔다. 꾸며내지는 않았으나, 어쨌든 그 기억이 비현실적인 것이 될 정도로 재구성하여 - 채색하고 윤색해서 - 수정을 했다.

　오랫동안 내 첫번째 기억은 외할아버지 안토니오 마우라를 찾아가는 것이었는데, 프라도 미술관과 레티로 공원의 거대한 출입문에서 몇십 미터 떨어진 레알타드 거리 - 오늘날에는 할아버지 이름이 붙어 있는 거리 - 에 있는 할아버지 소유의 저택으로 가야 했다. 그 기억은 아주 정확할 뿐 아니라 거의 끝도 없이 세세한 것들로 채워져 있다, 내게는 그랬던 것 같다.

　이 엄숙한 방문을 위해서 어머니는 큰애들에게 옷을 차려입혔다. 어머니는 다소 예민해져서, 우리에게 조용하고 공손하게 있겠다는 약속을 받아냈다.

　"할아버지가 많이 피곤하시니까, 소란스럽게 굴지 마라! 그

리고 뭘 물어보시거든 잠깐 기다렸다가 답하고……" 어머니가
말했다.

마침내 우리는 저택 이층에 있는 마우라 할아버지의 서재에
도착했다. 희미한 빛이 감도는 방에 할아버지가 앉아 계셨다.
뾰족하게 정리된 할아버지의 하얀 턱수염이 짙은 옷 덕분에 더
욱 도드라졌다. 무릎에는 담요 한 장이 놓여 있었다.

이런 식으로, 잊기 어려운 그날의 일과 관련하여 세부사항들
을 열거해볼 수 있을 것이다.

그런데 어느 날, 그 기억이 얼핏 선명한 윤곽을 얻어 진실하
고 확고부동한 이야기 규칙 속에 자리잡았다고 느꼈을 때, 그
것들이 사실이 아닐지도 모른다는 생각이 들었다. 미심쩍었다,
어쨌든. 비현실적인 일로 얼룩져 있었다.

안토니오 마우라 할아버지는 1925년 10월에 돌아가셨다, 이
건 사실이다. 그리고 나로 말하자면, 나는 1923년 12월 10일에
태어났다. 그러니 지워지지 않은 채 내게 각인된 듯한 이 방문
때, 내 나이는 두 살도 안 되었던 것이다.

도무지 사실임직하지 않은 일이었다.

내가 지적으로 성숙해 있었기에 기억하는 것은 아닐까 하고
이해해보려 했지만, 그러기엔 너무 지나치다. 기력이 떨어진
할아버지를 방문했다는 사실을 확인해줄 증인들이 없었기에
-이 최초의 장면에 같이 있었던 어른들 모두 돌아가셨고, 누
나들과 형은 아무것도 기억 못 한다- 나는 합리적이라고 여겨

지는 하나의 결론을 이끌어냈다.

몇 가지 희미해진 이미지 단편들을 토대로, 아마도 어머니가 들려주신 상세한 이야기의 도움을 받아 이 기억을 재구성한 것이 틀림없었다. 말하자면, 그 장면은 내 기억의 장부에 기재되어 있던 것이 아니라, 상상의 장부에 새겨져 있던 셈이다.

한참 시간이 흐른 뒤, 나는 어린 시절을 보냈던 마드리드에 다시 와서 최초의 추억들이 묻어 있는 동네를 찾았다. 내 아파트는 1936년 7월에 여름휴가를 가느라 떠났던 그 집의 맞은편이었다. 영원히 떠난 셈이었다, 따지고 보면. 동네가 거의 변한 것이 없었기에, 어린 시절의 추억들도 그만큼 더 쉽게 다시 떠올랐다. 변한 것이 거의 없었다, 정말로.

물론, 산제로미노 성당에서 미사를 본 뒤 주일 아침식사로 브리오슈와 도넛을 사곤 했던 반지하 빵집은 사라져버렸다. 할아버지의 저택도 사라졌고, 그 자리에는 외사촌 가족들의 아파트 한 채가 있는 칠층짜리 현대식 건물이 세워졌다.

그리고 30년대 중반에 우리 동네에 지어져서 헤밍웨이의 『누구를 위하여 종은 울리나』에도 등장했던 게일로드 호텔 또한 사라졌는데, 이는 내전 동안 소련에서 파견된 군사고문의 사령부가 자리했다가 임대 건물이 되었던 탓이다. 하지만 그 바로 옆 고급 식료품점인 산티아고쿠에야스는 여전히 남아 있었다.

어찌되었든, 이웃 사람들만은 주택가다운 면모를, 사치스러운 평온을 보존하고 있었다. 도시의 전경도 달라지지 않았고, 어울리지 않는 새 건물들로 엉망이 되지도 않았다. 똑같은 나무들—아카시아, 분홍과 하얀빛 밤꽃나무, 플라타너스 같은 나무들—이 똑같이 넓은 인도에 그늘을 드리웠고, 그 인도에서 똑같은 보모들이, 부산하게 움직이든 침울해하든 어쨌든 간에 잘 차려입은 똑같은 아이들을 여전히 산책시키고 있었다.

할아버지가 살던 거리 끝, 레티로 공원의 여러 입구 중 한곳으로 올라갈 수 있는 길고 긴 계단의 꼭대기에서부터는, 여전히 노 젓는 배들이 가족과 연인들과 산책 나온 이들을 태우고 떠다니는, 거대한 못으로 이어진 큰길이 시작된다.

바로 그 길을 통해 곤살로 형, 알바로와 함께 레티로 공원으로 접어들었다. 매일 오후, 우리는 함께 —세계사와 종교사, 세속사뿐만 아니라, 생물학과 라틴어 번역의 비밀에 이르기까지 우리에게 그 기초를 가르쳐준, 작은 키에 수줍음 많고 박식한 남자 돈 후안 데 로스 로예스 가르시아스— 가정교사의 수업을 들은 뒤, 레티로 공원 정문의 가장 가까운 철책 문을 통과하여 조상彫像들이 늘어선 거리까지 나아가곤 했다.

화강암으로 된 받침돌 위에 서 있던 서고트족*의 왕들이 우

---

* 게르만 부족 중 하나로 4세기경 동고트족에서 분리되어 로마 영토를 거듭 침범했으며, 갈리아와 스페인에 대국을 세웠다. 톨레도를 수도 삼아 셉티메니아와 스페인 대부분 지역을 다스리다가 711년에 이슬람의 침략으로 멸망했다.

리가 지나가는 것을 지켜보았다. 그들은 대로 양편으로, 연못의 가장자리 산책로까지 늘어서 있었다.

1931년 4월, 지방선거에서 왕당파 후보들이 참패한 뒤 알폰소 13세*가 사임하고 공화정이 선포되자, 바예카스, 쿠아트로 카미노스, 카라반첼, 헤타페 같은 마드리드 변두리 지역의 노동자 무리는 신이 나서 마드리드 중심가로 몰려들었다.

바예카스에서 온 무리는 레티로 공원을 가로질렀다. 그 길이 마드리드 한가운데에 있는 푸에르타델솔 광장으로 가는 가장 가까운 거리였기 때문이다. 광장은 경찰청 건물이 자리잡고 있었기에 더더욱 상징적인 장소였다. 공권력의 장소로, 이후 수십 년 동안 계속 그런 역할을 해온 곳이다. 프랑코 사후 -프랑코 독재 동안 푸에르타델솔 광장의 지하 감옥은 여러 세대의 좌파 운동가들에게 끔찍한 기억들을 남겼다- 복권된 민주주의가 옛 경찰청 건물을 마드리드 자치단체에서 선출된 대표들에게 되돌려주기 전까지 줄곧 공권력의 상징이었다.

무너진 권력을 상징하는 장소로 운집하기 위해, 바예카스의 노동자들은 1931년 4월 14일 레티로 공원을 가로질렀다. 즐거운 행진이었다. 여자들과 아이들이 감격한 시위대와 어울려 가

---

* Afonso XIII(1886~1941). 1886년에서 1931년까지 스페인의 왕으로, 군부 독재를 용인해 사멸의 길을 걷다, 1931년 스페인 제2공화국 출범과 동시에 망명하였다.

족 단위로 이동했다. 깃발들이 군중 위에서 펄럭였다. 한데 여자들은 도시락과 간단한 먹거리를 넣은 바구니도 들고 있었다. 옛 왕국의 공원이었던 레티로 공원의 백 년 된 나무의 무성한 녹음 아래서 피크닉을 즐길 참이었으리라.

대중이 무리를 지어 이동하던 중, 장미원과 동물원, 그리고 한가운데에 있는 못을 우회하여 서고트족의 왕들이 늘어선 길에 이르자, 노동자 무리는 그 조상彫像들을 공격했다. 어떤 동상들은 뒤집히고, 어떤 것들은 팔다리가 잘려나갔다. 물론 상징적인 행동에 불과했으며, 이는 무력한 이데올로기 색채를 띠었다. 영국이나 프랑스와 달리, 스페인에서는 실제 왕의 신성한 머리를 참수하는 것으로 민주주의라는 근대성이 도입되지 않았다. 그들은 허울뿐인 동상의 머리 몇 개에 만족했다. 더군다나 그 시절의 불행에 그 어떤 책임도 없는, 아주 오래된 옛날 왕들의 머리였다. 그들에게 책임을 물을 것이 있다면, 오로지 태만과 나약함으로 이슬람교가 침입하도록 스페인을 열어두었다는 사실뿐이다. 그렇게, 물론 뜻하던 바는 아니었겠지만, 그들은 스페인 관습과 문화의 근본적인 쇄신에 이바지했다는 책임이 있다.

내 어린 시절의 도시에 있는 알폰소11세 거리로 다시 돌아왔을 때, 그곳에서 십여 미터 떨어진 대로에 있는 서고트족 왕의 동상들은 받침돌 위에 다시 세워진 지 이미 오래였고, 얼굴과 사지도 대충 손을 본 상태였다.

이렇게 어렴풋한 추억을 떠올리기 좋은 분위기에 잠겨 있던 어느 날, 오래되고 중대한 기억의 문제를 밝혀내고 싶다는 마음이 들었다. 어쨌든 최초의 기억이자, 어쩌면 근원적일지도 모를 기억의 문제를.

왕권을 위해 오랫동안 정치적으로 헌신해온 것에 대한 보상으로 할아버지가 알폰소 13세로부터 부여받은 공작 칭호를 물려받은 사촌 집에서 점심을 먹다가, 나는 그 기억을 떠올렸다. 봉토도 사회적 지위도 없이, 순수하게 대를 이을 수 있는 칭호만을 정치인들에게 부여하고자 공작이라는 명칭을 만들어낸 것이 바로 스페인 군주제의 관례다. 마찬가지로, 알폰소 13세의 손자인 후안 카를로스 왕은 스페인 민주화*에 기여한 아돌포 수아레스**의 역할을 강조하기 위해 공작 칭호를 하사했다.

어쨌든, 내 이야기는 이런저런 이들의 호기심을 자극했다.

"원한다면 점심을 먹고 잠깐 한번 들러보자꾸나. 안토니오 마우라 재단 사무처 부탁으로 예전 할아버지 저택 일층의 배치를 정확히 그대로 보존해두었으니까. 그 당시에 있던 모습 그

---

* 스페인이 프랑코의 통치에서 벗어나 민주주의국가로 발돋움하는 시기를 일컫는다. 일반적으로 프랑코가 사망한 1975년부터 스페인 사회노동당의 승리로 정권이 교체되는 1982년까지를 지칭한다.
** Adolfo Suárez(1932~2014). 프랑코 사후 후안 카를로스 왕이 지명한 총리. 민주적인 개혁을 성공적으로 이끌었다는 평을 받는다.

대로, 손 하나 대지 않았지! 현대적인 건물들이 그 주변과 그 위로 지어졌지만 말이야." 사촌이 말했다.

사람들은 손 하나 대지 않았다, 정말로.

마우라 할아버지의 자료들을 관리하는 재단 이름이 적힌 금 빛 명패가 있는 문을 넘어서자마자, 두근거리는 가슴을 안고 나는 그 옛날로부터 스며든 분위기, 내 추억의 분위기를 다시 음미했다.

"내가 안내하지!" 큰 소리로 내가 말했다.

오랜만에 함께 점심을 먹으려고 모인 사촌들, 조카들, 조카 손자들까지, 마우라 가족 모두가 깜짝 놀라 내게 안내를 맡겼다. 그리고 나는 아무런 망설임도 없이, 복도와 방으로 만들어 진 미로를 지나, 가장 멀리 떨어진 서재까지 앞장서서 갔다.

기억 속 모습과 똑같았다. 내가 들어간 그 현실의 방은 단지 내 기억 속 방을 복사한 것만 같았다. 똑같은 미광, 똑같은 가 죽과 왁스 냄새. 닫힌 덧창 틈으로 스며든 햇빛에 떠다니는 똑 같은 미세먼지. 너무 많은 것이 쌓인 테이블들 위에 놓여 있는 똑같은 물건들, 책장에 있는 똑같은 책들.

추억 혹은 몽상의 불완전한 복제였다, 어찌되었든. 그보다 는, 미완성된 복제였을지도. 할아버지가 안 계셨으니까, 당연한 얘기지만 말이다. 할아버지의 하얗게 센 턱수염, 우리를 향해 치켜뜬 희미한 시선, 무릎에 올려놓은 스코틀랜드 담요. 그러 고 보니 담요가 없었다.

"스코틀랜드 담요가 없어." 내가 말했다.

내 생각과는 달리, 그 어조가 아마도 심각했던 모양이다. 공작인 사촌이 마치 내게 갚을 빚이라도 있는 것처럼 곧바로 사과했다.

"반년 전에 버릴 수밖에 없었네. 좀이 슬었거든. 완전 넝마 같았지!" 그가 황급히 둘러댔다.

나는 고개를 끄덕였다. 어쩔 수 없지, 오십 년도 더 지났으니, 담요는 따뜻하지도 부드럽지도 않았을 거다. 체념하고 받아들일 수밖에.

안토니오 마우라 할아버지가 앉았던 것이 틀림없을 안락의자 등받이에 내 손을 대보았다. 눈 깜짝할 사이에, 모든 것이 멈추어 움직이지 않았다. 시간이, 삶이, 꿈들이, 욕망이, 향수가.

영원도, 행복에 겨운 이러한 마음의 평화로운 상태와 비슷할 것이다. 그렇게 상상해볼 수 있으리라, 어쨌든.

이 최초의 장면에서 ─그 기억이 진짜든 꾸며낸 것이든, 그보다는 재구성된 것이든─ 할아버지가 있었는가 하는 점은 중요하지 않다. 스코틀랜드 담요가 있고 없고의 문제도 물론 아니다.

중요한 건 바로 어머니의 이미지로, 그것을 맞춰봐야 할 일이었다. 그다지 어렵지는 않았다, 게다가.

내가 그토록 오랫동안 이 추억에 관심을 쏟았던 것은, 바로 어머니의 이미지를, 아마도 그 이미지를 되찾아보고자 함이었고, 계속해서 희미해지고 흐려져만 가는 어머니의 얼굴을 다시 보고 싶어 망각 속으로부터 어머니의 모습을 끄집어내기 위함이었다.

우리—똑같이 힘겨웠던 시절을 보낸 가족 중 살아남은 이들 모두—에게 남겨진 것이라고는 어머니, 수사나 마우라 가마소의 사진 한 장뿐이다. 가족의 다정한 모습을 포착한 아마추어의 사진은 아니다. 산탄데르, 거기에서 찍지 말란 법도 없겠지만, 여름휴가를 보내던 별장 정원에서, 만발한 수국 앞이나 아니면 진달래 앞에서 찍었을 법한 그런 사진은 아니다. 어느 여름 저녁 산티야나델마르 근처의 비좁은 로마식 다리 위에서, 맞은편에서 어머니를 알아본 알폰소 13세가 신사답게 자신이 모는 드디옹부통 사世 자동차를 후진해서 우리에게 길을 내주는 가운데 빨간색 올즈모빌 오픈카 옆에 있던 어머니를 찍은 사진도 아니다.

그런 유의 사진은 전혀 아니다. 내게 유일하게 남아 있는 어머니의 사진은, 삽화가 그려진 잡지 『블랑코 이 네그로』에 실린 사진의 복제본이다.

연회에 참석한 무리 중앙에 어머니가 보인다. 큰 키에, 피부는 검게 그을렸고, 시선은 카메라 렌즈에 고정한 채 마그네슘 플래시가 터지기를 기다리고 있다. 하얀 바탕에 수가 놓인 긴 드레스 차림이다. 사진 설명을 보면 마드리드에 있는 안토니오 마우라의 저택임을 알 수 있다. 레알타드 거리에 있는 저택. 스페인 아카데미의 대표인 할아버지는 회원 몇 명을 저녁에 초대한다. 친분 있는 이들과 가족이 모인 연회이긴 하지만 ─실제로 돈 안토니오의 아내와 할아버지의 두 딸이 함께 있는데, 그중 한 명이 내 어머니로─ 어색해 보인다. 아카데미 회원은 모두가 나이 지긋하고, 검은색이나 하얀색 나비넥타이를 맨 예복 차림이다. 각양각색으로 자른 턱수염도 분위기를 맞추고 있다. 대부분 하얗게 센 수염이긴 하지만. 가벼운 희극으로 성공을 거둔 킨테로 형제만이 턱수염이 없다. 꼬불꼬불한 콧수염 아래로, 그들이 똑같이 짓고 있는 어리숙하고 만족스러운 미소가 보인다.

마리벨 누나 ─집안에 불씨를 피우고 소원한 관계를 유지하거나 다시 이어보고자 애쓰는 바로 이 누나─에게 『블랑코 이 네그로』 잡지의 한 페이지에서 오려낸 사진을 보냈던 사람이 손으로 쓴 메모에는, 사적이지만 지나치게 격식을 차린 이 만찬이 1920년에 열렸다고 적혀 있다. 사진 설명에는 그달 9일이라고 써 있다. 그런데 우리는 그달이 몇 월을 말하는지, 우리가 보고 있는 것이 몇번째 달에 속한다는 건지 알 수 없다.

1920년. 내가 태어나기 삼 년 전이다, 어찌되었든.

이브닝드레스를 입은 어머니의 기다란 실루엣이 예복 차림을 한 이 아카데미 회원 무리의 어두운 배경에서 눈에 도드라지는데, 그들이 입은 셔츠의 순백색 가슴 부분과 정성스레 손질한 오래된 수염이, 희끗희끗 눈 같은 띠를 이루고 있다.

검은 머리카락 아래로 이목구비가 뚜렷한 얼굴, 온화하게 살짝 미소를 머금은 채 반쯤 벌려 있는 두툼한 입술, 그 가상의 평온함—적어도 그 평온함과 균형을 맞춘다든가 보완한다든가 하는 것—과는 모순되어 보이는 칠흑 같고 암흑 같은 이 검은 눈. 이것이 어머니의 존재와 관련하여 눈으로 볼 수 있는, 말하자면 구체적인 유일한 흔적들이다. 기억, 그리고 여전히 기억을 작동시키고 있는 상상력을 제외하면, 1936년 여름휴가 때 덮어둔 하얀 천과 나프탈렌이 방치된 채 있던 알폰소11세 거리의 이 집, 사회적 제재와 민간 약탈에 내맡겨져 있던 한 고급 주택가 내에 자리한 이 집과 관련한 나머지 것들은 모두 사라져버렸다. 예상할 수 있는 일이다, 내란의 전조가 되고 내란을 격화시킬 사회적 증오가 야기한 폭력에 대해 생각해본다면. 가구 하나, 물건 하나도, 책 한 권도, 가족사진 한 장도 이 난파 속에서 남아나지 못했으리라.

어쨌든 내가 부풀려 말하고 있긴 하다. 어렴풋한 기억에서 나온 생동감이 나를 데려가도록 내버려둔다.

아버지 서재에서 책 한 권이 살아남았다, 정말로. 그 책을 보고 싶다는 욕구가 당장이라도 생기면—파리 남쪽 가티네 근방에 있는 집, 내 책 대부분을 탈고했던 그 집에 있는 것만으로도 충분한데—책상에서 일어나 여러 책장 중 한 곳으로 걸어가면

된다. 문제의 그 책을 손에 쥐고 넘겨볼 수 있으니.

4월의 햇살이, 오늘 날을 잡은 듯, 아침 안개를 치우며 이를 흩어지게 해서 차츰차츰 없애고 있다. 사라져버릴 것이다, 곧. 까마득한 평야에는, 그리고 늪에 비친 모습들에는, 무한하나 부서지기 쉬운 침묵이 있다. 주변 나뭇잎들 사이로 봄의 미풍이 불어온다. 그해에 산토끼들이, 겨울 땔감으로 사용할 마른 나무를 보관해둔 곳 아래로 땅굴을 파려고 왔던 모양이다. 고놈들이 장미나무에는 해롭다고 누군가 내게 말한다. 이 작은 짐승들이 깡충깡충 뛰어다니면서 장미나무의 어린잎을 갉아먹기 때문일 것이다. 미안한 얘기지만, 정말로 나는 그런 걱정 따위는 하지도 않는다. 장미꽃은 좋아하지만, 장미나무에는 관심이 없으니.

아버지 서재가 파손될 때 그 난리통에서 살아남았을 단 한 권의 책을 선반에서 집어들었다.

부모님의 침실과 아버지의 이 서재는 집에서 가장 신비롭고도 가장 매혹적인 방이었다. 물론, 몇 가지 다른 이유로 말이다. 부모님의 침실은, 나를 사로잡은 어머니의 속옷과 옷이 정돈되어 있는 옷장 때문이었다. 감시와 금지를 피해가면서, 나는 그 안에 얼굴을 파묻기 위해, 사라지지 않는 친밀하고도 매혹적인 그 향내를 맡으려고 옷장 문을 열곤 했다.

서재에서 느끼는 매력은 완전히 다르면서도 또한 육감적이었다. 내 두 손은 똑같이 떨렸고, 나는 그처럼 육체적으로 흥분

되는 기운에 전율했다. 가죽 냄새, 종이 냄새, 연한 빛깔의 담배 ─ 아버지는 카멜을 피우셨다 ─ 냄새가 마음을 들뜨게 하는 우수마저 느끼게 했다. 보드라운 어머니 속옷을 들고 그랬듯이, 나는 알고 싶고 소유하고 싶어하는 어린아이 같은 고통스러운 욕구를 품은 채 책 냄새를 들이마셨다.

이 서재에 닥친 난리통에서 살아남은 그 책은, 결연하게도 아무 장식 없이 회색 천으로 장정되어 있는데, 작가 이름과 책 제목 'Karl Marx, *Das Kapital*(카를 마르크스, 『자본』)'이라는 글자가 빨간색이라 눈에 또렷이 들어온다.

책 앞쪽 빈 페이지에, 아버지는 각지고 들쭉날쭉한 글씨체로 커다랗게 'José Ma. de Semprún y Gurrea(호세 마리아 데 셈프룬 이 구레아)'라는 자기 이름과 'junio 1932(1932년 6월)'이라는 구입 날짜를 적어두었다. 이는 아버지가 마르크스 『자본』 최신판을 갖고 있었다는 뜻으로, 책의 인쇄 날짜는 어디에도 명시되어 있지 않았지만 베를린의 출판사 구스타프 키펜호이어의 카피라이트 날짜는 정확하게 1932년이며, 더 정확히 말하자면 카를 코르슈*가 쓴 서문은 같은 해 4월 28일에 작성되었다.

이해할 수 있는 일이다, 왜 아버지가 그 시기에 『자본』을 읽

---

* Karl Korsch(1886~1961). 마르크스주의의 이론적 활동으로 각광받았던 독일의 사상가이자 정치가.

었는지, 혹은 다시 읽었는지, 그것도 주의깊게 읽었는지를. 여기저기 남긴 표시나 밑줄이, 여백에 쓴 많은 메모가 심도 깊은 독서였음을 입증해준다. 실제로 아버지는 박사학위 논문을 준비하던 차였는데, 논문은 1933년 5월 18일 마드리드에서 심사를 거친 뒤 나중에 『소유권의 기능적 의미』라는 제목으로 출판되었다. 그리고 이 연구논문 2부 1장의 D단 21번 항에는 마르크스와 소유권에 관한 긴 설명이 있다.

그런데 왜 아버지는 이 책을, 단지 이 책 한 권만을, 그것도 삼 년이 지난 뒤 여름휴가를 떠나면서 가져갔던 것일까? 바로 이런 점이 수수께끼다. 영원히 설명할 수 없는 것으로 남겨질 것이다, 어쨌든.

아무튼 그 책을 원래 있던 자리에 다시 두기 전에, 비정통 공산주의자, 자유주의 마르크스주의 이론가인 카를 코르슈가 쓴 서문의 첫 몇 줄을 훑어본다. "플라톤의 『국가』, 마키아벨리의 『군주론』, 루소의 『사회계약론』처럼, 마르크스의 『자본』도 시대에 빚지고 있다……"

물론 플라톤의 『국가』, 마키아벨리의 『군주론』, 루소의 『사회계약론』처럼, 마르크스의 『자본』도 당대에 강렬한 영향을 미쳤다는 점에서, 코르슈 말이 맞다. 누구라도 인정할 수밖에.

책을 도로 선반에 가져다놓는다, 거기서 호기심 어린 또다른 시선을 기다리겠지. 아침 안개가 사라져, 4월 햇살이 가티네 평원을 비추고 있다.

"나는 오랜 시간 일찍 잠자리에 들었지만* 한 번도 곧바로 잠들지 못했다 부모님은 매일 저녁 외출을 하셨고 두 분이 돌아오시기 전까지 나는 잠을 이룰 수 없었다

때때로

때때로 나는 반수면 상태에 빠져들었는데 매번 계단에서 엘리베이터가 멈추며 내는 소리에 소스라치게 놀라 이 끔찍한 마비 상태에서 빠져나오곤 했다 나는 맨발로 방문까지 갔다 문을 살짝 열었다 현관과 불을 밝힌 복도 불빛을 보았다 거의 보이지 않는 문틈 사이로 훔쳐보았다 부모님이 소곤거리는 소리를 들었다

때때로

때때로 어머니는 혼자서 아파트 여기저기로 연결된 어슴푸레한 복도를 걸어다니셨다 현관에서 시작해 직각으로 꺾이기 전 부모님 침실 문까지 연결된 복도였다 어머니가 그 방에서 돌아가셨을 때 방은 이 년이라는 긴 세월 동안 폐쇄되어 있었다 어머니의 가구들을 치우고 거리로 난 창의 덧문을 닫고 열쇠를 두 번 돌려서 복도와 연결된 문을 닫은 뒤 틈이란 틈은 모조리 종이테이프로 띠를 둘러가면서 붙여 막았다 길고 고통스러운 단말마가 내는 해로운 악취로부터 아

---

* 마르셀 프루스트의 『잃어버린 시간을 찾아서』에 나오는 첫 문장을 연상시킨다: Longtemps, je me suis couché de bonne heure(오랜 시간, 나는 일찍 잠자리에 들어왔다). 셈프룬은 이 문장에서 부사의 위치를 바꾸어 "Je me suis longtemps couché de bonne heure"로 시작하였고, 이어지는 내용 전체에서 구두점을 사용하지 않았다. 번역문도 구두점 없이 옮긴다.

마도 우리를 보호하려 했을 이 무정한 폐쇄의 이유를 누구도 설명해주지 않았다 그래도 나는 어머니의 방문 앞을 지나가곤 했다 부부의 침실이자 어머니가 돌아가신 방 나는 벌벌 떨면서 죽음의 비밀을 숨긴 채 닫혀 있는 문 앞을 하루에도 여러 번 지나쳤다 참기 힘든 죽음의 비밀이 은폐된 그 방 닫힌 문은 어머니의 죽음이라는 잊기 어려운 비밀을 영속시켰다 내 어머니의 길고 긴 투병에 대한 추억 아버지가 재혼하시던 바로 그날 이 방문은 다시 열렸다 우리는 공들여 닦고 다시 색을 칠했다 현대식 가구를 들였다 부부가 사용했고 돌아가신 어머니가 누웠던 커다란 침대는 터키식 침대로 바뀌었다 밝은색 나무다리에 올려 조립한 침대로 바뀌었고 옆에 있는 테이블처럼 길게 연장해 등을 세워놓은 침대로 바뀌었다 천장에 달려 있던 커다란 등 대신에 달린 간접조명들은 현대식이었고 밝았지만 볼품없었다 그때부터는 그 방에서 풍기는 냄새를 맡으러 몰래 가는 일이 결코 없었다 전에는 그곳에 가곤 했는데 독일 출신 가정부의 부주의한 틈을 타서 물론 내 부모님이 없는 시간을 이용해서 부모님 방으로 슬그머니 들어갔었다 작은 화장대 위에서 나는 잘 세공된 크리스털로 만든 묵직한 향수병을 열었다 옷장을 열었다 속옷들과 코르셋들의 비단천을 명주천을 면포플린을 풀 먹인 면을 만졌다 원피스들과 모피들과 여름용 투피스들 나는 일종의 꿈속에서 움직였다 은밀하고 흥분된 움직임의 연속 나는 몇 살이었을까? 틀림없이 여덟 살은 아니었을 것이다……"

66

틀림없이, 그랬을 것이다. 왜냐하면 내 어머니 수사나 마우라는 내가 그 나이였을 때 돌아가셨으니까.

어쨌든, 나는 1981년 내 이야기를 녹음했던 독일 기자 때문에 그런 식으로 어린 시절의 추억들을 떠올렸다.

더 정확히 말하자면, 『횡설수설』*이라고 이름 붙인 소설의 주인공인 라파엘 아르티가스가 그런 식으로 내 추억들을 떠올렸다. 실제로 그가 환기한 것들은 분명 내 추억들이었다. 가면 뒤에 숨어서 가장 내밀한 나의 진실들을 털어놓고자, 나는 환상소설 – 아니면, 단순히 제멋대로 쓴 소설이라 할까? – 이자 (68년 5월 혁명의 승리와 그 이후에 야기된 사회적 동요에 대해 기발하지만 풍부한 가정에 토대를 두고 쓰인) 정치소설인 이 소설에, 이 인물을 고안해 넣었다. 내밀한 내 안의 진실 가운데 몇 가지 정도라도, 어찌되었든. 밤의 어둠 속에서, 어린아이 특유의 근심스러운 불면증에 시달리며 어머니가 돌아오기만을 기다렸던 집의 긴 복도와 더불어 마드리드 알폰소11세 거리에 있는 집을 떠올리기 위해. 숨겨져 있던 추억들 가운데 가장 희

---

* L'Algarabie. 1981년에 출판된 셈프룬의 소설. 1975년 10월 독재자 프랑코가 사망한 날 파리에 이민온 스페인 노인의 마지막 하루에 대한 이야기로, 스페인어와 프랑스어를 동시에 다루면서 생기는 어려움을 보여준다. 책 제목 'Algarabie'는 스페인어 'algarabia'를 프랑스어로 바꾼 것이다. '아랍어'를 뜻하는 이 단어는 '횡설수설' '난해하고 이해할 수 없는 언어'라는 뜻으로 확장되었다. 70쪽 뷔스타망트도 이 작품의 등장인물이다.

미하고 당혹스러운 몇 가지 진실을 말하기 위해 쓴 악한소설이자, 바로크적이며 방탕하며 정말로 있을 법하지도 않는 일화들로 가득차 있는 하나의 소설 속에서. 말하자면 아이들의 생기로 만든 어두운 천국 같은 것 속에서.

그런데, 나의 가장 개인적인 −그리고 때로는 가장 밝힐 수 없던, 적어도 밝히지 못한− 강박에 더 가까이 접근할 수 있게 해준, 이 가공의 인물을 위해 아르티가스라는 이름을 택한 것은 우연이 아니다. 무의미한 선택도 아니었고.

아르티가스는 내가 이중생활을 하던 십여 년 동안, 반프랑코파에서 지하운동을 하던 시절에 사용한 수많은 가명(입대할 때 쓰는 이름*이라고도 하는데, 나는 시대의 현실을 반영하는 이런 표현을 정말 좋아한다) 중 하나였다. 나의 또다른 삶을 위한 이름.

그리고 아르티가스가 『횡설수설』 끝에 가서 끔찍한 죽음을 맞이한다 해도, 이는 우연에 의한 것도, 소설적인 논리의 필연성 때문도 아니다. 나는 내 가명을 사용하는 인물들을 죽음으로 몰아가는 희생제의적 절차를 여러 차례 써먹었다. 결코 자연사는 없었다, 당연히. 그렇게 일반적인 죽음에서 내가 취할 수 있는 이점이랄 것이 무엇이 있겠는가? 길고 고통스러운 질병도 내게는 만족스럽지 못했을 것이다. 길고 고통스러운 질병

---

* nom de guerre. 직역하면 '전쟁에서 사용하는 이름'으로 '가명'이라는 뜻도 있다.

이라는 것은 실제의 삶에나 어울린다. 그리고 소설은 실제의 삶이 아니다. 소설은 실제의 삶 그 이상이다. 소설의 인물들은 삶의 시시함에 굴복해서는 안 된다. 그래서는 안 된다, 내게는 훨씬 더 확실하고, 훨씬 더 의미 있는 무엇이 필요했다. 자살 혹은 살인. 잔혹한 죽음, 어찌되었든.

예를 들어, 『하얀 산』*의 주인공인 쥐앙 라레아는 부헨발트 수용소**의 화장장에 대한 추억들이 갑작스럽게 떠오르는 것을 견딜 수 없어서, 새벽에 프르뇌즈 어귀를 흐르는 센강에 몸을 던졌다. 그리고 아르티가스는 『횡설수설』의 마지막 부분에서 젊은 불량배 무리에게 살해당했다.

내 실제의 삶 속에서 이 허구적인 죽음들이 어떤 역할을 했는지 나는 아주 잘 알고 있었다. 말하자면 그 허구적 죽음들은 매 순간 죽을 운명이었던 나 자신의 죽음으로서 그 검은 수소

---

* La Montagne blanche. 호르헤 셈프룬의 1986년 소설로, 센강이 흐르는 노르망디 지방의 시골 마을에서 주말을 함께 보내는 세 남자의 이야기다. 그들은 1940년부터 노르망디 지방에서 만나기까지, 유럽을 뒤흔든 대형 사고를 겪었다는 공통점을 갖고 있다.

** 1937년 나치는 바이마르 교외에 강제수용소를 세우고 매우 완곡한 명칭, 즉 '부헨발트(너도밤나무숲)'라는 이름을 붙였다. 정치범, 유대인, 집시는 물론 노르웨이 대학생들까지 이곳에 수용되어 있었으며, 1944년에는 영국과 미국의 항공병 한 무리가 갇히기도 했다. 거의 이십오만 명 가까운 죄수들이 부헨발트 수용소를 거쳐갔고, 전멸 수용소는 아니었음에도 적어도 오만 육천 명이 갇힌 상태로 목숨을 잃었다.

의 머리통 앞에다 대고 흔들어대던 미끼였다.

　그런 식으로, 이렇게 치고 빠지는 재주를 부리며, 나는 죽음
의 관심을 따돌렸다. (투우장의 수소만큼이나 용감하면서도 어리석
은) 죽음이, 한번 더 허상을 뿔로 받아버렸을 뿐임을 알아차렸던
시간, 그 시간만큼은 덕을 본 셈이었다. 승자의 시간이었다.

　그리하여 기구에 올라 고도를 유지하며 하늘 한복판을 계속
해서 떠다닐 수 있도록 모래주머니를 내던지듯, 포위된 요새
안에서 쓸모없는 입들을 희생해나가는 것처럼 또다른 삶 속으
로 내가 이름을 부여한 인물들의 육체를 죽음의 먹잇감으로 삼
아 내던졌다. 그들의 영혼을 만드는 일에 정성을 쏟은 만큼이
나, 소설적인 모험의 기회 또한 부여했다.

　죽음은 몽상 속을 떠다니던 시체들을 통해 단련되었다.

　이제 모아두었던 것들은 다 써버렸다. 더이상 나 대신 죽여야
하는 가공의 인물은 없다. 내가 사용했던 모든 예명과 가명까지
모두 써버렸고, 죽음이라는 황량한 바람 속에서 흩어졌다.

　이제는 더이상 희생을 치르게 할 아르티가스도, 라레아도,
뷔스타망트도, 살과 뼈로 된 유령도 없다. 그들은 각자의 역할
을 수행했다, 의연하게. 나만 홀로 남겨진 채 죽음 앞에 노출되
었다. 죽음은 자신의 시간을 결정할 것이고, 나는 준비를 할 것
이다.

　사실은, 내가 죽음을 기다리게 된 지도 벌써 어느 정도 시간
이 흘렀다.

"나는 어디에 있는가 아마도 그 복도에 있겠지

또다시 닫혀 있는 그 문 앞에 이른다 복도 끝이다 거꾸로 뒤집힌 L 자 모양에서 가장 작게 뻗어나온 줄기를 이루는 그곳은 직각으로 꺾어 돌아가면 있다 죽음 위에 세운 닫힌 문 닫힌 방 몇 해 동안 폐쇄되어 있던 방 그러니 늘 그 자리에서 나는 끝을 지으리라 꿈쩍도 하지 않으면서 정신을 어지럽게 하는 이 모든 여정 밤들 악몽의 여정들 이 모두가 닫힌 그 문 앞에서 끝을 맺으리라 죽음의 비밀을 드러내고 감추는 그 문 뒤로 발부리 걸려 넘어가며 내 어머니가 죽어간 방문 앞에서

그런데 결코

결코 나는 정말로 이 밤의 여정 끝까지 가봤다는 느낌이 들지 않는다 매번 꿈속에서 건너가고 있다 상상하며 가고 있다 이 긴 복도를 무엇인가 내게서 빠져나가는 느낌이다 그곳에 있는 무엇인가가 모두 가까이 있지만 다다를 수 없다 그 자체로 투명하지만 뛰어넘을 수 없는 겹겹의 꿈 뒤에 있는 그 무엇 그 여정 자체에서 나오는 무엇 거기에 있는 마지막 이미지 최후의 진실 언제나 나로부터 빠져나갈 그런 진실"

마찬가지로 『횡설수설』이라는 소설 마지막에서, 나는 허구 속 인물에 기대어 나 대신 라파엘 아르티가스의 입을 빌려 추잡하고 무분별한 태도로 말했다. 나는 1974년 푸에낭 인근에 있는 르로주 저택에서 그 책을 집필하기 시작했는데, 아홉 살짜리 토마 L과 함께 월드컵 축구의 이변들을 지켜보던 시절이기도 했다. 결승에서 창의적이며 훌륭한 플레이를 한 네덜란드

가 집요하고 끈질겼던 독일 팀에 패배한 것에 우리 둘 다 똑같이 실망했다. 한편 소설은 1981년이 되어서야 끝을 맺었다.

집필 기간이 길어진 이유에 대해, 마치 뱀이 피부색을 바꾸듯 오랫동안 스페인어와 프랑스어 사이에서 갈팡질팡하면서 『횡설수설』의 언어를 여러 번 바꾸었기 때문이라고만 설명할 수는 없다. 그 이유를 예측해보건대, 위협을 가하는 가면들이 어떤 역할을 했든지 간에, 처음으로 어린 시절 내면의 추억들이 내가 쓴 책 중 한 권에 드러났다는 바로 그 사실로, 이 글쓰기의 더딘 속도 역시 설명될 것이다.

3

"천 년을 산 것보다 더 많은 추억이 내게 있으니……"

아마도 어느 목요일 오후였던가, 일요일이었던가, 기숙사에서 외출 가능한 날 중 하루였을 것이다. 나는 일요일이나 목요일 오후에만 생미셸 대로에 갈 수 있었다. 다른 날들은 앙리 4세 고등학교 벽에 둘러싸인 채 시간을 보냈다.

비가 내리고 있었지만, 억수같이 쏟아지거나 우박과 함께 소나기가 몰아치거나 해도, 비는 하늘에서 떨어지는 것 같지가 않았다. 그보다 비는 ─급한 대로 라신 거리 초입 근처의 극장 차양 아래서 비를 피하고 있던─ 나의 주변 공기, 보이지도 않는 희미한 물방울들이 스며든 듯 촘촘하고 미지근한 공기, 그 자체 같았다.

앞의 저 시구가 내 기억 속에 다시 찾아왔다. 청소년기였던 일차대전과 이차대전 사이의 그해 봄여름 내내, 보들레르의 시라면 무슨 시구를 읽든 모두 날 사로잡았다.

　그 몇 달 전, 헤이그에서 나는 장마리 수투 덕분에 보들레르의 『악의 꽃』을 알게 된 터였다.

　시내 상점가였다. 늘 다니던 긴 산책길에서 돌아오며, 우리는 세상을 이해하고자 대화를 나누고 있었다.

　햇살 좋은 날이었다. 나뭇가지 아래로 흔들리던 그림자, 도자기처럼 매끈하던 파란 하늘이 기억난다. 도시 중심에 있는 한 상점가였고, 우리는 1813광장 기념비 쪽으로 돌아오는 길이었다. 길거리에서 두 여자가 우리 쪽으로 걸어왔다. 키가 크고, 맵시 있고, 약간 요란스러워 보이긴 해도 우아했으며, 목소리가 컸다. 멀리서부터 그녀들이 오는 소리가 들렸다. 느리게 리듬을 타는 발걸음이 요란했다.

　그때, 장마리가 보들레르 시 몇 행을 조용히 읊조렸다.

　"네가 대기를 너른 치맛자락으로 쓸며 갈 때,/ 먼바다로 나아가는 아름다운 배 같아라,/ 돛에 몸을 맡기고 좌우로 흔들리며,/ 감미롭고 나른하고 느린 리듬을 쫓아가는 배⋯⋯"*

　물론 나는 보들레르의 시라는 것을 몰랐다. 시인의 이름을 알게 된 것은 곧 이어진 설명을 듣고 나서였다. 보들레르의 시를 읽은 지 시간이 한참 흘렀음에도, 다른 많은 시 가운데 이 시구

* 샤를 보들레르, 「아름다운 배」 중에서.

만큼은 내 기억에 새겨져 있다. 나는, 정말이지, 수투가 내게 주었는지 빌려주었는지 알 길이 없는 『악의 꽃』을 읽고 또 읽었다. 언제나 그 시집을 곁에 두었다, 아무튼.

얼마 후, 녹음이 우거진 랑어포르하우트 대로변에 있는 ─ 내가 자주 가서 구석구석 뒤지곤 했던 ─ 마르티뉘스네이호프 서점에서, 나는 보들레르 작품집 신간을 발견했다. 가죽 장정으로 아주 얇은 고급 종이에 멋진 서체로 제작된 새로운 전집의 첫번째 책이었다. 플레이아드 총서*였다, 말할 필요도 없지만.

감사와 은밀한 공모의 징표로 ─ 샤를 보들레르 때문만은 아니라, 그후로도 살아가는 내내 나는 항상 이 두 가지 감정을 그에게 느꼈으니! ─ 장마리에게 그 책을 사서 선물하기 위해, 나는 내 쌈짓돈을 절약해서 모아둔 것에다 새어머니 화장대에서 동전 몇 개를 슬쩍해 보태야 했다.

계모라고 불러야 할까, 어떤 단어가 가장 적절할지 모르겠다. 어머니 수사나 마우라가 돌아가신 뒤 아버지가 결혼한 두번째 여자. 또한 우리를 가르쳤던 마지막 독일어 가정교사이기도 했다. 독일어를 사용하는 스위스 지방, 정확히는 취리히 호

---

* 16세기 프랑스의 혁신적 시파 '플레이아드' 이름을 따서 자크 쉬프랭이 1923년 동명의 출판사와 1931년 동명의 총서를 만들었다. 현재 프랑스 갈리마르 출판사에서 펴내고 있는 명망 있는 고전 총서로, 한 작가의 작품을 총망라한 이 전집 시리즈 첫 권이 바로 보들레르였다.

수 인근 베덴스빌이라는 마을 출신이다.

한참 뒤, 그러니까 가명으로 프라하행 비행기를 타기 전에 행적을 감춘 채 시간을 보내야 할 때면, 하얀색 유람선을 타고 취리히 호수를 한 바퀴 돌면서 이따금씩 베덴스빌에 들르곤 했다. 유람선으로 호숫가를 돌면서 정박할 수 있는 곳 중 하나였다. 그럴 때면 나는 트로츠키의 독특한 동반자였으며 1917년 레닌의 이름으로 독일 황실의 돈을 받고 봉인 열차* 독일 횡단을 기획했던 파르부스**를 떠올리곤 했다. 페트로그라드(현 상트페테르부르크)를 향해, 볼셰비키*** 혁명의 승리를 향해 달렸던 그를. 20세

---

* 1917년 2월혁명으로 차르의 전제정권이 붕괴되자 해외에 망명중이었던 혁명가들이 러시아로 귀국하기 시작했다. 당시 스위스 취리히에 있던 레닌은 러시아로 귀국하려 했지만, 일차대전이라는 국제 정세와 러시아 임시정부의 반대에 부딪혀 적국인 독일 정부에 도움을 요청했다. 독일 정부는 혁명가 지원이 러시아의 힘을 약화시킬 수 있는 일이라 보고 그들을 지원할 수 있는 봉인된 열차를 제공했다. 레닌을 포함한 서른두 명이 독일이 제공한 봉인 열차를 타고 독일을 통과한 다음 기선으로 스웨덴에 도착하여 그곳에서 다시 기차를 갈아타고 러시아로 들어갔다.

** 알렉산드르 파르부스(본명은 이스라엘 라자레비치 겔판트 또는 헬판트, 1867~1924)는 러시아 태생의 독일 사회주의자. 스위스에 망명중이었던 레닌이 러시아로 돌아가 1917년 11월 혁명을 일으킬 수 있도록 도왔다.

*** 멘셰비키에 대립하여 소련공산당의 전신인 러시아 사회민주노동당 정통파를 가리키는 말로, 과격한 혁명주의자 또는 과격파의 뜻으로도 쓰인다. 레닌의 주도하에 역사적인 11월혁명을 성공시키고 정권을 장악한 볼셰비키는 인류 최초의 소비에트 사회주의국가를 수립하였다.

기에 가장 소설 같은 삶을 살았던 사람 중 하나로 삶을 허비하지 않았던 파르부스는 말년에 평화로운 이 마을에 와서 생을 마감했다.*

나는 또한 우리의 마지막 프로일라인**이자 새어머니였던 아니타 L을 떠올렸다. 계모라고 해야 할까. 우리 중 가장 어린 카를로스와 프란시스코는 ─역사의 재앙 탓에 가족의 품을 떠날 수밖에 없었던─ 형과 누나들보다는 더 오랫동안 스위스 여자(그녀가 기분이 좋거나 관용을 베풀던 날에 우리는 그녀를 '스위스 여자'라고 불렀고, 다른 날에는 기껏해야 '오피크 장군'*** 정도로 불렀다)의 옹색한 권위를 참아내야만 했고, 그래서인지 그녀를 차라리 못된 계모로 취급했다.

어쨌든, 나는 아니타 L이 작은 화장대 서랍 속에 동전을 놓아둔다는 사실을 알고 있었다. 언제든지 주워모을 수 있는 동전 몇 개가 있었다. 나는 신중한 태도로 ─없어진 것이 탄로날 수 있는 5휠던****짜리 커다란 동전에는 손을 대지 않으면서─ 선

---

* 실제로 알렉산드르 파르부스가 사망한 도시는 베를린이다. 아마도 작가의 착각인 듯하다.

** Fräulein. '미스'나 '마드무아젤'에 해당하는 독일어 표현으로, 독일어 여성 가정교사를 부르는 호칭.

*** 자크 오피크(1789~1857)는 보들레르의 어머니와 재혼한, 프랑스 제1제정 시대와 왕정복고시대의 장군으로, 보들레르는 평생 이 의붓아버지를 증오했다.

**** 네덜란드의 화폐단위.

물 사는 데 필요한 돈이 모일 때까지 동전을 훔쳤다.

이 좀도둑질에 나는 후회도, 일말의 죄책감도 느끼지 않았다. 샤를 보들레르, 장마리 수투, 플레이아드 전집의 첫 책은, 부르주아 윤리를 위반하고 소유권을 침해해도 될 충분한 가치가 있었다.

아무튼, 헤이그의 한 거리에서, 두 여인이 우리 쪽으로 걸어왔다. 큰 키에 검게 그을려 아름다운 모습으로, 보란 듯 뽐내고 몸을 흔들며. 수투는 낮은 소리로 『악의 꽃』에 수록된 시 몇 행을 읊었다. 나는 시의 아름다움에 감동했다.

우리와 마주치던 바로 그 순간, 지나가던 두 여자가 쇼윈도 앞에 멈추었다. 여성 속옷을 파는 상점이었다. 더 나이가 많고, 더 발랄해 보이고, 더 멋들어지게 화장한 여자가 진열된 상품에 빠진 채 동행한 여자에게 떠들었다. 꽤 화려한 연어색 핑크에 구멍 뚫린 레이스로 장식된 거들이었다.

그녀는 쉰 목소리에 천박한 억양으로 빈정대면서 프랑스어로 말했는데, 나중에야 나는 그것이 전형적인 파리 사람들의 말투*라는 것을 알게 되었다. 당연히, 난 진열된 거들에 대해 그

---

* 1930년대에서 1940년대 사이에 특히 영화를 통해서 대중화된 말투. 파리의 젊은 건달들, 벨빌이나 메닐몽탕 인근의 가난한 계층, 노동자 등이 빈정대듯 몸을 건들거리면서 쓰던 말투. 당시 배우 아를레티가 영화 〈북호텔〉

녀가 말하는 것을 다 머릿속에 넣을 수가 없었다. 게다가 그녀가 사용했던 어휘 상당수는 모르는 것들이었다. 내가 기억하는 단어는 단 하나뿐이었으니, 그 여자가 혼잣말로 여러 번 되풀이했고, 기분좋게 웃고 있던 장마리가 그 어휘의 흥미로운 오류를 강조했던 단어다.

그녀는 자신이 바라보고 있던 거들의 '꽃무늬'*에 감탄하고 있었다. 보자마자 그것이 맘에 들었는지 상점 안으로 젊은 동행인을 데리고 들어갔다. 대기를 너른 치맛자락으로 쓸며, 먼 바다로 나아가는 배의 움직임처럼, 그녀는 상점 안으로 사라졌다.

그렇게, 어느 햇살 좋은 날 헤이그를 산책하며, 나는 『악의 꽃』과 우아한 여자들, 그리고 속어의 아름다움을 동시에 발견했다. 이 세 가지 아름다움의 발견을 상징하고 지속시켜준 것은 '꽃무늬'라는 단어다. 잃어버렸던 시간 속에서 내가 찾은 카틀레야 꽃.**

_____

속에서 사용하여 엄청나게 유행했다. 이 계층이 외곽으로 밀려나면서 파리 외곽 사람들의 말투로 자리잡았다.

* floriture. '꽃'을 뜻하는 'fleur'와 '장식'을 뜻하는 'fioriture'를 합쳐서 만들어낸 표현. 뒤에 나오는 '속어'의 발견이라는 표현에 비추어보건대, 프랑스 여자는 발음상 유사한 'fioriture'를 'floriture'라고 잘못 말했거나 조합해서 말한 것으로 이해할 수 있다.

** 프루스트의 『잃어버린 시간을 찾아서-스완의 사랑』에 나오는 꽃으로, 오

보들레르의 시는 내게 프랑스어의 아름다움으로 나아가는 길을 열어주었다. 구체적이며 완벽한 아름다움으로 가는 길을 열어주었고, 나는 의미만큼이나 아름다운 소리를, 개념만큼이나 아름다운 운율을, 의미만큼이나 아름다운 감각을 듣는다.

그때까지 내게 프랑스어는 대체로 관념적인 특징을 지닌, 오직 문어文語에 가까운 언어였다. 독서를 위한 언어, 따라서 내적이고 고독한 침묵의 언어. 독해용으로 글을 쓸 때 쓰긴 해도, 이학년 교실의 고전 수업시간에 배우는 라틴어와 그리스어에 비하면, 살아 있는 언어라는 이점이 있는 언어. 예를 들면 그 시절까지 빠져 있던 오디비우스의 아름다움이 무엇이었든 간에, 생기와 피로 가득찬 보들레르의 아름다움은, 곧 내게 더 가까이 있는 것처럼 여겨졌다. 감각으로, 다른 말로 하자면, 감성과 의미로 가득차 있었으니.

어린 시절 내가 배운 외국어는 프랑스어가 아니라 독일어였다. 프랑스어를 배울 수 있는 시간이야 언제든 있을 것이라고 아버지는 판단했다. 그럴 기회든 욕구든 우리한테 부족하지 않으리라고 여기신 모양이다. 반면 독일어는 그럴 일이 더 불분명했던 것이고. 더군다나 우리 같은 라틴어권 사람들한테는 독일어가 보다 어려울 것이라고 아버지는 확신했다. 바로 그것이 서둘러서 독일어를 배우기 시작했던 또하나의 이유였다.

데트에 대한 스완의 욕망과 관계를 상징한다.

그래서 형제들과 나는 아주 어려서부터 독일어를 배웠다. 나이가 비슷했던 곤살로 형, 나, 알바로 – 이 세 형제가 나잇대 중간에 있고, 위로 누나 두 명, 아래로 남동생 둘이 있는데 – 셋한테는 독일어 입주 가정교사가 붙었다. 이미 아니타 L이 마지막 가정교사라고 얘기한 바 있다.

그런데 프랑스어와의 첫번째 만남 – 내가 기억하는 첫번째 만남 – 은 그리 즐겁지 않았다. 이 불만의 원인을 제공한 이는 바로 19세기 작가 빅토르 위고다. 정확히 말하자면, 위고의 시 한 구절.

누나들은 파리국제학교*에서 하는 통신 강의를 들었다. 독일어를 적절하게 구사할 만한 기본기를 갖춘 때가 바로 프랑스어를 배우기에 적기라는 아버지의 의견을 따르자면, 실제로 누나들은 이제 막 그런 나이가 되었다. 그래서 그 학교를 선택했고, 학교에서 내준 모든 숙제를 프랑스어로 작성해야 했다.

어느 날, 마리벨 누나와 수사나 누나는 빅토르 위고의 시 한 편에 대한 논평을 적어야 했다. 제목은 생각나지 않지만 –「패배 이후」** 비슷한 제목이었는데 부차적인 이 세부 사항을 당장

---

* 1907년 설립된 프랑스의 사립 교육기관으로 정규 기관에서 수업받을 수 없는 학생들을 대상으로 우편통신 수업을 했다. 프랑스 식민지를 제외하고 육십여 년 동안 이십여 개국 십삼만 명 이상의 학생이 교육을 받았다.

** 원제는 「전투 후 Après la bataille」로, 프랑스에서 초등학교 저학년 과정에서 널리 읽히던 시로, 전장에서 죽어가며 마실 것을 찾는 스페인 병사에게

에 확인하려 들진 않겠다— 그 시에는 "내 아버지, 그토록 온화한 미소를 짓는 영웅이여……" 같은 유명한 구절이 있다.

그다음 시 대목에서는, 다들 떠올릴 수 있는바, 위고는 부상당한 스페인 병사를 묘사했는데, 그 병사는 대령인 아버지가 그한테 줄 마실 것을 준비하는 사이에 아버지를 향해 방아쇠를 당기고 말았다. "인간, 무어인 같은 놈이여……"* 이 단어 때문에 내 누이들은 고통으로 동요했다. 누나들은 가족들이 모두 모인 자리에서 파리국제학교 채점자들에게 보내야 할, 복수와 애국심을 담아 작성한 감상문을 읽었다.

누나들이 쓴 프랑스어 작문의 내용은 대략 이러했다. 시 뒷부분에서 스페인 부대를 "패주하는 부대"로 규정했기에, 정확히 말하자면, 빅토르 위고는 제대로 영감받은 것이 아니라고 말이다. 이베리아반도에서 나폴레옹 부대의 처참했던 최후를 고려

화자의 아버지가 물을 주려는 순간, 스페인 병사는 그에게 총을 쏘고, 총을 맞은 아버지는 그럼에도 그에게 물을 주라는 말로 끝나는 내용이다.

* 북아프리카 전역에 퍼져 살던 유목민 베르베르족과 이슬람의 전파와 함께 북아프리카에서 서쪽으로 옮겨온 아랍인들을 통틀어 무어인이라고 불렀다. 이는 '검다, 어둡다'라는 뜻을 지닌 그리스어 '마우로스'에서 비롯된 말로 이들의 피부색을 가리킨다. 그러나 점차 이베리아반도와 북아프리카에 사는 사람들을 일컫는 말이 되었고, 이베리아반도가 이슬람 지배를 받게 된 후에는 이슬람교도 아랍인을 의미하게 되었다. 또한 아랍인, 스페인인, 베르베르인의 혼혈인 '스페인계 이슬람교도'라는 의미를 확대해석하여 이슬람교도 전체를 가리키기도 한다.

하건대, 나폴레옹에 맞서 싸우고 그를 물리친 스페인 부대를 그런 식으로 취급하려면 정말이지 엄청난 민족적 혹은 혈연적 맹목주의가 필요했을 거라고.* 어쨌든 "무어인 같은 놈"이라고 규정한 스페인 병사의 초상은 특히 적절하지 못했다고, 누나들은 비난했다.

그리고 이제 내가 분명히 말할 수 있는바, 빅토르 위고의 시구가 실제로 끌어낸 근본적인 멸시를 정당하게 거부하면서, 우리도 똑같은 충동과 똑같은 해악의 어떤 흔적을 찾아낼 수 있지 않겠냐는 것이다. 그 흔적이란 말하자면 인종차별과도 같은 비교 행위를 야기하는 분노라고 할 수 있는데, 앞서 말한 바로

---

* 1808년부터 스페인과 프랑스 사이에 벌어진 전쟁은 '스페인 원정' 혹은 '스페인 독립전쟁'이라 불린다. 영국과의 전투에서 패배한 나폴레옹은, 영국을 고립시키기 위해 대륙봉쇄령을 내렸지만 제대로 지켜지지 않자, 이를 빌미로 포르투갈을 공격하여 점령했고, 스페인 북부 일부도 함께 점령했다. 나폴레옹은 스페인 왕을 유폐시킨 뒤 자신의 형 조제프 보나파르트를 스페인과 신대륙의 왕으로 임명해서 1808년부터 1814년까지 스페인을 통치했다. 그러나 계획과는 달리 스페인 민중이 나폴레옹 군대에 반기를 들자, 나폴레옹은 군대를 보내 무력으로 진압하려고 했고, 전국 곳곳에서 스페인 민중들은 게릴라전을 펼쳐나갔다. 군사의 수나 무기 면에서 훨씬 월등한 나폴레옹군은 1809년 카디스를 제외한 스페인 영토를 거의 모두 장악했으나, 결코 점령 지역의 민중들을 지배하지는 못했다. 그러던 중 프랑스에 적대적이었던 영국이 군대를 보내어 웰링턴 장군의 지휘로 포르투갈에 상륙했고, 빅토리아 전투에서 승리를 거두며 전쟁을 종결시킨 뒤 프랑스 본토로까지 쳐들어갔다. 이에 나폴레옹은 조제프 보나파르트를 스페인에서 철수시키고, 퇴위시킨 페르난도 7세를 석방했다.

그 맹목주의 자체의 부정적인 형태, 뒤집힌 이미지일 뿐이다. 특히 스페인 사람들은 그들의 집단적 상상력 속에서 '엘 모로el Moro'라 표기되는 '무어인'을 그 단어의 정의로든, ─음흉하고 염려스러운 외국인으로서─ 연상되는 의미로든, 타자의 전형으로 인식해왔으며 여전히 종종 인식하고 있다는 사실을 상기해보면 더욱 그러하다. 어쩌면 이는 단순히 아메리카 대륙에서 인디언들에게 그랬던 것처럼, 식민지를 거느리던 스페인 제정시대에 무어인들을 몰살시키거나 개종하는 데 성공하지 못해서 생긴 선입견 때문일지 모른다.

어찌되었건, 프랑스와 스페인의 관계를 다시 살펴보기 위해, 나는 어린 시절에 중등교육용 역사 교과서 속에서 읽었던 다음과 같은 사행시를 찾아냈다. "*San Luis rey de Francia es / el que con Dios pudo tanto / que para que fuese santo/ le perdonó el ser francés……*"(프랑스의 왕 생루이는/ 신에 충분히 비견될 만큼 강력한 힘을 갖고 있었기에,/ 신은 그가 프랑스인이라는 것을 용서하고/ 그를 성인으로 추대했노라.)

나름대로, 이것도 나쁘지 않다!

"나는 비 많이 내리는 나라의 왕 같구나……"*
나는 방금 시를 바꾸었다. 다른 시로 넘어가고자, 내가 암송

---

* 보들레르의 시 「우울」의 첫번째 시구.

하고 있던 「우울」 중간쯤에서, 그러니까 "절뚝이며 가는 날들에 비길 만큼 지루한 것이 세상에 어딨으랴"―독자여, 정말 그렇지 않은가!― 이 시구 바로 다음에서, 시 낭송을 그만두었다.

정말이지, 자리에서 꼼짝도 않은 채, 그러니까 마치 고지식한 사람처럼 『악의 꽃』에 있는 시들을 낮게 읊조리면서, 남은 오후 시간을 보낼 수도 있었으리라. 움직이지 않는 내 모습을 동상으로 오해한 비둘기들이 똥을 갈기려고 내 어깨에 내려앉았을지도 모를 일이다. 저녁 무렵에는 고독 때문에, 흠씬 젖고 더럽혀진 옷 때문에, 게다가 점점 더 힘없고 피곤한 목소리로 열두 음절의 시구를 끝없이 큰 소리로 뚝뚝 끊어 읽고 있는 나의 모습 때문에, 근심스러움을 느끼면서도 이런 내게 매료된 지나가던 여인 하나가, 꽃과 은은한 향, 그리고 푹신한 장의자들로 가득한 자기 집으로 나를 데려갔을지도 모를 일이다.

3월 말의 그날이 목요일 오후였는지 일요일이었는지 ―아마도 여러 이유로 뒤에 가서 명확히 해두고 싶어질까봐서이긴 한데, 목요일일 거라는 생각에 더 기운다― 그날 불과 몇 분 전, 나는 그 당시 라신 거리와 의과대학이 비스듬하게 만나는 지점에 있던 빵집으로 들어갔다. 크루아상인지 뭔지 모를 작디작은 빵 한 조각을 주문했는데, 지상에서 얻을 수 있는 양식 중에 이보다 더 작은 먹거리가 있을까 싶었다. 그런데 한편으로는 소심한 탓에(내 천성이 그런지라 때때로 이 성격 때문에 돌처럼 굳어지기도 했는데, 의지를 발휘한다든가 경험의 힘을 빌린다든가 사회적인 공식 석상이라든가 하는 자리에서만 소심함을 억누를 수 있었을 뿐, 그런 게 아니라면 내성적인 성격을 완전히 극복하지 못했고, 이는 내게 공포증의 기미로 나타나 이를테면 전화받는 것을 두려워한다거나 공공장소에 혼자 들어가는 일에 대해서도 난처함을 느끼도록 하곤 했다), 그리고 다른 한편으로는 당시 끔찍했던 내 프랑스어 발음 탓에 – 내가 프랑스어를 거의 완전히 문어文語로 인식하고 있었다는 것은 이미 말한 바 있다 – 빵집 여주인이 내 주문을 알아듣지 못했다. 주문을 되풀이할수록 말을 점점 더 많이 더듬었으니, 아마도 빵집 주인은 더더욱 이해하지 못했을 것이다.

그러자 상점 주인으로서의 거만함과 그토록 많은 훌륭한 프랑스인들의 전유물이 되어버린 – 무해한 광기라고 말하곤 하는 그런 – 가벼운 외국인 혐오로, 당시 삐쩍 마른 청소년이었던 나를 위아래로 멸시하듯 쳐다보던 빵집 여주인이, 나를 핑계 삼아 외국인들, 특히 스페인 사람들, 그중에서도 당시 프랑스에 물밀듯 들어와놓고는 프랑스어로 표현할 줄도 모르는 붉은 진영 사람들에 대해 싸잡아 욕을 퍼부어댔다.

이목을 끌어보겠다는 심보로 퍼부은 독설 속에는 – 빵집 여주인은 내가 아니라, 역겹게도 공감대를 형성해보겠다고 손님들을 향해 말을 걸었는데 – "패주하는 부대"를 암시하는 말까지 있었다. 그녀의 말 한마디가 나를 그 전설적인 스페인 부대로 내동댕이쳤다.

그리하여 내게 그 추억이 다시 온 것이다. 국제학교, 마리벨 누나와 수사나 누나의 애국심에서 비롯한 슬픔, 빅토르 위고의 시구 같은 것이. 스스로 이방인임을 드러낸 그 한심한 억양 탓에, 크루아상도 작디작은 빵도 없이 나는 도망치듯 빵집을 빠져나왔다.

밖으로 나와, 극장-포스터에 프랑스 배우 아를레티의 모습이 있었는데, 제대로 기억하는 게 맞는다면 영화 〈불법 침입〉(1939) 포스터였을 것이다. 내가 제목을 헷갈리고 있을 수도 있긴 한데, 그 무렵 아를레티가 나오는 영화가 자주 상영됐으니 말이다- 차양 아래서 쉼없이 가늘게 내리는 비를 잠시 피하던 나는, 갑작스러운 불편함을 느끼며 꼼짝도 할 수 없었다.

아마도 그때부터였으리라, 고국을 떠날 수밖에 없었던 슬픔 속에서 (언어, 관습, 가족과의 삶 같은) 모든 일상적 지표를 잃어버리고 만 망명의 첫 몇 주 동안 -헤이그에서의 생활은 아직 망명이 아닌 중간 단계였으니- 분명한 타락처럼, 무無라는 심각한 존재처럼, 산다는 것의 피로감이 생겨났거나 혹은 구체화되어 내게 자리한 것. 그리고 그 감정을 대체로 잘 감춰왔기에, 내가 이런 얘기를 꺼내도 믿는 사람이 거의 없었다. 어쨌든, 언제나, 순전히 예의상, 농담조로 얘기하곤 했으니까. 보통 내가 갑작스럽게 말을 꺼내서 야기된 의혹으로, 그렇게 말해야만 했을 나에게나, 그 혹은 그녀에게 상처를 주지 않기 위해서.

훨씬 나중에 -훨씬 더 많은 시간이 흘러서, 그러니까 이런저런 일들을 겪은 뒤 - 『얼마나 멋진 일요일인가!』*라는 책에서, 나는 내게 내맡겨진 철저한 소외를 느끼며 나 자신에게, 그리고 세계에 결핍된 것을, 청소년기에 나를 사로잡았던 살아가는 것에 대한 극단적인 권태감을 이렇게 묘사했다. "콩트르스카르프 광장 한복판이자, 물이 갈라지는 지점이면서, 경사진 꼭대기이기도 한 곳에서, 너는 꼼짝 않고 있는데, 그곳이 생기 없는 무력감 탓에 기계적이고도 몽환적인 걸음으로 너더러 의외의 행동들을 하게끔 이끌 수도 있겠으나, 그럼에도 너는 무엇도 할 수 없는데, 이러저러한 것을 결정하는 것조차 할 수 없고, 어떤 하찮은 선택도 맘놓고 할 수 없으며, '믿을 수 없을 정도의 엄청난 피로감, 말하자면 빨아들일 것만 같은 피로감'에 사로잡혀 있어, 새들이 놀라 달아날 정도로 큰 소리로, 혹은 반대로 초췌하면서도 이미 뭔가를 독점한 듯한 얼굴에 열에 들떠 갈망하는 눈으로 느닷없이 네 쪽으로 고개를 돌렸던, 얼굴에 주름 하나 없는 어떤 여자의 관심을 끌 정도로 큰 소리로, 네가 아르토**의 말들을, 아르토가 몇 해 전 명명할 수 없는 단 하나의 의도, 분명 그 자신조차 막연했을 의도로 쓴 그 이야기를, 네가 낭독하고 있긴 하나, 아르토의 「신체 상태에 대한 묘사」에 적힌 말들로는, 1942년 봄에 쓰였으

---

* 1980년에 출간된, 작가의 부헨발트 수용소 체험을 기록한 자서전.
** Antonin Artaud(1896~1948). 프랑스의 연극이론가이며, 배우이자 작가. 현대 연극에 막대한 영향을 미친 '잔혹극 이론'의 개념을 소개했다. 뒤에 나오는 짧은 글은 아르토의 『명부의 배꼽L'ombilic des limbes』에 수록되어 있다.

나 네 삶의 중요한 것들이 빠져 있던 상투적인 글로는, 너의 신체 - 네 것, 다른 누구도 아닌 네 신체 - 상태를 묘사해낼 수 없다……"

하지만 너는 더이상 1942년의 콩트르스카르프 광장에 있지 않으며, 나는 1939년 3월 말, "잠도 오지 않는 망명지의 밤,"* 내게 는 첫 해이자 첫 달인 길고 긴 그 밤에, 생미셸 대로에 있다. 그 리고 앙토냉 아르토의 텍스트를 암송하는 대신, 샤를 보들레르 의 「우울과 이상」**에 수록된 시들을 낮은 목소리로 읊조리고 있다.

그럼에도 달리 생각해보면, 빵집에서 일어났던 일은 사소한 것이었다. 그저 소란스럽고 어리석은데다 외국인을 혐오하는 한 상점 여주인이 나를 놀렸을 뿐이다. 그런 일을 공연히 과장 할 필요가 있을까! 오히려 비웃어줄 수도 있었으리라. 가령, 곤 살로 형과 같이 있었다면. 형이 일학년이고, 나는 삼학년***이니 같은 학년은 아니었지만, 곤살로 형은 앙리4세 고등학교 기숙

* 마르크스가 1949년 8월 26일 런던에 도착했을 당시에 했던 말.
** 보들레르의 『악의 꽃』의 첫 챕터로 가장 많은 시가 수록되어 있으며, 앞서 언급한 네 편의 「우울」도 여기에 속한다.
*** 프랑스의 학제는 한국의 중학교 일학년이 육학년에 해당하며 학년이 올라갈수록 숫자가 하나씩 줄어든다. 한국식으로 따지면 곤살로 형은 고등학 교 이학년이고, 작가는 중학교 사학년이다. 프랑스의 중학교는 사년제, 고등 학교는 삼년제다.

사에서 나와 함께 생활했었다. 아니면, 장마리 수투와 함께였다면. 형이든 수투든 누구라도 나와 같이 있었다면, 나는 비웃어줬으리라. 빅토르 위고의 시구, "패주하는 부대"가 다시 출현했다는 사실에 우리는 비웃었으리라. 아마도 그 유래조차 몰랐을 상점 주인이 쓰는 언어에 끈질기게 남아 있는 그 시적 클리셰를 두고 우리는 냉소했으리라.

한편 내 끔찍한 프랑스어 발음도 글을 쓰는 것에는 아무런 문제가 되지 않았다. 그 목요일인가 일요일인가, 어쨌든 수업이 없었던 바로 그날로부터 며칠 전, 프랑스어 선생님 오디베르 씨가 나의 첫 프랑스어 작문 숙제를 돌려주었다. 아주 좋은 점수였다. 그렇게, 나에게는 빵집에서 일어난 사건의 중요성을 축소시킬 확실한 근거가 생겼다. 그런데 반짝반짝 빛나면서도 아이러니한 아를레티의 시선을 느끼며 비를 피하고 있을 때 ― 그해 여름이 끝날 무렵 나는 그 시절 영화 속 대사 대부분을 외울 수 있었고, 그 대사 중 파리 사람 특유의 조롱조, 헤이그에서 만난 그 '꽃무늬 거들'을 바라보던 우아한 여자가 사용했던 말투를 다시 들을 수 있었다 ― 무언가에 홀린 듯한 강렬한 불편함이 나를 엄습했다. 참을 수 없는 육체적 슬픔이었다.

"패주하는 부대의 스페인 병사." 빅토르 위고의 말, 생미셸 대로의 빵집 여주인이 환기한 이 말은 나를 지독한 비탄에 빠뜨렸다. 그 말은 사실이었고, 우리는 패주중이었으니까. 그 단어가 가진 모든 의미*에서 우리는 그러했다. 빅토르 위고의 시적 표현은, 그때부터, 단순히 국수주의적인 허세로 느껴지기도 했으나 그만큼 정확한 표현이기도 했다. 우리를 패주로 몰아붙인 이는 나폴레옹이 아니라, 물론 프랑코였으니, 아프리카 식민지 전쟁을 나선 장군이요, 배불뚝이에 거세된 가수의 목소리를 갖고 있지만 집요하고 인정사정없으며 냉혹한 프란시스코 프랑코, 모든 희망과 예상을 뒤엎고 사십여 년 동안 스페인을 지배한 바로 그자였다.

1812년 우리는 자코뱅당**에 그 뿌리를 둔 프랑스 황제(프랑스 황제를 '말을 탄 로베스피에르'***라고 명명했던 스페인 자유주의자 호세 마르체나****는 거의 알려지지 않은 인물이지만, 프랑스대혁

---

* dérouter라는 단어에는 '패주하다'라는 뜻 외에도, 타동사로 '길을 잃게 하다' '당황하게 하다'라는 뜻이 있다. 셈프룬이 지적한 대로, 여기서 이 단어는 이 모든 것을 의미한다.

** 1789년 프랑스대혁명을 급진적으로 이끌었던 정치 분파. 공포정치로 국내외의 반혁명 기도에 맞섰으나, 1794년 7월 27일 테르미도르 반동으로 몰락했다.

*** Maximilien Robespierre(1758~1794). 프랑스대혁명기의 정치가. 자코뱅당의 지도자로 활약하다가 산악파의 거두가 되어 독재체제를 완성하고 공포정치를 추진하였다. 부르주아 공화파를 위시한 의원들의 반격으로 처형되었다.

**** José Marchena(1768~1821). 스페인의 정치가이자 작가, 기자, 번역가. 대부분의 삶을 프랑스에서 유배된 채 보냈고, 프랑스대혁명 당시 핵심적인 역할을 했으며 17세기 루소, 볼테르, 몰리에르 등의 작품을 처음으로 스페인어로 옮긴 번역가다.

명에서 핵심적인 구실을 했으며 지롱드당*의 대학살 때도 살아남은 이로, 마담 드 스탈의 측근들 사이에서 만났던 샤토브리앙의 미움을 샀다)를 무찔렀고, 그 승리로 인해 가장 어리석고 비열한 절대왕정을 복구**함으로써 스페인 자본주의의 근대화 – 이것말고 다른 것은 없었다 – 를 반세기 정도 늦추었다. 1939년, 민주주의의 근대화라는 조심스러운 전진을 갑자기 무너뜨리며 우리를 몰아친 것이 바로 프란시스코 프랑코였다. 한 세기의 시차를 둔 승리와 패배는, 이런저런 변화들 속에서, 역사적으로 유사한 결과를 낳았으리라.

바로 그날, 비 내리던 날, 생미셸 대로에서(한참을 생각해보니, 목요일이 맞는 것 같다. 일요일이면 나는 로몽 거리에 있는 기숙사 사감 피에르에메 투샤르의 집에 가곤 했으니까. 아니면 때로는 파리에서, 때로는 생프리에서 아버지를 만나기도 했는데, 생프리는 파리 북쪽의 제법 큰 변두리 마을로, 에마뉘엘 무니에의 친구들이 – 『에스프리』 동인들로서 그 배려 속에서 우리는 살아가고 있었다 – 아버지에게 아주 검소한, 그러나 불확실한 시대 상황을 고

---

* 지롱드 지역 출신이 많다는 이유로 지롱드당으로 불렸으며, 프랑스대혁명 당시 입법의회와 국민공회의 당파였다. 루이 16세의 처형 문제로 자코뱅당과 대립하다가 공포정치로 뿌리째 소탕되었다.
** 스페인 독립전쟁의 승리로 1814년 귀국한 페르난도 7세는 마드리드에 돌아오자마자 스페인 최초의 민주 헌법이라 불리는 카디스 헌법을 완전히 무시한 채 절대왕정 체제를 유지하면서 폭정과 압제정치를 시행했다.

려하면 귀중한 거처를 그곳에다 마련해주었다. 그렇지만 아버지와 만난 것과 관련해서는 그 어떤 기억도 없다, 바로 그날에는. 반면에 완전히 버려졌다는 느낌, 내 영혼을 갉아먹고 잘게 부수는 고독감은, 그저 떠올리는 것만으로도 여전히 숨이 막힐 정도로 정확하게 기억하고 있으니, 아마도, 목요일이었을 것이다) 비가 내리던 그날, 생미셸 대로에서, 신문들은 마드리드가 프랑코 장군 부대에 넘어갔다는 소식을 상세히 알리고 있었다.

학교를 나서던 나는 첫번째로 보이는 가판대, 그러니까 수플로 거리와 생미셸 대로가 만나는 곳에 자리잡은 카풀라드 카페* 앞 가판대에서 『스 수아르』지紙를 샀다. 정확하게 같은 곳 똑같은 가판대 앞에서, 다섯 달 뒤에는, 큰 활자로 쓰인 제목이 히틀러 부대가 폴란드를 침공했다는 사실을 알릴 것이었다. 그런데 그날은, 돌아올 때 혼자 있지 않았던 것 같다 – 역시 불확실하긴 한데 그럼에도 사실에 가까우리라. 아버지와 파울 루트비히 란츠베르크**와 함께 있다가 똑같이 소식을 듣고 온 레몽 아

---

* 1930년에서 1965년까지 수플로 거리와 생미셸 대로가 만나는 지점에 있었던 카페로, 당시 대학생들과 지식인, 작가, 관광객들이 자주 들렀던 곳이다. 1960년대 중반 파리 최초의 패스트푸드점으로 대체되었다. 호르헤 솀프룬에게 특별한 추억이 있는 장소로 후에 다시 환기된다.

** Paul Ludwig Landsberg(1901~1944). 독일 출신의 유대인 철학자. 나치 독일을 피해 파리로 와서 『에스프리』의 에마뉘엘 무니에와 교류했으며, 죽음과 자살에 대한 연구를 이어갔다. 작센하우젠 수용소에서 사망했다.

롱*을 만날 것이었다.

3월, 3월 말에는 나 혼자였고, 마드리드는 함락되었다. 『스수아르』의 제목을 읽자 눈에서 눈물이 솟구쳤다. 침울함에 더하여, 무력하지만 격정적인 분노가 가슴속에서 일었다. 마드리드는 무너졌고, 나는 얼이 나간 채 혼자였고, 유년기의 가장 깊은 곳에서부터 솟구치는 눈물로 아무것도 보이지 않는 내 눈앞에는 신문이 접혀 있었다. 마드리드는 무너졌고, 마치 누군가가 갑작스럽게 내게서 도끼날을, 내 몸의 일부를, 빼앗아간 것만 같았다. 희망과 믿음으로 가득차 있던 내 영혼의 일부분마저도. 적어도 사태의 추이를 뒤집어볼 수 있으리라는 가능성과 관련한 일종의 희망과 믿음마저도.

어쨌든 마드리드는 무너졌고, 사태의 추이는 가장 음산한 양상으로 흘러갔다. 피할 수 없는 운명이었다.

그보다 이 년 반 전인 1936년 11월, 역시 마드리드에서 일어난 사건이 일간지 일면을 장식하곤 했다. 내가 제네바에 있는 칼뱅 중학교에 다니던 시절이었다.

9월 말부터 10월 초까지 레스텔베타람에 있는 수투의 집에

---

* Raymond Aron(1905~1983). 프랑스의 철학자, 사회학자, 언론인으로 장폴 사르트르, 폴 니장과 함께 활동했다. 레몽 아롱과의 만남에 대한 일화는 7장에서 소개된다.

서 지낸 뒤, 우리 가족 - 아버지, 스위스 여자, 형제자매 일곱 명까지, 진짜 대가족이었다 - 모두는 제네바로 가서 그곳에서 흩어지기로 했다. 이번에도 우리를 돌봐주었던 『에스프리』동인 연대 조직망의 도움을 받았다.

마리벨 누나와 수사나 누나는 스위스에 있는 독일어권 가톨릭 학교에 들어갔다, 내가 제대로 기억하고 있다면. 그곳에서 공동으로 망명 여행을 시작한 곤살로 형과 내가 들어간 곳은, 그로베티라는 젊은 자매가 운영하는 제네바의 밝고 온정 넘치는 수도원으로, 포레 거리에서 장애아들을 위한 아동보호소를 운영하는 마드무아젤 엘렌 레이몽의 후원을 받는 곳이었다.

알바로와 카를로스와 프란시스코, 이 세 동생은 페르네이볼테르에 있는 멋진 저택 - 아주 멋지게 꾸민 오래된 농장 - 에서 사랑을 받으며 몇 개월을 보냈는데, 볼테르 성 바로 앞에 있는 그 저택은 온화하고 박식한 자유주의의 거장, 미국인 구버너 폴딩의 소유였다.

대가족 모두와 함께 이어가는 여행 - 원칙적으로는 스페인으로 돌아가는 여행 - 에서, 제네바와 그 인근 지역을 중간 기착지로 삼은 것은 아버지의 결정이었는데, 스페인 문제와 관련해서 국제연맹* 모임이 종종 열린다는 점을 감안하여 공화정부 당국자들 - 특히 사회당 소속으로 마드리드에 종종 드나들었던 외교부 장관 훌리오 알바레스 델 바요를 꼽을 수 있겠다 - 과 접촉하고 지근거리를 유지함으로써 정치적이든 외교적이든 어떤 임무든 맡기 위함이었다.

아버지가 공화국 외교 담당 업무를 보기 위해 헤이그로 보내졌던 것도 어떤 점에서는 이런 일련의 접촉 덕분이었다.

칼뱅 중학교에서의 생활은 ─심장에 문제가 있어 여러 주 동안 치료받고 휴식을 취하느라 꽤 일찍 수업을 그만두는 바람에─ 길지는 않았지만, 아주 구체적인 추억이 남아 있다, 꽤 충격적인 추억이. 고등학교 졸업반 학생들이 상대적으로 많았는데, 그들은 그 지역의 파시스트 대표자였던 올트라마르**의 젊은 지지자들로, 운동장에서 로마식 인사***를 하며 슬로건을 외쳤다. 우리는 그들에게 주먹을 들어서 답례했고,**** 때로는 주먹

---

* 일차세계대전 직후 1920년 미국 대통령 윌슨의 제안으로 결성된 국제기구. 상임이사국은 영국, 프랑스, 일본, 이탈리아로 1930년대 이후부터 계속되는 국제적인 분쟁에 무기력한 모습을 보였으며, 이차세계대전을 막는 데 아무런 역할도 하지 못했다. 1946년 후신인 국제연합이 창설되면서 해체, 흡수되었다.

** Georges Oltramare(1896~1960). 프랑스에는 샤를 디외도네Charles Dieudonné라는 이름으로 알려진 스위스 출신의 기자이자 작가. 파시스트 운동가였으며, 나치 치하에서는 극단적인 친독 활동을 벌였다.

*** 팔을 자기 앞으로 쭉 뻗어 손가락을 서로 붙인 채 손바닥은 땅바닥을 향하게 하는 손인사 방식으로, 파시즘 혹은 나치즘의 상징으로 알려져 있다. 그 기원은 고대 로마 시대에서 찾을 수 있다.

**** 좌파 활동가들이 사용한 손인사로 왼쪽 주먹을 쥐고 치켜드는 방식이다. 마르크스주의자, 아나키스트, 공산주의 혹은 평화주의자들이 사용했으며, 일반적으로는 혁명, 힘 혹은 연대를 표현하는 것으로 알려져 있다.

을 휘둘러 보이기까지 했다.

어쨌든 마드리드는 패배의 상징이 아니었다, 1936년 11월에는. 오히려 정반대였다. 운동선수 같은 외모에 머리에는 포마드를 바르고 마드리드의 몰락과 붉은 공화 진영의 붕괴를 예측하며 미리부터 들떠 있던 젊은 파시스트들은 환상을 버릴 수밖에 없었다. 그들은 더 신중해졌다, 날이 갈수록. 몸싸움이든 말싸움이든 대립 자체를 회피하면서도, 흥분해서 고약한 스페인어 발음으로 "노 파자란!(통행금지!)"이라며, 자기들 얼굴에 대고 마드리드 수비대들의 구호를 외쳐대는 좌파 학생들에게는 결국 응수할 수밖에 없었지만.

그 무렵 매일 이른 아침, 나는 학교가 있는 구시가의 중심지로 가기 위해 세르베트에콜 역에서 노면전차를 탔다. 11월이었다. 삭풍이 불고 안개가 꼈다, 종종. 나는 신문을 사곤 했다, 떨리는 마음으로. 마드리드는 여전히 버티고 있었다. 프랑코 부대에 소속된 모로코 원주민 부대가 대학촌까지, 몽클로아 궁의 문 앞까지, 수도 주변까지 침투했다. 나는 그 장소들을 알았기에, 두 눈을 감고 노란 장미색 밝은 벽돌로 지은 철학 대학의 멋진 건물 주변에서 격렬했을 그 전투를 상상할 수 있었다. 몇해 전 내 형제들과 그 부근을 오래 산책하며 철학 대학이 지어지는 것을 보았고, 이따금씩 거기서 쿠아트로카미노스 서민지구에 사는 동네 아이들 무리 몇과 시비가 붙어 다투기도 했다.

매일 이른 아침, 세르베트에콜 역에서 전차를 기다리면서,

나는 신문의 일면을 훑어보았다. 가장 좋아했던 기사는 『파리 수아르』*의 통신원 루이 들라프레가 쓴 것으로, 프랑스어권 스 위스 언론이 때때로 그것을 그대로 재수록하곤 했다.

마드리드는 여전히 버티고 있었다.

나는 신문을 도로 접고, 열세 살이라는 나이에 어울리도록 허리를 꼿꼿이 폈다. 쉬는 시간이면 내 입가에 맴돌고 있을 단 어들, 올트라마르의 어린 파시스트 머저리들에게 내뱉을 욕설 을 생각하면 미리부터 즐거워지곤 했다.

마드리드는 버텼다, 1936년 11월에도. 고통과 희망의 수도, 시인들은 그것을 노래했다.

훨씬 나중에, 헤이그에서, 여름이 끝나갈 무렵, 히틀러가 독 일-체코-폴란드 국경의 수데티산맥 지방을 대大독일 제국의 품으로 복귀시킬 것을 요구했던 순간, 협상이라고 했으나 굴복 이라 할 그 사건이 뮌헨에서 있기 직전 – 그러니까 1938년 8월 말경 – 에, 우리는 프랑스 라디오에서 흘러나오는 뉴스를 듣고 있었다. 공사관에 있던 장마리 수투의 사무실에서.

뉴스가 끝난 뒤, 한 배우가 그 당시로부터 몇 달 전에 출판된 책, 수투가 내게 언급하기도 했던 앙드레 말로의 『희망』** 중

---

* Paris-Soir. 1923년 외젠 메를이 창간한 프랑스 일간지로, 독일 점령기에 도 막대한 부수를 자랑했고 레지스탕스 성향의 기사를 수록하며 발행되다 가 파리 해방과 함께 1944년 폐간되었다.

몇 페이지를 읽기 시작했다. 진중하고 명확한 발음으로, 과장 없는 엄중한 목소리로, 프랑코 부대가 톨레도를 점령한 뒤 에르난데스가 공화 진영의 포로 무리와 더불어 총살당하는 장면을 읽었다.

"오른편에서는 죽이고 왼편에서는 죽어가는 일에 사람들은 익숙해져간다. 새 실루엣 세 개가 다른 이들이 있었던 바로 그곳에 서니, 폐쇄된 공장들과 폐허가 된 호화 저택들로 이루어진 그 누런 풍경은 묘지의 영원성을 띤다. 마지막 시간까지, 여기서, 세 사람은 서서, 끝없이 새로 돌아가며, 죽음을 기다릴 것이다.

'너희는 땅을 원했었지! 어디 한번 가져봐라!' 파시스트 한 명이 소리친다."

『희망』의 몇 페이지를 읽는 익명의 목소리를 들었던, 몇 달

** 말로(1901~1976)는 서구 문명에 대한 회의주의와 이국주의적 호기심에 사로잡혀 스무 살에 인도차이나로 가서 피식민지 국민들의 각성을 촉구하며 신문을 발간하기도 했고, 중국 땅에 들어가 사회주의혁명이라는 거대한 역사의 소용돌이를 직접 목격하기도 했다. 스페인내전 당시에는, 민간 항공군의 장교로 반파시즘 전선에 참여했으며, 이차세계대전에는 레지스탕스 대원으로 적극 가담했다. 이후 드골 정부에서 공보 장관과 문화부 장관을 역임했다. 스페인내전 참전을 경험으로 쓴 소설 『희망』은 1937년에 발표했으며, 1938년에는 소설의 1부가 영화로 만들어졌다. 내란 당시 초기의 주요 사건들, 1936년 7월 18일 프랑코의 군사쿠데타에서부터 1937년 3월 공화파가 승리를 거두었던 과달라하라 전투까지의 사건을, 공화 진영에 초점을 맞춰 다루었다.

전 어느 여름이 끝나갈 무렵의 그날 오후부터, 그 장면은 내 기억에서 사라지지 않았다. 어디서든, 눈을 감으면, 크게 파놓은 구덩이 앞에서 다른 포로 두 명과 함께 총살 직전 줄을 서서 기다리는 에르난데스의 실루엣이 보였다. 내 내면에서 상영되는 영화 속 하나의 시퀀스였다. 자신들을 겨누고 있는 총 앞에서, 몸짓으로써 인민전선을 지지하고자 주먹을 들어올린 전차 차장을 바라보는 에르난데스의 모습.

"에르난데스는 이 손을 바라본다, 일 분도 지나지 않아 그 손가락은 땅속에서 경련을 일으킬 것이다.

총살 집행반은 머뭇거리고 있는데, 무엇인가에 동요되어서가 아니라, 누군가 이 포로를 질서로 −죽은 이들의 질서로, 패배자들의 질서로− 돌려보내기를 기다리는 것이다. 지휘관 세 명이 다가온다. 차장은 그들을 쳐다본다. 그는 땅속에 박힌 말뚝처럼 자신의 무고함 속에 스스로를 박아둔 채, 이미 다른 세상의 것이 되어버린 강렬하고 절대적인 증오심으로 그들을 바라본다.

그가 살아남을 수 있다면…… 에르난데스는 생각한다. 그는 살아남을 수 없을 것이다, 장교가 막 발포 명령을 내렸으니.

다음 세 사람이 구덩이 앞으로 움직일 뿐이다.

주먹을 들어올린 채……"

생미셸 대로에서 ("나는 비 많이 내리는 나라의 왕 같구나"라고, 방금 시구를 읊조렸듯) 혼자 있던 바로 그 목요일로부터 며칠

전에 ─ 그래, 결국 일요일이 아니라 목요일이 맞는 것 같다 ─
불만 많은 고등사범학교 입시준비반에, 말투는 상스럽고 옷차림도 형편없지만, 똑똑하고 우애 깊은 성품으로 나와 같이 기숙사 생활을 하며 우정을 나눈 아르망 J가 말로의 소설을 빌려주었다.

그 내용에 빠져들기도 전에, 나는 지난 늦여름 라디오에서 익명의 배우가 읽어주던 페이지를 찾아보려고 책을 들춰보았다. 배우의 이름이 라디오에서 나왔을 테지만, 나는 제대로 듣지도, 기억하지도 못했다. 어차피. 내 추억에 아로새겨진 그의 목소리는, 앙드레 말로 자신의 실제 목소리, 그러니까 한참 뒤에 녹음으로 들을 기회가 있었던 작가의 목소리와 때로는 헷갈리고 혹은 뒤바뀐다.

전차 차장 ─ 겉옷 오른쪽 어깨 부분 옷감이 반질반질한 것이 무기를 사용했다는 것, 프랑코 부대에 맞서기 위해 총을 어깨에 메었다는 증거로 여겨져, 군사법원에서 체포해 처벌당한 차장 ─ 이 치켜든 그 주먹, 육체적 실체로 가득찬 허구 속 그 인물은, 내 기억 속에서 대단한 상징으로 그 힘을 행사했다.

내가 보기에 이러한 손짓은, 결코 승리의 몸짓이 아니며 하물며 위협의 몸짓은 더더욱 아니었다. 그것은 차라리 굴욕당한 사람들과 모욕당한 이들끼리의 유대를, 가난한 이들끼리의 연대를 표현한다. 패배자들끼리의 연대를, 아주 빈번하게도. 또한 그 몸짓에서 희망을 읽을 수도 있으리라. 가장 무모하고, 가장 절망적인 희망을.

몇 해 전, 그로베티 자매 중 더 젊고 아직 살아 있던 엘자가 1936년 크리스마스 파티인지, 아니면 새해맞이 파티였는지, 그때 찍은 셈프룬 형제들의 제네바 시절 사진 몇 장을 보내주었다. 사진 속에는 우리 형제들 다섯 명이, 열다섯 살이었던 곤살로 형부터, 어두워 보이지만 확고한 눈빛을 지닌 일곱 살 막내 프란시스코까지 모두 있었다. 아마도 어린 세 동생들은 제네바의 그로베티 자매의 집에 머물고 있는 곤살로 형과 나를 만나기 위해 페르네이볼테르 역에서 노면전차를 탔을 것이다. 사진은 파티의 저녁식사가 끝날 무렵에 찍은 것이다. 크리스마스 파티였는지, 새해맞이 파티였는지는 모르겠지만. 그중 사진 두 장을 보면, 우리는 주먹을 치켜들고 있다, 다섯 명 모두 다. 사진기 앞에서 서로 꼭 붙은 채, 우애와 희망을 담아, 주먹을 들어 경례하고 있다. 아마도 우리의 어린 시절의 도시, 포위당하고, 폭격당하고, 기아에 시달리지만, 여전히 버티고 있었던 마드리드에 대해서도 마찬가지로 경의를 표하고 싶었으리라. 우리는 일어서 있다. 주먹을 치켜든 우리에게서, 어린애 같으면서도 동시에 단호해 보이는 이 경례에서, 어떤 증오나 위협도 찾아낼 수 없다. 희망 같은 것만 보인다고, 나는 생각한다. 그 몸짓은 육체적이고, 물질적이고, 생명력 넘치는 우애를 넘어서서 승화시키는 일종의 끈끈한 유대감이며, 그것으로 우리는 우리 사이에서 자기 자신을 느낀다. 우리 형제 다섯 명의 삶부터 죽음까지. 죽음은 우리 다섯 중 두 명, 알바로와 프란시스코를 벌써 앗아갔다. 그렇지만 그 무엇도 어린 시절의 그 몸짓을, 신념을 고수하고자 치켜든 그 주먹을 배신하지는 못했을 것이며, 배신하지 못할 것이다. 우리는 그 손짓에 충실할 것이다.

비슷한 예로, 1973년에 나는 유명한 인물이든 무명의 병사든, 정치 지도자든 하부 조직원이든 상관없이, 스페인내전 당시 두 진영에서 싸웠던 퇴역 군인들과의 대담을 엮어 〈두 개의 기억〉이라는 영화로 만들면서, 그 시절 뉴스를 보여주는 장면으로 영화를 끝내려고 했다. 뉴스에는 다른 스페인 난민들과 함께 막 바욘에 도착한 아주 어린 소년의 뒷모습이 나온다. 인민전선에 지지를 표하기 위해 주먹을 치켜든 그 모습이.

빌바오로 쳐들어온 프랑코 부대를 피하고자 우리도 배를 타고 바욘에 내렸었다. 그 어린 소년은 우리 중 하나였을지 모른다. 소년의 얼굴은 볼 수 없지만, 그는 주먹을 치켜들고 있다. 우리 모두 바욘의 부두에서, 야외 음악당의 그림자가 길게 드리운 광장에서, 그렇게 주먹을 들어올렸으리라.

그 소년의 얼굴은 볼 수 없지만, 그의 손짓은 그를 우리 중 누군가라고 확인시켜준다. 그는 우리와 비슷한 사람이며, 우리의 형제. 아마도 환희에 찬 어느 날, 오래된 흑백 이미지 속에서 왼쪽 주먹을 치켜든 이 어린 소년은 미소를 지으면서 고개를 돌릴 것이고, 나는 그의 얼굴을 알아볼 수 있을 것이다. 그는 내 죽은 형제 중 하나가 아닐까, 어쩌면. 알바로, 아니면 프란시스코?

그러나 마드리드는 무너졌고, 그 소식은 『스 수아르』 첫 면에 실렸다, 조금 전의 일이다.

그 소식은 여전히 일면에 있다.

몇 걸음 떨어진 곳, 인도 위에, 그 신문의 일면이 어떤 나무에 걸려 있는 것을 나는 막 알아차렸다. 나는 비를 피해 서 있던 극장의 차양 밑에서 빠져나와, 내 눈을 상처 입히고 내 가슴에 상처 입힌 그 기사 제목을 향해 다가갔다.

무관심하고, 바쁘고, 고독한 사람들이 군중 속으로 지나쳐 갔다.

그때 멈추지 않고 가늘게 내리는 봄비에 젖으며 나무에 걸린 신문지가 점점 잿빛 얼룩을 내며 번져가는 모습이, 묘하게도 내 감정을 드러내는 시각적인 은유 같아 보였다. 내 육체의 일그러지고 무기력한 감정 속에서, 내 영혼의 유감스러운 풍경 속에서, 마치 내가 느꼈던 불안한 근심, 불편함, 육체적 슬픔이 신문지의 젖은 자국과 같은 식으로 점점 커져가는 듯했다.

빗속에 머물러 있었다, 오랫동안, 그런 것 같다. 참담했던 것 같다. "¿No oyes caer las gotas de mi melancolía?(우수에 찬 내 눈물 떨어지는 소리가 들리지 않는지?)"

더는 보들레르의 시를 낭송하지 않았다. 길고 모호한 불확실성에 치를 떨며, 나는 다시금 낮은 목소리로 루벤 다리오의 저

소네트를, 감동적인 저 마지막 행을 낭송하고 있었다. 오히려 진부했을지도 모를 그 행을. "우수에 찬 내 눈물 떨어지는 소리가 들리지 않는지?"

그렇게, 이해하기 힘든 ─그렇지만 그럴 가치가 있다면 해석 가능한─ 길을 지나, 나는 내 어린 시절의 언어로 되돌아왔다.

마드리드는 무너졌고, 그 불행은 어떤 점에서 내 삶의 한 시절이 끝났음을 알렸다. 그때부터 나는 조국을 떠나 망명지의 낯선 영토로 모험을 나서야만 했다. 성년이라는 미지의 세계로도. 어린 시절에 이별을 고하기라도 하듯, 니카라과 공화국 시인이 사용한 이 제국 언어의 다소 과격하기까지 한 높은 음색이, 아마도 내게 다른 시절, 지나가버린 시절의 추억들을 깨웠던 모양이다.

루벤 다리오는 아버지가 좋아하는 시인 중 한 명이었다. 적어도, 아버지가 가장 즐겨 낭송하는 시를 지은 시인 중 하나였다. 다른 시인으로는 구스타보 아돌포 베케르를 들 수 있는데, 아마도 그 이중적인 이름에서 느껴지듯 북유럽적인 반향에서 비롯되었을 법한 그의 시는, 극단적 낭만주의의 경향을 띠고 있으며 더불어 형식적으로도 완벽하다.

어찌되었든, 아버지가 루벤 다리오의 시들을 낭송하는 것을 들어야 했기에 ─형제들과 누나들도 마찬가지 기억을 지니고 있음을 확인할 수 있었던바─ 우리의 어린 시절 추억 속에는, 루벤 다리오의 시구가 많이 새겨져 있다.

여러 해가 더 지나서 1967년, 그러니까 내 인생의 절반쯤 온 시절에, 다리오의 시를 선별해서 수록한 파란색 작은 책 한 권이 손에 들어왔다. 시인 탄생 백 주년을 맞이하여 쿠바의 카사데라스아메리카스라는 출판사에서 발행한 것이었다. 곧 ─실제로 몇 달 뒤에 일어난 일인데─ 다른 전체주의 체제들과 마찬가지로 피델 카스트로 체제 또한 작가들과 노골적인 대립각을 세우게 된다. 특히, 시인들과. 에베르토 파디야는 『오프사이드』라는 아주 멋진 시집 때문에 기소를 당할 터였다.[*]

어쨌든, 1967년까지 아직 갈등은 불거지지 않았다. 적어도 카스트로 체제와 작가, 시인들 사이에서는. 동성애자들은 이미 오래전부터 강제노동 수용소에 감금되어 있었지만 말이다. 쿠바의 모든 책임자와 그들에게 아첨하는 무리는 그곳을 가리켜 재교육을 위한 수용소라고 말하곤 했다. 움슐룽슬라거,[**] 나치

---

[*] 쿠바 시인 에베르토 파디야(Heberto Padilla, 1932~2000)는 1968년 카스트로 정부에 대한 비판이 담긴 그 시집을 내고 쿠바 작가·예술가 협회가 주는 문학상을 수상했는데, 이 결정에 불만을 품은 정부가 1971년 파디야 부부를 체포한다. 몇 주 뒤 파디야는 자신은 물론 아내마저 비판하며 반혁명적인 과거를 뉘우치는 공개 발언을 했는데, 이는 고문과 협박 속에서 이뤄진 연출이라고 알려졌다. 사르트르, 보부아르, 뒤라스, 수전 손택, 카를로스 푸엔테스 등 저명 지식인들의 항의와 국제사회의 압력으로 1980년에 가서야 그들 부부는 석방된다.

[**] Umschulungslager. '재교육, 교화'를 뜻하는 독일어 'Umschulung'과 '잠자리' 등을 나타내며 흔히 수용소 뒤에 붙는 'Lager'를 조합한 단어.

독일에서 수용소 군도를 지칭하는 말인데, 이미 그와 다를 바가 없었다. 노동자들도 마찬가지로 파업권과 연대동맹권을 상실했다. 그럼에도 시인들은 그 시대에 여전히 자신을 표현할 수 있었다. 자유주의적 상상력의 마지막 불을 지핀 셈이다.

어찌되었든, 루벤 다리오의 시선집 출판은 이데올로기적으로 아무런 문제도 야기하지 않았다, 1967년에는. 그 시집의 출판은 일 년 뒤에도, 죽음을 연상시키는 그 체제의 가혹함이 악취와 함께 강화된 이후에도, 아무런 문제를 일으키지 않을 것이었다. 루벤 다리오의 시는 호수, 백조, 깃털, 장식용 금속조각, 탄식, 격정, 한데 얽히고 이리저리 솟아난 실루엣, 창과 칼, 접시꽃, 쇠약한 어린 공주, 가을의 탄식 같은 것으로 채워졌으니까. 스페인 모더니즘에서 볼 수 있는 모든 키치가 엄청나게 능숙한 기교로 그의 시에 펼쳐져 있다. 그리고 이러한 키치는 결코 전체주의 체제에 해를 끼치지 않았다.

게다가, 니카라과 공화국 사람의 시가 천구天球를 떠나서 지상으로 다시 돌아온다 해도, 때때로 반미反美적이며 영원한 스페인어의 향수에 젖은 어조를 띠고 있기에 (「백조들」이라 불리는 시에서 그가 "¿Seremos entregados a los bárbaros fieros?/ ¿Tantos millones de hombres hablaremos inglés? 잔인한 야만인들한테 우리를 내주어야 하는가?/ 그토록 많은 이들이 영어로 말을 해야 하는가?"라고 분명하게 자문하는바) 그것들이 카스트로 체제의 지배자들을 불쾌하게 할 수는 없었으리라.

중요한 것은 그것이 아니다, 어찌되었든.

쿠바에서 열린 루벤 다리오 탄생 백 주년 기념행사와 관련해 루벤 다리오의 시를 분석하겠다고 이야기를 꺼낸 것은 아니다. 더욱이 그럴 시간도 없었으리라. 왜냐하면 나는 다시 생미셸 대로로 돌아와 있었으니까, 1939년 3월 어느 날. 바로 마드리드가 프랑코 장군의 손아귀에 넘어간 날이다.

1967년 아바나, 내가 떠올리는 건 바로 그날이다. 나는 파란색 작은 책을 펼쳤고, 내가 알고 있던 -종종 암송하곤 했던- 루벤 다리오 선집에 수록된 대부분의 시를 확인했다. 또한, 내가 그 시들을 읽는 것이, 책 한 권에 인쇄된 그 시구들을 눈으로 본 것이, 처음이라는 사실을 알아차렸다. 그전까지 루벤 다리오의 시는 단지 보이지 않는 울림으로 낭송될 뿐이었다, 다양한 목소리로, 그중에서도 아버지의 목소리로, 맨 처음 들었던 것으로. 나는 시집의 상당 부분을 암송할 수 있었다. 그러나 그 시들을 결코 읽지 못했을 뿐만 아니라, 인쇄된 것조차 본 적이 없었다. 어쨌든, 그 시가 여러 세기에 걸쳐 영향력을 행사해 온 관계가 나에게도 미쳤다. 말하는 소리, 말로 된 노래, 구술을 통한 전통과 전승의 관계가.

아바나에서, 파란색 작은 책을 넘겨 보다가, 나는 눈을 감을 수밖에 없었고, 읽기를 멈추고, 낮은 소리로 낭송을 이어갈 수밖에 없었다.

¡Ya viene el cortejo!/ ¡Ya viene el cortejo! Ya se oyen los

claros clarines./ La espada se anuncia con vivo reflejo;/ ya viene, oro y hierro, el cortejo de los paladines……

「승리의 행진」 첫 부분이었다.

휴가를 보내던 산탄테르 별장의 정원에서, 우리는 여럿이서, 몸짓과 표정으로 그 구절을 연기해가면서 시를 연극처럼 암송한 적이 있었다. 정원에서 우리는 분명하게 장중함을 드러내고, 어떻게 보면 장난치듯 군인들의 트럼펫 소리에 맞춰서 승리자들의 행진을 연기했다.

"행진이다,/ 행진! 벌써 경쾌한 나팔 소리가 들리네./ 그리고 칼은 생생한 빛으로 도착을 알리네./ 보라, 쇳빛과 금빛으로 물든, 영웅들의 행진이여……"

어디서든지, 어떤 상황에서든지, 아버지가 루벤─우리는 친근하게 그를 이름만으로 부르곤 했다─ 시를 암송하는 것을 들을 수 있을 것만 같았다. 떠올리려고만 한다면, 아주 단순한 노력만으로도, 나는 아마도 희미해져가지만 지워지지 않는 과거 이미지들의 저장소에서 루벤 다리오의 시를 알아볼 수 있었으리라.

확신할 수 있다. 아버지는 어느 곳에서나 니카라과 공화국 시인의 시를 우리에게 낭송해주셨을 것이다. 과라다마산맥의 에메랄드빛 비탈 위에서도, 그러지 못할 이유가 뭐 있겠는가? 스페인 북쪽 해변 어딘가에서도, 오얌브레에서도 가능한 일이다. 그럼에도 매번 그럴 수도 있었을 법한 그 모든 장소를 지나쳐서, 무의식적으로 내 기억 속에서 다시 나타나, 심지어 특권을 누리는 장소가 있다. 여름휴가를 보낸 산탄테르 별장의 정원. 수국과 진달래가 만발했던 그 정원의 이미지를 펼치고자한다면, 내 형제 중 누군가, 혹은 내가 루벤의 시를 먼저 낭송하기만 하면 된다. 가령 곤살로 형이라면, 어디든 상관은 없지만 아마도 생폴드방스에 있는 마그 재단 미술관* 테라스에서할 것 같은데, 놀이와 슬픔이 깃든 아주 오래된 어린 시절의 공감 어린 미소 말고는 다른 어떤 암시도 없이, 갑자기 아주 비장한 어조로, 루벤 다리오의 시 몇 줄을 암송할 수 있으리라. 그렇게 암송했던 시들 중 우리가 좋아했던 건 이 시다. "*Románticos somos······ ¿Quién que Es, no es romántico?/ Aquel que no sienta ni amor ni dolor,/ aquel que no sepa de beso y de cántico,/ que se ahorque de un pino: será lo major*······(낭만적인 우리······ 낭만 없이, 어떻게 존재에 도달할 수 있을까?/ 사랑도 고통도 느끼지 못하고,/ 애무도 시도 모르는 이,/ 소나무에 매달린다. 그것이 최선책······)"

곤살로 형이 어린 시절에 읊던 긴 시의 네 행을 암송하고, 함께 웃음을 터뜨리면, 곧바로 산탄테르 정원의 추억이 내 기억

---

* Fondation Maeght. 파리의 유명 미술상이었던 에매 마그Aimé Maeght가 1964년 프랑스 남동쪽 생폴드방스에 설립한 미술관. 샤갈, 미로, 마티스, 자코메티 등 유럽 근현대 미술가들의 작품이 전시되어 있다.

속에서 펼쳐질 것만 같다, 비단처럼 화려하게.

여러 해 동안, 부모님은 긴 여름휴가를 위해 산탄데르 해변 부근의 별장촌 산디네로에 위치한, 매번 같은 별장을 임대했다. 1933년 어머니가 돌아가신 뒤로, 아버지는 휴가 장소를 바꾸기로 했다. 그때부터 아버지는 바스크 지방에 있는 작은 어촌 마을 레케이티오에 있는 집을 임대했는데, 그곳에 있을 때 스페인내전이 불시에 터져버린 것이다, 1936년 7월에.

패혈증으로 돌아가시기 전의 어머니에 대한 마지막 추억들이 산탄데르의 풍경 속에 ─ 그 풍경이라 함은 임대했던 별장뿐 아니라, 그 주변, 그러니까 해변, 피키오의 암초, 라마가달레나의 테니스장, 좀더 멀리 떨어진 구시가의 거리들과 카부에르니가 계곡, 바닷가에서 떨어져 있는 지역까지 전부를 가리키는데 그 모두가 ─ 고스란히 남아 있었기에, 그 풍경이 내 기억 속에서 특별한 자리를 차지하고 있는 건 당연하다.

그렇게, 누군가 루벤의 시를 암송하는 것을 들을 때면, 혹은 내가 암송할 때면, 반사적으로 나는 석양이 질 무렵 수국, 진달래, 베고니아가 만발한 그 별장의 정원에 들어가, 저녁식사 전에 한자리에 모인 대가족을 위해 시를 낭송하는 아버지의 모습을 다시 보는 기분이 든다.

반면에 아버지가 직접 썼고, 아버지 또한 우리에게 그렇게 말해주곤 했던 시를, 루벤 다리오의 작품과 헷갈려 루벤의 시라 여기며 암송했던 적도 있었다. 내 기억 속에서 떠다니던 시

편린들의 진짜 작가를 알고자 하는 내면의 모든 의구심이 사라진 건 한참 후다. 마드리드에 되돌아왔을 때, 나는 헌책방에서 1930년대에 아버지가 출판했던 책 몇 권을 구할 수 있었다. 그중에 『시편 *Versos*』이라는 시집이 한 권 있었는데, 그 책에서 내가 루벤 다리오의 시라고 잘못 알고 있던 문제의 시를 발견했던 것이다. 이런 시였다.

"*Sonrisas que tu reíste,/ lágrimas que yo lloré;/ ¡y aquella rosa de té,/ que, sin saberse porqué,/ daba un aroma tan triste!*(네가 웃었던 미소,/ 내가 울었던 눈물;/ 그리고 저 장미꽃,/ 알 수 없구나,/ 왜 그토록 슬픈 향기인지!)"

어쨌든 생미셸 대로에서, 나는 가느다란 봄비를 맞고 있다. 그리고 지금 낮은 목소리로 암송하는 이 스페인어 시의 작가가 누구인지에 대해서는 일말의 의구심도 없다. 루벤 다리오가 분명하다. 삼행시의 마지막 행이 분명하다. "우수에 찬 내 눈물 떨어지는 소리가 들리지 않는지?"

다른 때 같으면 루벤의 시에서 느껴지는 과장된 표현을 참을 수 없거나 하찮게 생각했을 테지만, 이번에는 그 안에 표현된 나를 발견했다. 그 시구에서, 나를 마비시킨 불행이 충실하게 표현되었음을 발견했다. 파리의 잿빛 하늘에서, 망명지에서, 완전한 고독에서, 나의 우울함이라는 비와 같은 눈물이 실제로 한 방울씩 떨어져내렸다.

그 순간 난 모르고 있었다. 바로 그 며칠 사이 아버지가 친구 호세 베르가민*에게 썼던 1939년 3월 31일자 편지에서 나와 같은 감정을 표했다는 것을. 정확하게 내가 지금 쓰고 있는 페이지의 교정을 끝낼 무렵, 인생에 짜릿함을 선사하는 하나의 우연으로서 그 편지가 내게 전해졌다.

어찌되었든, 내 삶에는 그러했다.

1997년 5월 14일, 그러니까 엘레나 아우브 바리조 – 그녀의 아버지가 막스 아우브**였는데, 그는 좋은 친구이자 훌륭한 작가, 스페인 공화파 망명지의 아주 멋진 사람, 앙드레 말로가 『희망』을 영화화할 때 함께했으며, 에세이집 『과객』(1975)에 등장하는 가공의 대담자 막스 토레스이기도 하다 – 가 마드리드에서 내게 편지를 보내왔다.

"친구에게, 아주 오래전 멕시코에서, 망명 관련 문건 가운데서 손으로 쓴 이 메시지를 발견했어. 그 글을 쓴 사람이 바로 네 아버지라는 걸 알고는, 네게 건네줄 기회가 오기만을 기다리며 보관하고 있었지. 그러다가 그 종이를 내 서류 뭉치랑 같이 놔뒀다가 다시 잃어버렸지 뭐야. 다행히도 바로 며칠 전에

---

* José Bergamín(1895~1983). 스페인의 배우이자 시인, 극작가, 시나리오 작가이며 편집자이기도 하다. 로르카 사후 멕시코에서 그의 시집 『뉴욕에 온 시인』을 출판했다.
** Max Aub(1903~1972). 프랑스 파리 출신의 작가이자 비평가로 스페인, 프랑스, 독일, 멕시코 등 네 국가의 국적을 갖고 있었다.

다시 그걸 발견했어. 네가 받고 좋아했으면 해, 비록 그 내용이 슬픈 것이긴 하지만……"

슬픔. 그것은 말로 다 표현할 수 없는 것이다.

작은 용지에서 뜯어낸 종이 몇 장에 아버지가 -오랜 친구이자 함께 1930년대의 잡지 『크루스 이 라야』를 창간한- 호세 베르가민에게 쓴 그 메시지에는 온통 절망적인 탄식뿐이고, 편지에는 프랑코 장군이 내전 종료를 고하면서 전쟁과 관련한 마지막 성명을 발표했던 바로 그 전날의 날짜가 적혀 있었다.

두 친구 사이에서 논의된 내용은 아메리카 대륙으로 떠나는 문제와 관련한 것이었는데, 편지 말미에 아버지는 이렇게 적어두었다. "굶주려 죽지 않기 위해서라도, 나는 떠나야만 하네. 나는 떠날 걸세. 하지만 여기서든 아메리카에서든 칠레에서든, 나는 단지 -그리되고 싶지는 않지만- 살아남은 자에 불과하겠지. 그러니 나는 돌아다니는 송장 같은 처지에 맞게 개집 속에 처박혀버리는 것 말고는 그 무엇도 원하지 않는다네……"

다시 생미셸 대로로 돌아온다.

그때만 해도, 아버지가 그 무렵 베르가민에게 편지를 쓰리라는 사실은 모르는 상태다. 마드리드가 함락되었다는 사실은 알고 있다. 나는 몸에 스미듯 파고드는, 내 우수에 찬 눈물, 가늘게 내리는 그 비를 바라보고 있다.

어쨌든 나는 방금 하나의 결심을 한 참인데, 그것은 육체와 영혼이 혼재된, 존재의 찬란함이라 부를 만하다. 육체적인 열기-얼굴에 몰리는 피-와 이성의 냉철함이-이것이 드러나는 한 무분별하게 드러나기야 할 테지만- 촘촘하게 뒤섞여 있는 상태. 자아와 영혼이 드잡이질중이랄까.

나는 가능한 한 빨리 프랑스어 발음에서 내 억양의 흔적을 전부 지워버려야겠다고 결심했다. 그러면 그 누구도 나를 더는 "패주하는 부대의 스페인 사람"으로 취급하지 않으리라. 외국인이라는 내 정체성을 지키기 위해, 또한 그러한 정체성을 내적이고, 비밀스럽고, 근본적이며, 예기치 못한 힘으로 만들기 위해, 나는 정확한 발음을 갖춘 익명 속으로 사라질 것이다.

나는 몇 주 만에 그렇게 되었다. 어떤 어려움도 진정 걸림돌이 될 수 없을 만큼, 내 의지는 아주 확고했다.

이런 결정은 훨씬 더 중요한, 그러나 겉보기엔 모순적으로 여겨질지 모를 하나의 결과를 이끌어냈다. 사실 나는 내가 스페인 붉은 진영이었다는 것을 절대 잊지 말아야 했고, 계속해서 그렇게 살아가야 했다.

스페인 붉은 진영으로, 영원히.

꼼짝 않고 굳어 있던 부동성을 깨버리고, 몸의 물기를 털어내고, 비에 젖은 옷 때문에 얼어붙어 있던 몸의 주인이 되고, 움직일 힘을 찾을 수 있었던 것은, 바로 그 순간이었다. "움직일 힘, 오, 이것은 기적! 손가락 먼저, 손, 팔, 오른쪽 어깨, 척추를 따라 팽팽한 근육들, 다리 그리고 반대쪽, 몸 전체를, 태어날 때와 비견할 만한 움직임 속에서……"*

오후 막바지가 되었고, 앙리4세 고등학교로 돌아가야 할 시
간이었다. 따지고 보면, 이런 생각이 나를 괴롭히지는 않았다.
나는 내 집으로 돌아가지 못했다, 물론. 어쨌든 그렇게 빨리 집
으로 돌아갈 수는 없었을 것이고, 그러한 사실에 나는 혼란을
느끼면서도 확신을 가졌다. 오랫동안 내 집이라고 여길 수 있
었던 마지막 집은 (비록 어머니는 우리와 같이하지 못했고, 그 추
억은 어머니가 돌아가신 알폰소11세 거리의 아파트와 마지막 여름
을 보낸 산탄데르 별장에 새겨져 있었지만) 헤이그에 있는 집이
다, 1813광장에 있는. 눈부신 내 기억 속에서, 그 집의 활짝 핀
목련은 찬란하고 우수에 젖은 그 시절의 표지標識다.

그래, 나는 정말로 내 집에 돌아가지 못했다. 하지만 앙리
4세 고등학교에서 책 한 권이 나를 기다리고 있었다. 나는 『팔
뤼드』를 읽고 있던 중이었다.**

---

* 『얼마나 멋진 일요일인가!』 중에서.

** Paludes. 1895년 출판된 앙드레 지드의 네번째 작품으로, 파리 문단을 풍
자한 소설. 프랑스어 'palude'는 두 가지 의미가 있다. 첫번째는 라틴어
'palus'에서 파생된 '늪'이라는 의미가 있고, 두번째로는 말라리아와 관련한
의학 용어(paludisme, paludéen)에서 파생된 '말라리아와 관련된'이라는
의미가 있다. 전혀 다른 두 뜻처럼 모호한 의도를 지닌 지드의 의도를 살려,
음가 그대로 제목을 옮겼다.

2부

『팔뤼드』를 읽는다……

4

아르망 J는 분명 아니었다. 박식하지만 무뚝뚝한 고등사범
학교 입시준비반 이년 차로* 앙리4세 고등학교에서 같이 기숙
사 생활을 하며 내가 고등학교에 들어왔을 때부터 나를 후견인
처럼 보호해주었다고는 해도, 그가 앙드레 지드의 이야기를 읽
으라고 권했을 법하지는 않다. 앙드레 지드는 여러 가지 이유
로 그를 자극했다. 어떤 것은 미학의 범주에 속하지만, 대부분
은 정치적 견해와 관련이 있었다.

아르망 쪽에서 먼저 논지를 갖고 내게 자신의 의견을 제시
했는데, 그뒤로 그러한 이야기를 종종 들을 기회가 생겼다. 나

* 프랑스에서는 고등학교 졸업 이후 성적이 우수한 학생들은 이 년에서 삼
년 정도 고등사범학교나 그랑제콜 입시를 준비하는 '프레파'라는 과정으로
진학한다. 아르망 J는 한국식 학제로 따지면 대학교 이학년에 해당한다.

또한 그와 같은 의견이었다, 한동안은.

문제가 된 것은 지드의『소련에서 돌아와』라는 책과 그 책과 관련해 쓴『수정』이었다.* 우리가 대화를 나눈 것은 4월 초였는데, 그 날짜를 대략적으로 밝히기란 어렵지 않다. 프랑코 장군이 공식 성명에서 "La guerra ha terminado(전쟁은 끝났다)"라고 내전 종료를 선언한 4월 1일이 그날로부터 바로 며칠 전이었으니까.

그럼에도 우리는 그 전쟁에 관해서는 이야기하지 않았다. 우리의 영혼까지 고통스럽게 했던 그 전쟁을 결코 다시 떠올리고 싶지 않았기 때문이다. 우리는 스페인 공화국의 패전과 체코의 멸망으로 피할 수 없게 된, 조만간 닥칠 다음 전쟁에 대해 이야기했다. 이러한 대화의 맥락에서, 소련이 문제였다. 아르망은 앙드레 지드를 비난했다.

"소비에트연방에 대해 지드가 얘기한 것은 아마도 사실일 거야, 그렇지만 쓸데없는 진실이지. 그러니까 그런 진실을 말

---

* 전자는 1936년 11월 갈리마르에서 출간된 앙드레 지드의 소련 여행기다. 1930년대 초반 공산주의에 관심을 갖기 시작한 지드는 소련을 체험하고 싶어했다. 그러나 1936년 여름 소련 여행에서 환멸만을 느끼고 돌아왔다는 내용에, 이 책은 공산주의자들의 증오에 찬 공격을 받았다. 그럼에도 지드는 소련의 전체주의를 비난함과 동시에 파시즘에 대항하는 지식인 투쟁에 동참했다. 후자는 전작 출판 이후 가해진 비난과 모욕에 대한 답변으로 이듬해 6월에 출판한 수정본이다. 정확한 제목은『나의 '소련에서 돌아와'에 대한 수정 Retouches à mon Retour de l'U.R.S.S.』이다.

한다는 것은 시의적절하지 않아!" 그가 생각을 밝혔다.

그렇게 단순하고, 그렇게 단호한 표현으로 이야기를 끝냈던 것은 아니다. 그는 철학자가 될 생각으로 고등사범학교 입학시험을 준비하고 있었다. 적어도, 철학 교수가 될 생각이었다. 그는 더 복합적인 방식으로 이를 논증했다.

"지드가 그 풍자문에 늘어놓은 모든 하찮은 일화들, 몰상식함, 행정적인 번거로움, 창작자의 신성불가침한 자유를 침해하는 짓들은 대개가 사실이겠지! 한데 우리 같은 엘리트들 눈에 보이는 짜증나는 것들, 그건 오직 자질구레하고 사소한 것들뿐이지…… 아무리 그럴 법해 보여도, 그가 언급한 소련의 특이성이라는 것이 러시아혁명 완수라는 전체적인 역사 발전 과정에 어떤 오점을 남긴 것도 아니고 근본적인 문제를 일으킨 것도 아니니, 러시아혁명이 완수되었다는 건 부인할 수 없는 진실이라고!"

우리는 학교의 간이 운동장 한쪽 구석에 있었는데, 쉬는 시간이면 그곳 평지에서 축구 시합이 열리곤 했다. 그 옆은 체육관이었다, 내가 기억하는 게 맞는다면. 기숙사에서 가장 나이 많은 고등사범학교 준비생들과 그랑제콜 준비생들이 어느 밤 월담을 했던 곳도 바로 그쪽을 통해서였다. 담 너머가 바로 투앙 거리로, 그곳의 가로등 불빛이 밤의 자유로 내려가는 길을 순조롭게 비춰주었다. 마찬가지 이유로, 돌아와 담을 넘는 것도 그곳에서였다.

나는 입을 벌린 채 경탄하며 아르망 J의 이야기를 들었다. 어쨌든 그럴 만한 무언가가 있었다. 주피터의 머릿속에서 완전히 무장한 채 태어난 미네르바처럼, 그가 말을 이어가는 동안 변증법의 여신이 갑작스레 몸을 드러냈다. 그리스의 조각상처럼 당당하고 위엄 있지만 여우처럼 잔꾀 많으며 젊은 님프처럼 생기 있고 섬세한, 현실의 까다로운 문제를 떠안아 빛나는 개념을 만들어내고자 보편성과 개별성, 일반성과 특수성의 변증법이라는 여신이, 넋을 놓고 있는 내 눈앞에 나타났다.

그로부터 이십 년이 흐른 뒤 취리히 호수에서, 나는 당시만 해도 여전히 잘 알려지지 않았던 헤겔의 『정신현상학』이 섬광처럼 내 인생에 들어온 순간을 떠올리게 된다. 정확히 말하자면, 변증법을 가지고 내가 페르낭 바리종을 귀찮게 굴고 있었다. 아마도 우리가 탄 배는 베덴스빌 부두에 정박해 있었을 것이다, 그랬던 것 같다. 그곳에 있게 되면, 나는 예외 없이 파르부스를 떠올리곤 했다. 그리고 스위스 여자를. 어쨌든 핵심은, 그 당시 은밀한 여행에 동행했던 프랑스 공산당 운동가 페르낭 바리종을 내가 귀찮게 했다는 것이다.

페르낭 — 그의 본명이다, 나는 그의 성을 살짝 바꿔서 『얼마나 멋진 일요일인가!』에 사용했다 — 그러니까, 페르낭이 내 쪽으로 몸을 돌렸다, 짜증이 나서.

"내 생각을 듣고 싶어, 제라르?"

사람들은 아직도 나를 제라르라고 불렀다, 그 시절에는.* 그러니 나는 그가 내게 말하는 것임을 이해했다. 그리고 그가 내게 말해주길 간절히 원하기도 했다, 나는 늘 사람들이 내게 이야기하는 것을 참 좋아했다.

나는 수긍의 뜻으로 고개를 끄덕였다.

"변증법은 당신들이 위험에 직면한 뒤 항상 다시금 균형을 잡게 해주는 기술이자 방법이지!"

'당신들'이란 바로 우리를 말했다. 공산당 지도부. 한데 나는 '그들'을 생각하곤 했다, 변증법에 대해 생각할 일이 있을 때면.

적절한 표현이었다, 어찌되었든. 나는 아주 먼 과거를 회상했다. 앙리4세 고등학교의 뜰, 아르망 J의 기이한 옷차림, 앙드레 지드의 풍자문 - 그가 사용한 표현 - 에 담긴 사소하고 쓸모없는 진실들에 관해 늘어놓던 그의 열정, 그리고 청소년기와 망명지에서의 숨막힐 듯한 혼란을.

그때까지는 잘 알려지지 않았으나 이미 번뜩이고 있던 헤겔의 변증법이 내 인생에 들어온, 그날을 떠올렸다.

어쨌든 『팔뤼드』를 읽으라고 추천했던 이가 아르망이 아닌 것만은 확실하다.

몇 주가 지난 뒤, 나는 나시옹 광장 근처의 한 거리에서 그의

---

* 1943년 프랑스에서 스페인 공산당 비밀 조직원으로 활동하던 당시의 작가의 가명.

곁에 있었다. 레퓌블리크 광장에서 나시옹 광장까지 —어쩌면 그 반대인지도 모르겠는데— 이어진 대로를 지나는, 노동절의 전통적인 행진을 경찰 당국이 금지했다는 생각이 든다. 그러니까, 그 일은 그 근처 좁은 길과 골목에서 일어났다.

어떻게 보면 그게 나았을지도 모르겠다. 대로였다면 파리 시민들이 조금밖에 참여하지 않은 것이 더 눈에 띄었을 테니까, 바로 그해, 1939년, 노동절 행진에서.

어쨌든, 나는 아르망 J와 거기에 있었다. 함께 그곳에 가보자고 제안했던 것은 바로 그였다.

주변 거리 초입마다 전경대 차들이 집결해 있었다. 어깨에 단총을 걸친 기동 헌병대들도 거리에 골고루 배치되었다. 정말이지 쓸데없는 공권력 과시였다. 왜냐하면 노동자들의 행진은 유감스럽게도 텅 빈 인도 앞에서 전개되었기 때문이다. 어느 무리에서도 돌발 행동은 없었다. 패배의 바람이 깃발 위로, 그리고 힘없는 노동자들에게로 불어왔고, 얼마 안 되는 그들의 숫자는 바닷물 또한 빠진다는 것을, 높은 파도 또한 사그라짐이 있다는 사실을 확인시켜주었다.

노동절 시위대가, 여전히 망설이고 있으면서도 어쩌면 결집할 수도 있을 군중의 선두에 서 있지는 않았다. 그들은 단지 바닷물이 모두 빠지고 해변에 남겨진 잔해, 그러니까 부러진 가지들이며 휘어진 나무며 나무껍질들, 바닷물이 최고 수위까지 밀려들었다가 다시 말라버린 모래사장 여기저기에 남겨진 거품 같았다.

내 기억 속에서, 그날 날씨는 변덕스러웠다. 기억의 우연성에 따라 날씨가 바뀐다고 얘기할 수 있겠다. 어떤 때는, 대체로 흐린 하늘에 서늘한 날로 떠오른다. 어떤 때는, 단 한 순간, 그러니까 관례적인 행진이 파할 무렵을 제외하고는 오히려 화창한 날로 기억된다. 하늘은 푸르렀고, 기온은 온화했다. 그날 하늘에는 솜털같이 연약하고 부서질 것만 같은 가벼운 구름이 아침 내내 떠다녔다. 그러더니 갑자기 어두워졌다. 갑작스러운 눈보라가 잠시 노동절 깃발 위로 몰아쳤다.

기억이 왜 나를 골탕먹이는지, 왜 두 번의 기념 행진을 헷갈리게 해서 나를 애먹이려 드는지, 나는 알고 있다. 어쨌든 나는 오래전부터 내 기억의 장난을 피할 방법을 터득해왔다. 기억의 술책은 그 속이 빤히 들여다보인다. 너무도 선명하게.

실제로, 서로 다른 두 추억이 기억 속에서 동일한 장소, 그러니까 나시옹 광장 주변에서 겹친다. 하나는 1939년 5월 1일, 내게 앙드레 지드의 『팔뤼드』를 읽으라고 권하지 않은 것이 틀림없는 아르망 J와 함께했던 추억이다. 다른 하나는, 여섯 해가 지난 1945년 5월 1일에 대한 추억이다.

1939년에 나는 아직 열여섯이 안 되었고, 1945년에는 아직 스물둘이 아니었다. 어쨌든 부헨발트 수용소에서 되돌아온 뒤였다.* 때때로 내 기억 속 풍경을 흐리는 눈보라가, 실제로 내가 부헨발트에서 돌아온 지 이틀 뒤인 노동절 행진 위로 휘몰아쳤던 것이다.

한데, 이번에는, 내 기억이 속임수를 써서 나를 비껴가도록, 습관적으로 꾸며왔던 술책으로 나를 어찌하도록 내버려두진 않을 것이다. 종종, 나는 그것들에 끌려다니곤 한다. 우연이 야기한 사건들이 꽃을 피우도록, 활활 타오르도록 그대로 둔다. 나 자신에 대한 것들이, 그리고 내가 나에게 만들어줄 수 있을지 모를, 내 기억이 내게 만들어줄 수 있을지 모를 뜻밖의 것들이 궁금해져, 나는 반복되는 기억들이, 되풀이되는 기억들이, 되돌아오는 기억들이 알아서 조합되도록 내버려둔다. 어떤 불꽃이 튀는지를 보려고, 서로 다른 두 추억의 주춧돌을 일부러 부딪쳐본다.

아무것도 만들어내지 않을 것이다, 이번만큼은. 그냥 받아들이지 않을 것이다.

그 이유는 무엇보다, 어떤 원칙을 끌어내기 위해, 그게 아니라면 어떤 서술적인 효과를 만들어내고자, 아주 단순하게 두 개의 추억을 모아보는 것이, 그 추억들을 나란히 혹은 일대일로 배치하는 것이, 이번이 처음은 아니기 때문이리라. 『소멸』**

---

* 셈프룬은 1943년 10월 주아니에서 게슈타포에 체포되어, 1944년 1월 부헨발트 수용소로 보내졌다가, 1945년 4월 수용소가 폐쇄되고 나서야 파리로 돌아왔다.
** L'Évanouissement. 호르헤 셈프룬이 1967년 발표한 두번째 소설로, 부헨발트 수용소에서 돌아온 주인공이 단편적인 기억을 잃어버리는 등 수용소

이라는 소설에서, 나는 간략하게나마 이후 다른 책들의 막연한 밑그림이 되었던 이 두 가지 추억을 이미 연결시킨 바 있다.

"그는 거리에, 무리 한가운데에 있었다." 삼십 년 전 그 소설을 쓸 때, 나는 자신과의 거리를 유지한 채 스스로를 삼인칭 단수로 만들어 이렇게 썼다. "붉은 깃발의 마지막 물결이 그를 향해 밀려왔을 때, 눈이 내렸다. 짧은 사이 옅은 눈보라가 소용돌이치며 손과 얼굴, 깃발과 나무, 군중, 하늘, 파리, 노동절을 반짝이는 눈송이로 뒤덮고는 곧장 녹아버렸다. 급작스럽게 내려와 금세 지나쳐간 이 마지막 눈은 마치 겨울의 끝, 전쟁의 끝, 과거의 끝을 부각하기 위해서인 것만 같았다. 더이상 수의 같은 천이 아니라 봄이라는 빛나는 천을 갑작스레 뒤덮고는 붉은 깃발들을 펄럭이게 해서 쫙악 펼쳐놓는 가벼운 돌풍이, 아주 오랫동안 수용소 인근 숲의 너도밤나무를 덮었던 온 눈을 뒤흔들어 모두 녹여 사라지게 한 것처럼…… 그리하여 그는 고개를 들어 웃었다, 가벼운 눈송이를 향해, 햇살 머금은 눈을 향해, 덧없는 필멸의 그 겨울을 향해, 리듬을 타는 물결처럼, 숲처럼, 즐거움처럼, 승리처럼 앞으로 나아가는 붉은 깃발들을 향해…… 5월 1일, 나시옹 광장 근처였고, 그가 돌아온 바로 그해였다."

이 추억 속에 또다른 추억, 더 오래된 추억, 그러니까 1939년 5월 1일의 추억이 덧새겨졌다.

"그는 앙리4세 고등학교 기숙생, 삼학년이었다. A.J.는 고등사범학

생활 이후의 삶을 다룬 작품이다.

교 입시준비반 이년 차였고, 마찬가지로 기숙사 생활을 했다. A.J.는 작고, 둥글둥글하고, 옷차림이 엉망이고, 횔덜린의 시와 그가 디오티마*에게 보낸 편지들을 외우고 있었다. 한 달 전, 정확하게 같은 날짜에, 스페인내전은 끝났다. 사람들은 넋이 나가 있었다…… 그렇게, A.J.와 함께 그는 노동절 집회를 보고 있었다. 어느 순간, 초라하게 늘어선 구경꾼들 사이로 작은 환호성이 터져나왔다. 칙칙한 풍경과는 어울리지 않는 프랑스 공화국 깃발 뒤에서 스페인 의용병들이, 붉은색과 금색, 보라색으로 만들어진 우스꽝스러울 만큼 화려한 깃발들** 사이로 고통스럽게 행진하고 있었다. 깃발 색이 도드라져 보였다…… 그때, A.J.는 그에게 손가락으로 앙드레 마르티***를 가리켰고, 두 사람은 모두 주먹을 들어올렸다, 마치 총살반 앞에서, 사살당한 동료 앞에서, 죽음과 망각과 절망 앞에서는, 추측해보건대, 주먹을 추켜올려야만 한다는 듯. 그리고 바로 그날 밤이었다, 그 5월의 첫 밤, 아르망은 그에게 『디오티마에게 보내는 편지』라는 작은 책을 빌려주었다……"

---

* 횔덜린이 사랑했던 여인이자 그의 뮤즈. 횔덜린은 자신이 가정교사로 있던 집의 부인과 사랑에 빠지는데, 그녀는 디오티마라는 이름으로써 서간체 소설 『히페리온』을 비롯해 여러 시에 등장한다.

** 스페인 제2공화국(1931~1939) 당시 스페인 국기는 지금과 달리 가장 아래의 붉은색을 보라색으로 대체했는데, 이는 독립과 군주제에 대한 반대를 강조하기 위한 것이었다.

*** André Marty(1886~1956). 프랑스 공산당의 대표였지만 1952년 축출되었다. 스페인내전 당시 공화파 편이었던 연합군으로 전쟁에 참전했다.

노동절에 얽힌 두 가지 추억―그보다는, 두 번의 노동절에 대한 추억―은 그리하여 동일한 이야기의 연속선상에서 이미 뒤섞였다. 주제를 어떻게 변주하든, 그것이 여전히 조정 가능한 듯 여겨지더라도, 이런 효과를 다시 만들어보려는 것은 그리 세련된 방식이 아닐 것이다.

　하지만 내가 이러한 서사적 효과에서 벗어나고자 스스로를 몰아붙인 중대한 이유는 전혀 다른 데 있다. 그것은 미학적인 것이 아니라 도덕적인 범주에 속한다. 진부하게 반복하는 것이 세련되지 못하다는 점과는 상관없이, 그러한 방식은 너무 쉽게 심리적인 만족감을 주는데다 그 탐색도 너무 간단하다. 훨씬 더 심오하고 본질적인 무엇인가를 건드리는 셈이다.

　사실 나는 간략하게든, 신중하게든, 심지어 암시적으로라도, 부헨발트에 대해 한마디도 하지 않고는 1945년 5월 1일을 떠올릴 수 없다. 역사적 진실에 비추어 그날 무슨 일이 벌어졌든, 나로서는 부헨발트에서 보낸 내 경험과 관련지어서만 비로소 그해 노동절에 대한 관심으로 옮아갈 수 있다. 결국, 선명하고 소중한 바로 그날은, 수용소 생활을 막 끝냈다는 전제하에서만 존재할 뿐이다. 한편으로는 끝이며, 다른 한편으로는 삶이라는 무한한 불확실성을 향해 나아가는 시작으로서.

　부헨발트의 경험은 곧 확실성에 대한 경험이었다, 때로는 끔찍하고 때로는 행복한, 죽음이라는 분명한 것에서 나온 경험. 믿기 힘든 숙명의 경험. 1945년 노동절 행진 위로 휘몰아쳤던 눈보라는, 나를 죽음으로까지 몰아붙였던 그 옛날의 눈을 환기시키는 기억의 분위기에 따라, 비로소 격렬하다든가 평온하다든가 하는 아름다움과 매력을 가질 뿐이다.

결국, 나머지 모든 것을 떠올리지 않고 그해 노동절만을 떠올리기란 불가능하다. 그럼에도 그 나머지 것들을 떠올리고 싶지 않다, 바로 그 이유로.

나는 전혀 그것에 집착하지 않는다.

쓸 수 있는 모든 이야기, 그러니까 최근에 내게 주어진 모든 소설적 글쓰기의 가능성 가운데, 나는 욕망의 신비로운 망설임을 따라 『잘 가거라, 찬란한 빛이여……』를 쓰기로 선택했으니(작업을 시작하자마자 단숨에 제목이 떠올랐는데, 서사를 만들어가는 과정이라는 모호한 상태에서 제목을 정하는 건 내게 특별한 경우다), 부헨발트 체류 이전의 삶을 다룬다는 단순한 이유에서였다.

나이 마흔에, "우리 인생길 한가운데서"*『머나먼 여행』**을 쓴

---

* 단테의 『신곡』 지옥 편의 제1곡을 시작하는 시구("nel mezzo del cammin di nostra vita")로, 단테는 인생을 칠십 세로 보았고, 서른다섯 살이 되던 해에 『신곡』 지옥 편을 썼다.

** Le Grand Voyage. 호르헤 셈프룬의 첫번째 소설로, 그의 나이 마흔인 1963년에 발표되었다. 1943년 10월에 작가 자신이 겪었던 사건을 회상하는 내용으로, 게슈타포에게 체포된 뒤 열차의 화물칸에 실려서 부헨발트 수용소로 떠나는 닷새의 여정을 다룬 자서전이다.

뒤로, 내 서사적 상상력은 모두 화장터의 불꽃처럼 비정하고 붉은 태양에 사로잡혔던 것만 같다. 심지어 개인적인 경험에서 가장 멀리 떨어진 이야기, 내가 체험했기 때문이 아니라 만들어냈다는 이유만으로 모든 것이 진실이 되어버린 이야기 속에도, 그 과거의 화덕은 남아 활활 타오르거나 재 속에 불씨를 남겼다.

이러한 운명을 떨쳐내고자, 이 지독한 기억이 내 인물들의 기억을 다 채워버리지 못하게 하고자, 나는 갖은 노력을 다했다. 우선, 이 기억이 불필요한 것으로 여겨질 만한 소설적 장치를 고안해냈다. 그러나 기억은 기다리고 있다가 매번 내 인물들을 함정에 빠뜨리는가 하면, 원한 적도 없고 필요치도 않은, 심지어 때로는 어울리지도 않는 이런저런 중압감을 채워넣으려 했다.

그 과거를 잊겠다고, 적어도 그것이 내 글쓰기에 미칠 가장 유해한 효과들을 희미하게 만들어보겠다고 노력했던 것은 평온함이 좋아서가 아니다. 내게 평온함에 대한 특별한 애착 같은 건 없다.

그것은 차라리 자유에 대한 애착에 가까웠다.

나로서는 생존자의 역할, 그러니까 신뢰와 존중과 연민을 받아 마땅한 증인의 역할에 스스로를 가두겠다는 마음이 없었다. 사람들에게 나설 수 있을 만한 생존자의 품격과 신중함 그리고 겸허함과 더불어, 불안감이 나로 하여금 그 역할을 수행하도록 했던 것이다, 말하자면 인간적으로, 또한 정치적으로 올바르게.

나는 수용소의 기억으로, 그 기억 속에서, 영원히 살 것을 강요당하고 싶지 않았다. 귀중한 것들과 슬픔들로 채워진 그 기억 속에서. 수용소의 기억이 내 소설적 상상력 앞에 세워둔 장애물들은 나를 짜증스럽게 했다. 다른 것을 만들어내고, 다른-곳, 다른-존재라는 거대한 영토에서 모험하고자 고집을 부려도, 지나치게 대담하며 지나치게 큰 의미를 담은 삶은, 때때로 창작의 길을 막고 나를 나 자신에게로 다시 이끌었다.

어떻게 해서든 오로지 이 명명백백한 경험에 맞서야만 작가-아무튼, 소설의 기술이야말로 글쓰기 기술의 절정이라 할 수 있으니, 소설가-가 될 수 있었다. 그런 일을 겪었음에도, 어찌되었든. 그러한 경험의 빈틈 속에서. 그 경계를 넘어 개척해야-해독해야- 할 영역에서.

이 책은 청소년기와 망명생활에서 발견한 것, 파리와 세계, 여성성이라는 신비로움에 대한 이야기다. 또한, 어쩌면 무엇보다도, 프랑스어를 내 것으로 받아들이는 것에 대한 이야기다. 부헨발트의 경험은 이 책에 아무런 책임도 없으며, 어떤 그림자도 드리우지 않는다. 또한 어떤 빛도 비추지 않는다. 바로 이런 이유로, 『잘 가거라, 찬란한 빛이여……』를 쓰면서 나는 결국엔 일종의 운명-좀 덜 거창하게 표현하자면, 전기傳記-에 스스로를 새겨넣고 만 일련의 우연과 선택에서 몸을 빼낸 양, 잃었던 자유를 되찾은 기분이었다.

설사 우연으로든 기회가 주어져서든 주아니*-엄밀히 말하면 이렌 시오의 집으로 이어지는 길목의 에피지 지구-에서 게슈타포의 함정에 걸려드는 걸 모면했다 하더라도, 부헨발트 56번 구역에서 나의 선생님, 모리스 알박스**가 내 품에서 죽어가지 않았다 하더라도, 나는 양차대전 사이에 걸쳐 있던 청소년기에, 그것도 파리에서, 삶의 찬란한 불행뿐 아니라 상상을 초월하는 즐거움까지도 발견한 열다섯 소년이었을 것이다.

또다시 나는 그곳에 있다.

어쨌든, 『팔뤼드』를 읽으라고 권했던 이는 아르망 J가 아니었다고 나는 확신한다.

내게 이런저런 책을 읽으라고 그가 권하지 않았던 것은 아니다, 오히려 그 반대다. 그는 내게 책들을 가져다주었을 뿐 아니라 그것들을 읽으라며 추천하고 빌려주었다. 내 용돈이 말하자면 별 볼 일 없을 거라고, 그래서 내 돈으로 책을 마련하기란 불가능하리라 생각했던 것이다.

1939년 학기의 마지막 석 달 동안 나는 아르망 J와 자주 어

---

* 프랑스 브르고뉴 지방의 작은 도시. 셈프룬은 이곳에서 게슈타포에 체포되었다.

** Maurice Halbawachs(1877~1945). 프랑스의 사회학자. 사회학적 방법을 심리학에 적용하여 사회심리학 연구의 길을 열었다. 이차세계대전 중 독일군에 체포되어 부헨발트 수용소에서 사망했다.

울렸다. 곧 다들 뿔뿔이 흩어지는 여름방학이었다. 그다음엔 전쟁이 발발했다. 새 학년이 시작되었을 때, 앙리4세 고등학교는 알 수 없는 이유로 여학교가 되어 있었다. 남녀 학생이 함께 있는 것이 당시에는 이치에 맞지 않았기에, 남학생들은 인근의 학교들로 보내졌다. 나는 생루이 고등학교*로 가게 되어, 거기서 일학년**을 다녔다.

내 성적과 고전인문학 ―명시하자면, 소위 '고전어문학'과 관련한― 분야 교수들의 평가를 고려해서, 앙리4세 고등학교 교장은 여름방학 전에 나를 불러 곧장 일학년으로의 월반을 조언했다. "자네가 이학년이 되면 시간을 버리는 걸세." 그는 내게 말하더니 이렇게 덧붙였다. "여름에 조금만 일을 하면 충분할 것 같은데." 그런데 아마도 내 시선에서 알 수 없는 혼란 혹은 거부감을 눈치챘는지, 그는 과제에 대한 암시로 말을 마무리했다. "책을 읽게, 계속해서 읽어, 시의적절한 것이든 그렇지 않은 것이든 간에, 자네가 이미 그렇게 해왔던 것처럼 말일세!

─────────────

* 1812년 나폴레옹의 지시로 개교했고, 과학 분야 영재들을 위한 학교로 알려져 있다. 당시 나폴레옹은 교육개혁을 단행하여 학생들로 하여금 군사훈련을 받게끔 했으며, 군대에서 사용하던 북으로 수업시간의 시작과 끝을 알렸다.
** 앞서 언급했듯이 프랑스의 학제는 중고등학교 칠년제로, 한국과 반대로 학년이 올라갈수록 숫자가 작아진다. 일학년은 한국의 고등학교 이학년에 해당한다.

그것이 내가 요청하는 바네."

일을 하라는 그의 말뜻*을 이해하고 나니 안심이 되었다.

나폴레옹 시대의 북소리에 맞춰 휴식과 수업을 규칙적으로 진행하는 생루이 고등학교에서 보낸 일 년에 대해서는 좋은 기억이 없다. 게다가 1940년 5월 프랑스가 패배했기에 수업은 중단되고 말았다. 기억 속에 즐거운 흔적을 남기기에 썩 좋은 방식은 아니었다.

1940년 9월, 앙리4세 고등학교 철학반으로 돌아왔을 때, 나는 아르망 J를 다시 보지 못했다. 그는 학교를 떠났다. 그렇지만 그가 내게 빌려주었던 책들만큼은 내 기억 속에 똑똑히 남아 있다. 적어도, 몇 권의 책은.

기억하는바, 내게 『팔뤼드』를 빌려준 사람은 아르망이 아니다. 반면에, 루이 기유의 『검은 피』(1935), 폴 니장의 『음모』(1938), 장폴 사르트르의 『벽』(1939)과 『구토』(1938), 앙드레 말로의 『인간의 조건』(1933)과 『희망』(1937)을 권했다. 내게 깊이 영향을 미친 책들이다, 분명히. 물론 내 청소년기의 유일한 교양소설은 아닐 테지만, 그럼에도 이 소설들이 아니었다면 나는 결코 지금의 내가 아니었으리라. 그때부터 나는 그 안에서 매

---

* 'travailler'라는 동사에는 '일하다'라는 뜻 외에도 '공부하다'라는 의미가 있는데, 프랑스어에 익숙하지 않고 형편이 넉넉하지 못했던 어린 작가가 두 가지 의미를 혼동한 것이다.

번 새로운 관점과 감정을 느끼며, 주기적으로 그 책들을 다시 읽었다.

블레즈데고프 거리에 있는 에두아르오귀스트의 서재에서 발견한 책, 독서로 열에 들떠 보낸 어느 여름밤, 말 그대로 나를 사로잡았던 미셸 레리스의 『성년』(1939)만 추가한다면, 문학 패키지라 할 만한 그 목록을 가지고 나는 삶을 향한 모험을 떠날 수 있었다.

제각기 다양한 형식으로 쓰인 책들이었음에도, 핵심적인 작은 정보 하나가 아르망J의 선택에 드러난 통찰력 있는 일관성을 공고히 해주었다. 아닌 게 아니라, 모두 얇은 검은 선과 훨씬 더 흐린 붉은 선 두 줄로 테두리가 쳐진 갈리마르 출판사의 하얀색 표지로 되어 있었으니까. 눈처럼 부드러운 크림색 표지 중앙에는 NRF*라는 약자가 흑고니처럼 떠다니고 있었다.

그리하여 한동안은 열다섯의 순박함으로, 이 세 철자가 일종의 암묵적인 권위를 나타내는 표시 혹은 라벨이라 믿었다. 마치 그것이 없다면 진정한 문학이 아닌 것처럼! 훨씬 나중에 그 표시로 장식되지 않은 장 지로두의 소설들을 발견하고 나서야, 프랑스 문학의 영역이 갈리마르 출판 목록보다 훨씬 더 방대하

---

* Nouvelle Revue Francaise(신 프랑스 평론). 1908년 창간된 프랑스의 문예지로 초기에 앙드레 지드가 참여했다. 1911년부터 갈리마르 출판사에서 출판되었으며, 현재까지도 격월로 발행되고 있다.

다는 사실을 알게 되었다.

내게 『팔뤼드』를 권한 이가 에두아르오귀스트 F였을까?

이 인물이 내 이야기 속에 막 등장한 것은, 내가 미셸 레리스의 『성년』을 찾아낸 곳이 바로 그의 서재였던 까닭이다. 하지만 그가 내 삶에 등장한 것은 언제였을까? 나로서는 그것을 기억할 수 없지만, 따져볼 수는 있을 것 같다. 일련의 추론과 논증을 통해, 혹은 그에 따라붙을 복잡함으로 여러분을 괴롭히지 않고도 나는 에두아르오귀스트 F와 관련된 기억을 가늠해볼 수 있다. 말하자면, 그가 내 인생에 등장한 시기를.

그를 알게 된 건 분명 파리 인근 주이앙조자스에서 있었던 인격주의 운동 모임에서였을 것이다.* 그리고 그가 내 아버지를 만난 것도 그때였을 테니, 그는 『에스프리』 그룹의 보호막 안에 있던 스페인 가족과 알게 된 셈이다. 에두아르오귀스트 F는 『에스프리』 그룹의 일원으로, 앙리4세 고등학교 기숙생 시절 나의 보호자 역할을 했던 피에르에메 투샤르**와 교분이 있

---

* 주이앙조자스는 일드프랑스에 속한 파리 남서쪽의 인근 도시. '인격주의 Personnalisme'는 『에스프리』를 창간한 에마뉘엘 무니에를 주축으로 자유자본주의와 마르크스주의 사이에서 인간 중심적인 새로운 길을 모색한 이념 운동.

** Pierre-Aimé Touchard(1903~1987). 극장 관리자이자 작가로 『에스프리』 창간 당시 연극 관련 정보들을 기고했다.

었다. 아마도 그런 식으로 우리까지 알게 되었던 것 같다.

로잔 지방 출신에, 제네바의 크라머라는 귀족 가문 여자와 결혼한 에두아르오귀스트는 교양 있고 잘나가는 사업가였다. 그의 삶은 또한 파란만장한 일화로 가득차 있었다. 아주 젊었던 시절엔 인도주의 기구 활동의 일환으로, 내전* 이후 기아로 허덕이던 시절의 소비에트연방을 두루 돌아다니기도 했다. 여행을 좋아하고 여러 언어를 자유자재로 구사하며 내가 알던 시절에 언제나 신사 역할을 충실하게 수행하던 그는, 늘 관대하고 경우에 따라서는 후원자가 되어주기도 했으며 예술적 취향에 있어서도 과감한 확신을 지니고 있었는데, 그럼에도 자신의 부유함이 야기할 만한 경솔한 행동을 하는 법은 없었다.

어쨌든, 학년 말부터 에두아르오귀스트 F는 역사적인 재앙과 비참하다 할 만한 망명생활 탓에 단절된 가족을 대신해, 내가 공부할 수 있도록 헌신적으로 뒷바라지를 해주었다. 내 교육 문제도 마찬가지로. 일학년─생루이 고등학교에서 아주 슬프게 보냈던 시간─이 끝나갈 때까지, 그는 나를 블레즈데스고프 거리에 있는 자신의 부유한 집에서 지내게 해주었다.

어떤 점에서, 그 거리는 숙명적인 장소다. 왜냐하면 보지라르 거리에서 렌느 거리로 이어지는, 직각으로 꺾인 짧은 길에 바로 빅토리아팔라스 호텔이 있는데, 그곳은 1937년 1월 우리

---

* 1917년에서 1923년까지 있었던 러시아 내전을 가리킨다.

셈프룬 다섯 형제가 구버너 폴딩의 장모의 안내로 각각 제네바와 페르네이볼테르에서 출발해서, 막 헤이그에 있는 스페인 공화국의 공사관에 자리를 잡았던 아버지를 만나러 들렀던 곳이었으니 말이다.

내게 있어 파리의 첫 이미지들은 그런 식으로 그 호텔에 대한 추억과 연결되며, 그 길에서부터 출발해 시내로 나가는 산책들로 구성되는데, 바로 그곳으로, 1939년 여름이 시작할 무렵부터 일 년 동안 살기 위해 돌아온 것이다.(가만, 산다고? 차라리 기거한다고 해야 하지 않을까? 이마저 아닐지도 모른다. 왜냐하면 그곳 역시 지나는 길 ─ 무엇과 다른 무엇 사이라고 해야 할까, 그뿐? 어린 시절 실제의 삶과 미래, 그게 뭐든, 말하자면 뭐가 됐든, 어쨌든 그 사이 ─ 에 잠시 체류했던 곳일 뿐이니까.)

그다음, 앙리4세 고등학교로 돌아온 철학반 시절에 F는 블로메 거리에 있는 친구의 가족에게 나를 맡겼다. 개신교도이자 학식을 갖춘 집안으로 가족 모두가 신학부터 의학에 이르기까지 대학의 다양한 분야에서 영예로운 자리를 차지하고 있었는데, 그 집안에는 나와 비슷한 또래였기에 그 시절 나와 가장 많은 것을 나누었던 별난 열등생, 마르크라는 제일 어린 유일한 남자아이가 있었다.

고대 그리스 「교육」*의 열렬한 신봉자였던 F는 신체를 꽃피

──────────

* paideia. 플라톤의 『국가』에 수록된 소항목으로, 그 내용은 나라의 법과

우기 위해 스포츠 활동에 빠져 있었던 만큼이나, 정신적 성숙을 위해 고전인문학에 심취해 있었다. 그렇게 그는 자신의 화려한 서재를 내게 공개했고, 나는 탐욕스럽게 프랑스 문학작품의 세계를 계속해서 탐색해나가면서 그 과정에서 프랑스 문학이 NRF의 세계에서 살짝 벗어나는 것을 발견했다. 그리고 또한 그의 도움으로, 생클루에 있는 프장드리 경기장에서 하는 달리기경주의 즐거움을 알았다 — 중거리가 내게 가장 잘 맞는 시합이었다. 그곳에서 여름에는 스타드프랑세 클럽의 육상 선수가 되어 훈련했고, 겨울에는 같은 클럽의 주니어 팀과 농구 경기를 하며 고되지만 원기 회복의 즐거움을 맛보았다.

철학반 과정이 끝나고, 바칼로레아 점수와 에두아르오귀스트 F에게서 받은 다양한 교육으로 무장한 나는, 열여덟번째 생일이 되기도 전에 생활에 뛰어들게 되었다. 왜냐하면 「교육」에 심취해 있었음에도, F는 보호막을 씌우듯 구는 모든 종류의 엄격한 통제에는 반대했기 때문이다. 그리하여 나는 아주 힘겹게, 온갖 아르바이트와 개인 교습 등으로 밥벌이를 했다. 그때 앙리4세 고등학교에서 시작했던 고등사범학교 입시준비반 일년 차 과정에서 손을 놓아야만 했는데, 이상하리만치 나는 그

관습을 유지 보존하는 수호자들을 지속적으로 키워내는 것을 목표로 한다. 어떤 사람이 어떻게 교육받느냐에 따라 그에 상응하는 법질서가 내면화되고 품성으로 배양된다고 강조한다.

시절에 대해 거의 아무런 추억도 가지고 있지 않다.

사촌 클로드 뒤크뢰를 만나봐야 한다. 나와 같은 철학 전공 2반에 있었던 그와 함께, 1940년 11월 11일 앙리4세 고등학교의 조직하에 에투알 광장에서 열린 고등학생들과 대학생들의 나치 반대 집회에 참석했었다. 그러니 클로드를 만나 그의 기억 속에서 우리가 함께 보냈던 고등사범학교 준비반 시절 몇 달 동안의 삶을 되찾아봐야겠지만, 그를 만나게 될 일이 거의 없다.

밥벌이를 위한 사소한 아르바이트들이 고등사범학교 입학 준비라는 원대한 계획과는 맞지 않았다는 점은 분명해졌다.

심사숙고하고, 따져보고, 다시 또 생각해보고, 추론해보고, 계산해본바, 에두아르오귀스트 F와 나, 그리고 우리 가족이 만났던 것이 『에스프리』 회합 때가 맞는다는 것을 분명히 확신할 수 있을 것 같다.

특히 나와 만난 것은, 확실히 그때였다.

회의는 주이앙조자스에 있는, 나무 우거진 녹지로 둘러싸인 저택에서 진행되었다. 장마리 수투가 나를 데리고 갔다. 토론은 이틀 동안 계속되었고, 회의 참석자들은 ─그들 중 적어도 몇 명은 아마 집이 아주 멀었을 텐데─ 넷 혹은 다섯씩 그룹을 지어 공동 침실에서 밤을 보냈다.

나는 이 모임에 참석했던 아버지가 화를 내며 당황해하던 모습을 기억한다, 어떻게 잊겠는가. 밤이 내릴 무렵, 아버지는 지나치게 근심에 찬 눈빛으로 나를 찾아오셨다. "내가 다른 사람 셋과 한방에서 자야 하다니!"라며 아버지는 큰소리를 냈다. 현실이 그랬는데, 그래서 어쩌겠다는 것이었을까? 그렇게 자는 것이 아버지에게는 참을 수 없는 일인 것 같았다. 혼숙을 하는 것에 대해, 그러한 상황에서 잠을 잘 수는 없다고 아버지는 몰상식한 말들로 혼자 중얼거렸다. 살면서 이와 비슷한 상황에 처해본 적이 결코 없었던 것이다! 이만큼 불편한 일도, 그 때문에 거의 굴욕감까지 느껴본 적도 없었던 것이다.

군복무를 하지 않았으니 아버지가 병영의 내무반을 경험해보지 못한 것은 사실이다. 부르주아 집안의 대다수 젊은이들 — 어쨌든 군직을 지망하지 않은 사람들 — 처럼, 사실 아버지는 자기를 대신하여 군사교육을 받을 대리 복무자에게 돈을 지불했다. 말하자면 징병 추첨을 통해 면제받은 사람이나 일부 빈곤한 가정의 젊은 농부는, 법적으로 전혀 문제가 없는 대리 복무에 대한 비용을 받고, 아버지 대신 군복무를 수행했다.

어쨌든 나는 아버지의 혼란을 이해할 수 없었다, 그곳, 주이앙조자스에서만큼은.

청소년기를 보내는 동안, 다른 상황에서도, 나는 아버지에게서 드러나는 현실감각의 부재, 위대한 귀족이 갖고 있는 현실원칙에 대한 몰이해, 그리고 삶 — 사회의 특권층에 속하지 못할 경우 일상생활에서 느끼게 되는 냉혹함, 저속함, 집요한 엄격함 따위 – 에 대한 부적응이 일깨운 그의 불안에 민감하게 반응했다.

하인들이 대신해주었기에 모든 실제적 활동이 불가능했던 아버지에게, 예외가 하나 있었다. 아버지는 자동차 운전만큼은 손수 하는 것을 좋아했다. 공화정이 선포되었던 1931년, 톨레도와 산탄데르 지방의 지사로 있었기에 공식적으로 이스파노수이사 자동차 회사에서 만든 차들을 몰아야 했던 때를 제외하고는, 대체로 힘이 좋은 미국산 자동차였다.

만약 아버지가 운동을 좋아했더라면 아마도 골프를 쳤겠지만, 운동을 좋아하지 않았다. 만약 아버지가 사냥꾼이었다면, 아마도 비둘기 잡기 대회나 커다란 짐승 몰이 같은 시합에 나갔을 텐데, 사냥꾼도 아니었다. 아버지는 사회정의라는 자유주의 이념을 수호하기 위해 모든 위험을 감수한 –모든 것을 날려버린– 부르주아 지식인이었으나, 혼자서는 우표를 붙여 편지 한 장 보낼 줄도 몰랐고, 프랑스 관공서에서 일처리도 할 줄 몰랐다. 차라리 프랑스 관공서가 까다롭게 굴었다고, 아버지를 변호해줄 수는 있겠다.

망명과 패배는, 아버지를, 말하자면 거의 절대적인 고립에 내던져진 프롤레타리아로, 혹은 낙오된 지식인으로 만들어버렸다. 때때로, 나는 삶에서 부딪칠 수 있는 우발적인 실제 사건들 앞에서 아버지가 보였던 오블로모프* 같은 무능을 감지했다. 실제로, 아버지는 성가신 일이 생기더라도 적응하지 못한 채 여전히 숭고한 존재로 머물렀으니 말이다.

가령 파리 경시청의 외국인담당 부서에 출석했던 날, 아버지는 자신의 터무니없는 행동 탓에 깜짝 놀라 굳어진 얼굴들과 겁에 질린 시선들을 봐야만 했었다. 1940년 6월 초였다. 프랑스가 '이상한 패배'**라는, 비극적이면서도 희극적인 고통 속에서 무너져내리던 때였다. 정부 관련 부처 사무실은 비어가기 시작했다. 어쨌든 아버지가 경시청에 출석했던 날은 제3공화국***의 마지막 나날 중 하루였다. 아버지는 청원서를 작성해야 했다. 첫번째 사무실에서 그의 이야기를 들은 공무원은 이해할 수 없다는 듯 눈을 동그랗게 뜨고는 얼마 지나지 않아 아버지를 돌려보냈다. 아니, 사실은 곧바로 돌려보냈다, 아버지의 이야기를 듣고 청원서를 기록하자마자. 아버지는 과거 스페인 공

---

* 러시아 작가 이반 곤차로프가 1859년에 발표한 소설 제목이자 동명의 주인공 이름으로, 지성과 교양을 갖춘 재능 있는 청년 귀족 오블로모프는 아무것도 하지 않고 무기력하게 살아간다. 러시아어로 '쓸모없는 인간'이라는 뜻이다.

** L'étrange défaite. 프랑스 역사가 마르크 블로크의 책 제목이기도 한데, 1939년 9월 나치의 폴란드 침공에 선전포고를 했던 프랑스가 전투 없이 대치만 하다가 1940년 5월 어이없게도 항복하고 만 이유를 기록하면서 그렇게 불렀다. 1940년에 썼으나 대독 저항운동에 가담했다가 1944년에 체포되어 총살당하는 바람에 책은 1946년에 출판되었다.

*** 1871년 보불전쟁 이후 시작되어 1940년 이차대전 당시 독일의 침략과 함께 비시에 임시정부를 세우고 7월 10일 페텡이 국가의 수장이 되면서 막을 내린다.

화국의 외교관이었다는 자신의 경력, 사실을 말하자면 전혀 놀랄 것도 없는 이력에 대해 왈가왈부했다. 마드리드 대학의 법철학 교수였다고 큰소리를 치기도 했는데, 정말이지 웃기는 일이었다. 심지어 다섯 등급 중 네번째 등급의 레지옹 도뇌르 훈장을 받았으며, 네덜란드에서 수여하는 명예 훈장인 오랑주나소 훈장을 받았다는 사실까지 과시했다. 결국 그들은 서열상 한 단계 높은 옆 사무실로 아버지를 들여보냈다. 그곳에서 아버지는 청원서를 다시 작성했는데, 아무렇지 않다는 듯 프랑스 국적을 요청하는 내용이었다. 내용은 이렇다. '당신네 나라, 인권의 나라 프랑스가, 악의 부대가 가하는 공격의 희생양이 되어 위험에 처한 지금 이 순간에도, 내가 프랑스에서 누릴 수 있는 안락함에 감사를 표하면서, 나의 국적 신청이 받아들여져 내게도 영광이 되기를 바랍니다. 나는 프랑스인으로서, 상처 입은 프랑스와 운명을 같이하기를 바랍니다!'

이런 식의 어이없는 요구 앞에서, 그곳 공무원의 시선에는 아마도 존경심에서 비롯되었을 감동 섞인 놀라움과 겁에 질린 듯한 당혹스러움이 뒤섞여 있었을 것이다.

아마도 말을 잘라버리기 위해, 한편으로는 아버지를 기쁘게 해주려고, 담당 책임자는 가까운 시일에 허가를 받을 수 있을 것이라며 아버지의 국적 획득 요청서를 법적으로 확인했음을 알렸다. 그러고서 그는 아버지를 집으로 돌려보냈다.

어쨌든 나는 이보다 일 년 전에 있었던 『에스프리』의 모임으로 다시 돌아오겠다.

당시 나는 아버지의 동요를 이해할 수 없었다. 다른 몇몇 참가자들과 함께 방 하나를 나누어 쓰는 건 당연한 일 아니었을까? 그거 참 잘 된 일이다! 나는 아버지를 동정하고 싶은 마음이 전혀 없었고, 어떤 방식이 됐건 그를 도와줄 생각도 없었다.

사실, 앙리4세 고등학교 기숙사의 공동 침실에서 몇 주째 보내고 있던 내가 이런 자잘한 일에 안타까움을 느낄 리가 있었겠는가.

외국인이라는 이유로, 터무니없는 입문 테스트에 동의해야만 하는 고문관과 희생자 사이의 언어적 공모에서 필연적으로 빠져나올 수 있었기 때문에, 혹은 보다 가능한 이야기로는, 외국인에다 스페인 붉은 진영이라는 연민을 유발하는 조건이 덧붙었기 때문에, 비쥐타주*라는 폭력적인 의식에서 상대적으로 자유로웠음에도 불구하고, 곤살로 형과 나는 어쩔 수 없이 피가 들끓고 강박적인 몽상에 사로잡힌 사춘기 사내들과 뒤섞여 지낼 때 일어날 수 있는 피할 수 없는 천박함에, 신체 부위를 비교하는 내기에, 사실이든 지어낸 이야기이든, 기숙사에서 가장 나이 많은 아이들이 쉬는 날이나 밤에 월담을 해서 이루어

---

* bizutage. 그룹에 새로운 구성원이 들어갈 때 치러야 하는 의식. 학교 같은 경우에는 일반적으로 신입생 환영회로 알려져 있는데, 1998년 이후 그 폭력성과 야만성을 이유로 프랑스에서는 금지되었다.

낸 성적 무용담에 노출될 수밖에 없었다.

소등 뒤, 투쟁 거리의 구세주와도 같은 가로등 빛에 의지해서 무단 외출을 하기로 마음먹은 아이들은 여자를 만나고 말거라고 큰소리쳤고, 사실상 구구절절한 이야기로 외출중 있었던 일들을 늘어놓기에 앞서 성공에 대한 확실한 증거물을 가져와야 한다는 불문율이 있었다.

그렇게 다음날 아침이 되면, 간밤에 나갔던 아이들은 차갑고 살풍경한 샤워장에서 사냥의 전리품들을 보여주었다. 명주나 면으로 만든 작은 팬티, 브라, 손수건이나 하얀색 종이에 빨갛게 찍은 입술 자국 같은 것들이었다.

하지만 그 의식의 유별남과 추잡스러운 폭력성―어쨌든 그러한 일은 감독관에게 걸리지 않도록 조용하고 안전하게 치를 수 있을 만한 특별한 상황이 요구되는데다 처벌이라는 원치 않는 결과를 초래할 수 있었으므로 아주 드물게 일어나긴 했다―으로 따지자면, 가장 당혹스러웠던 경우는 아이들 앞에서 자위 행위를 하는 것이었다.

기숙사에서 밤의 영역과 그 주변을 떠도는 아이들 세계의 명실상부한 우두머리이자, (물론 태연히 드러낸 그 사이즈에 비추어보면 반어적 표현이긴 한데) 작은 고추라는 별명으로 불리던 졸업반 학생의 명령으로 이루어지는 그 행사는, 깊은 밤, 편안한 장소를 골라 진행되었으니, 지명된 아이는 그 어린 우두머리가 강요한 리듬에 따라 일을 치러야 했으며, 그러는 동안

패거리 중 하나는 마치 증인처럼 불려나온 다른 기숙생들을 향해 우리끼리 돌려보는, 민망할 정도로 적나라한 사진들로 장식된 포르노 책자에서 몇 줄을 골라 큰 소리로 읽어주었다.

그런 식으로 몇 주 만에, 나는 성과 관련한 신비와 불안에 대하여, 그전까지 살아왔던 시간보다 훨씬 더 깊이 있게 알게 되었다.

그때까지만 해도, 나는 가톨릭과 부르주아 계급으로 대변되는 전통적인 교육이 공들여 만들어낸 고상한 무지에 방치되어 있었다. 게다가 아홉 살 때부터 철저하게 아버지 혼자만이 하는 교육에 맡겨져 있던 터였다.

자신의 고독에, 그리고 현실에 적응하지 못해 겁을 집어먹고, 지적으로도 정서적으로도 너무나 다른 욕구를 가진 다양한 연령대의 일곱 아들딸이라는, 대가족과 마주해야만 했던 냉담한 ─ 그게 아니라면 유연성과 권위가 부드럽고 익숙하게 결합된 적절한 거리감을 유지할 줄 모른다고 할 만한 ─ 아버지에게, 어떤 고민거리며 어떤 질문을 이야기할 수 있었겠는가?

그리고 어머니가 돌아가신 지 삼 년 만에, 아버지가 (그가 접촉할 수 있었던 유일한 여자이자, 타고난 현실감각과 집을 장악할 힘을 갖추고 가족 전체를 움직이게 할 재주가 있었던) 스위스 여자에게 사로잡혀버렸으니, 불안과 두려움 ─ 달콤하기도 한 그 감정 ─ 이 깃든 사춘기가 시작되었을 때 내가 어떻게 이 불청객에게 도움이든 조언을 요청할 수 있었겠는가?

어머니의 존재는 우리가 완곡하게 사춘기라 부르는 그 시련의 시기를 더 수월하게 보내게 해주지 않았을까?

답을 얻지 못한 채 남겨질 질문이리라, 분명. 그럼에도 나는 확신에 차 그 질문에 답하고자 했던 것 같다. 적어도, 긍정적인 답을 떠올리지 못할 이유는 없을 거라 믿고 싶었던 것 같다. 내가 일곱 살이었던 어느 날, 어머니는 자신의 방 옷장에서 냄새를 맡고 있던 나를 보고 깜짝 놀랐다. 뒤에서 문이 열렸을 때 나는 명주로 만든 어머니 속옷에 얼굴을 묻고 있었다. 당황해서 새빨개진 얼굴로, 팔을 건들거리며 일어섰다. 죄를 지었다는 공포감에 아무 소리도 내지 못한 채 조용히 굳어서는. 그런데 어머니의 시선에는 언짢음보다 놀라움이 묻어 있었다. 근심도 느껴졌던 것 같다, 아마도. 어머니는 나를 혼내지 않았고, 내가 거기서 무엇을 했는지 묻지도 않았으며, 아이들에게 금지된 장소에 들어온 것에 대해 나무라지도 않았다. 어머니는 나를 안고 손으로 내 머리를 쓰다듬어 헝클어뜨리며, 전혀 다른 이야기로 부드럽게 화제를 돌렸다.

어머니는 마치 놀이를 하듯, 그날 저녁 시내에서 있을 식사 자리에 입고 나갈 옷들을 같이 골라보자고 제안하며 내가 평온해지기를 기다렸다. 저녁 외출용으로 쫙 달라붙는 화려한 드레스를 입히느라 사투르니나(스페인어로는 '아마 데 야베스ama de llaves' 즉 '집 열쇠를 담당하는 가정부'로 불리는, 말하자면 집안의 가정부 혹은 집사 역할을 했던 헌신적인 하녀로, 아버지가 스위스 여자를 아내 자리에 앉히면서 그 일로 자신을 내쫓은 일에 대해 그녀는 절대 용서하지 않았다)가 검은색 레이스 꽃줄로 장식된 코르셋을 졸라맬 때도, 어머니는 내가 옆에 있도록 내버려두었다.

물론, 어머니가 "몹쓸 것에 빠진 자녀의 영혼"*을 명백히 보았으리라 생각하지는 않는다. 적어도, 믿을 수 없을 만큼 갑작스레 내 몽상 속에서, 아니 그보다는 내 불면 속에서, 사라지지 않고 따라다니는 야릇한 – 심지어 순수하게 정신적이고, 형이상학적이라고도 해도 될 법한데, 왜냐하면 사춘기가 시작되기 전까지의 소위 신체 흥분이란 아직은 어떤 역할도 수행하지 못한다고 할 수 있으니까 – 그런 이미지들에 둘러싸여 있던 영혼이 어떠했는지는 보지 못했을 것이다. 하지만 여성성이라는 미지의 대륙 가장자리에서 당시 나를 짓누르던 동요와 탐색과 질문, 그리고 극도의 흥분을 – 그렇게 보이긴 했으나, 그것들이 정말로 계속 나를 짓누르고 있었던 걸까? – 어머니는 눈치챘을지도 모르겠다.

또 한번은, 아주 늦은 밤, 길었던 저녁 모임을 마치고 돌아오는 부모님의 기척을 알려주리라 생각하며 엘리베이터 소리를

---

* 아르튀르 랭보의 시 「일곱 살의 시인들」에서 인용한 문장. 랭보 자신의 어린 시절을 떠올리게 하는 내용.

주의깊게 듣고 있었는데도, 나는 곤살로 형과 알바로 형과 함께 자는 방의 살짝 열린 문 옆 한구석에 있다가 어머니께 모습을 들킨 일이 있었다. 이번에도 어머니는 화를 내거나 내 행동에 대해 가타부타 말하는 일 없이, 내 건강을 염려하며 잠을 자지 않으면 좋지 않을 수 있다며 낮은 소리로 부드럽게 꾸짖으시고는, 잠시 밤의 아름다움과 향기 가득한 부드러운 품에 얼굴을 파묻는 나를 받아주며 침대로 데려다주었다.

어쨌든, 열두 살이 될 때까지 일상에서 성적인 양상을 띠는 것과 직접 대면한 경우는, 형제들과 레티로 공원에 갔다가 이따금씩 싸움을 걸곤 하던 가난한 동네의 몇몇 남자아이 무리를 만날 때였다.

실제로 그런 종류의 만남들이 일어나곤 했다. 발레카스 동네의 사내아이들 중 다수의 공격적인 무리가 우리가 놀던 공원의 오솔길이나 너른 평지에 갑자기 나타나곤 했던 것이다.

때로는 우리 쪽, 살라망카 동네 부르주아 집안의 아이들이 축구 시합을 하고 있을 때, 약간 공격적인 낯선 아이들이 경기에 끼어들어와도 아무런 말썽 없이 모든 것이 제대로 돌아간 적도 있긴 하다. 물론 운동을 하다 우발적으로 일어날 수 있는 작은 사건들을 제외한다면 말이다.

어린 프롤레타리아들은 활기 있게, 그리고 종종 보기만 해도 즐거워지는 재주를 부려가며 가죽으로 만든 우리 공 ─ 그들한테는 난생 처음이었던 그 가죽 공! ─ 을 찼다. 요컨대 그 아이들은 즉석에서 마련된 축구장과 축구 시합을 계급투쟁의 장으로 만들어버렸다.

그에 반해, 이따금씩 일상적으로 레티로 공원을 산책하던 중 우리 세 형제만 있을 때 그들을 맞닥뜨리는 것은 그리 즐겁지 않은 일이었다. 어쨌든, 주먹다짐을 하기 전에는 매번 말싸움부터 한판 벌어지곤 했다.

주머니에는 돌멩이와 마른 진흙 덩이를 가득 채우고, 그때그때 죽은 나뭇가지로 만든 몽둥이 같은 것을 손에 든 채, 우리는 변증법적 교환을 나누며 서로에게 맞섰다. 말하자면, 이편저편할 것 없이 가장 큰 상처를 주면서, 더불어 자기편에 웃음을 안겨줄 수 있는 욕설을 찾아내는 방식이었다.

이 싸움에서, 우리는 보다 수준 높은 교육을 받은 만큼 명철하고 적당한 어휘를 갖고 있어 우세할 거라 여겼다. 그런데 우리의 잠재적인 적수들, 즉 대개 실업자인 프롤레타리아 집안의 아들들은, 때로 우리의 얼을 빼놓을 정도의 언어로 가공된 폭력과 그 언어의 충격적인 상스러움으로 우리가 갖고 있다 믿었던 이점을 충분히 상쇄시키고도 남았다. 우리가 입을 벌린 채, 약간은 감탄하고픈 지경이 되어버릴 정도로. 그들은 대체 저런 말들을 모두 어디서 알아냈을까?

주먹다짐에 앞서 이 떠들썩한 말싸움을 벌일 때, 발레카스의 아이들은 종종 성적으로 금기시되던 말들을 뱉으며 급습하곤 했다. "부잣집 놈인 네 녀석 자지가 아직 제대로 크지 않았다는 것을 똑똑히 보여주지!" 그들 중 누군가 우리 편 누군가에게 소리쳤다. "내 자지 한번 보여줄까, 이게 딱딱해지면 네 누나의 거시기에 박아주겠어, 그러면 내 것도 달라지지!" 두번째 아이가 덧붙였다.

이쯤 되면 당연히 ─ 이 극단적인 말싸움의 다른 예를 열거하는 것은 무의미하다. 이런 종류의 싸움보다 더 반복적이고 단조로운 것은 없으니까 ─ 우리는 어안이 벙벙했다. 그럼에도 이 비밀 조직원들이 우리에게 알려주는 새로운 생리적 사실들에 속속들이 주의를 기울이긴 했다.

적어도, 나는 그들로부터 배웠다. 사실 우리 셋 모두 그에 대해 이야기를 나누었던 것 같은데, 어떤 말들로 이야기를 끝맺었는지는 기억할 수가 없다. 우리가 또다른 종류의 새로운 지식을 공유했는지, 나로서는 더이상 알 수 없다. 내 개인적인 경험으로 한정해야 한다. 내 몫이었던 혼자의 공상에 대한 무지와 죄책감으로만.

어린 프롤레타리아의 입에서 피어난 대부분의 이해할 수 없는 허풍과 욕설 가운데 미지의 놀라운 것들을 향해 지평을 열어주며 내 상상력을 더욱 자극했던 말들은, 자주 들을 수 있는 동사들과 관련이 있는 것들이었다. '넣다' '처박다' '뚫다' '못박다' '못으로 접합하다' '줄질하다' 같은 단어들과 산업용 기계에서 사용하는 유사한 용어들은, 모호하기는커녕 그들이 구체적으로 뱉어내는 욕설들 사이에서 성교의 삽입 행위를 떠올리게 했다.

어떤 것이 삽입 행위의 도구가 될 수 있는지는 나도 잘 알고
있었지만, 확실하게 여성의 몸 어떤 곳이 성관계에 적합한 곳
인지는 모르던 터였다. 어느 곳으로 여자는 자신의 몸을 여는
걸까? 발레카스 불량배들의 입을 통해 배운 새로운 어휘 가운
데, 나는 정확하게 여성의 몸을 여는 것과 관련한 표현을 자주
들을 수 있었다. 스페인어로 '아브리르세 데 피에르나스abrirse
de piernas' 말하자면 '다리를 열다', 다리를 벌린다는 뜻. 하지만
나는 얼이 나가 어리벙벙해진 채 생각했으니, 여자의 다리 사
이에는 정말 아무것도 없는데, 뭘 어쩐다는 말이지?

언젠가 서둘러서 흘끗 보았던 −폴 발레리의 시구, "셔츠를
갈아입는 사이 드러난 젖가슴을 볼 수 있는 시간"*이 내 감정을 아주
잘 표현해준다− 고전적인 그림들 속 누드를 바탕으로 내가 만
들어냈던 이미지에서, 여자는 매끄럽고 그 자체로 닫혀 있는
존재였다. 삽입이 불가능했다, 말하자면.

매주 정기적으로 방문하는 마드리드의 프라도 미술관에서,
아버지는 우리가 여성의 나체를 볼 수 없도록 이동 경로를 짰
다. 우리가 내킬 때마다 앞에 멈추어 볼 수 있었던 유일한 여자
이미지는 바로 동정녀 성모聖母 그림이었다. 아마도 그런 이유
로 무리요**의 그림에 반감이 생긴 것 같기도 하다. 그러던 어

---

* 폴 발레리가 삶의 덧없음을 노래한 「공기의 요정Le Sylphe」의 마지막 행.

느 일요일, 나는 길을 잃은 척하고 루벤스의 그림들이 전시된 화랑까지 달려가보았다. 하지만 그의 그림에서는 실망감만 느꼈을 뿐인데, 그가 그린 풍만한 여자들한테서 육체의 본질적인 미스터리를 밝혀내는 것과 관련해 아무런 도움도 얻지 못했기 때문이다. 하지만 이것저것 다 따져보고, 제일 신경 거슬리는 불확실한 상태에 처하는 한이 있더라도, 나는 내게 주어진 것들 중에서 이상적인 이미지로서 미술관 다른 전시실에서 봤던, 16세기 독일 화가 크라나흐가 밝은 색채로 그린 누드화 〈이브〉를 선택하게 되었다.

나중에, 훨씬 나중에, 나는 루벤스의 그림들에서 느꼈던 감정과 똑같은 것을 20세기 콜롬비아 화가 보테로가 그린 여자들, 패러디 형식을 띠면서도 객관적으로 불안한 양상의, 몸매가 좋고, 풍만하긴 해도, 중성적이며, 분명 틈새가 없어 보이는 살찐 누드들을 보며 다시 느꼈다. "하얗고 행복해하는 짐승들,"*** 그러나 벌어지지 않았다.

그러니까 발레카스─우리가 살던 곳에서 가장 가까운 동네─소년들이 내 눈을 뜨게 하고 지식의 길을 열어준 것은, 때로는 노골적이기까지 했던 바로 그 말싸움을 통해서였다.

** 17세기 스페인 바로크 시대의 화가로, 프라도 미술관에는 〈묵주를 든 성녀〉가 전시되어 있다.
*** 폴 발레리의 시 「어느 뱀의 밑그림」에서 인용한 표현.

모두를 즐겁게 하는 동시에 보다 고통스러운 – 적어도 놀라운 – 수련이 되도록, 그 무리의 꼬마 우두머리들이 흥분해서 내뱉은 말 속에서 반복되는 성적인 표현이 종교적인 내용과 뒤섞이는 일도 드물지 않았다. 한번은 레티로 공원 중앙의 작은 못과 인접해 있는 그늘진 곳에서 무용담을 떠벌리던 그중 한 녀석이, 전날 밤 동정녀가 방에 나타나 숙련된 솜씨로 자신의 성기를 발기시켰다며 우리에게 허풍을 친 일도 있다.

그건 너무 심했다. 우리는 그 신성모독자에게 돌진했다.

주이앙조자스에서, 어쨌든, 나는 아버지의 동요를 모른 체했다. 기숙사에서 경험했던 일들에 대해서는 아버지에게 이야기할 생각조차 하지 않았다. 그 자리에서 아마 실신하셨을 테니까. 아버지가 바야돌리드의 예수회*에서 보냈던 시간에 대한 기억을 잊었다면 모를까. 나로서는 알 수 없다. 어쨌든 성이라는 건 우리가 함께 나눌 만한 얘깃거리는 아니었다.

그날 밤 저녁식사를 마친 뒤, 『에스프리』 회합에 참석했던 이들, 어쨌든 그중 대부분은 중앙건물 일층에 있는 커다란 방

* 당시 부르주아 가정의 아이들은 의무적으로 종교교육을 받았다. 셈프룬의 아버지는 양질의 가톨릭 종교교육으로 명성 높은 예수회에서 엄격한 교육을 받았으며, 성에 대한 이야기는 금기시되었다. 셈프룬의 아버지는 아이러니하게도 좌파 지식인인 동시에 전통적인 가톨릭 신자였다.

에 모였다. 유리문이 열려 있어 볕 좋은 계절의 미지근한 공기가 들어차며 커튼을 부풀렸다. 각자 따로따로 대화를 나누고 있었는데, 몇몇 그룹에서 노랫소리가 들리더니 이내 다 함께 그 노래들을 다시 불렀다.

아마도 1939년, 두 번의 전쟁 사이에 있던 청소년기의 그날 밤, 나는 처음으로 -그 이후로, 정말 다양한 상황에서 다른 행복을 맛볼 수 있었는데- 정말이지 손으로 만질 수 있을 것만 같은 구체적인 행복이라는 것을, 그러니까 인간이 함께 노래를 한다는 사실이 전하는 그런 행복을 확인할 수 있었다.

한곳에 마음이 있기에, 아마도 우리는 온 마음을 다 거기에 쏟을 수 있었을 것이다.

함께 노래하는 행복을 내가 결코 온전하게 나눌 수는 없었다는 것을 고백해야겠다. 왜냐하면 나는 노래를 잘 못 부르는데, 그 수준이 어떻게 해볼 수 없을 정도인데다 사람들이 늘 하는 말에 의하면 다른 이들을 방해하기까지 하기 때문이다. 말하자면, 흥을 깨는 사람이다. 나는 빠지는 편이 낫다, 따지고 보면. 합창으로 노래를 부를 때면 늘 열외였다, 모두가 격앙되어 있거나 감정에 벅차 있는 순간조차도, 음정이 틀린 것을 양해해줄 만한 사람들이 많이 모여 있을 때라도.

그날 밤, 주이앙조자스의 모임에 참석한 무리들이 피곤에 지쳐 기력과 활력을 잃어가기 시작할 즈음, 누군가 나더러 그 자리에 모인 사람을 위해 로르카*의 시를 암송하든지 읽어달라고 요청했다. 등골이 오싹했지만, 그 제안은 시끌벅적한 지지를 받았다. 자신을 온전히 드러내야 할 때 내가 느끼는 공포를 알고 있던 장마리 수투가 나를 보호해보려 꽤 애썼다. 아무 소용 없었다. 그들은 로르카의 시를 듣고 싶어했고, 그것이 그들을 기쁘게 할 것이었다.

그리하여 그들은 로르카 시들을 듣게 되었다.

열다섯 살, 그 당시 내가 이미 좋아했던 시들 말고, 여전히 좋아하고 있는 시들 말고, 다른 시들을.『뉴욕에 온 시인』**에 수록된 거칠고, 당혹스럽고, 냉담하며, 장황한 시들을 읽었다. 이 시들은 그들의 취향에는 맞지 않았다. 그들은 스페인 집시를 전형적이고, 상투적이며, 경박하게 노래한 시를 원했다.『집시 이야기 민요집』***에 수록된 시구들을, 이를테면.

그들은 그 시들을 들었다.

---

* 로르카는 스페인내전 당시 '소련의 스파이'라는 허황된 죄목으로 체포되어 총살당했다.

** Poeta en Nueva York. 로르카가 컬럼비아 대학 학생으로 뉴욕에 살던 1929년에서 1930년 사이에 쓴 시들로, 시인 사후인 1940년 멕시코에서 출판되었다. 두 가지 판본이 있는데, 그중 하나가 셈프룬 아버지의 친구인 호세 베르가민의 출판사에서 출판되었다.

*** Romancero Gitano. 1928년에 출판된 시집. 이 시집으로 로르카는 스페인 국가 문학상을 수상하며 유명세를 얻었다.

어쨌든 내 관점에서 따져보건대,『에스프리』 회합에서 가장 중요했던 사건은, 에두아르오귀스트 F가 마치 친절한 데우스 엑스마키나*처럼 내 인생에 나타난 것이 아니었다. 가장 중요한 것은 흥분과 호기심으로 나를 채워줄 새로운 단어가 내 인생에 예고도 없이 나타난 것이다. 바로 '역사성'이라는 단어가.

토론에서 가장 먼저 그 단어를 언급한 이가 누구였을까? 내가 그것을 확언할 수는 없을 것 같다. 앙리 마루 다방송**이었을까. 장 뤼치오니였을까. 아니면 장마리 수트 바로 그였을지도. 그들이 발언한 내용과 관련해서는 아주 희미한 기억뿐인데, 그러니까 아마도 그들 중 누군가 나를 열에 들뜬 기쁨으로 채워주었던 '역사성'이라는 단어를 처음으로 발음했을 것이다.

그러나 이러한 상세함은 부차적 사항이다. 왜냐하면 진정한 우선권, 그 단어의 창작자로서의 자격은, 이론의 여지 없이 파울 루트비히 란츠베르크에게 있기 때문이다.『에스프리』 그룹에서 사용한 어휘와 사고에 이 개념을 도입한 사람은 바로 그였다.

1937년 11월에 인민전선과 스페인내전의 경험을 통해 얻은

---

* 고대 그리스 연극에서 쓰인 무대 기법의 하나. 기중기와 같은 것을 이용하여 갑자기 신이 공중에서 나타나 위급하고 복잡한 사건을 해결하는 수법이다.

** Henri-Irénée Marrou Davenson(1904~1977). 역사가. 에마뉘엘 무니에와 함께 『에스프리』지를 창간했다.

교훈을 바탕으로 그는 『에스프리』에 「개인의 참여에 대한 숙고」를 발표하는데, 그 글의 논지는 공동의 운명에 참여하고 있는 개인의 필연적 역사성에 대한 분석에 토대를 두고 있었다.

내게는 여전히 타당해 보이는 하나의 개념을, 란츠베르크는 바로 그 소논문을 통해 표명했다. 실제로 그 개념은 특정한 시기의 몇 가지 우발적인 사건이나 상황을 넘어서는 불변의 가치를 지닌다. 그의 견해에 따르면, 결국 "불완전한 이유이긴 해도 어떤 결정을 내릴 수 없다면" 역사적 활동, 즉 참여engagement라는 것은 없는데, "왜냐하면 우리는 추상적인 원칙들과 몇 가지 이데올로기 사이에서 선택해야 하는 것이 아니라, 미래라는 가능성의 영역으로 이끌어주는 과거와 현재의 실재적 힘과 운동 사이에서 선택해야 하기 때문이다".

불완전한 이유이긴 해도 내려야만 하는 결정. 나에게 그것은 란츠베르크가 상기시키듯, 언제나 "위험과 비극적인 것까지 가닿는 희생"을 감수해야 하는 개인 참여에서 명철함을 유지하기 위한 방편으로 여겨진다.

어찌됐건, 몇 주 사이에 망명과 실향의 불행을 겪었음에도, 나에게는 매혹적인 발견이 두 가지 있었다.

앙리4세 고등학교 체육관 근처에 있는 뜰에서 아르망 J는 지드의 『소련에서 돌아와』에 대해 비난하다가 헤겔의 변증법에 대한 기초를 알려주었다. 그리고 파울 루트비히 란츠베르크는 내게 역사라는, 어렴풋하고 강제적이고 예측 불가능한 엄청난 세계로 들어가는 문 몇 개를 열어주었다.

그 봄 내내 역사가 우리를 엉망으로 만든 것은 아니라고, 그렇게 말해야 하리라.

마드리드는 3월 말에 함락되었고, 이 패배는 오랫동안 지속되어온 스페인 공화 진영의 처절한 분열을 백일하에 드러냈다. 이 치명적인 사건이 있기 보름 전, 뮌헨회담에 따라 체코슬로바키아에 남아 있던 지역을 파괴하면서, 히틀러는 프라하를 점령했다. 밀레나 예센스카*는 기계화된 베르마흐트**의 대열이 자기가 살고 있는 도시의 거리를 행진하는 모습을 보며 격정적인 눈물을 흘렸다. 그곳은 카프카의 도시이기도 했다. 같은 시기에, 소련공산당 제18차 회의*** 개막을 계기로 모스크바 크렘린 궁의 연단에서 스탈린은 전략적인 측면과 외교적인 측면의 어떤 전환을 준비하고 있다는 사실을 알렸다. 오스트폴리티크****

---

* Milena Jesenska(1896~1944). 체코의 기자이자 작가, 번역가. 카프카의 단편을 우연히 접하고 단 두 번밖에 만나지 않았지만, 카프카와 열정적인 편지를 나눈 인물로 알려져 있다. 독일어로 쓰인 카프카의 작품을 여러 편 체코어로 번역했다.

** Wehrmacht. 독일 국방군. 1935년부터 1945년까지 있었던 나치 독일의 군대를 칭한다.

*** 1939년 3월 10일부터 3월 21일까지 열렸다.

**** Ostpolitik. 일반적으로 빌리 브란트 서독 총리가 추진한 과거 중부 유럽 공산주의 국가들과의 화해정책을 일컫는다. 그러나 본문에서는 단순히 동구권 국가들과의 우호적인 정책으로 이해할 수 있을 것이다.

를 표방하는 독일 동방정책 전문가들은 수수께끼 같은 이 말 ("다음번 전쟁에서는 어느 편을 위해서도 위험을 무릅쓰지 않을 것이다")에 관심을 쏟았고, 소련과 협상을 시작해야 할 시간이 도래했다고 결론내렸다. 한편 영국과 프랑스의 지도자들은 새로운 조약이 무엇이 되었건 더는 불가피해 보이는 히틀러와의 대립을 피해 뒷걸음질치며, 이 대립 때문에 자유민주주의 사회의 타협할 수 없는 적인 소련과 동맹을 맺는 것이 정말 적절한 일인지를 ―몇몇 지도자들의 불만이 있었으나 완전히 정당화되었던 그 문제를― 한번 더 따져물었다.

『에스프리』회합의 참석자들은 바로 이런 역사적인 불확실성에 대해서 논쟁을 벌였다.

그들은 ―일차세계대전의 부조리한 학살에 대한 기억에서 나온― 뿌리깊은 평화주의와 현실적인 이유에 근거한 반파시즘 사이에서 논쟁했다. 그들은 자유로운 독일 문화에 대한 경탄할 만한 지식과, 그와는 대조적인 두렵고 공포스러운 매력, 즉 바로 독일이라는 나라 자체가 가진 전체주의적인 현대성 사이에서 격론을 벌였다. 그리고 그들은 지난 몇십 년 내내 실패와 결점을 끊임없이 보여주었던 부르주아민주주의에 대한 지속적인 불신과, 그 모든 결점에도 불구하고 자유민주주의만이 어느 정도 보증해줄 수 있을 것만 같은 인권에 대한 완강한 옹호 사이에서 발버둥쳤다.

'역사성'.『에스프리』회합에서 그들 중 누가 처음으로 그 단어를 사용했든 간에 – 뤼치오니는 아니었던 것 같다. 완전히 다른 상황에서 다시 만났을 때, 그때까지도 그는 플라톤에 관한 연구서*를 출판하지 않았고, 나는 전쟁이 끝난 뒤 시간이 한참 지나고 나서야 그 책을 읽었던 것 같다– 란츠베르크가 절대적인 우선권을 잡아냈던 순간, '역사성'은, 옛 유럽에 온통 혼란을 몰고 온 사건들을 이론적으로 정리하거나, 명확히 하거나, 완전히 이해하고자 노력하는 모든 지식인에게 도움을 제공하는 용어이자 개념이 되었다.

나에게, 의미와 피로 채워진 이 '역사성'이라는 단어는 하나의 발견을 상징한다. 바로 정치와 역사라는 실질적인 세계의 발견을. 육체와 정신을 저당잡혀 필요한 경우 소멸마저 감수해야 하는, 아마도 미로 같은 하나의 혼돈스러운 대륙. 당시 나는 열여섯 살이었고, 물론 서로가 서로를 자극하는 그 수많은 논쟁은 내 지적 능력을 넘어선 것이었다. 내 의식은 그러한 논지를 완전히 명료하게 이해하지 못했을 것이다, 아마도. 그러나 그때 받았던 지배적인 인상은 마치 정신적인 열병처럼 거의 육체에까지 자극을 주었고, 훨씬 나중에 나는 다른 맥락들 속에서, 가령 셰익스피어나 그리스비극, 그리고 마르크스와 루카치 초기의 몇몇 텍스트를 읽으면서 그 인상을 되찾은바, 이는 바

---

* 그 책은 1958년 『플라톤의 정치 사상 La pensée politique de Platon』이라는 제목으로 출판되었다.

로 세계에 대한 적극적인 소속감과 관련한 느낌이었다. 세계를 알아내겠다는 환상, 세계를 변화시키겠다는 의지 말이다.

"앙투안은 바닷가를 산책하고 돌아오는 길이었다. '거기서 뭘 하세요?' 그가 낯선 사람에게 물었다. '『팔뤼드』를 읽고 있어요.' 젊은 남자가 답했다. 그랬다, 그는 『팔뤼드』를 읽고 있었다. 그 남자는 앙투안이 제목을 볼 수 있도록 얇은 책을 뒤집었다. 『팔뤼드』였다……"

앙리4세 고등학교 기숙사에서 세 학기를 보낸 지 약 오십여 년이 지나 나는 그렇게 썼다. 후안 라레아는 니스에 있는 앙투안 드 스테르마리아의 아틀리에 문 앞에서 그가 도착하기를 기다리고 있었다. 그는 『팔뤼드』를 읽고 있었다.

이 만남을 충실하게 이야기한 『하얀 산』이라는 소설 세계에서, 라레아는 나 대신 죽었다. 그리고 내 몫으로 그는 분명 『팔뤼드』를 읽었을 것이다. 나는 계속해서 그 책을 읽어왔으니까, 오래전 그 시절부터.

『하얀 산』에서는, 앙투안 드 스테르마리아가 층계참에서 자신을 기다리던 낯선 이가 읽는 책이 앙드레 지드의 소설임을 실제로 확인하고는 곧바로 그와 공감대를 형성하는 대목이 있다. "그들은 곧장 서로 즐거워하며 웃었다. 일종의 문학적인 공감대에서 비롯된 갑작스러운 호감이었다. 혹은 남성으로서의 공감대에서 비롯된 것일지도, 더 원초적으로 말하자면 말이다."

나 또한 마찬가지로, 살아오면서 『팔뤼드』를 매개로 모르는 이들과, 때로는 짧고 종종 내일을 기약할 수 없음에도, 아주 빠르게 즉흥적인 관계들을 만들 기회가 있었을 것이다. 자기 자신에 대해 모든 것을 −최소한 중요한 것만이라도. 이런 거라면 단어 몇 개로도 충분하니− 말할 수 있는 기회와 다른 사람이 하는 얘기를 전부 들을 수 있는 기회도. 이는 아마도 모르는 이의 손에 들린 지드의 얇은 책을 보아서였으리라. 그도 아니면 일상적으로 나눈 몇 마디 대화에서, 그 대화가 세계적인 차원의 것이라 해도 −세계적인 무의미보다 더 무의미한 것이 뭐가 있겠는가!− 오로지 무의미한 사건들만 문제삼을 테지만, 그럼에도 우리가 『팔뤼드』의 첫 문장을 슬그머니 언급했기 때문이리라. 바로 그때 그 순간까지 도덕적인 자질을 짐작할 수 없던 어떤 이가, 막연히 언급된 그 문장을 이어서 끝냈으리라. 비밀요원이나 지하운동가가 대수롭지 않은 것이나 합의된 암호를 넌지시 속삭이며 공공연히 드러내는, 잘 알겠다는, 이목을 끌지 않는 미소, 그럼에도 흡족해하는 듯한 그런 미소를 띠며 그러듯이.

가령, 테이블 주변에서 누구도 관심을 두지 않았더라도 내가 불현듯 나직하지만 분명하게 그 내용이 전달될 만한 목소리로, "여섯시에 내 멋진 친구 위베르가 들어왔는데, 그는 승마 연습장에서 오는 길이었다"*라고 말해볼 수 있었으리라. 분명 위베르는 각자가 상상할 수 있을 법한 친구, 참석자들도 알고 있는 친구이기 때문인데, 이런 경우라면 어째서 위베르가 승마 연습장에서 여섯시에 돌아왔겠는가? 그야 그다음에는 후작 부인이 다섯시에 나가서 그런 거라고 다들 알고 있지 않겠는가?

그런데 한번 더, 내가 실패한 것 같다고, 아무도 이해하지 못하는 적막한 사막에서 말한 것 같다고 생각하고 있을 때, 누군가 눈을 반짝이면서 내 쪽으로 몸을 돌렸을 수 있으리라. "그가 말했다. '아, 작업하고 있었구나?'" 그는 바로 이렇게 말했을 테지. 곧바로 나는 이렇게 대답했을 테고. "나는 답했다. 『팔뤼드』를 쓰고 있어.'"

그러면, 모르는 이와 나는 터져나온 웃음에 사로잡혀 한참 웃다가, 우리를 갑작스럽게 연결시키며 사교계 만찬 자리의 우연한 사건들로부터 우리를 벗어나게 해준, 서로를 향해 고요히 전해졌을 열기를 감지했을 테고, 여주인은 이렇게 물었을 것이다. 그게 뭐예요? 그러면 ─ 한 번은, 단 한 번은, 게다가, 그 낮

---

* 이하 큰따옴표 인용 부분은 앙드레 지드의 『팔뤼드』에서 인용된 문장들이다. 이는 작품 서두에서 두 주인공이 나누는 대화로, 이어지는 내용의 이해를 돕기 위해, 인용된 『팔뤼드』의 첫 부분을 옮겨보면 다음과 같다.
  "다섯시경, 날이 선선해졌다. 나는 창문을 닫고 다시 글을 쓰기 시작했다. 여섯시에 내 멋진 친구 위베르가 들어왔는데, 그는 승마 연습장에서 오는 길이었다.
  그가 말했다. '아, 작업하고 있었구나?'
  나는 대답했다. '『팔뤼드』를 쓰고 있어.'
  '그게 뭐지?'
  '한 권의 책.'

모르는 이는 위베르가 되어ㅡ 함께 이렇게 답했으리라, 우리 둘 다 최고조에 달해!: "한 권의 책!"

나는 매번 '모르는 이'를 남성형으로 썼는데,* 기호학적인 관점에서 남성형이 혼동을 야기하지 않고도 인간의 두 성을 모두 포함할 수 있기 때문이다. 이를테면, '인권'**이라고 말할 때, 우리가 여성을 인간의 권리에서 배제하는 것은 아니라는 얘기다, 여성들이 뭐라고 하든 간에. 여성 중 몇 명만이 뭐라고 할지라도, 어쨌든 그렇다.

내가 그 단어를 남성형으로 사용한 것은 아주 단순하게, 또한 아주 슬프게도, 미지의 여인이 내 앞에서, 나를 향해, 『팔뤼드』의 어느 문장에든 자극받아 반응을 보여준 경우가 없어서이기도 하다. 참으로 유감스러운 사실이다. 지드의 이야기에 대해 여성들이 무관심하다는 점, 언뜻 보아 그녀들이 지드의 이야기를 모르고 있다는 점이, 나를 몹시 안타깝게 했기 때문이다. 그뿐 아니라, 특히, 딱 한 번, 내 인생에서 오직 한 번만이라도, 아름다운 미지의 여인, 금발에 맑고 모호한 눈동자, 주변을 거들떠보지도 않고, 자기 자신이라는 이기적인 매력에 빠진 낯선 여인이, 내게 『팔뤼드』에 나오는 몇 단어를 속삭여가며

---

* 작가는 'inconnu(낯선, 낯선 사람)'이라는 단어를 남성형 명사로 표기했다.
** droits de l'homme. 이때 homme라는 단어에는 '남자'라는 뜻도 있지만, '인간'이라는 의미도 있다.

어떤 모험에 대한, 예측할 수 없는 별나고 열렬한 생각으로, 나를 굴복시켜주기를 진심으로 바라왔기 때문이다. 더도 말고 덜도 말고.

그렇지만 인생은 소설이 아니다, 그렇게 보일 뿐. 인생이라는 소설로 다시 돌아가보자.

왜 지드의 그 짧은 이야기가 내 기억에 지워지지 않는 흔적을 남겼을까? 왜 그 책이 기억 속에서 그토록 중요한 자리를 차지하게 되었을까? 더하여, 왜 다른 어떤 이야기도 내 기억 속 『팔뤼드』가 차지한 자리를 빼앗아갈 수는 없었던 걸까?

이 시기에 ─우선 앙리4세 고등학교에서 보낸 마지막 학기까지, 그리고 블레즈데스고프 거리에 있는 에두아르오귀스트F의 어마어마한 서재와 생트주느비에브 도서관에서 보낸 여름방학 내내─ 내가 읽어치운 모든 책 가운데 어떤 것들은 내게 엄청나게 중요했으며, 여전히 중요하다는 사실은 분명하다.

그토록 열렬한 찬사를 보낸 뒤라 분명 역설적으로 들리겠지만, 내가 열다섯에 『팔뤼드』를 발견하지 못했다 할지라도, 지금의 내가 달라져 있진 않으리라 말할 수 있을 것이다. 『팔뤼드』를 읽지 않았더라도 내 삶에서 중요한 그 무엇도 빼앗기지 않았으리라고, 나는 확신한다.

반면, 본보기로 예를 들자면 내가 루이 기유의 『검은 피』를 읽지 않았다면 어떻게 되었을지 모르겠다. 이 작품은 금세기 가장 위대한 프랑스 소설 중 하나일 뿐만 아니라 – 이상하게도 사람들이 모른다, 내 생각에는. 거기에는 이유가 필요할 것인데, 아마도 수치스럽고 추잡스러운 이유이리라, 어쨌든 – 내게는 중요한 것들을 가르쳐준 책이다. 가령 삶의 밀도에 대해, 선과 악, 사랑의 비참함, 인간의 용기와 비겁함, 희망과 절망 같은 것들에 대해.

아르망 J가 내게 빌려주었던 말로의 두 소설, 『인간의 조건』과 『희망』도 마찬가지다. 그 시기에 『인간의 조건』을 읽지 않았다면, 나는 공산주의자가 되지 않았을 것이다. 그랬더라도 나로서는 아무것도 잃은 것이 없을 것이라고 누군가는 생각할지도 모르겠다. 아마도 무엇인가를 얻었을 거라고 생각하는 이들도 있을 것이다. 어쨌든 얻은 것이 있다면 시간이었으리라. 뭐가 되었든, 다시 말하건대, 그런 것은 문제가 아니다. 나는 지금의 나하고는 다른 누군가가 되었으리라는 것, 바로 이 점이 내가 강조하고 싶었던 바다. 한편, 내가 만약 『희망』을 읽지 않았다면, 공산주의자로서 나의 급진적인 방식 – 나는 공산주의를 일종의 순수한 이론적인 놀이라기보다는 오히려 총체적인 참여, 무력에 호소하는 것으로 여겼으므로 – 내부에 비판정신이라는 어떤 희미한 빛을 남겨두지 못했으리라. 물론 공산주의의 어리석음에 완전히 굴복하지 않게 도와줬던 것이 『희망』밖에 없는 것은 아니다. 카프카의 책도 그랬다. 아마도 다른 책들도 있었을 것이고. 어쨌든 넘어가자.

『희망』이라는 책을 곁에 두었던 여러 해 동안, 나는 완전히 다른 여러 관점으로 그 책을 읽었다. 처음에는 어떤 민중적인 행동에 대한 서정적 이야기로. 즉, 수치와 모욕을 당한 이들의 전우애를 다룬 서사시로. '금지된 것'을 두는 은닉처나 내 가방 속에 넣어둔 플라스틱 폭탄에서처럼, 끈질기게 사라지지 않는 냄새가 몇몇 페이지에 배어 있는 그런 책이다. 에르난데스의 죽음을 묘사한 부분처럼, 멋진 페이지는 아직도 통째로 암송할 수 있는 그런 책.

자, 나는 머뭇거림 없이, 1936년 11월 마드리드의 몇몇 마을에서 국제여단*의 첫번째 징병을 묘사한 페이지를 암송한다.

"총검인지 단검인지 알 수 없는 쇠로 된 긴 조각이, 안개 속에서 반짝임도 없이 지나가는데, 길고 날카롭다. 백병전白兵戰에서는 모로족 부대가 세계 최고 중 하나다. 두 발의 포성 중간에, 나무 뒤 멀리서 목소리가 들린다. '……공화국, 제2……' 다음 말은 들을 수 없다. 다가오

---

* 스페인내전 당시 인민전선 정부를 위해 각국에서 모인 용병 부대를 가리킨다. 프랑코 총통이 이끄는 급진 우익정당인 팔랑헤당에 대항해 싸웠다. 소련과 프랑스를 중심으로 한 좌파 세력은 스페인 인민전선에 대한 대대적인 지원을 약속하며 국제여단을 설립했다. 최초의 의용군은 오백 명으로 구성됐고 프랑스 공산당 소속 앙드레 마르티가 초대 사령관을 맡았다. 이후 각 나라에서 지원부대가 속속 합류하면서 국제여단의 규모는 한때 삼만 명을 넘어섰다. 의용군 가운데 약 60퍼센트가 사회주의자였고 80퍼센트가 노동자계급에 속했다. 그러나 1937년 이후 소련의 지원이 줄어들면서 국제여단의 세력은 크게 축소됐다.

는 모로족들에게 모든 시선이 쏠린다. 그리고 훨씬 더 가까이에서, 누구나 대충 짐작하는 말, 그 내용은 중요치 않으나 흥분으로 떨리는 말, 허리를 구부린 사람들을 모두 다시 일으켜세우는 그 목소리가, 안개 속에서, 처음으로, 프랑스어로 소리치는 그 말이, 들린다. '혁명을 위하여, 그리고 자유를 위하여, 제3중대……'"

여기까지다. 이번에도 내 눈에는 눈물이 맺힌다.

한참 뒤, 나는 『희망』을 다른 관점에서, 그러니까 서정적이거나 서사적인, 명백하고 확연한 그 형식보다는, 작품의 철학적인 본질에 더 주의를 기울여 읽었다.

왜냐하면 앙드레 말로는 단 하나의 소설적 전개로 공산주의에 대한 옹호와 비판을 결합시키는 ―아마도 부분적으로는 의식하지 않았을 테지만, 아주 교묘한 점으로 미루어 그는 지극히 확실한 직관에 이끌렸던 것이리라― 그 어려운 과업 달성에 성공했기 때문이다. 그는 반파시즘 운동을 실천하며 공산주의의 엄격성과 효용성을 옹호했으며, 동시에 공산주의의 궁극적인 목적과 전반적인 담론을 철저하게 비판했다.

그 시절 『팔뤼드』보다 더 내게 교훈적인 중요성을 갖는 다른 책을 떠올려볼 수도 있다. 하지만 『팔뤼드』에는, 이례적인 그 작품의 모든 문학적 특징 ―한 세기도 훨씬 전인 1895년에 쓰인 그 이야기 형식에 나타난 비범한 현대성, 서사적으로 빼어난 웅장함, 자유분방한 상상력, 문장을 나누는 방식의 엄격한 간결함과 풍부한 어휘 등―에 독특한 요소 하나가 더 있다. 바

로 그 작품이 프랑스어 말고 다른 어떤 언어로 쓰이는 것은 상
상조차 할 수 없다는 점이다.

내가 언급한 소설들, 마찬가지로 언급할 수 있는 다른 모든
작품 대부분은 물론 프랑스어로 쓰였고, 작품을 이루는 실제적
이고 관념적인 내용 또한 프랑스어로 구현된다, 당연한 얘기
다. 그런데『검은 피』혹은『인간의 조건』의 경우, 우리가 이 소
설들을 다른 언어로 이해해야 한다 해도 그 본질이 무無로 녹
아들지는 않을 것이다. 예컨대 러시아어로 쓴『검은 피』를 완
벽하게 상상해볼 수 있다. 언젠가 −내 생각엔 분명 장 다니엘
이었던 듯한데− 누군가한테서 적절한 말을 들었다. '기유는
프랑스어로 가장 위대한 러시아 소설을 썼지!'라고 했으니. 독
자 입장에서 보자면, 전 세계에 있는 수많은 도스토옙스키 독
자들은 러시아 작가의 소설을 프랑스어로, 영어로, 독일어로,
혹은 스페인어로 읽었을 것이다. 러시아어가 아닌 다른 어떤
언어라도 상관없다.『카라마조프가의 형제들』을 프랑스어로
읽는다 할지라도, 우리는 그 작품의 핵심적인 것이 무엇인지
타당하게 짚어낼 수 있으리라. 또한 심지어 조악한 번역으로
그 작품을 읽는다 해도, 나는 감히 그렇게 말할 수 있으리라.
왜냐하면 원초적이고 독창적인 본래의 언어에서 그 작품이 자
라났다고 할지라도, 혹은 순서를 바꾸어, 작품이 언어를 풍부
하게 했다고 할지라도, 위대한 소설 대부분이 그러하듯이 그
소설의 본질이 언어와 관련된 것은 아니기 때문이다.

『팔뤼드』의 핵심은, 반면에, 그 언어에 있다. 프랑스어가 아닌 다른 어떤 언어로도 『팔뤼드』를 써낼 수 없다.

이 자리에서 그 책 아무 곳이나 펼쳐 그 증거를 보여주겠다. 폴리오판* 114페이지다.

"게다가 검은 전나무들이 빽빽이 들어찬 공원을 빠져나오자마자, 밤은 오히려 밝아 보였어요. 둥그스름하게 부푼 달이 가벼운 안개 사이로 희미하게 드러났어요. 달은 때때로 보이지 않기도 했고 언뜻언뜻 내비치다가는 곧 사라졌다가 구름 사이를 환히 비추기도 했지요. 밤은 미동도 없었어요. 그렇다고 평화로운 밤도 아니었고요. 밤은 말이 없었고, 아무 일도 없었고, 습했어요. 이렇게 얘기한다면 알아들을 수 있을 거예요. 아무런 의지가 없는 밤이었다고. 하늘은 단 하나의 모습이었어요. 뒤집어서 봐도 이상할 게 하나 없는 그런 모습 말이죠. 이처럼 내가 계속 이야기하는 것은, 조용한 친구여, 그날 밤이 어떠한 점에서 평범했는지를 제대로 이해시키기 위해서예요……"

내가 이렇게 인용한 것은, 조용한 친구여 —소중한 친구와 더불어 좋아하는 책에 대해 이야기하는 것보다 더 감미로운 것이 어디 있을까?— 이 글이 어떠한 점에서 훌륭한지를 제대로 이해시키기 위해서다. 한 문장을 이루는 요소, 즉 정확함, 섬세

---

* 1972년 갈리마르 출판사에서 만든 포켓판 사이즈 총서의 명칭. 통상적으로 출판된 지 몇 년이 지난 작품들을 폴리오판으로 만든다. 총서의 첫번째 권은 앙드레 말로의 『인간의 조건』이었다.

함, 엄격함, 독창성 같은 것이, 어떤 점에서 프랑스어 아닌 다른 언어에서는 비슷하게 균형을 이루는 것을 상상조차 할 수 없는지를 제대로 이해시키기 위해서다.

한참을 걷고 지치면 목이 말라 샘물이 필요하듯, 나에게는 그런 명료성이 필요했다. 나에게는 그 언어가 필요했다. 겉보기에는 흐르는 물 같은 언어, 하지만 그 투명함은 언어 본연의 무력감과 불투명함에 대한 까다로운 작업의 결과였다.

생미셸 대로의 상점 주인, 임기응변에 능하며 ─차라리 꼬이고 뒤틀렸다고 말하고 싶지만─ 생각이 짧은 빵집 여주인은 자신이 상처를 주고자 했던 한 문장("패주하는 스페인 부대")으로, 선택받은 이들의 공동체에서 나를 몰아냈다. 내 고약한 억양은, 단지 갖고 싶었던 작은 빵 하나나 크루아상 하나를 금지시키는 것에 그치지 않고, 사회적 관계와 공유해야 할 집단적인 운명의 중요한 요소 중 하나인 언어 공동체로부터 나를 몰아내고 말았다.

나는 받아들일 수밖에 없었다, 곧바로. 사실상 머뭇거림이 허락되지 않는 상황이었다. 이해하는 척하거나, 곧 해결되리라는 희망을 품은 채 지루하게 질질 끄는 일 따위도 허락되지 않았다. 그런 문제는 결코 저절로 해결되지 않는다.

따라서 내가 거부당했음을 받아들이자마자, 나는 그 거부를 책임져야 했다. 나는 외국인이었다, 실제로, 나는 외국인으로 살아가리라고 스스로에게 말했다. 하지만 갑작스럽게 번득이는 내적 영감만큼이나 강제적인 이러한 결정이 정말 효과를 보기 위해서는 ─그 번득이는 영감으로 하나의 경험, 혹은 적어도 만족스러운 문학적 주제를 만들었던 사람들을 떠올려보건대─ 내가 외국인임을 드러내지도, 누군가 그것을 알아채게 만들지도 말아야 했다. 외국인이라는 특징은 비밀스러워야만 했고, 따라서 나는 현지인처럼 프랑스어를 말해야만 했다. 게다가, 심지어 나의 타고난 오만은 현지인들보다 더 참견을 해댔다.

『팔뤼드』가 내게 엄청난 도움이 되었던 것은 이러한 시도─순전히 지적인 시도는 아니었고, 망명과 그로 인해 문화적 지표들을 완전히 상실했다는 사실에서 비롯한 고립감 속에서 불안의 요소가 잠재된 한편, 또한 감각적이고 육체적인 무언가이기도 했던 그런 시도─를 하면서부터, 말하자면 하나의 언어─실현 가능한 조국이자, 내 세계의 불확실성 속에 자리잡은 견고한 버팀목─에 적응하는 작업을 하면서부터였다.

생미셸 대로의 빵집 여주인은 나를 공동체에서 쫓아냈고, 앙드레 지드는 나를 그 세계로 은밀하게 다시 집어넣었다. 이 글이 내게 전하는 빛을 받으며, 아마도 나는 은신처가 되어줄 땅의 경계선을 조심스럽게 건넜으리라. 내가 도피할 수 있었던 곳은 바로 프랑스어의 보편성 안이었다. 앙드레 지드는『팔뤼드』라는 글의 투명한 밀도 속에서 그 보편성에 접근할 수 있게 해주었다.

한참 뒤, 이십오 년이 지나, 내 나이 마흔에 첫번째 책을 집필할 때, 아마도 생미셸 대로의 빵집 여주인 때문에, 커다란 활자로 마드리드 함락을 알리는 신문을 적시던 가느다란 비 때문에, 극장 포스터에 있던 아를레티의 미소 때문에, 루벤 다리오의 진부한 시구에 대한 기억 때문에, 갑작스럽게 나를 침범했던 열정 때문에 ─ 하지만 이러한 이유를 이해할 때까지는 시간이 걸렸다. 아주 오랜 시간이─ 나는 『머나먼 여행』을 프랑스어로 썼으리라.

스페인어로 그 책을 쓸 수도 있었다, 의심할 여지 없이. 어떤 면에서는 스페인어로 쓰는 것이 오히려 합리적이기도 했다. 그때, 나는 어린 시절─어머니, 자궁─의 언어 안에서 마치 물속 금붕어처럼 평온했으니까. 그 세례의 성수가, 마치 오래전 도시를 떠돌며 칼을 갈던 사람의 외침처럼 내 주변에 있었으니까. 이야기의 소재만 보자면, 스페인어든 프랑스어든, 언어는 무엇도 달라지게 하지 못했다. 그 이야기의 본질은 그것이 쓰인 언어에 있지 않았다. 게다가 내 이야기는 바로 스페인의 붉은 진영에 대한 것이었으니, 스페인어로 쓰지 않을 이유가 없지 않은가?

해가 거듭되고, 기자들과 인터뷰를 하며, 나는 『머나먼 여행』을 프랑스어로 썼다는 부적절함에 대해 각양각색의 다양한 이유를 제시했는데, 마침 ─여기서 그 이유들을 떠올리는 것은 시의적절하지 않은 것 같은데— 그때는 오랫동안 무력화되었던 집필 능력이 갑작스레 돌아왔던 시기였고, 게다가 스페인에 있을 때였다. 아마도 이런저런 이유에 저마다 약간의 진실이 있었을 것이다. 하지만 내 인생의 그 시절을 재구성하는 지금에 와서야, 진짜 이유가 분명하게 드러났다, 그것도 처음으로. 프랑스어에 적응하는 과정이 내 인성을 만들어가는 데 결정적인 역할을 했다는 사실을 알아내면서, 바로 그 추억의 작업, 1939년의 몇 달을 재구성하면서, 나는 왜 내가 첫번째 책을 프랑스어로 썼는지 이해하게 되었다.

생미셸 대로의 빵집 주인뿐 아니라 앙리4세 고등학교의 오디베르 프랑스어 선생님에게도, 나는 어떻게든 확실하게 답을 해야만 했다.

선생님은 프랑스어로 쓴 내 첫번째 작문에 아주 좋은 점수를 주었다. 이십 점 만점에 십팔 점. 하지만 그는 내 숙제 맨 앞장에, 빨간색 펜으로 비스듬히 이렇게 적어놓았다. '너무 많이 베끼지 않았더라면!' 모욕적인 평가였다. 내가 혼자서 해냈다는 것은 틀림없었다, 그 숙제를 말이다! 게다가, 바보 같아 보이는 평가였다. 과제물을 읽어보기만 해도 혼자서 한 작업이라는 사실은 쉽게 알아차릴 수 있었을 테니까.

"방학 동안 나는 찰스 모건*의 소설 『샘』을 다시 읽었다. 세계대전 동안 네덜란드에 체류하는 영국인 장교 이야기다. 그는 그곳에서, 예전에 알고 지냈지만 여러 해 동안 만나지 못했던 젊은 여자 줄리와 재회한다. 작가는 이 두 사람의 만남에서 영국인 장교 앨리슨이 받는 인상을 심도 있게 분석한다. 바로 그때, 방학 숙제로 어떤 만남에서 우리가 느끼게 되는 인상과 감정을 서술해야 한다는 것이 떠올랐다. 막 읽은 책을 되새기며, 나는 오랫동안 볼 수 없었던 한 여인과의 재회를 상상했다……"

작문 숙제는 이렇게 시작했다. 솔직하게 썼고, 누구라도 그 사실을 인정할 수 있었을 것이다. 나는 영감을 받은 것에 대해 언급했다. 만약 내가 누군가를 '베꼈다면' 최근에 헤이그에서 읽으며 빠져들었던 소설 두 권, 『샘』과 『스파큰브로크』의 작가 찰스 모건이 아니고 누구였겠는가.

앙리4세 고등학교에서 첫번째 작문 숙제로 받은 점수에 자랑스러운 마음이 들어, 나를 프랑스어의 신비로움과 아름다움으로 안내해준 장마리 수투, 내가 이 성공의 일정 부분을 빚지고 있던 그에게 숙제를 보여주지 않을 수 없었다.

앙드레 지드의 산문을 발견하게 해준 이도 바로 그였다. 내면의 글(예를 들면 1922년에 발표한 『당신은?Numquid et tu?』)에서부터 1897년에 나온 『지상의 양식』에 이르기까지. 그리고, 물론, 『팔뤼드』도.

---

* Charles Morgan(1894~1958). 영국 작가. 『샘*The Fountain*』(1932)은 1934년에, 『스파큰브로크*Sparkenbroke*』(1936)는 1937년에 프랑스어로 번역되었다.

헌책방 탐사를 하던 중 우리는 『팔뤼드』 초판본을 찾아냈다, 헤이그에서. 마르티누스니이호프 서점은 아니었던 것 같다. 옹색한 장소, 책들이 쌓여 있던 어두운 상점의 이미지가 기억 저편에서 떠오른다. 다양한 언어로 쓰인 오래된 책들을 한가로이 넘겨볼 수 있었던 니이호프 서점 이층의 밝고 환기가 잘되는 넓은 공간과는 전혀 다른 곳이었다.

불확실함은 끝난 셈이다, 결국. 숨바꼭질을 그만둬야겠다. 내게 『팔뤼드』를 알게 해주었던 이는 아르망 J도, 에두아르오귀스트 F도 아니었다. 그래도 아르망과 에두아르오귀스트를 같은 위치에 두는 경솔함을 범하고 싶지는 않다. 이데올로기 문제로 앙드레 지드를 불신하고 있었기에 아르망은 『팔뤼드』에 대해 말하기를 꺼렸다. 에두아르오귀스트는 그렇지 않았다. 실제로, 지드와 지적 유사성을 보이는 많은 책을 갖고 있었던 에두아르오귀스트 F의 서재에서, 지드의 작품들은 좋은 자리에 꽂혀 있었다. 심지어 나중에 내가 수투에게 주려고 몰래 훔친 지드의 첫 작품집 『앙드레 발테르의 수기』(1891) 초판본도 있었다. 두번째 도둑질에 대한 고백이다. 두 번 모두 같은 사람을 위해서였다. 두 번 했다고 습관이라고 할 수는 없지 않을까!

그러니까, 제일 처음은 헤이그에서였고, 지드 글의 아름다움을 찬양했던 이는 바로 장마리 수투였다. 그 작품은 연구하고 감탄할 만한 가치가 있다고 말했고, 격찬을 아끼지 않았으며, 내게 그 책의 일부를 읽어주었다.

훨씬 나중에, 앙리4세 고등학교의 기숙사에서 보내던 시절, 외출했던 어느 날, 생트주느비에브 언덕에서 −"여기 서방에 자리잡은 성스러운 도시가 있나니!"*− 시내로 내려오는 여러 경사면 중 하나인 수플로 거리를 지나 메디치 거리를 따라가면 오데옹 건물 앞에 이르게 되는데, 그곳에서 나는 헌책 상인들의 상자를 뒤지곤 했다.

그 시절 오데옹 극장의 아케이드 밑에는 제대로 책을 갖춘 헌책 상인들이 모여 있었다. 로트루 거리 쪽을 향하는 구역에 노점을 연 헌책 상점 가운데 한 곳에서 나는 당시 돌던 『팔뤼드』 판본, 그리고 1931년의 독일어판으로 나온, 파리와 그 근방을 다룬 베데커 여행 책자를 발견했다.

나에겐 두 권을 모두 살 돈이 없었다. 주인이 등을 돌렸다 싶었을 때 그 순간을 이용해 두 권 중 더 비싼 여행 책자를 호주머니에 넣었다. 그러고는 지드의 책을 흔들면서, 일부러 순박한 미소를 보이며 상인에게 다가갔다. 밤색 코르덴 옷을 입은 오십대 상인은 평온한 모습으로 파이프 담배를 피우고 있었다. 내가 『팔뤼드』를 내밀었을 때, 그는 한마디 말도 없이 머리부터 발끝까지 나를 뚫어져라 쳐다봤다.

하지만 거래는 곧바로 이루어지지 않았다. 갑자기 거지가 나타났는데, 그는 여러 가지 끈을 이용해 교묘하게 기운 옷가지

---

* 랭보의 시 「파리의 향연, 혹은 파리가 다시 북적댄다」 중에서.

들을 몸에 걸치고 있었다. 숱이 많은 검은색 수염을 기른 모습이었다. 성서에나 나올 법한 인물을 닮은 그는 ─이게 더 낫다면야, 마르크스를 닮았다고 할 수도 있겠는데─ 아주 맑은 눈을 갖고 있었다. "내 플라톤 책 있소?" 그가 갈라져서 귀에 거슬리는 목소리로 물었다.

헌책 상인은 『팔뤼드』를 어딘가 내려놓고, 내게서 관심을 접었다. 그러고서 뒤에 있는 상자들로 몸을 숙이더니 손에 베이지색 뷔데 전집 중 한 권을 들고 나타났다. 확신할 수는 없지만 『향연』이었던 것 같다. 주인이 거지에게 플라톤 책을 건넬 때 어쨌든 제목만이라도 확인해보고 싶었다.*

"늘 해왔던 식으로 값을 치러야지." 그가 말했다.

상인의 동의를 기다릴 것도 없이, 거지는 여러 겹으로 겹쳐 입은 누더기 속에서 어렵사리 적포도주 한 병과 잔 두 개를 꺼냈다. 그들은 조용히 잔을 부딪쳤고, 그런 뒤 거지는 멀어져갔다.

"단골이지." 상인이 간단하게 한마디했다.

그는 다시 내게 주의를 기울였다. 아니나 다를까, 이번에도 내 의지와 무관한 억양 탓에 그는 많은 것을 궁금해했다. 오히

───────────────

* 16세기 고전연구가 기욤 뷔데의 이름을 따서 1920년부터 발행된 뷔데 총서는 '프랑스 대학 총서'로도 불리며, 그리스어와 라틴어로 된 고대 문헌을 원어와 프랑스어 병기로 출판한 시리즈다. 여기서 작가는 어떤 우연을 염두에 두고 있는 듯한데, '우연성에 대한 소고'라는 부제가 붙은 『팔뤼드』의 한 챕터로 「향연」이 들어가 있다.

려 너무 직설적이거나 위협적인 질문을 건네지 않고도, 그는 원하는 얘기를 모두 이끌어냈다. 나는 그가 이따금씩 『에스프리』를 읽는 독자라는 것과, 이 년 반 전에 아버지가 썼던 긴 논문, 「알려지지 않은 스페인의 문제」를 기억하고 있다는 사실을 알게 되었다. "그런데 왜 지드에, 왜『팔뤼드』지?" 나는 아르망 J의 견해를 설명하며, 『소련에서 돌아와』에 대한 그의 의견을 물었다. 아르망과는 견해가 전혀 달랐다, 그는 그랬다. 그는 지드의 방식을, 그의 용기를 높이 샀다.

"일반적인 것에 대한 변증법과 개별적인 것에 대한 변증법이 있지. 당연한 거야! 자네 친구는 헤겔주의자 아닌가? 그런 셈이지?"

『정신현상학』에 대한 아르망의 설명을 들은 뒤, 실제로 나는 그가 분명 헤겔주의자라고 이해했던 것 같다. 하지만 그 상인에게는, 아르망은 무엇보다 자신을 마르크스주의자라고 확신한다고 소심하게 덧붙였다.

"그건 더 나쁜데." 그가 파이프에 담배를 채우며 잘라 말했다.

그러더니 내 쪽에 대고 선생이 하듯 손가락을 흔들어가면서 나를 바라보았다.

"마르크스주의자들은 변증법을 단 하나의 대상을 위해서만 사용하지…… 사건들의 흐름을 정당화하기 위해, 그것이 뭐든 간에." 그는 침울하게 말했다.

그러고 나서 독설을 시작했는데, 나로서는 전혀 이해할 수 없는 이야기였지만 스탈린과 피에르 라발*의 대담 이후 국가 방위 문제와 관련한 프랑스 공산주의자들의 노선 변경이 그 내용이었다.

스물 다섯 해가 지나 취리히의 호숫가에서, 겨울 해를 받으며 호수를 부유하는 유람선 난간에 팔을 기댄 채, 페르낭 바리종은 내 눈을 똑바로 바라보고 있었다.

"내 생각을 듣고 싶어, 제라르? 변증법은 당신들이 위험에 직면한 뒤 항상 다시금 균형을 잡게 해주는 기술이자 방법이지!"

그러니, 단지 아르망과 그가 지드에 대해, 지드의 『소련에서 돌아와』에 대해 얘기한 무례한 언사만이, 내 기억에 남아 있던 것은 아니다. 오데옹의 이름 모를 헌책 상인도 떠올랐으니. 앞서 취리히에서의 일화를 떠올렸을 땐, 독일어에 박식한 고등사범학교 입시준비생이자 내게 헤겔과 횔덜린을 알려준 친구 아르망에 대해서만 언급했다. 갑작스럽게 그 이야기 속에 오데옹 극장 아케이드에 있던 헌책 상인을 끼워줄 수가 없었다. 그가

---

* Pierre Laval(1883~1945). 프랑스의 정치인으로 네 차례에 걸쳐 총리직을 지냈고, 이차대전 당시 비시 정권의 수반을 지내다가 전후 반역죄로 체포되어 총살당했다. 1935년 5월 13일 반소비에트 진영이었던 피에르 라발은 모스크바에 가서 스탈린을 만나, 프랑스는 원치 않는 전쟁에 개입하지 않겠다는 내용의 협정을 체결했다.

나타날 때가 아니었고, 그의 시간을 기다릴 필요가 있었다. 이야기 순서가 수수께끼 같을지라도 변덕을 부리느라 그런 것은 아니다. 그의 시간이 되었을 뿐이다.

나는 취리히 호수를 돌고 있는 하얀 배 위에 있다. 긴급한 모임이 있어서 프라하, 아니면 모스크바로 가는 길이다. 국제 공산주의 엘리트 세계에는 모든 것에 긴급과 기밀 직인이 찍혀 있다.

나는 페르낭 바리종을 바라보고, 고개를 끄덕인다. 그가 옳다, 아마도. 곧, 그즈음 어느 날, 나는 미하일 수슬로프* 앞에 앉게 될 것이고, 오랫동안 그의 얘기를 듣게 될 것이다. 우리와 마찬가지로 그 또한 어려운 상황에 처해 있다 해도, 바리종이 옳았다고 나는 혼잣말을 할 것이다, 불안해하면서.

페르낭은 마르크스-레닌 이론에 능통하지 않았다, 그는 단지 야금공冶金工이자 하부 조직의 투사일 뿐이었다. 그는 제14국제여단에 소속되어 스페인내전에 참전했다. 그를 만날 때마다, 나는 매번 만사나레스강이 흐르는 몽클로아 마을에 첫번째로 참전했던 국제여단을 묘사한 말로의 페이지를 떠올렸다. 아니면 라파엘 알베르티**의 시를 떠올리거나. "너희들은 멀리서 왔지,

---

* Mikhail Suslov(1902~1982). 소련의 정치가이자 관념론자. 마르크스 레닌주의 연구자이자 소련공산당의 이론적 지도자로 알려져 있다.
** Rafael Alberti(1902~1999). 스페인 27세대에 속하는 시인이자 극작가. 이

저멀리서/ 국경 없이 노래하는 너희들의 피는 누구를 위한 것인가?/ 피할 수 없는 죽음이 매일 너희들의 이름을 부르지……(*Venís desde muy lejos, mas esta lejanía/ ¿qué es para vuestra sangre que canta sin fronteras?/ La necesaria muerte os nombra cada día……*)"

미하일 수슬로프, 그는 스페인내전에 참전하지 않았다. 오히려 그곳에 파견되어 공화국 편에서 싸우던 이들이 소련으로 돌아갔을 때, 그들을 처단하는 데 가담했다.* 그렇지만 그는 이론의 신이었고, 변증법의 전문가였다.

조금 더 시간이 지나, 초록색 보가 덮이고 물과 오렌지 음료가 여기저기 놓인 긴 테이블에 앉아 스페인과 소련, 두 동지 당의 협정 회의 - 흡연은 엄격하게 금지되었다. "수슬로프 동지는 담배 냄새를 참지 못합니다"라고, 모임 전에 사람들이 우리에게 귓속말했던 그 회의 - 를 주재하면서, 모든 전향과 급변, 심지어 대량 학살에서도 살아남은 (일시적이긴 하나 매번 잡아먹을 듯이 사람한테 빡빡하게 굴던) 고압적인 이 이론가는, 스페인 공산당과 관련한 엄청나게 많은 변증법적 논증을 통해 소련 공

시는 1936년 12월 마드리드에서 쓴, 「국제여단에게」라는 시의 첫 대목이다.
* 미하일 수슬로프는 이차세계대전 당시 강제수용 정책을 펼쳤는데, 스페인내전에 파견되어 공화 진영에서 싸운 의용군들은 소련으로 돌아가 모두 그의 정책에 따라 강제수용되었다가 처형당했다.

산당이 바로 그 전날까지 본보기로 삼았던 정책 노선과 정확하게 반대되는 노선을, 언제나 그렇듯 달콤하게, 악마와도 같이, 변증법적인 논지라는 똑같은 방식으로 펼치게 될 것이었다.

어쨌든 러시아 정부의 이성은 변화를 요구했다, 그것이 힘겨운 상황에서 비밀리에 활동하며 발버둥치고 있는 스페인 공산주의자들에게 어떤 결과를 초래한다 해도.

취리히의 하얀 유람선 위에 있을 때, 그때까지는 내가 미하일 수슬로프의 변증법적 이중성을 경험하지 못한 터였다. 나는 바리종을 바라보았고, 앙리4세 고등학교와 오데옹 극장 근처의 아케이드를 떠올렸다. 아르망 J와, 파이프 담배를 피우고 코르덴을 입고 있던 헌책 상인을 떠올렸다.

"변증법이란," 오데옹의 아케이드 아래서, 아마도 이 이야기에 갑작스럽게 끼어든 것을 무심히 지나치지 않도록 하기 위해서였을까, 헌책 상인이 되풀이해 말했다. "변증법이란, 그게 무엇이든, 그리고 그것과 완전히 반대가 되는 것이라도 정당화하기 위해 그들이 사용하는 수단이지!"

그렇게 말하고는 침착한 목소리로, 다시 손에 쥔 『팔뤼드』를 흔들어가며, 그는 레닌주의의 폐해에 대해서 열변을 토했다.

스물다섯 해가 지난 뒤 취리히의 호수에서, 나는 때로 아주 적절하게, 종종 주제에서 벗어나면서도 레닌이 즐겨 인용하곤 했던 나폴레옹의 말을 떠올렸다. "뛰어들자, 그런 뒤에 상황을 살펴보자……"

내 삶의 한가운데서, 내가 지나온 시간의 중간, 그 분수령에 서서 ─강물은 이제 죽음의 바다로만 흘러가겠지, 점점 더 빠르게─ 나는 스스로에게 그 말의 의미를 물었다. 더 살펴본다고 해서 더 나을 것도 없다는 것일까? 뛰어들기 전에, 더 가까이서 보는 것이? 직접적으로든 간접적으로든, 오테옹의 헌책 상인처럼 나로 하여금 경계심을 갖게 해주는 모든 이의 말을 들어본다고 해서 더 나을 것도 없다는 의미일까?

나는 육체도 영혼도 공산주의라는 모험에는 참여하지 않은 삶을 상상하려고 애써보았다. 당시, 1960년에, 처음으로 폭발했던 내 열정은 이미 바닥이 나 있었다. 아직 내적이기만 했던, 내 개인적 탈선으로 순화되기까지 한, 마르크스주의의 실천에 정말이지 더이상 어떤 혁신적인 것도 기대할 수 없었다. 감정적 소모가 엄청났던 스페인 비밀 당원들의 우애조차 의례와 인습의 결함을 드러냈다. 그럼에도 지나간 삶에서 내가 공산주의에 조금도 참여하지 않았을 수도 있다는 건 상상도 할 수 없는 일이다. 그런 삶이 없었다면 인생은 더 편안했을 것이다, 확실히. 하지만 어쩌면 완전한 광기, 자아 상실, 흥분, 초월적인 관계로부터 느낀 쓴맛, 미래에 대한 환영, 강박적인 꿈, 화려하지만 이치를 따지며 분별 있는 모든 이성을 거스르는 합리성, 모든 증오, 모든 사랑, 끝없이 이어지는 긴 행진에 동참한 낯선 이들을 향한 친근함, 희망이나 비탄을 호소하는 듯 세상에 맞서 던지는 몇 소절의 노래와 시와 구호, 고문과 그에 맞서겠다는 자만으로 인한 고통, 이 모든 것이 삶에는 필수적이었는지도 모른다. 아마도 어두운 것과 빛나는 것의 긴밀한 결합을 내 삶에 전하기 위해서는 이 모든 것이 필요했으리라. 이러한 광기가 없었다면, 나란 사람은 의지와 상관없이 그날그날 목숨을 부지해나가는 데 급급한 채 매일매일 나날을 연명해나가며, 사적인 소소한 불행들과 작디작은 행복들을 느끼면서 산산이 무너지고 말았을 것이다.

어찌되었든, 다른 존재가 된 내 모습은 상상할 수 없었다. 어쩌면 내게 상상력이 부족했던 것일지도 모르지만.

"자네, 지드가 양심을 지키고자 갈구하는 사람인데다 죄책감이라는 콤플렉스를 갖고 있는 사람임에도, 왜 스탈린주의의 거짓들을 밝힐 수 있었는지 아나?" 오데옹의 헌책 상인이 내게 물었다.

'스탈린주의'라는 표현을 그때 처음으로 들었다. 하지만 그 표현의 정확한 의미를 알았다 해도, 나는 무어라 답해야 할지 몰랐을 것이다.

어쨌든 그것은 수사학적인 질문이었고, 파이프 담배를 피우던 그는 이미 답을 알고 있었다.

"지드가 그렇게 할 수 있었던 것은 바로 그가 『팔뤼드』를 썼기 때문이지!"

나야 그 관계를 이해하지 못했으니 틀림없이 내 시선에서는 놀라움이 읽혔을 것이다.

"이건 하나의 암시적 어법일세, 물론!" 그는 말을 이었다. "분명하고 비판적인 사고를 유지했던 작가로서, 그가 정치적 영역에서 자율성을 엄격하게 고수했기 때문이라는 얘기네. 누군가 그렇게 쓴 거라면, 그 사고가 저속하다고 여길 수는 없지. 그리고 스탈린주의가 바로 그런 거지. 저속한 사고!"

그러고서 그는 내게 『팔뤼드』를 건넸다.

"1프랑에 주지." 갑자기 그가 말했다. 나는 금액을 맞추기 위해 필요한 작은 동전들을 모았다. 알아들을 수 없게 인사말 몇 마디를 웅얼거렸다.

그가 나를 불러 세운 건 막 발길을 돌리려던 순간이었다.

"자네가 훔친 베데커는 그냥 주겠어…… 하지만 여기 다시 온다면, 더는 안 되네!"

나는 다시 가지 않았다, 당연히, 이 치욕스러운 기억을 맞닥뜨리지 않기 위해서. 때로는 후회스럽다. 두 해가 더 지나 철학반에 들어갔을 때, 나는 오데옹의 헌책 상인과 나눌 수 있었을 법한 대화에 대해서 생각하게 되었다. 유익한 대화였을 것이다.

"갑작스레 한 여인의 목소리가 놀란 어투로 나를 불렀다. 줄리의 목소리다. '앨리슨!' 온통 그 젊은 여인의 모습으로 가득했던 나는, 처음엔 이 소리가 내 생각 속에서 나왔다고 믿었다. 하지만 줄리는 내 앞에 있었다. 얼굴과 어깨에 햇빛을 받으며 일광욕을 하는 중이었고, 나머지 다른 신체 부위는 그늘에 가려 있었다. 나는 그녀의 손을 잡았고, 그렇게 잠깐 잡고 있었다. 그 행동은 내 마음속 욕망의 성취인 듯 여겨졌고, 그로써 추억들이 현실과 맺어졌으며, 과거의 잃어버린 시간을 멋진 현재로, 이미 다가온 미래로서 보고 싶어했던, 재회의 시간으로 만들었다……"

1939년 봄, 앙리4세 고등학교의 삼학년 A2반 시절 내가 작성한 첫 프랑스어 작문을 마리벨 누나가 보관하고 있었다. 앞서 언급했듯이 나는 그것을 수투에게 보여주었다. 그리고 수투는 1942년 리옹에서 누나와 결혼했다. 글래스버그 신부와 함께, 두 사람은 리옹 지방에 난민으로 온 외국인 유대인 수백 명을 구조한 유대-기독교 친목회에서 일했다. 이 협회에서 한 활동으로 인해 장마리 수투는 게슈타포의 지령을 따르던 클라우스 바르비*에게 취조를 당했지만, 주교의 중재로 풀려난 뒤 누나와 함께 스위스로 은밀히 숨어들었다. 스위스에서, 그는 레지스탕스 대표로 활동했다.

여러 해에 걸쳐 이런저런 사건들을 겪었음에도, 마리벨 누나는 다섯 장으로 된 내 프랑스어 작문을 간직하고 있었다. 나는

---

* Klaus Barbie(1913~1991). 친위대 대위이며 군인이자 게슈타포의 구성원. '리옹의 도살자'라는 별명으로 알려져 있다. 1942년 비시 프랑스 치하의 디종과 리옹에서 게슈타포 책임자가 되어, 전쟁이 끝날 때까지 프랑스 레지스탕스 운동을 진압하고, 수천 명 이상의 포로를 고문, 살해했다.

더이상 그 작문에 대해 아는 바 없이, 단지 주제와 관련한 흐릿한 기억만을 갖고 있었다. 희미하게나마, 찰스 모건의 『샘』을 읽고서 미화시켰던 이야기가 떠올랐다. 내가 청소년기 시절에 대한 이야기를 쓰고 있다는 사실을 알고서, 마리벨 누나는 내가 잊고 있었던 종이 몇 장을 건네주었다. 게슈타포, 스위스로의 피난, 점령 치하의 파란 많은 삶을 보냈음에도, 누나와 수투는 그 종이를 간직하고 있었다. 또한 누나는 사진 몇 장도 주었다. 그리고 초등학생용 노트 한 권, 빛바랜 파란색 장정 표지로 레케이티오 마을에서 구입한 것이다.(요즘은 'Lequeitio'를 'Lekeitio'로 표기한다, 이제 바스크 지방에서는 자신들의 과거를 멋들어지게 토착화하고자 발음이 허용하는 한 어디든지 k를 넣는데, 이는 k라는 글자가 그들에게는 현 스페인 표준어인 카스티야어의 q보다 ─더 고풍스러워 보여서인지?─ 더 정확하게 여겨지기 때문이다) 'Estanco, Droguería, Perfumería, Papelería y Objetos de escritorio CELESTINO ELORDI, Lequeitio'(레케이티오 마을의 전매품 가게, 약국, 향료 가게, 첼레스티노엘로디 사무용품 및 문구점). 이게 바로 공책에 인쇄된 단어들로, 아마 마지막 휴가 때 내전이 엄습했던 그 어촌 마을에서 구입했던 모양이다.

공책 처음 몇 페이지는 수학문제 풀이로 채워져 있었는데, 분명 방학숙제였을 것이다. 독일어로 수백 줄을 채운 것도 보인다. 벌을 받은 것이다, 물론, 당시 이미 계모가 되어 있던 스위스 여자가 내린 벌이었다. '*Ich soll gehorchen*(나는 순종해야 한다), *Ich soll die Schürze anziehen*(나는 덧옷을 입어야 한다)' 하는 식으로 수백 줄이 채워져 있다.

하지만 무엇보다 이 노트에는 열세 살의 내가 여전히 어린 애 같고 서투른 글씨로 쓴 시들이 있다. 시구의 내용도 마찬가지로 서툴지만. 어찌되었든, 사랑하는 누나의 애정 덕에 나는 과거의 이 귀한 유물을 되찾을 수 있었고, (상기想起라는 단어가 가장 적절하겠지만, 평범한 사전에 등재되어 있는 단어라 해도 현학적인 단어를 사용하는 것은 거추장스럽다고 여겨지는 만큼) 내 추억과 관련한 작업을 더 깊이 있게 이어갈 수 있었다.

"모든 것은 변한다고 했던 줄리의 말이 어쩌면 맞았을지 모른다. 몽테뉴는 말하기를, 인간은 '변덕스러우며 다양한 모습을 보이는 존재'라고 했다. 하지만 아무런 반론도 없이 체념하고 이를 받아들여야만 할까? 결국 인간은 연속성 없는 존재, 서로 아무런 연관성도 없이 겹쳐진 일련의 의식상태일 뿐일까? 우리는 내면 깊은 곳에서 스스로의 연속성을 유지시키는 불변의 상태, 변화하지만 끊이지 않는 내적인 움직임을 찾지 않는가?

'모든 것'은 변한다는 말을 들을 때, 우리는 스스로를 향해 이 모든 질문을 던져보게 된다.

그보다 더 나를 사로잡는 다른 질문에 대해서는, 내 정신이 하나의 답을 찾아냈다.

실제의 삶에서 나를 위해 죽은 것 같았던 줄리는 '정신의' 삶에서는

192

죽지 않았다.

　나의 정신 속에서 만질 수 없는 이미지로 간직되어 있었기에, 그녀는 계속해서 살아갈 수 있었으리라. 그녀의 삶은 이제 나의 창작, 나의 소유가 되었다. 기억은 나로 하여금 늘 그녀의 존재를 느끼게 해주었다. 그녀의 내적 존재가 내게 있다면, 내 안에서 그녀의 움직임은 계속될 것이다.

　그녀의 지속성과 나의 지속성이 서로 뒤섞이면서 우리는 단 하나의 존재가 되었다.

　아마도 이러한 소유, 이러한 관계가 처음보다 더 완벽해졌다고 나는 다소 씁쓸한 마음으로 생각했고, 기억의 도움으로 내 안에서 줄리의 매력적인 유령을 다시 살아나게 할 수 있으리라 믿었다."

　이렇게 내 작문은 마무리된다.

　이에 대해 누구든 원하는 대로 말할 수 있을 것이다. 지나치게 멋을 부렸거나, 지나치게 지적이라는 점도 알아차릴 것이다.(실제로 오디베르 선생님은 다른 문단에서 이런 문장―"……뒤섞인 우리의 두 정신이 각자의 개성과 이중성을 유지시켜줄 더 심오한 하나의 결합으로……"―에 나오는 두 단어, '개성'과 '이중성'에 밑줄을 긋고 여백에 이렇게 적었다. "지나치게 추상적인 용어들!") 작문을 보면 ―찰스 모건과 몽테뉴의 책처럼― 직접적으로 영향을 끼친 것, 혹은 헤이그에서 보냈던 시절의 마지막 무렵 거의 단어 하나하나를 해독해가며 읽었던 베르그송의 『의식에 직접 주어진 것들에 관한 시론』처럼 간접적으로 영향을 준 것들을 찾아낼 수 있었을 것이다. 그럼에도 오디베르 선생님이 '너무 많이 베끼지 않았더라면!' 하고 비판하면서 내 숙제의 첫번째 페이지에 횡선을 그었던 것은 몰상식한 행위 같았고, 그러한 생각은 지금도 여전하다. 나 자신이 아니라면, 도대체 누구에게서 이 졸작을 베낄 수 있었을까?

결국 그토록 많은 시간이 흘러, 나는 외국인을 싫어하는 생미셸 대로의 여주인뿐 아니라, 내 프랑스어 선생님에게도 답을 해야 했다. 다른 면에서 봐도 이는 무시할 만한 일이 아닌 것이, 지로두와 로제 마르탱 뒤 가르의 『티보가의 사람들』을 알게 해준 이가 바로 이 선생이었기 때문이다. 지드가 나로 하여금 열정적으로 사랑하게 만든 언어 속에서, 글쓰기의 행복만큼이나 글을 쓸 수 없었던 불행* 속에서, 프랑스어로 나의 첫 책을 씀으로써 말이다.

어쨌든 프랑스어를 내 언어로 만드는 것이 — 애국심에 대한 그 어떤 외경심도 없는 새로운 조국, 어떤 특정한 지역이 아닌 세계에 뿌리내리기, 종루가 아닌 하늘을 향한 개방, 예측했던 역사의 쇠락이라는 비장한 모든 순간 가운데서 그 절정에 이른 아름다운 평정으로서(지로두가 지닌 향수 어린 매혹이 정확히 거

---

* 셈프룬은 1945년 말부터 글을 쓰려고 시도했지만, 수용소 체험으로 인해 이십여 년 동안 글을 쓰는 것이 불가능했다. 1963년 그의 첫 소설 『머나먼 여행』이 완성되기 전까지를 의미한다.

기에 깃들여 있지 않은가?) - 내 경우에는 스페인어에 대한 망각으로, 하물며 스페인어에 대한 포기로 이끌어가지는 않았다.

문학적 글쓰기를 위한 매개로 프랑스어를 선택했던 대부분의 사람들, 잘 알려진 예로 에밀 시오랑이 선언했듯이* 그 언어의 엄격함, 규율(이 단어가 갖는 모든 의미**에서), 간결함, 놀라운 밀도라는 근거를 나 또한 가지고 있었다면, 반대로 시오랑으로 하여금 루마니아어를 잊어버리도록 만들었던 동기 중 그 어떤 것도 나는 갖고 있지 않았다. 내가 아직까지 스페인어로 된 글을 한 편도 쓰지 않았더라면,*** 그러한 사실에 대해 수치심을 느꼈을 테고, 시오랑의 경우에서 짐작할 수 있듯이, 그렇게 끔찍한 기억은 모국어에 대해 내가 지닌 기억을 좀먹었으리라.

프랑스어에 대한 나의 사랑은, 그러니까 이해관계에서 비롯한 것이 아니다. 프랑스어 정복과 관련하여 애매하거나 고백하

---

* 루마니아 출신의 산문가이자 철학자 시오랑(1911~1995)은 1937년부터 프랑스에서 체류했으며 전후인 1946년부터는 프랑스어로만 글을 썼다. "언어를 바꾸면서 나는 인생의 한 시절과 결별했다"라는 말로 프랑스어를 선택한 이유를 표명한 바 있다.

** discipline. 이 단어에는 여러 가지 의미가 있는데, 본문에서는 우선 외부에서 가해지는 '규율'과 '교과목', 그리고 스스로를 통제하는 '생활규범'이라는 의미가 있다.

*** 셈프룬은 1977년 스페인어로 『페데리코 산체스 자서전』을 썼고, 2003년에 『20년 그리고 하루 Veinte años y un día』 스페인어판을 먼저 출판한 후에 프랑스어판을 냈다.

지 못할 쟁점 같은 것이라곤 없었다. 욕망, 호기심, 즐거움에 대한 전조만이 있었을 뿐. 나는 매료되었고, 그것이 전부다, 매료되어 행복했다. 행복에 취해 보낸 나날들이었다.

그럼에도 스페인어는 계속해서 나의 언어였으며, 내게 속해 있었다. 따라서 나 역시 여전히 스페인어의 것이며 ─스페인어를 통해 나아가고, 스페인어에 의해 고무되는─ 스페인어에 속해 있었다. 나는 스페인어 단어로, 그 울림으로, 그 불꽃 같은 모양으로, 기회가 닿는 대로 나 자신의 본질을 표현하는 일을 멈추지 않을 것이다.

결국, 언어라는 관점에서 보자면, 나는 프랑스인이라기보다 이중언어자가 되었다. 보다 복합적인 것으로부터 완전히 다른 것을, 우리는 상상해낼 수 있다.

여기 서방에 자리잡은
성스러운 도시가 있나니……*

* 아르튀르 랭보의 시 「파리의 향연, 혹은 파리
가 다시 북적댄다」 중에서.

5

파리의 팡테옹 광장은 세계의 중심이었다. 내 세계의 중심이었다는 건 두말할 필요도 없다. 또한 널리 알려진 문명화된 세계의 중심이기도 했을 것이다.

장 지로두가 (『제롬 발디니의 모험』에서였던가?) 세계의 중심을 다른 곳에 두었다는 것은 잘 알고 있다. 물론 거기서도 파리가 중심이긴 하지만, 몽파르나스 근처다. 바뱅 교차로 근처, 돔 카페와 로통드 카페 사이 어디쯤. 그의 의견을 가볍게 여길 생각은 없다. 그런데 그가 문화적 존중이라는 이유로 지명한 그 장소에는, 진정한 세계의 중심이 되기 위해 갖춰야 할 가장 주된 특징 하나가 없다. 시선의 높이, 높은 곳에서의 시야 말이다.

바뱅 교차로는, 19세기 말부터 다수의 천재적인 작가와 화가들이 카페의 작은 테이블로 몰려들었지만, 평지다. 게다가 가장 나쁜 평지, 그러니까 뭔가 감추고 있는 평지라서 자전거로 산책하는 사람들의 기운을 쏙 빼놓는데, 이는 바닥이 울퉁불퉁하기 때문이다. 반면에 팡테옹 광장은, 자신의 세계를 속이지 않는다. 팡테옹 광장은 파리의 높고 낮은 언덕들 중 한 곳에 자리한다. 사방에서, 경사진 길을 통해서만 그곳에 다다를 수 있다.

그해 봄, 외출이 가능한 날이면 나는 앙리4세 고등학교를 나와 클로비스 거리를 따라서 그곳으로 갔다. 얼마 뒤 블레즈데스고프 거리에 살게 되어 생트주느비에브 도서관을 자주 들락거리던 여름방학 동안에는 수플로 거리를 따라 그곳에 갔었다. 그리고 훨씬 더 시간이 지난 1942년, 콩트르스카르프 광장 근처에 방을 얻어 살던 시절에는 크로틸드 거리를 따라서 갔다.

어느 시절이 됐든, 어떤 경로를 선택했든, 아니 선택이라기보다는 도시라는 공간적 외형과 내가 지내던 각각의 임시 거처의 위치로 인해 어쩔 수 없이 따라가게 된 그 경로가 어떠했든 간에, 팡테옹 광장에 다다를 때면 나는 나 자신이 세계의 중심에 있다는 확신이 들었다.

내가 보기에, 팡테옹 광장은 위엄 있고 음울한 종교건축물이라는 특별한 지위에는 속하지 않아 보였다. 광장의 대부분을 차지하고 있는 그 건축물은 18세기에 루이 15세가 무엇인가를 기리기 위해서, 그것이 무엇인지는 모르겠지만, 장제르맹 수플로에게 명을 내려 지어졌다. 폐허가 되어버린 생트주느비에브 성당 부지에 신성의 존재를 들여 영속시키고자 한 것이다. 성당은 소수의 잔해만으로 남아 있다. 가령 클로비스라 불리는 종루─이는 잘못 알려진 사실인데, 왜냐하면 그 종루는 훨씬 이후에 만들어졌기 때문이다. 말하자면 일종의 통례로 알려져 있지만, 클로비스에 부여된 많은 사실이 실은 잘못된 것들이 다─와 옛 수도원의 방 몇 칸이, 오늘날 앙리4세 고등학교 건물에 병합된 성당의 잔해다.

기숙사 시절 처음 외출을 시작하던 무렵, 나는 팡테옹 내부에 들어가보았다. 건물의 무미건조함, 그리고 장폴 로랑스와 퓌비 드 샤반의 시시한 그림들에 실망해서 이후로 다시 가지 않았다.

역사철학가 모나 오주프는 『기억의 장소』라는 텍스트에서, 1968년 학생운동이 기념 건축물과 기관들에 새로이 권한을 배분하고 혁명적으로 상징화하는 일에 그토록 열을 올리면서도, 지형학적으로 센강 좌안 한복판에 있는 팡테옹을 잊었거나 무시했다는 사실을 적절하게 지적한 바 있다. 이는 아마도 건물의 종교색과는 상관없이, 그 용도와 관련해 지난 세기 동안 많은 논쟁의 쟁점이었던 이곳이 더는 어떤 감동도 깨우지 못했기 때문일 것이다. 적어도 젊은이들에게는 아무런 감흥이 없었으리라.

나 자신도 『횡설수설』에서, 파리의 혁명 신화를 공격하거나, 혹은 반대로 그 신화를 희화화하거나 모독하기까지 하면서도 그것의 궁극적인 결론을 진지하게 즐겨 다루면서도, 팡테옹만큼은 등한시했다. 전통을 간직한 도시 풍경을 고의로 비틀어 재구성할 때도 팡테옹은 잊고 있었다. 소설 속에서 생쉴피스 성당이 물놀이 – 공중목욕탕, 수영장. 그러니까 물로 할 수 있는 모든 놀이 – 를 즐길 수 있는 파리의 거대한 시설로, 그곳 지하 주차장 역시 호화로운 매춘가로 탈바꿈하는 반면, 팡테옹은 이런 비상식적인 변형을 겪지 않는다. 심지어 언급되는 일도 없었다. 나는 팡테옹을 어떤 풍자적인 목적으로 다루겠다는 생각조차 하지 못했던 것이다.

최근 이 거대하고 무미건조한 건축물이 거장들의 무덤이라는 그 본연의 목적과는 다르게 사용된 유일한 경우는, 프랑수아 미테랑 대통령의 취임식 때였다.* 이 파괴자가 기나긴 통치의 흔적을 새겨넣은, 위선적이면서 낡아빠진 수사학을 간파할 수 있는 광경이었다.

"흐뭇한 마음으로, 나는 산 위에 올랐다/ 도시를 통째로 내려다볼 수 있는 그곳으로……"

보들레르가 자신의 산문시집 『파리의 우울』 중 운문으로 쓴 「에필로그」에 나오는 위의 시구 두 행은 – 이번만은 그리 대단

---

* 1981년 5월 21일 프랑수아 미테랑은 대통령 취임식 행사로 팡테옹을 방문해, 프랑스 좌파의 상징적인 인물이었던 장 조레스의 묘지에 참배했다. 후에 그는 프랑스 사회주의의 파괴자라는 비난을 받기도 했다.

하달 것이 없긴 하지만 - 내 상황과 완벽하게 맞아떨어졌다. 생트주느비에브 언덕에 올라갈 필요가 없었다는 것만 제외한다면. 나는 이미 그곳에서 살고 있었으니까.

샤를 보들레르는 나를 프랑스어의 아름다움으로 이끌었을 뿐만 아니라, - 베데커 여행 책자를 손에 넣기 직전까지 - 내가 파리를 발견해나갈 때 나의 가이드가 되어주기도 했다. 센 강 건너 우안 - 모든 면에서 엄청난 모험이었음에도, 나는 리볼리 거리에 있는 극장들을 열심히 들락거리고 프랑스 배우 아를레티나 루이 주베 혹은 스위스 출신 배우 미셸 시몽의 대사들을 외우면서, 여름방학 동안 익숙해진 그곳 우안 - 을 처음으로 밟았던 것은 카루셀 광장을 탐험하기 위해서였다. 나 또한 앙드로마크를 떠올려보고자, 옛 파리에서 한꺼번에 들려오는 웅성거림에 두근거리는 심장을 느껴보고자 그곳에 갔었다.*

---

* 트로이의 마지막 왕 헥토르의 아내 앙드로마크는, 트로이가 함락되자 적장 피뤼스에게 사로잡힌다. 그녀는 에피르 주변을 흐르는 강을 트로이에 흐르는 시모이강으로 여겨, 그 옆에 시체도 없는 남편의 무덤을 만들고 죽은 남편과 멀리 떠나온 고향을 생각한다. 보들레르의 시 「백조」는 "앙드로마크, 나 그대를 생각하오!"라는 문장으로 시작하는데, 그 시에서 앙드로마크는 시인이 당시 새로 지어진 카루셀 광장을 지나던 중 환기된다. 대도시로 유배된 존재의 불행을, 나아가 추방당한 자의 운명을 상징하는 「백조」의 이야기를 앙드로마크의 이야기와 연결시킨 것이다. 이런 맥락하에 여기서 셈프룬은 스페인내전의 패배로 파리에서 망명생활을 하는 자신을 투영시키고 있다.

3부 여기 서방에 자리잡은 성스러운 도시가 있나니······ 203

보들레르와 베데커. 이들은 도시를 관통하는 탐험으로 이끌어준 나만의 지도제작자들이었다. 세계의 중심이며 출발 기지였던 팡테옹 광장에서부터, 매번 탐험이 시작되었다. 앙리4세 고등학교 기숙사에 있던 시절에는 당연한 일이었다. 그러나 훨씬 후에, 내가 다른 곳에서 지내게 되었을 때, 가령 블레즈데스고프 혹은 블랭빌, 보지가르 거리에 살 때에도, 나는 파리 거리를 산책하고 싶은 날이면 바로 거기에서부터 시작되는 긴 산책길에 나서기 위해 다시 이곳 중심으로 돌아오곤 했다.

보들레르 시의 매력과 그 시가 자극하는 풍부한 상상력에도 불구하고, 내가 가장 유용한 정보들을 발견한 것은, 칼 베데커의 지극히 산문적인 가이드북 『파리와 그 주변, 여행자들을 위한 지침서』에서였다.

기숙사 시절 초반, 외출을 마치고 앙리4세 고등학교로 귀가한 나는 공동 침실 문이 닫힌 취침 전 자습시간 동안, 조금 전 부정한 방법으로 손에 넣은 베데커의 책을 센강 좌안에 할애된 챕터부터 차근차근 읽어나가기 시작했다. 그렇게 해서 오데옹 극장이 1779년에서 1782년에 세워졌음을, 그리고 극장을 황폐화시킨 화재 이후인 1807년과 1819년 두 차례에 걸쳐 재건축되었다는 사실을 알게 되었다.

이어서 오데옹 아케이드에 헌책 상인들이 자리잡고 있음을 알려주는 내용이 나왔는데 ─ "아케이드 일층 일부에는 서적상이 들어서 있다" ─ 이것은 내게 그리 유용한 정보가 아니었다.

나는 막 그곳에 다녀온 참이었으니까.

그 책에서 앙리4세 고등학교와 관련한 내용과 생트주느비에브 수도원의 잔해가 학교에 편입되었다는 설명("……생트주느비에브 수도원의 잔해로, 생테티엔뒤몽 성당의 로마네스크-고딕 양식의 사각형 탑은, 앙리4세 고등학교에 속한다……") 몇 줄을 읽고 있던 중, 나는 누군가 옆에 있음을 알아챘고, 곧 그가 내 어깨를 살짝 두드렸다.

나는 머리를 처들었다. 감독관이 여러 줄로 놓인 긴 의자들 사이에 서 있었다. 그는 나를 주의깊게 바라보고 있었다.

안면이 있는 기숙사 감독관이었다. 그는 외설적인 책을 읽는 것을 혐오했고, 그런 이유로 금지했다. 또한 그리스어 혹은 라틴어 사전 같은 것들로 쌓은 성벽의 보호 아래, 우리들 사이에서 돈과 함께 엄청나게 돌고 있던 포르노 잡지에 빠져 있는 학생들을 식별해내는, 특별한 직감을 갖추고 있었다.

"자네가 읽고 있는 것 좀 보여주게!" 그가 내게 말했다, 명령조로.

그는 들떠 있는 듯했고, 원하는 것을 찾아냈다고 확신한 듯 미리부터 즐거워하는 것 같았다. 몇몇 기숙사생은, 그 감독관 역시 자신이 압수한 외설적인 출판물에 빠져 있는 것은 아닐까 의심하기도 했다. 그들의 말에 따르면, 그가 끈질기게 감시하는 것이 오로지 자신을 자극하는 텍스트와 이미지를 공짜로 손에 넣고자 하는 위선적인 방식일 뿐이라는 것이었다. 딸보, 이

것이 우리가 그에게 우스꽝스럽게 붙인 별명이었다.

나는 말 한마디 없이 그에게 베데커 가이드북을 내밀었고, 그가 직접 확인해보도록 내버려두었다.

붉은색 작은 책이 나타나자 그는 실망한 기색이었다. 그럼에도 그는 책을 집어들어 들추어보았다, 의혹에 가득 차서.

"독일어! 왜 독일어로 쓰여진 책이지?" 잠시 후 그가 큰소리를 쳤다.

며칠 전 우리 모두는 그가 즐겁게 얼굴이 상기된 채 고래고래 소리지르며 에티엔 블뢰드를 몰아붙이는 것을 보았다. 잘못을 저질렀다고 짐작되는 아이에게, 위압감이나 수치심은 주지 말아야지 하는 생각도 없이, 감독관은 에티엔이 책상 밑에서 음란 소설을 넘겨보며 느긋하게 자위행위를 한 것 같다고 폭로해버렸다. 그날 감독관은 의기양양해 있었다.

오늘은 전혀 달랐다. 그는 꽤 기운 없이 붉은색 작은 베데커 가이드북을 응시하고 있었다. 자습을 하던 기숙사생들 — 삼학년부터 졸업반까지 — 모두가 우리한테 시선을 고정하고 있었다.

공격적으로 들리는 그 목소리를 들은 것만으로도, 마치 독일어로 된 책을 읽는 단순한 짓마저 범죄가 되는 것처럼 생각할 수 있었을 것이다. 적어도 부정행위를 저질렀다고. 어쨌든, 잘못이라고.

"독일어든 중국어든, 그게 뭐가 중요한가요?" 나는 아주 부드럽고, 아주 공손하게 물었다. 가장 부드럽고 공손한 태도로.

"자네가 중국어를 안다고 우기는 건가!" 그가 이렇게 소리쳤는데, 이는 분명 도가 지나친 행동이었다.

나는 어깨를 으쓱했다. 쓸데없어 보이는 소리에 답할 필요가 있을까. 게다가 그때까지도 없애지 못한 나쁜 발음 때문에라도, 내 대답은 간결할 수밖에 없었다.

하지만 그는 내게 시비를 걸 작정이었다.

"제일 외국어로 독일어를 배웠나?" 그가 물었다.

"아니요. 라틴어-그리스어를 선택했습니다. 제이 외국어로는 스페인어를 배웠고요. 선생님 이름은 장 캉입니다." 나는 대답했다.

그가 피식 웃었다.

"스페인어? 진절머리 나지도 않나?"

자습실이 술렁였다. 나이가 많은 기숙사생들이 감독관을 둘러싸기 시작했다.

그는 재빠르게 움직였다.

"좋아, 자네에게 경고를 주겠어! 학업과 무관하게 시시한 독서를 했으니…… 내일 학감을 만나야 할 걸세!"

그는 여전히 손에 내 베데커 책을 쥐고 있었다. 가이드북을 압수하려는 것 같았다. 하지만 그는 내 책상에 책을 거칠게 내려놓았고, 이에 기숙사생 전부가 그에게 야유를 퍼부었다. 그는 욕설을 들으면서 연단이 있는 자기 자리로 돌아갔다.

나는 꽤 만족스러웠다. 다른 기숙사생들이 갑작스럽게 연대에 동참했기 때문만은 아니다. 어떤 방식으로든 감독관들이 보이는 독선에 맞서는 행위는 늘 나를 들뜨게 했기 때문이다. 이는 터무니없는 어리석음에 맞서는 분노와 증오의 피가 흐르고 있음을 제대로 느끼게 해주는 일이었다. 야유를 보내지는 않았다, 당연한 말이지만. 겉으로는 태연한 척, 평온한 얼굴에 미소를 짓고 있었다. 그러나 가슴 속에는 위안이 되는 열기 한 덩이가 느껴졌고, 화려한 복수를 하리라 결심했다.

학감은 코르시카 출신으로 ─『티보가의 사람들』에 나오는 농담, "오, 코르시카 인이여, 오, 곧은 머리칼이여"라는 표현에 딱 들어맞는 그는─ 실제로 머리칼이 곧았고 화려한 넥타이에 몸에 꼭 맞는 양복 차림이었다. 윤기 없는 얼굴에 냉소를 띤 학감은 꺼칠꺼칠한 털로 둘러싸인 건장한 손으로 아이들을 휘어잡곤 했다.

"자네가 읽은 하찮은 책이라는 게 뭐지?"

나는 베데커 책을 들고 갔다, 혹시 몰라서. 그는 책을 받아 넘겨보았다.

"독일어를 잘하나?" 곧바로 그가 내게 물었다.

나는 긍정의 몸짓을 해 보였다.

갑자기, 학감이 고개를 들었다. 그는 내 머리 위, 무한하게 펼쳐진 공간에서 가상의 한 지점을 바라보았다.

"이 늦은 시간에 밤과 바람을 뚫고 이렇게 달리는 이 누구인가⋯⋯"

신기하게도 프랑스어를 사용할 땐 코르시카 출신의 억양을
-남프랑스 사람들에게야 표준적인 파리식 억양으로 여겨질
지지라도- 분명하게 드러내던 그가, 이번에는 -정확한 발음
을 위해서는 언제나 혀를 혹사시켜야만 하는- 잘 연마된 독일
어로, 즉 글자 그대로 순수한 고지독일어로, 괴테의 「마왕」 시
구를 암송했다.

나는 괴테 시의 첫번째 행을 이어받았다. "아이를 데리고 가고
있는 아버지이니⋯⋯" 그러고서 우리는 함께 시 낭송을 이어
갔다.

뚱쟁이는-나이 많은 기숙생들은 학감을 그렇게 불렀다-
딸보가 내게 내린 경고를 취소했다. 독일어를 할 줄 안다는 사
실이 도움을 준 첫번째 사건이다. 다른 경우도 있긴 했지만.

내가 문을 나서려는 순간, 몸짓으로나마 호의적인 태도로 나
를 돌려보내던 그가 다시 말을 걸었다.

"그가 오래갈 것 같나? 프랑코 장군 말이야."

문손잡이를 잡고 있던 내가 돌아섰다.

"히틀러만큼요, 선생님!" 그렇게 그에게 답했다.

물론 이성에 근거를 둔 예측이었지만, 이마저 너무 낙천적이
었다는 것은 역사가 보여줄 터였다.

그는 체념 어린 동의를 표했다.

"언제든 나를 만나러 오게나, 문제가 생기면⋯⋯ 나는 스페

인 공화국을 지지했었지!"

어쨌든 팡테옹 광장은 세계의 중심이었다.

앙리4세 고등학교 기숙생 시절 외출했던 날들, 혹은 얼마 뒤 여름 동안, 방학 내내, 생트주느비에브 도서관에 가려고 다시 그 근처에 갔을 때, 어쨌든 햇빛 좋은 날이면 ─비가 내리거나 눈이 내릴 때는 이런 현상이 일어날 것 같지 않은데─ 낯선 향기가 광장을 떠다녔다. 이상스럽게도 친근한 향이었다. 순간적 이었기에, 향을 맡고 그것이 무슨 향기인지 알아내기란 어려웠다. 불안하지만 감미로운 향기였다.

그 향기를 묘사하고 규명하고자 집중해본 적이 딱 한 번 있는데, 내게 이 후각의 기억이 자리잡힌 곳은 정확히 팡테옹 광장이었다.

"수플로 거리를 지나와서, 나는 생트주느비에브 도서관 문 앞에 멈추었다…… 계단에 꼼짝 않고 서서, 한적한 광장을 맴도는 미지근하고 캐러멜 향이 나는 공기를 아무도 눈치채지 않게 슬그머니 들이마셨다……"라고 나는 적어두었다.

가장 적절하고, 가장 생생하게, 그 향을 떠올리게 하는 단어가 바로 이것이다. 캐러멜 향. 이미 옛날 책이 되어버린 『얼마나 멋진 일요일인가!』를 쓰면서, 나는 그 단어를 다시 생각해냈다. 그 단어야말로 내가 떠올리고자 하는 감각적 실재를 가장 잘 반영하는 것 같다.

순간적이지만 매혹적인 이 캐러멜 향이 팡테옹 광장 여기저기를 떠다녔으나 어디에서든 나는 것은 아니었다. 그 향이 좋아하는 장소가 있는 것 같았다. 이를테면 생테티엔뒤몽 성당 앞 광장이라든가. 발레트 거리와 팡테옹 광장이 만나는 한쪽 구석도. 하지만 그중에서도 그랑좀므에데제트랑제 호텔* 앞 인도 끝자락, 그러니까 클로테르 거리의 초입이 바로 그런 곳이었다.

점점 희미해지지만 계속 맴도는 향기. 기이한 도시의 향. 풀밭이나 숲 혹은 황야의 다양하게 뒤섞인 내음 속에서 감지되는, 시골에서나 맡을 수 있는 그런 향기는 결코 아니었다. 그 어느 때보다 더 쉽게 사라져버렸고 덧없던 그 향기를 마지막으로 맡은 곳은 런던의 소호 광장, 딘 스트리트에서 멀지 않은 카를 마르크스의 거처 중 한 곳이었는데, 어쨌든 여기에는 분명 아무런 연관성이 없다. 파리 거리에서 그 향기가 사라진 건 아주 오래전이다. 그보다는 광장에서 사라졌다고 해야 할 것 같지만. 이 향기로운 공기가 이따금씩 가볍게, 거의 느낄 수 없게 떠돌았던 곳은, 바로 파리의 몇몇 광장에서였으니, 옛날에는.

당혹스럽지만 매료되어 그 향기의 기원과 본질을 이해하려

---

* 팡테옹 광장에 있는 호텔로, 정식 명칭은 'l'hôtel des Grands Hommes'이지만, 작가가 'hôtel des Grands Hommes et des Étrangers'로 잘못 기억하고 있다.

애쓰면서, 나는 꼼짝도 하지 않았다. 그 비탄의 시절, 예견할 수도 없이 나타나 쉽게 사라져버리긴 했지만, 그 향기는 내게 사라지고 파괴된 과거와 연결하는 끈이 되어주었다. 왜냐하면 내가 이 잊을 수 없는 낯선 향기를 처음 맡은 것은, 바로 마드리드 ― 이곳에서도 그 향은 오래전에 사라졌지만 ― , 내 어린 시절의 조용한 거리에서, 살라망카 구역에서였기 때문이다.

아마도 조용했던 옛 도시들이 무질서한 확장으로 번쩍번쩍 빛이 나고 소란스러운 거대 도시가 되어가면서, 어린 시절의 그 향기는 사라지고 말았으리라. 그 시절, 내전이 있기 전에는, '카냐다스 레알레스cañadas reales'라고 불리는, 즉 계절에 따라 방목장을 바꿔가면서 이동하며 목축을 하는 양떼들의 장엄한 행렬이, 아직 마드리드를 지나가곤 했다.

프랑코 진영의 폭격으로 마드리드에 화재가 났던 밤, 프라도 산책로로 끝도 없이 밀려드는 양떼의 방울소리와 울음소리에, 거의 휩쓸려갈 뻔했던 가르시아와 스칼리의 일화가 기술된 『희망』의 그 페이지를, 기억하지 못하는 이가 있을까?

나는 역사에 대한 은유에 관심을 기울이는 거장들 ― 여기에 속하지 말란 법 없을 이탈리아의 비스콘티, 그리스의 앙겔로풀로스, 미국의 코폴라 같은 영화감독들 ― 이 『희망』을 영화 버전으로 담아냈다면 하고 그 장면을 때때로 상상해보곤 했다. 사실, 생생히 보이는 것이 아니고서야, 화재로 희미하게 빛나는 밤의 마드리드에 양떼가 나타날 리는 만무했으니 말이다. 양떼의 출물은, 내란 초기에 자신이 지지해야 한다고 믿었던 군부와 팔랑헤당 체제로부터 고립되고 무력화하여 살라망카에서 죽음을 맞이한 미겔 데 우나무노에 대해 이야기를 나누던, 가르시아와 스칼리의 대화를 중단시켰다. 그리고 마치 하나의 단서와도 같이 소설 전체에 퍼져 있으며 중심인물 몇몇에 의해서 지속적으로 반복되는 논지를 따르던 가르시아는, 조금 전에 이렇게 얘기한 참이었다. "위대한 지식인은 뉘앙스를 지닌 인간이며, 등급과 자질, 자신에 대한 진실과 복합성을 지닌 인간이오. 그는 정의를 내리자면, 본질적으로 마니교에 반反하는 사람이지. 그렇지만 모든 행동은 마니교적이기 마련이라, 그 수단 역시 흑백논리를 띨 수밖에 없소. 모든 행위는 집단에 다다르자마자 극단적인 상태에 이르며, 설사 그 행위가 대중을 자극하지 못할지라도 마찬가지요. 진정한 혁명가는 모두 마니교도요. 모든 정치인도 마찬가지고."

따져보건대, 내가 말한 덧없고 향기로운 냄새, 이제는 그 기억도 흐릿해져버린 그 향은, 아마도 옛 시골이 발산하는 공기였던 것 같다. 만일 모든 도시가 무절제하게 팽창하는 바람에 그 향이 지워져버렸다면, 그렇게 생각하는 게 온당한 듯 여겨지는 만큼 다른 어떤 곳에서도 다시는 그 향을 맡지 못할 것이라고 생각하니, 나는 심히 두려워졌다.

이 가정은 수플로가 당시에 팡테옹을 사원으로 보고 지었을 시절의 생트주느비에브 언덕의 이미지들만 주시해봐도 더욱 분명해질 것이다. 예를 들어, 1794년 장자크 루소의 유해를 팡테옹으로 이장하는 장면을 재현했던 B. 일레르의 판화를 한번 보자. 주변에 나무가 서 있는 거대하고 황량한 광장 한가운데에 팡테옹이 있다. 18세기 초의 화가 알렉상드르 장 노엘의 고무 수채화인 〈파리의 뇌우〉〈팡테옹의 둥근 천장〉을 본다면 더더욱 그러한 느낌에 사로잡히게 되는데, 왜냐하면 팡테옹은 ─ 고무 수채화가 다소 지나치게 낭만주의적 스타일을 갖고 있다는 점을 고려해야 한다는 사실은 잘 알고 있지만 ─ 이제 겨우 도시화한 언덕들과 작은 골짜기 풍경 한가운데서 생기 하나 없이 유령처럼 서 있기 때문이다.

캐러멜 향은 그러니까 흔적도 없이 사라진 과거의 자취일 뿐이리라. 아마도 그 향을 다시 찾기 위해서는, 말 그대로 19세기 말 풍자 작가 알퐁스 알레의 역설적인 충고를 따라야만 가능할 수 있을지도. 즉 시골에다 새로운 도시들을 세우자는 그 충고 말이다.

팡테옹 광장에 다다르면, 그곳의 중심을 차지하는 묘지를 의식하지 않게 되고 심지어 더이상 그쪽을 쳐다보지도 않게 되지만, 어찌되었건 그곳에서부터 나는 몇 주를 채우고도 남을 산책 경로를 택할 수 있었다.

담당 감독관인 피에르에메 투샤르를 방문하기로 한 날이면, 클로틸드 거리를 통해 학교를 돌아간 뒤, 에스트라파드 광장을 가로질러 그가 살고 있었던 로몽 거리에 가곤 했다. 58번지였을 것이다, 내가 제대로 기억하고 있다면.

투샤르의 집에는 언제나 사람이 많았다. 활기가 넘쳤고, 손
님들로 북적였다. 나는 그곳에서 장마리 수투를 다시 만났는
데, 그는 스페인에서의 모험에서 빠져나와 『에스프리』 편집실
에서 일하기 시작한 참이었다. 다른 『에스프리』 편집진도 종종
그 집에 모습을 드러냈다. 무니에는 예고도 없이 나타나곤 했
다. 란츠베르크도 그곳에서 자신을 사로잡고 있는 주제들에 대
해, 때로는 임박한 사건에 대해, 때로는 자신의 기독교 철학에
서 초월성의 범위와 관련한 주제들에 대해 지속적으로 언급하
며 큰 소리로 자기 생각을 밝히곤 했다.

어쨌든 나는 투샤르의 집에서 내 또래의 남녀 고등학생이나
대학생들도 만났는데, 이들은 투샤르의 손녀 자닌의 친구들이
었다. 그 시절 거의 병적이었던 나의 소심함 때문에, 확신하건
대 그 때문에, 나는 피에르에메 투샤르가 북돋우고자 했던 그
들과의 친목관계를 엮어갈 수 없었다. 그들 중 몇몇, 특히 드소
형제들과 진심 어린 관계를 맺을 수 있었던 것은, 투샤르가 수
플로 거리에 있는 메종데레트르*를 관리하던 동안으로, 그가
운영한 지 이삼 년밖에 안 지나서였다 ─ 투샤르는 한 루마니아

---

* 1941년에서 1944년까지 투샤르가 운영한 문과 학문 연구소. 그 목적은 페
탱 정부와 독일에 저항하는 것으로, 말하자면 레지스탕스 활동가 양성을 위
한 곳이었다.

인을 이곳으로 기꺼이 받아들였는데, 자신의 지적 능력에 사로잡혀 본인의 위대한 미래를 점치며 이미 그때부터 아포리즘을 이야기하고 종종 우스꽝스러운 농담을 던지던 이가 있었으니 그이가 바로 시오랑이었다.

당시 나는 로모드 거리에서 나와 고블랭 대로를 거쳐 이탈리아 대로까지 산책을 이어가며, 언제나 생기 넘치고 뒤죽박죽인 무프타르 거리와 베르므누즈 공원을 지나갔다. 그 공원의 이름이 묘하게도 내게는 조화롭고 희망적으로 들렸는데, 왜 그런지는 모르겠다.

앙리4세 고등학교로 돌아올 때, 나는 매번 무프타르 거리를 따라 올라온 뒤 콩트르스카르프 광장에서 제법 느긋하게 한차례 휴식을 취하고는 학교로 돌아갔다. 광장의 카페 중 한 군데서 맥주 사 마실 돈조차 없을 때라도, 어쨌든 학교로 들어가기 전에는 한참이나 빙빙 돌면서 날아다니는 비둘기들을 바라보곤 했다. 한참 뒤에 알랭 레네가 〈전쟁은 끝났다〉*라는 영화 속 현실에서 비둘기들을 날려보낸 것도, 그가 내 기억 속의 비둘기들을 포착해냈기 때문일 것이다.

---

* 호르헤 셈프룬이 시나리오를 쓰고 알랭 레네가 연출한 1966년 프랑스 영화. 영화의 제목은 프랑코가 1939년 4월 1일 스페인내전의 종말을 알리며 했던 연설에서 따왔다. 1964년 스페인 공산당에서 축출당한 셈프룬의 개인적 사건을 바탕으로 만들어졌으며, 이 이야기는 후에 그의 소설 『페데리코 산체스 자서전』에서 다시 다뤄진다.

세계의 중심을 떠날 때, 수플로 길을 선택하는 경우도 있었다.

이쪽에서 시작할 땐, 일단 카풀라드 카페 앞에 도착하기만 하면 다양한 경로에서 선택할 수 있었다. 첫번째 경로가 아마도 가장 확실한 길일 텐데, 정확하게 말하자면 생미셸 대로를 따라가는 것이다. 혼자서든 아니면 대개 나보다 나이가 많은 다른 기숙사생들과 함께든 대로를 왔다갔다하면서 목요일 오후시간을 전부 보낼 때도 있었다. 아르망 J는 생미셸 대로를 따라 걷는 느린 산책을 종종 함께했던 친구 중 하나였다. 그와 함께할 때는 산책하며 눈에 들어오는 여자아이들을 하나씩 뜯어보기보다는 서점들에서 책들을 뜯어보는 일에 더 몰두했다. 그는 성性과 관련한 질문들에 관심이 없는 사람 같았다. 그가 꺼내는 화제는 순 청교도적이었다.

룩셈부르그 공원을 가로지르는 두번째 경로를 선택하면, 몽파르나스 근처로 가서 같은 이름이 붙은 묘지까지 탐험할 수 있었다. 하지만 몽파르나스 인근이 내게 더 친숙하고 더 매력적인 곳이 된 것은 그로부터 얼마 뒤, 그러니까 내 인생이라는 무대에 에두아르오귀스트 F가 나타나고 장 지로두를 알게 되고 나서였다.

1939년 여름, 블레즈데스고프 거리와 아주 가까운 곳에 있는 그의 아파트에서 지내기 시작하자마자, 매주 일요일이면 에두아르오귀스트 F는 나를 데리고 라쿠폴에 점심을 먹으러 갔는데, 우리는 일층보다 화려한 음식을 선보이던 이층에 자리를 잡았다. 매번 레스토랑 주인 형제 중 한 명인 라퐁 씨가 주문을 받으러 왔다. F가 오랜 단골이기도 했지만, 내가 제대로 기억하는 거라면 주인 형제들 중 한 명이 ―혹은 둘 다였을지도 모르는데― 블레즈데스고프 거리에 있는 그와 같은 건물에 살고 있었기 때문이다.

그보다 드물게, 연극을 관람한 저녁이면 F는 브레아 거리에 있는 러시아 레스토랑 도미니크에 나를 데려갔다. 거기에서 그는 종업원들에게 러시아어로 이야기를 했다.

장 지로두에 대해 말하자면, 내가 그의 작품을 읽기 시작했던 것이 바로 그 여름이었다는 점에서 당시 몽파르나스 산책과의 연관성을 찾을 수 있다. 하지만 무엇보다 도미니크 레스토랑에서 처음으로 야식을 먹었던 것은, 바로 배우 부부인 루이 주베와 마들렌 오즈레이가 출연한 장 지로두의 〈옹딘〉(1939) 공연을 본 직후였다.

이 모든 것이 그 저녁 시간을 잊을 수 없게 만들었으리라는 것은 쉽게 이해할 수 있을 것이다.

마지막으로, 룩셈부르그 공원 철망을 따라 메디치 거리 언덕으로 내려가서 오데옹 쪽으로 향하는 경로가 있다. 오데옹 극장뿐만 아니라 조금 더 멀리 있는 오데옹 사거리까지 갈 수 있었다.

그곳에서부터 내 가슴속 가장 소중한 파리 동네 중 한 곳의 탐사가 시작되었다. 전쟁 후 삶의 풍속과 조류가 가장 많이 변화한 곳 중 하나이기도 했다 ―"옛 파리의 모습은 이제 온데간데없구나(도시의 모습은/ 아! 사람의 마음보다 더 빨리 변하니)."* 생제르맹데프레, 지금도 나는 그곳에 자리잡고 있던 상점들을 열거할 수 있다. 정육점, 생선 가게, 열쇠집, 숯 가게, 빵집, 유리 가게 같은 것들, 한때 이 모든 상점의 터전이 되었던 곳에, 겉만 번드레하거나 일관성 없이 유행만 쫓는 상점, 중고 의류점, 자질구레하고 사치스러운 악세사리 가게가 들어섰다. 생제르맹데프레는 마을로 남기를 포기한 채 밀라노의 한 구역처럼 되어버렸다. 잘된 일이리라, 아마도, 도시의 번영을 위해서라면. 내 청소년기의 추억들을 생각하면 딱한 일이지만 말이다.

외관은 그렇다 쳐도 본질마저 증발해버린 그 동네의 중심, 내 기억 속 생제르맹데프레의 중심에, 적어도 퓌르스텐베르그 광장만큼은 아주 순수하고 변질되지 않은 물속 다이아몬드처럼 그대로 남아 있다. 내가 이처럼 과장스럽게 환기하는 것이, 이곳이 개인적인 추억들과 얼마나 긴밀하게 연결된 장소인지, 목소리를 드높이지 않을 수 없음을 잘 드러내주리라.

어쨌든 내가 가장 자주 이용했던 길은, 아마도 가장 의도적으로 선택했던 길인 것도 같은데, 바로 발레트 거리를 지나는 길이었다. 그곳의 경사가 다른 곳보다 더 가팔라서, 그래서 그

---

* 보들레르, 「백조」 중에서.

만큼 더 매료되었던 것일까? 그 길이 언덕의 요새화된 부지에서부터 카이사르에게 점령된 갈리아 지역의 다른 식민도시들까지 연결하는 로마의 길 도면을 따르고 있다는 사실을 내가 모르지 않았으니, 그토록 오래된 것에 내가 고무되어서였을까?

사실인즉 다른 어느 곳보다 더 자주 발레트 거리의 경사를 급히 달려서 내려갔었다. 앞으로 쭉 나아가, 센강이라는 물로 된 움직이는 경계에 다다를 때까지. 그 경계를 넘어서면 무한히 황량한 초원이, 아메리칸인디언 부족인 코만치족의 영토가, 모험이 있었다. 다리 입구마다 중세시대의 지도제작자들이 아프리카라는 미개척지의 거대한 영토 경계에다 그랬던 것처럼, 나도 이렇게 써넣을 수 있었으리라: "여기 사자들이 있다."* 센강 건너에는 실제로 사자들이, 온갖 종류의 야수들이 숨어서 돌아다녔다. 알려지지 않은 곳이었다.

아주 드물게 몇 번, 기숙사에서 보낸 그 봄에 나는 일부러 센강을 건넌 적이 있는데, 그중 한 번은 그럴 만한 이유가 있었다. 카루셀 광장까지 가, 그곳에서 보들레르의 아름다운 시를

---

* Hic sunt leones. 고대 지도들을 보면 아프리카 땅에 종종 적혀 있던 말이다. 고대인들이 소문만 듣고 겁을 먹고 적어놓은 것이라 한다. 중세의 지도에도, 위험한 지대나 아직 알려지지 않은 지대를 지칭하기 위해서 사용되었다. 같은 의미로 '여기 용들이 있다(Hic sunt dracones)'를 표기하기도 했다.

떠올려보겠다는 아주 멋진 이유였다.

강물이라는 방해물에 맞닥뜨리면, 위쪽으로든 아래쪽으로든 내키는 대로 돌아다녔다. 아래쪽으로 걸어가면 생제르맹 구역 뒤쪽에 닿았고, 나는 그곳 골동품점이나 예술품 상점의 진열대 앞에서 매번 감탄과 함께 멈추곤 하다 보나파르트 거리나 생페르 거리를 지나 생제르맹의 중심으로 돌아가곤 했다.

위쪽으로 가게 되면, 식물원과 포도주 시장까지 센강을 따라 올라가며, 음산하면서도 매혹적인 주변 장소들을 발견할 수 있었다. 바로 오스테를리츠 역과 살페트리에르 자선병원 같은 곳이다. 여행의 장소들. 출발과 도착의 장소들. 도시를 혹은 삶을 떠나는 장소들.

나는 자선병원의 뜰로 슬그머니 들어갔다. 지팡이를 무릎 사이에 끼운 채 햇볕 아래 앉아 있는 노인들을 한참이나 바라보았다. 움직이지 않고, 조용하게, 그들은 전쟁이 발발하기 전 그 여름의 열기가 끝나기를 기다리고 있었다.

반면 오스테를리츠 역에서는 모든 것이 움직였고, 분주했고, 얼핏 보기에도 뒤죽박죽으로 웅성거리고 있었다. 소란스러웠다. 어느 날, 나는 가슴에 심한 충격을 받았다, 엄청난 충격이었다. 막 역에 들어온 급행열차에서 내린 남녀 여행자 무리가 내가 있는 쪽으로 걸어왔다. 큰 소리로 떠들어대던 그들의 말소리가 들리기도 전에, 나는 그 몸짓과 옷차림과 얼굴빛과 머리색으로 그들이 나와 같은 나라 사람임을 알았다. 그렇다면, 스페인은 여전히 존재했던 걸까? 속속 도착하는 저 스페인 사람들은, 사치스러운 옷차림과 가죽 손가방으로 짐작되는, 그런 여유로운 여행을 떠나온 것일까? 순수하게 여름휴가 여행을 온 것일까? 그렇게, 우리도 없이, 나도 없이, 우리가 고통스럽게 망명생활을 하고 있는데도, 우리가 뿌리를 잃어버렸음에도, 스페인은 사라지지 않았던 걸까? 유령이나, 비현실적인 것이 되어버리지는 않았던 건가?

나는 시끄럽고 행복해 보이는 그들 −좋은 것을 들고, 좋은 것을 입고, 좋은 혈색을 한− 스페인 사람들이 지나가는 것을 지켜보며 낯선 공포감을 느꼈다. 그들의 생기 넘치는 여유가 마치 나를 단말마 같은 더러운 고독 속으로 더욱더 밀어붙이는 것 같았다. 세상에 더이상 존재할 수 없는 그런 고독 속으로, 어쨌든. 놀라움이 너무 컸기에 그들에게 욕을 해줘야겠다는, 그들이 증오스럽다는 생각조차 머릿속에 떠오르지 않았다.

기숙사에서 보내는 학기중 외출하는 날이면 날마다 나는 산책하는 구역들을 정해두었는데, 그중 북쪽 경계선만이 명확하고 뚜렷했다. 센강이 경계였다. 다른 쪽 경계선들은 다소 모호했고, 오래 걷다보면 이래저래 바뀌기 일쑤였다.

서쪽 방면의, 에펠 탑 근처 변경의 요새지대는, 내가 전혀 관심을 두지 않았다. 기욤 아폴리네르의 아름다운 시조차 무관심한 내 마음을 돌려놓지는 못했다. 나로서는 센강의 다리들을 양떼로, 에펠탑을 양치기 소녀로 상상할 수 없었으니까!* 에펠탑은 일종의 경계이자 하나의 지표였을 뿐, 그 이상은 아니었다. 나는 에펠탑에 한 번도 가본 적이 없었고 관심을 두지도 않다가, 얼마 전 레스토랑이 있는 층에만 가보았다. 내게 그곳의 주된 장점은 상냥한 스페인 종업원이 있었다는 것으로, 이는 공공장소에서 통상 나를 짓누르곤 하는 두려움, 경험 부족에서 비롯한 무지나 카페 종업원의 냉담함에서 비롯한 두려움을 피할 수 있게 해주었다.

앞서 넌지시 언급한 동쪽 경계는, 오스테를리츠 역과 살페트리에르 자선병원 주변으로 정해졌다. 그곳에서 돌아오던 어느 날, 식물원을 가로지른 다음 무프타르 거리로 기숙사까지 돌아가는 단골 경로를 되짚으며 몽주 거리에서 생메다르 성당까지 이어지는 울퉁불퉁 튀어나온 길을 따라가려는데, 루테스 원형경기장**이 눈

---

* 아폴리네르의 시 「변두리Zone」에 나오는 다음 구절에 빗대어 말하고 있다: "양치기 처녀여 오 에펠탑이여 오늘 아침 다리들 저 양떼들이 메에 메에 운다."(황현산 번역 참조)

** 1세기경에 세워진 원형경기장으로 공연이 상연되거나, 검투사의 시합이 벌어졌다. 경기장 입구인 49번지 몽주 거리 앞의 경기장 북쪽 부분은 1869년에, 남쪽 부분은 1883~1885년 사이에 발견되었고, 복원은 1917년에서 1918년 사이에 이루어졌다는 내용이 기록되어 있다. 1883년에 파리 시에서 원형경기장을 없애려 했을 때, 빅토르 위고가 시의회에 보낸 편지를 계기로 역사 유적지로 지정되고 보존되어, 오늘날에는 축구 시합을 하거나 페탕크(쇠공 놀이)를 하는 곳으로 이용되고 있다. 루테스Lutèce는 파리의 옛 명칭이다.

에 띄었다. 장 폴랑*은 거기 없었다. 이후 경험을 통해 추론하기란 쉬운 일이다. 공놀이를 하는 이들도 없었다.**

남쪽으로는, 고블랭 대로와 포르트디탈리와 포르트도를레앙이 사람이 살고 있는 세상의 경계였다. 아마도 살 수 있었던. 그곳에서 말마따나 세상의 중심, 즉 내가 다니던 앙리4세 고등학교로 돌아올 때는 즉흥적으로 경로를 택했다. 모두 녹지와 초록 무성한 나무들이 표지가 되어주는 길이었다. 때로는 아라고 대로에 늘어선 밤나무들에 피어난 분홍과 흰색으로 어우러진 꽃의 향기를 따라갔고, 다른 때에는, 이제 하나의 의식이 된 듯 콩트르스카르프 광장의 작은 식당들 중 한 곳에서 마지막 휴식을 취하기에 앞서 내게 평안의 피난처를 제공해주었던, 몽수리 공원의 울퉁불퉁한 녹지를 따라갔다.

1939년 −주이앙조자스에서 있었던 『에스프리』 회합 이후로− 7월 여름방학 때까지 그 학기의 상당한 시간을, 몇 번의 예외, 가령 보들레르의 「백조」 시구("앙드로마크, 나 그대를 생각

---

* Jean Paulhan(1884~1968). 프랑스의 작가이자 비평가, 편집자. 문예지 『신 프랑스 평론La Nouvelle Revue Française, NRF』을 운영하기도 했다. 호르헤 셈프룬의 『머나먼 여행』의 원고를 읽고 책의 출판을 지지한 인물이기도 하다. 원형경기장을 끼고 있는 아렌느 거리 5번지에서 작고할 때까지 살았다.

** 작가가 산책을 다니던 시기는 1939년이고, 장 폴랑이 그곳에 살았던 것은 1949년부터였다. 원형경기장에서 페탕크를 하는 모습도 작가가 글을 쓰고 있는 시점에는 볼 수 없는 풍경이었을 것이다.

하오!")가 기습적으로 다가오곤 하던 카루셀 광장에서 보내던 때를 제외하면, 나는 나의 영토인 센강 좌안에 틀어박혀 있다가 대강 경계를 설정한 뒤 그곳을 체계적으로 탐험하곤 했다.

하나 그 무엇도 결코 완벽할 수는 없기에, 가족을 만나러 생프리로 가야 했던 일요일마다 ─외국인 발음을 극복하고부터는 그곳에서 망명지라는 느낌이나 조국을 떠나왔다는 생각이 더이상 떠오르지 않았으니─ 나는 이 보호막을 떠나야만 했었다.

빅토르 위고의 유명한 시구에서처럼 "몽리뇽과 생뤼가 만나는 언덕"* 위에서, 『에스프리』 회원들은 사실 안락하기는커녕 낡아빠져 옹색하기까지 했지만 매력적인 집을 찾았는데, 그 집은 아바스 지부의 기자로 일하던 필립 울프의 소유였다. 그는 보렐이라는 예명으로 ─독일 점령하에서는 그보다는 데자르댕이라고 불렸지만─ 잡지를 도왔고, 형식적인 임대료만을 받고 아버지에게 자신의 집을 내주었다.

마을에서 스텐의 집이라고 불리던 ─그리고 잿빛을 띤 채 황폐해진 건물의 정면에 박아놓은 표지판에는 내가 그때껏 한번도 읽어본 적 없는, 그의 가장 유명한 작품이 『자신도 모르는

---

* 빅토르 위고, 「오, 추억들! 봄! 여명!」에서 인용. 1843년 9월 4일, 빅토르 위고는 큰딸 레오폴딘을 잃었다. 그녀의 기일에 맞추어 쓴 이 시는, 어린 딸이 살아 있던 시절의 가족의 휴가를 떠올리는 내용이다.

사이에 철학자가 된 사람』이라는 부르주아극이었다는 사실도 몰랐던, 미셸장 스텐이라는 극작가가 18세기에 그곳에서 살았다는 사실이 적혀 있던- 그 집은, 마을 위쪽, 빅토르 위고의 시에 나온 언덕 옆구리에, 말하자면 생프리에 자리잡고 있었다. 역이 있는 아래쪽은 그로누아예라고 불렸고, 그 전체가 하나의 작은 행정구역을 이루었다.

그곳으로 가려면 북역에서 기차를 타야 했는데, 종착역은 페르상보몽과 퐁투아즈 역으로 열차가 한 번씩 번갈아가며 있었다. 그로누아예생프리 역에 닿기 전에, 그리고 이어서 생뢰와 타베르니로 향하기 전에 기차는 생드니, 앙기엥레뱅, 에르몽오본, 에르몽알트에 정차했다.

생뢰와 타베르니는 내 인생에서 큰 의미를 지닌 마을이다. 적어도, 청소년기와 유년 시절 동안은. 첫번째 마을은 이 년 뒤 나의 가장 친한 친구 중 하나가 된(지금은 가장 오랜 친구다. 영원한 친구, 말하자면), '꼬마 장'이라 불리던 장 다비드 가족 소유의 집이 한 채 있었기 때문인데, 우리는 종종 무리를 지어 그곳에 모여 주말과 바캉스를 보냈다. 그곳 생뢰라포레는 언덕 끝에서도 빅토르 위고의 시구에서도 즐거운 기억이 묻어 있는 장소였다.

두번째 마을인 타베르니는 전혀 다른 이유로 의미 있는 곳이다. 드골 정부의 공군 비밀 사령부 부지로 선정되기 전에, 그곳은 도청 소재지였다. 우리에게는 스페인 붉은 진영의 중심지였던 셈이다. 정치적 망명자들인 우리는 타베르니 경찰에 의존했으니까. 대수롭지 않은 장소는 아니다.

어쨌든, 생프리에 있는 울프 혹은 스텐의 집에 세를 사는 아버지와 계모는 제일 어린 두 동생, 카를로스와 프란시스코를 데리고 있었고, 스위스 여자의 둔해빠지고 독단적인 감독하에 동생들은 고통스러워했다. 프란시스코는 죽을 때까지, 번뜩이는 블랙유머가 일상이었던 자신만의 어조로 신랄하고 익살맞게 그 시절을 이야기했다. 카를로스는 그 시절을 소설로 씀으로써,* 그 경험이 어떠한 점에서 자신에게 상처가 되었는지를 보여주었다.

망명과 우연의 바람은 다른 많은 사람을 여기저기로 흩뜨려놓았지만, 우리에게는 오히려 호의적이었던 것 같다, 이런저런 것들을 따져보니. 이렇게 이야기하고 싶다. 우리는 살아남았다. 어떤 불안과 어떤 내적 균열의 대가를 치렀는지는 각자에게 물어야만 하리라. 물론, 여전히 살아 있는 이들에게. 그들이 대답해줄지, 확신할 수야 없지만. 어쨌든, 나는 아무 말도 하지 않을 것이다.

---

* 호르헤 셈프룬의 동생 카를로스(Carlos Semprún Maura, 1926~2009)는 연극에 관심이 많은 극작가이자 소설가였다. 예순 편가량의 라디오극을 썼으며, 그중 열 편가량이 연극 무대에 올랐다.

생프리에 있는 아버지를 만나러 가는 날이면, 나는 생미셸 역에서 지하철을 타고 북역으로 갔다. 이 일이야 놀랄 만한 일이 전혀 아니다.

파리에서 지내기 시작한 초반, 나는 의도적으로 지하철을 이용하지 않았다. 약간 먼 곳으로 탐험을 나서야 할 때면 지하철 노선과 환승이 표기된 노선도에서 갈피를 잡지 못하곤 했다. 길을 물어볼 수밖에 없었는데 대답을 얻기도 쉽지 않았다, 자주 그랬다. 사람들은 막연하게 대답했고, 그다지 친절하지 않았다. 내 발음 때문만은 아니었다. 그들이 친절한 편은 아니었다고 생각한다, 대체로. 다들 바빴고, 퉁명스러웠고, 고독했다.

게다가, 내 세계의 중심인 팡테옹 광장 근처에는 지하철역이 없었다.

그래서 나는 전차를 타기로 했다. 전차 타는 것에는 익숙했다. 어린 시절 마드리드에서, 그리고 훨씬 더 나중에 제네바와 헤이그에서도, 전차는 내게 익숙한 교통수단이었다. 게다가 내가 참 좋아하는 교통수단이기도 했다. 전차는 노면 위를 달리기에, 매순간 지금 어디쯤 와 있는지 확인할 수 있었다. 만일 도시 풍경이 줄곧 흥미를 끌지 못한다면, 혹은 그 반대로 얼핏 보이는 어떤 건축물이나 공원에 마음이 끌리기만 하면, 달리고 있는 전차에서 내릴 수도 있었다.

나는 베데커 책에서 가장 가까운 전차 출발지들을 찾아보았다. 생제르맹데프레에 있는 127번 노선은 렌 거리를 따라 몽파르나스까지 갔다가, 이어서 라스파이 대로와 오를레앙 대로를 거쳐 포르트도를레앙까지, 그리고 거기서 다시 퐁트네오로즈까지 뻗어 있었다. 그 이름이 아주 매력적으로 여겨졌기에, 나는 그 도시를 다음 산책의 이상적인 목적지로 삼기까지 했다.

또다른 두 개의 노선, 18번과 25번은 생쉴피스 광장에서 출발했다. 두 노선 모두 생클루와 조르주클레망소 광장까지 갔지만 경로는 완전히 달랐다.

마치 눈앞에 베데커의 책을 여전히 펼쳐둔 양 그 책에 기록된 모든 정보를 이렇게 열거하는 나를 보면서, 주의깊은 몇몇 독자는 이미 놀라움에, 다소 신경질까지 나서 눈살을 찌푸릴지 모르지만, 이렇게 열거하는 일이 결코 불가능한 일은 아니다. 어쨌든 내 눈앞에 그 책이 있다, 또렷이. 같은 책은 아니다, 물론. 똑같이 1931년판이긴 하지만 다른 책이다. 내 책은 혼란스러웠던 그 시절에 사라졌다. 청소년기에 읽었던 내 책들은 모두 혼란 속에서 사라졌다. 어쨌든 내 눈앞에 있는 이 베데커는 빈에 있는 헌책방에서 구입한 것이다. 슬쩍한 책이 아니니 안심하시길. 1989년에 빈에서 이 책을 샀다. 당시 스페인 장관직에 있었으니, 빨간색과 금색으로 된 작은 베데커를 감히 훔칠 수 없었다.

빈의 그 서점에 들어갔던 건 전혀 다른 무언가를 찾기 위해서였다. 그렇게 우연히 베데커를 발견했던 것이다. 1931년, 같은 해에 출판된 책을, 정말 멋진 일 아닌가! 오데옹의 헌책 장사를 떠올리자 시간의 무게가 내 양쪽 어깨에 내려앉았다, 갑작스럽게. 보이지 않으므로, 어찌해볼 도리도 없이. 몸을 털자, 마치 한차례 쓸어낸 먼지처럼, 지난 시간들이 내 주위에 나풀거리다 옷깃 위로 내려앉았다. 나는 살아 있었다는 것, 하고 싶었던 말이라곤 이 말이 전부고, 나는 그 가이드북을 샀다. 그렇지만 정말이지 그 책을 슬쩍하고 싶었던 건지도. 그랬다면 더 젊어졌을지도.

어찌되었든, 나는 베데커 책을 참고 삼아 전차로 이동하는 경로를 미리 살펴보았다. 그런데 너무나 유감스럽게도, 1939년 봄 파리에 노면전차는 더이상 존재하지 않았다. 두 해 전에 전차가 사라졌다고 누군가 말해줬다. 다 끝났다, 나는 전차 승강장에서 퐁트네오로즈로도, 생클루로도 갈 수 없었다!

파리의 모든 이동수단 가운데서도 내가 산책을, 보행자만이 할 수 있는 느리게 걷는 일을 선호했던 가장 중요한 이유는, 마찬가지로 샤를 보들레르에게 그 책임이 있다. 보다 구체적으로 말하자면, 그의 소네트 「지나가는 어느 여인에게」 때문이다.

나는 그런 여인을 꿈꿨다. 내 주변의 시끄러운 길은 요란한 소리를 낼 것이다. 키가 크고, 마른 몸에, 상복을 입고 ─마른 몸, 꼭 맞는 검은색 옷차림, 팔다리나 가슴과 엉덩이 같은 여자들의 신체 부위에 대한 내 취향은 여기에서 왔다. 뻔하지 않은가! ─ 장엄한 고뇌에 잠긴 한 여자가 지나간다. 물론 그다음으로는 ─모델들만이, 고급 패션디자이너의 모델들만이 보들레르의 여인들처럼 중후하면서도 물결치듯 가볍게 걷는데ー 부채꼴로 장식된 치맛단을 살랑거리는 화려한 손을 떠올려볼 수 있는데, 사실 이런 손을 보는 것이 더이상 가능하지 않다는 점, 하루하루의 일상에서 더는 일어나지 않으리라는 사실은, 나도 잘 알고 있다, 어쩔 수 없는 일이니!

어쨌든 그 시에서 중요한 것은, 입 밖에 내면 목이, 떠올리면 영혼이 활활 타오르게 되는, 그런 단어들이다. "매혹적인 부드러움과 치명적인 즐거움"(오피크 장군의 양자*에게 지적하고 싶었으나 못한 것이 하나 있으니, 그보다는 '치명적인 욕망'이라고 해야 하지 않을지? 어쨌든 좋다, 그래도 우리는 이해할 수 있으니까), 여기 이 말들은 그럴듯한 진실로, 말하자면 그곳이 어디든, 언젠가 내가 밖으로 나가 성큼성큼 돌아다니다가 파리의 어느 길에서든 마주쳤을 법한, 어느 지나가는 여인의 아름다움을 적절하게 구현해놓은 것과 너무도 잘 맞아떨어졌다.

1939년 그 봄에 파리에서 마주칠 수 있었던 쌀쌀맞은 미녀가 몇 명이나 되었건 간에, 내 시선은 어떤 울림도, 어떤 번뜩이는 인식과 관심의 빛도 깨우지 못했음을, 황량한 도시를 오

---

* 보들레르가 태어났을 때 그의 아버지는 예순두 살, 어머니는 스물여덟이었다. 보들레르가 여섯 살이 되던 해에 아버지가 사망했고, 그 이듬해 어머니는 육군 소령인 오피크와 재혼을 한다. 따라서 '오피크 장군의 양자'는 '보들레르'를 가리킨다. 한편 셈프룬 형제들은 자신들의 계모를 오피크 장군이라 부르기도 했다. 이 책 77쪽 참조.

가며 어떤 신기루도 만들어내지 못했으며 아무것도 찾아내지 못했음을, 굳이 설명해서 무엇하랴?

그럼에도 말로 표현할 수 있는 진실을 모두 말해야 한다면―내면에 있는 진실이라면 모두 말해도 좋다고 믿을 만큼 순진하거나 사악한 이는 없기를― 딱 한 번, 지나가는 여인이 내게 접근한 일이 있었다.

그런데 나는 그 여자의 존재를 알아채지도, 내게 다가오는 것을 보지도 못했다. 상복 차림은 아니었지만, 그럼에도 겉보기에 가볍고 광택이 나는 검은색 긴 우의로 비를 피하고 있었다. 비가 내리고 있었기 때문이다. 대기에 흩뿌리고 분사하는 아주 미세한 물방울로 된 장막이 하나 생긴 것 같았다.

이미 암시했듯이, 다시 생각하는 것조차 불쾌한 그날, 그러니까 그 끔찍했던 날, 마드리드가 함락된 바로 그날이었다. 내 어린 시절의 도시, 그리고 도시와 함께한 내 어린 시절, 내 기억, 내 삶이 무너져내린 날. 갑작스레, 오열하듯, 고통으로 영혼을 채우는 듯한 몸의 흐느낌처럼, 루벤 다리오의 스페인어 시구 몇몇이 ―그보다는 니카라과 공화국의 언어라고 해야겠지만, 어쨌든 신랄하고 오만한, 아니 단순히 억제할 수 없는 음색을 울리면서― 기억 속에서 내게 되돌아왔던 그날. "우수에 찬 내 눈물 떨어지는 소리가 들리지 않는지?"

하지만 저 시구는 소네트의 마지막 행이었고, 나는 나 자신,

내 괴로움, 깊은 슬픔으로 채워진 씁쓸함에 잠긴 채 그 소네트를 처음부터 끝까지 혼자서 중얼거리고 있었기에 다른 사람들 눈에 띄지 않을 수 없었을 텐데, 그때 문득 빗속에서 거의 발목에 닿을 만치 기다랗고 광택 나는 검은색 우의를 입고 지나가던 여인이 내게 말을 건넨 것이다.

방금 나는 스스로 고통스럽다고 느끼고 있었던가? 내가 중얼거리던 외국어가 스페인어였던가? 그녀는 자신이 단어 몇 개를 알아들었다고 생각하는 것 같았다.

이 모든 건 괜찮았고, 마드리드는 함락되었다.

그녀는 내 처지에 연민을 느꼈다. 비에 젖어 얼이 빠진 채로 웅얼거리던 내가 불쌍해 보였으리라, 정말로. 그녀는 내게 따뜻한 음료 한 잔을 권했다. 근처 라신 거리에 있는 자기 집으로 가서 몸을 말리고 기운을 차리라고 했다.

따뜻한 음료라고? 나는 하마터면 그녀에게 작은 설탕 덩어리, 우아한 레이스 모양으로 굳은 작은 설탕 덩어리가 녹아든 커다란 얼음물 잔과 함께, 아주 진하고 아주 뜨거운 초콜릿 음료 한 잔을 내줄 수 있는지를 물어볼 뻔했다, 오래전에 마셨던 그런 것을. 하지만 불가능한 일이었다. 그건 마드리드가 함락돼서도 아니고, 내가 니카라과 공화국 시인의 우울한 시구를 떠올리고 있어서도 아니고, 내가 어린 시절에 마셨던 아주 뜨겁고 쓴 초콜릿 음료를 내달라고는 요구할 수 없었기 때문이다!

그 음료를 마지막으로 마신 것은, 적어도 마지막이었다고 기억하는바, 산탄데르에 있는 사르디네로의 휴가지 별장에서였다. 손님들이 있었고, 오후였다. 어머니는 초콜릿 음료와 케이크를 준비시켰다. 커다란 얼음물 잔에는 레이스 모양으로 굳은 설탕 덩어리가 녹고 있었다. 차갑고 달달한 이 맛에다 이와는 대조적인 아주 뜨겁고 쓴 초콜릿 음료를 몇 모금 섞어 내 입안으로 흘려보내면서, 나는 눈을 감았다.

사르디네로 별장에서 우리는 수국이 만발한 정원으로 식탁을 내다놓았다.

야윈 몸에 눈가는 젖어 있고 경계심을 가득 품은 채, 보기 흉한 옷차림에 엉망이 된 머리를 한 소년에게 ─ 나는 그런 내 모습을 상상할 수 있다, 한 치 오차도 없이 분명하게 ─ 더할 나위 없이 다정하게 대해주던 지나가는 여인, 내게 따뜻한 음료를 제안하던 그 여인을 나는 바라보았다. "사라져버린 미녀"도 아니었고, "오! 내가 사랑할 수도 있었을 그대"라고 내가 커다란 소리로 말할 수 있을 만한 여인도 아니었다. 그녀는 아직 젊고, 말쑥하고, 밝고, 수수하고, 아마도 단호했고, 분명 가톨릭 신자였을 것이다. 약간 스카우트 같았다, 말하자면. 믿음이 가는 여자, 건전하고 교육적인 산행중 캠프파이어가 열린 밤에 내내 귀엽게 노래할 법한 그런 여자.

아니요, 다 괜찮아요, 나는 내 말을 그저 몸짓으로, 그저 짧게 한 음절로 고쳐 말했고, 마드리드는 함락되었고, 그녀는 어쩔 도리가 없었고, 게다가 앙리4세 고등학교로 돌아가야 할 시간이었다.

그렇게 시간이 하나도 없었던 걸까? 아니면 내가 너무 고결한 척했던 걸까? 여성의 다정함, 감미로움을 느낄 좋은 기회를 놓쳤던 걸까? 젊은 시절, 나는 그런 것들을 놓쳐버렸다. 고독하다는, 다르다는 것에서 나오는 오만함은, 우리를 우습게 만들기도 한다, 종종.

어쨌든 현실적인 것이든 상상 속의 것이든 지하철에 대한 불안에도 불구하고, 나는 생프리에 가족 모임이 있는 날이면 북역에 가기 위해 생미셸 역에서 지하철을 탈 수밖에 없었다.* 더욱이 직통으로 가는 경로였다. 목적지까지 가기 위해 누군가에게 물어볼 필요도 없었다.

그럼에도 나는 불행했고, 사람들 무리가 나를 매번 불쾌하게 했다. 어쩌면 불안하게 한 것일지도. 무분별한 태도가 빈번했다. 뒤섞인 냄새와 땀. 대체로 멍한 시선. 아니면 정반대로, 지나치게 주목하는 호기심과 의아함, 나를 스쳐가는 시선에 묻어

---

* 오늘날 파리의 지하철 RER B선을 이용하면 생미셸에서 북역까지 두 정거장이다. 그러나 RER B선이 개통된 것은 1977년이었고 셈프룬이 지하철을 타던 시절에는 4호선밖에 없었음을 고려하면, 작가는 총 아홉 정거장을 가야 했을 것이다.

있던 어떤 흥분, 어떤 집요함. 성추행을 하려는 감춰진 욕망. 게다가 열차가 아주 급작스럽게 흔들리던 탓에 객차 안에 있던 수많은 육체가 급격하고 불규칙하게 움직이는 것도 나는 싫었다. 그런 식의 유치하고 조마조마한 기쁨, 육체를 뒤섞고 개인은 철저히 파괴된 채 가는 내내 흔들림에 몸을 내맡길 수밖에 없도록 만드는, 그러한 기쁨이 나는 싫었다. 오! 흔들리는 무리의 멍청한 웃음이여, 푸념이여!

극에 달할 정도로 사람들이 붐비는 시간대의 소란 속에서 ─다른 시간대는 선택할 수가 없었던 것이, 내가 생미셸 역과 북역을 왕복하는 열차에 올라야 했던 시간은 이른 아침이거나 저녁 무렵, 하루 일과가 시작되거나 끝날 무렵이었으니─ 불길한 사건을 피해보려, 적어도 줄여보려 나는 좌석이 없는 공간 중앙에 세워진 세로 막대를 단단히 붙들고 있었다. 거기서, 파도처럼 몰려든 승객들에게 휩쓸려 객차 구석으로 밀려나지 않기 위해, 또 가장 붐비는 역에서는 거칠게 헤치고 나아가는 사람들에게 휩쓸려 문 쪽으로 내밀리지 않기 위해 안간힘을 썼다.

아주 다양한 상황에서 허울뿐인 내적 평온을 유지하며 집단의 집요한 공격이라는 끔찍한 사태, 공동체의 공격이기도 했던 그러한 사태에서 빠져나오고자, 나는 그 당시 큰 도움이 되었던 훈련을 하곤 했다. 낮은 소리로 시나 내가 좋아하는 책의 일부분을 읊조리는 훈련이었다.

"오! 비겁자들아, 우리가 여기 있다! 역에서 쏟아져나와라!/ 태양이 그 불타는 허파로 말끔히 씻어냈다/ 어느 저녁 야만인으로 우글거리던 대로들,/ 서쪽에 자리잡은, 성스러운 도시가 여기 있도다!"*

나는 발전했고, 이는 분명한 사실이다. 하지만 그것이 적합한 단어는 아닌 것 같다. '발전하다'라는 동사는 지적인 의미를 담고 있는 듯하다. 그렇다고 보들레르의 시를 암송하는 것보다 랭보의 시를 낭송하는 것이 더 훌륭하다는 뜻은 아니다. 별개의 문제이며, 다른 것이었다. 아마도 프랑스 시라는 브로세리앙드 숲** 속 더 멀리, 더 깊이 들어가는 셈이었으리라. 보들레르는 나를 자극했다. 호기심을 자극했고, 조바심나게 했으며, 더 알고 싶다는 욕구, 다른 시구들과 감각적인 다른 연가들에 대한 기초를 배우고 싶다는 욕구를 자극했다.

샤를 보들레르에서 시작한 내 시 읽기는 15세기 비용과 16세기 롱사르를 향해 시간을 거슬러올라갔다. 그리고, 조금 전 언급했던 의미와 같은 의미로, 나는 랭보, 말라르메, 발레리

---

* 랭보의 시 「파리의 향연, 혹은 파리가 다시 북적댄다」 중에서. 이 시의 창작 연대는 정확하지 않으나 초판 원고에 1871년 5월로 명시되어 있다. 시가 쓰여진 배경에 대해서는, 보불전쟁 당시 프로이센군에 의해 점령된 파리의 모습을 그렸다는 설과 파리코뮌 당시 '피의 주간' 직후에 쓰여졌다는 두 가지 설이 있다. 첫번째 관점에서 보면 보불전쟁이 끝난 뒤 파리로 돌아와 향연에 탐닉하며 제국의 도시로 파리를 환원시키는 부르주아를 향한 복수의 외침으로 이해될 수 있다.

** 중세시대 아서 왕의 전설에 나오는 가공의 숲.

로 나아갔다. 한데 당시 발레리의 글에서 보다 인상적이었던 것은 ─젊은 시절 한때 그 책의 다음 편이나 해설을 써보고 싶다고 꿈꿨던─ 『레오나르도 다빈치 방법 입문』*이라는 책이었지만 말이다.

어찌되었건, 생미셸 역과 북역을 오가는 지하철의 소란 속에서 나는 "파리가 다시 북적댄다"라고 중얼거렸다. 이제 와서 추측건대, 아마도 시테 역이나 샤틀레 역 부근이었을 것이다.

아르튀르 랭보를 알게 되었을 때 감정이 어떠했는지 말해보자면, 내가 아주 독창적인 느낌을 받았다고는 내세울 수 없다. 수많은 세대를 거치며 열다섯에서 열일곱에 이르는 사내아이들은 똑같은 발견을 했고, 그 매혹에 굴복했고, 똑같은 시들을 외워서 익혔다. 『일뤼미나시옹』과 『지옥에서 보낸 한 철』 속에 나오는 훨훨 타오르는 똑같은 산문시들을. 그럼에도 유일하지만 분명하게 내세울 수 있는 내 생각의 참신함은, 바로 랭보의 침묵과 문학에 대한 돌연한 멸시와 시에 대한 냉정한 증오와 관련해서, 통상적이고 관례적이며 학구적이고 종교적인 함정에는 결코 빠지지 않았다는 점이다.

랭보가 나중에 무기든 노예든 무언가를 파는 상인이 되고자 파리의 카페를 떠나 멀리 갔다는 점은, 문학적인 관점에서 내

---

* 1894년 NRF에 수록된 발레리의 첫번째 에세이로 작가의 미학을 이해할 수 있는 작품이다.

게 그다지 흥미롭게 여겨지지 않았다. 쓰는 일을 그만두고, 삶을 바꾸고, 영원히 떠나보기 위한 이유들이야, 그 선택의 여지가 너무 많아 곤란할 정도로 어떤 상황에서든, 언제나, 정말이지 많다.

진정한 질문은 전혀 다른 것이다. 여름 내내 나는 이 주제에 대해 짧은 글을 썼다. 내가 간직해본 적도 없고, 누구도 내게 찾아다주지 않은 글을. 나는 블레즈데스고프 거리에서 그 글을 썼다. '파이데이아'라고 하는 고전적인 교육 이념과 몬테소리의 방법론*이 혼합된 에두아르오귀스트 F의 교육적인 실천 덕분이다. 아니면 아마도 제네바 칼뱅주의자들의 상류사회와 교류한 것이 그에게 이렇듯 책임 있는 엄격함을 불어넣었는지도 모르겠다.** 말하자면, 모든 것이 제공되지만 거저 얻을 수 있는 것은 아무것도 없다는 것. 내게는 그의 호의가 필요했다. 나는 숙식과 세탁을 제공받았고 용돈도 받았지만, 매주 과제로 무엇인가 읽은 것에 대해 써야 했다. 읽을 책은 그와 의논해서 정했

---

* 몬테소리 교육은 소위 전통적인 교육에 비하여 열린 방식을 지향한다. 아이의 발달단계에 따라 구체적인 도구를 통해 오감으로 학습할 수 있도록 유도하는 방식이다.

** 칼뱅은 개혁주의 신학의 선두 주자로 언제나 성경과 신을 중심으로 사역을 진행하였다. 그리스도인의 올바른 삶 또는 기독교적인 삶의 올바른 형성에 대한 가르침을 교리로 삼았으며, 삶의 현장 속에서 순종의 전인격적인 삶을 요구하는 성품 교육의 좋은 모델을 제시했다.

고, 결과물에 대해서도 그와 토론했다. 그리고 그 여름 내가 썼던 짧은 글 중 한 편이 바로 장아르튀르 랭보에 대한 것이었다.

가장 중요한 질문은, 능숙하고 재능을 타고나고 영악하고 종종 미숙하지만 때에 따라서는 수사학적이며 그 어떤 단절도 없이 자연스럽게 프랑스 시의 전통 속으로 들어간 이 매력적인 젊은 시인이, 왜 갑자기 인간 랭보가 되어버렸는가 하는 것이다. 랭보는, 타락한 천사가 추락할 때 그 주변이 불타오르듯 믿을 수 없이 강렬한 빛으로, 다채로운 감각으로 타오르며, 감각과 관능이라는 면에서 엄청나고 끝도 없는 어떤 한 지점에, 프랑스어의 모든 가능성을 가지고 하늘에서 떨어져내린 운석 같았다.

아주 짧은 동안, 1871년에서 1872년 사이 몇 달 사이에 일어난 일이다. 뇌우, 청천벽력, 신의 계시? 분명 그런 일이 있었을 수도, 한데 대체 무슨 일이 있었단 말인가? 간접적이지만 파리코뮌*의 경험일까? 시인 폴 베를렌 덕에, 그리고 베를렌에 맞

---

* 1871년 3월 18일 프랑스 파리에서 프랑스 민중이 세운 사회주의 자치 정부. 노동자계급에 의한 최초의 민주주의 정부라 평가되는 파리코뮌은 세계사에서 처음으로 사회주의 정책들을 실행에 옮겼으며, 단기간이나마 사회주의와 공산주의 운동에 큰 영향을 주었다. 5월 28일 진압되기까지 마지막 '피의 일주일' 동안 사망자 수는 적게는 1만 명에서 많게는 5만 명으로 추산된다. 진압 후 연루자 10만여 명이 체포되어 그중 4만여 명이 군사재판에 기소되었다.

서, 동성애라는 육체의 환영 너머 타자로서의 자기 자신을 발견한 것일까? 아버지의 부재가 야기한 때늦은, 하지만 그만큼 더 강렬한 위기, 모든 곳에 존재했던 비탈리 퀴프-무슨 이런 빌어먹을 소설 같은 데 숙명처럼 드리워진 이름이란 말인가!- 즉 마담 랭보 메르*의 사랑과 증오였을까? 이 모든 이유가 폭발할 듯이 그리고 통제 불능으로 축적된 탓일까? 정신착란 탓일까? 아니면 다른 무엇 때문일까?

뭐든 상관없겠지, 지금으로서는.

나는 1939년 봄날 이른 아침, 오를레앙-클리냥쿠르 노선을 달리는 지하철에 있다. 스페인내전은 끝났고, 나는 패주하는 부대의 열다섯 살 붉은 진영이다. 낮은 소리로 아르튀르 랭보가 쓴 「파리의 향연 혹은 파리가 다시 북적댄다」를 암송하며, 라틴어로 내 식대로 말하자면 '프로파눈 불구스profanun vulgus' 즉 '속세의 무리'에서 떨어져나온다.

번뜩이는 어휘들과 그 자신만의 놀랍고도 매력적인 표현방식에도 불구하고 위의 저 시는 위고적인 수사학, 심지어 아마도 위고를 숭배하는 이들의 수사학이라는 급물살에 실려온, 랭보 이전의 긴 시다. 어쨌든 나는 아직 이 질문에 대한 숙제를 해내지 못했고, 이 질문을 두고 며칠 치의 관용을, 숙식 비용을

---

* 랭보는 자신의 어머니를 'La mère Rimbaud' 혹은 'Mother'라고 부르곤 했다. 여기서 'mère'는 '어머니'를 뜻한다.

치러야 그에 값하는 것인지도 모르겠다. 그리고 거의 부성애와도 같은 이러한 우정에 대해서도. 이 우정을 결코 잊어서는 안 된다. 클로델과 베리숑, 부이얀 드 라코스트와 르네빌, 스타르키, 고클레르와 에티엠블의 설명을 통해서도 (랭보가 그렇게 행동한) 이유를 그때까지만 해도 납득하지 못했다. 이제 랭보의 미스터리가 어디에 자리잡고 있는지를 짐작하지만, 그것에 집착하지는 않는다.

게다가 내가 랭보의 이 긴 시를 암송해보자면, 고상한 흉내는 그만두겠다, 분명 보다 개인적인 이유였을 뿐임이 드러날 테니. 이를테면 아홉번째 사행시의 첫 행에 이르렀을 때 말이다. 이 단어들이 조용하게 내 입가에서 피어나는 순간, 나는 지하의, 지옥 같은 내 여정의 어디메에 있었던 걸까? 에티엔마르셀 역 근처였을까?

그렇다, 나는 랭보의 그 시구를 읽는다. "당신이 그 여인의 배를 헤집었기에……"

일이 어떻게 흘러가는지 나는 이제 안다. 물론 추상적이며 순전히 이론적이기는 하지만, 의심할 나위 없는 앎이다. 이제는 여성의 육체에 대한 지식에 그 어떤 의혹의 그림자도, 불확실함도 드리워 있지 않다. 최근에 습득한 지식, 적어도 현재 명백히 지니고 있는 그 지식의 정확성 면에서 봐도. 그 지식은 바로 앙리4세 고등학교 기숙사생들 사이에 있었던 지난 몇 주의 입문 과정을 통해 알게 되었으니.

서너 해 전부터, 호기심과 혼돈과 흥분 혹은 순간적인 욕망
에 사로잡혀 가난한 동네에 살던 마드리드의 아이들과 대립하
던 시절부터 기억해두었던, 육체의 소유라는 움직임을 가리키
기 위해 동원된 모든 동사 중에서 이 단어, '푸이예fouiller'*가 내
게는 가장 염려스러워 보였다. 아마도 그 단어가 환기시키는
폭력성 때문일 것이다. 일반적으로 누군가의 의사와는 반하여
헤집기 마련이니까. 아마도 '채찍으로 마구 때리다'라는 뜻을
지닌, 이와 발음상 유사한 '푸아이예fouailler'와 '채찍'을 뜻하는
'푸에fouet'라는 단어 탓에, 그리고 그것들이 상기시키는 모든
것 때문에 그랬을 것이다.

  한편 랭보의 시구, "당신이 그 여인의 배를 헤집었기에"라는 시
구를 이해해보려 노력하던 나는, 프랑스로 떠나오기 직전 헤이
그에서 읽었던 찰스 모건의 소설『스파큰브로크』속 한 문장을
마침내 떠올리게 되었다!

  내 첫번째 프랑스어 작문에 사용한 배경과 인물들 — 적어도
그들의 이름 —을 내게 제공해주었던『샘』과 마찬가지로, 모건
의 또다른 소설 역시 극적인 도식으로 구성되어 있다. 한 여자
와 죽음이라는 도식으로, 두 남자 사이에서 그 둘로부터 — 다
른 식으로 — 사랑받는 한 여자와, 두 남자를 서로 다르지만 비

---

* '뒤지다' '헤집다' '땅을 파다'라는 뜻 외에도, 속어로 '성교를 하다' '여자
와 육체관계를 맺다'라는 뜻도 있다.

숫하게 사랑하는 여인이 있고, 죽음 – 말하자면 운명, 우연과도 같은 것으로서의 삶 – 은 이를테면 치명적이기까지 한 일종의 실현을 말하고자, '패배'라는 이 단어를 써보자면, 두 남자 가운데 한 사람의 패배를 승인하고자 닥친다.

당시의 영국식 미사여구들 – 즉 긴 묘사와 자기 성찰에 대한 욕구, 그리고 이따금은 철학적으로 묵직하게 재단한 언어들 – 을 사용하지 않은데다, 짐작하건대 오늘날 젊은 사람들은 심지어 이름조차 들어보지 못했겠지만 그 시절에는 널리 알려지고 찬양받은 작가이자 가장 현학적인 연구대상이기도 했던, 찰스 모건의 소설들은 감정의 극단적이고 폭력적인 생생함을 꾸밈없는 구조로 환원시켜 이를 유지했다. 그렇게 해서, 아마도, 그 많은 젊은이들의 정신세계에 영향을 미쳤을 것이다. 나의 정신세계에도, 어쨌든.

귀족 신분이긴 하나 – 고리타분할 뿐 아니라 의미와 창조물에 대해 너무 많은 것이 담긴 시 몇 편을 배치해버리는 이기적인 즐거움을 불행히도 억누르지 못한 모건이었으니 – 작가이기도 한 파이어스 스파큰브로크를 배신한 아내 에티와, 의사이자 가족의 친구이며 메리를 향한 사랑으로 피어스와 다투는 조지 사이의 대화를 보면, 에티는 오래전부터 자신의 몸에 거의 무관심한 남편에 대해 이야기하며 이렇게 말한다. "그가 나를 헤집은 것이, 신이 나를 헤집은 것과 같다는 것을 나는 알아요."* 앙리 4세 고등학교 기숙사에서 성적으로 눈뜨기 몇 달 전, 신학적인 질문과 가장 세속적인 질문이 뒤섞인 이 문장 속에서 나는 허우적댔다.

그렇다면 완벽하다는 기준이 신의 범주에 속하는 이 '헤집는 행위'는 무엇으로 이루어진 것일까? 기숙사와 랭보의 책이 동시에 이 중요한 질문에 빛을 밝혀주었다.

그러는 사이 지하철은 레오뮈르세바스토폴 역을 떠나는데, 그때 외부세계의 사건 하나가 랭보를 낭송하고 있던 나의 유아론적 세계 속으로 슬그머니 들어온다. 사건이라기보다는 하나의 얼굴이. 보다 정확히 말하자면, 어떤 상황에 처한 한 여자의 얼굴이. 그 사건을 짐작할 만한 얼굴이.

환승객들이 몰려들었던 샤틀레 역에서부터 지하철은 만원이었다. 나는 한가운데에 있는 내 자리를 여전히 사수하고 있었고, 오른팔로는 세로로 된 봉을 감은 채였다. 서로서로 꽉 끼인 몸들로 이루어진 혼합물이 열차의 덜컹거림에 따라 흔들렸고, 시선은 언제나처럼 공허했다. 자기 자신한테서, 세계에서, 나는 부재한 상태, 자기와 세계로부터 어렴풋하게나마 자신을 놓아주는 몽상마저도 하지 않는 아침시간, 공장이 가동을 시작하는 시간이라기보다는, 사무실로 출근하고 백화점이나 온갖 종류의 상점들이 문을 열기 시작하는, 그런 아침시간이었다.

---

* 직역한 이 문장의 프랑스어 원문은 다음과 같다: "Je sais que d'être fouillée par lui, c'est être fouillée par un dieu."

인파가 몰려들었기에 접의자들은 접혀 있었고, 그 좌석 등받이에 기대어 나와 마주보던 한 여자가 있었다. 한 줄로 늘어선 사람들이, 더 정확하게는 덩치가 커서 나로서는 두터운 그 목과 헐떡이며 숨을 쉴 때마다 올라가는 넓은 어깨만을 볼 수 있었던 한 남자의 몸이, 우리를 갈라놓고 있었다. 그 남자는 더 가까이 그녀를 밀어붙이며 자신의 무게를 모두 실어서 그 여자에게 몸을 내맡기는 폼이 역력한데, 다른 이들은 무관심했다. 시야가 좁은데다 뒤로 움직여서 확인할 수도 없었지만, 추측건대 남자가 여자의 두 다리 사이로 자신의 무릎을 밀어넣은 것 같았다. 하체를 여자의 하체에 비벼대면서 천천히 돌리고 있는 것 또한 알아차릴 수 있었다.

넋을 잃은 그녀의 얼굴, 튀어나올 듯한 그녀의 눈을 보며, 그녀가 몹시 기뻐하고 있음을 읽을 수 있었다. 그녀는 갑작스럽게 밀어붙이는 남자에게 신체의 모든 굴곡과 오목한 부위를 맞추면서 몸을 내맡겼다. 신음이 나오려 했던 걸까? 마치 그 내부, 자기 복부의 따뜻한 곳, 가장 깊은 곳에서 커져버린 신음을 참아내고 싶었던 듯, 그녀는 재빨리 눈을 감고 입을 꼭 다물었다.

두 눈을 꼭 감은 채, 참아보려 해도 너무 좋아 어쩌지 못하는 욕망에 부르르 떨리는 앙다문 입술, 아주 멋진 금발의 그녀는 연약해 보였고, 상처 입기 쉬워 보였다. 우아한 옆모습과 잘 어울리는, 정성스레 손질한 금발이었다.

거대하고 꺼칠꺼칠한 피부에 작업복을 입은 남자와, 서른 정도나 어쩌면 서른도 안 되었을지 모를 나이에 한껏 멋을 부린 데다 상큼하고 연약해 보이는 어여쁜 부르주아 여자, 그 둘 사이의 대조는 처음 본 순간부터 강렬했다. 두 세계, 두 계층, 두 삶의 방식이 빚어낸 명백하고 분명한 대조는, 두 육체가 서로 선정적으로 접촉하면서 돌연 사라져버렸다.

이런 상상을 해볼 수 있을 것이다. 가냘프고 어여쁜 서른 살가량의 부르주아 여자는, 남편에게 잘 다녀오라는 인사를 건넸으리라, 영업부장인가 고위 공무원인가 하는 남편한테 쇼핑할 것이 있다는 등 다음날 저녁식사 모임과 관련해서 아무개 부부에게 보내야 할 메시지가 몇 개 있다는 등 그런 것들을 알리면서 말이다. 어쩌면 다음번 부활절 휴가 때로 예정된 가족 모임에 관해 몇 마디 말을 주고받았을지도 모른다. 부부간에 하루하루 삶의 지표가 되어주는 평범한 그런 일들을 나눴을 것이다. 하지만 막 남편이 집을 나서자마자 ―그녀가 여전히 그를 사랑할까? 터무니없는 질문이다, 그녀는 어깨만 으쓱하겠지. 그게 문제는 아니니까! 그녀는 남편과 관련하여 습관, 관행, 보증, 일종의 소유권*을 갖고 있지만, 이 소유권이라는 단어는 모호하니, 법률적인 용어로 그 단어를 철저하게 이해해야 하는

---

* 작가는 '주이상스jouissance'라는 단어를 사용했는데, 이 단어는 일반적으로 '즐거움' '성적 쾌락'을 뜻하나, '향유' '소유'의 의미도 갖는다.

바, 그녀는 결국 용익권用益權*을 갖는다는 의미로, 이 용건상에서 보자면 즐긴다는 것은 문제가 아니니, 최소한 남편이 아니면 되는데, 남편은 몽상을 갖게 하기에는 너무 예의바르고, 갑작스러운 자극으로 체액을 솟구치게 하기에는 너무 점잖으며, 가장 원초적인 남성의 욕망에 능숙하고도 더 자극적으로 따르면서 오로지 자신을 흥분시켜주거나 큰 만족감을 주리라는 가능성만을 기대하고 있는 가냘프고 섬세한 자신의 몸을, 머리를 뒤로 젖히며 두 다리를 벌리도록 밀어붙이기에는 지나치게 고상하니 말이다. 식탁에서 함께 밥을 먹듯, 알프레드(혹은 아나톨, 혹은 앙투안, 혹은 앙드레)와 침대에 함께 있는 것뿐이다. 식탁에서 포크를 쥘 줄 알아야 하고, 백포도주 잔을 다른 잔과 헷갈리지 않아야 하고, 접시를 다 안 비울 줄 알아야 하듯이! 그러니 사랑과 관련해서는 부조리한 질문이다 – 그녀는 자신이 좋아하는 과묵하고 단호한 남자들을 찾아 지하철을 탄다, 일주일에 한두 번, 남편이 집을 나서자마자, 분별력을 갖춘 그녀의 손은 곧바로 길을 잃고 헤매고, 남자들은 거칠게 다리 사이에 있는 것을 그녀에게 문지르며, 단단한 그들의 몸을 그녀의 몸에 뒤섞는다, 무관심한 군중 사이에서, 그들은 결코 그녀에게 앙드레(혹은 앙투안, 혹은 아나톨, 혹은 알프레드)를 떠올리게 하

---

* 다른 사람의 소유물을 일정 기간 동안 사용하여 이익을 얻을 수 있는 권리를 말한다.

지 않는다, 절대로 그들이 그녀를 소유할 수는 없으리라, 그건 용납할 수 없는 일이리라, 긴 금발, 고운 용모, 상냥함이 박제된 그 시선을 갖는 일은, 그리고 다음날, 언젠가, 우연히 기회가 생긴다면, 그녀는 과묵하고 거대한 익명의 남자들 중 한 사람을 따라 어느 호텔로 들어가리라. 잔인한데다 폭력적이기도 한 그이들을 따라. 그녀는 어쨌든 그가 그렇게 대해주기를 바란다, 미치도록.

하지만 나는 내가 지하철 객차에서 시야에 들어온 이 장면을 『벨 드 주르』*에 대한 기억에 의지해 해석해내고 있음을 막 알아차렸다.

아르헨티나 출신의 프랑스 작가이자 기자 조셉 케셀의 그 소설은, 수투의 어머니와 형이 살던 레스텔베타람의 본가 책장에 있었다. 수투는 1936년 9월 우리가 도착한 바욘에 나타났다. 트롤선 갈레르나호에서 내리자마자 우리는 백신을 맞았다. 야외 음악당 주변 광장 그늘 아래, 우리가 흩어지는 모습을 곤혹스럽게 바라보던 헌병들과 피서객들이 있었다. 아버지는 수투가 몇 주 전 레케이티오에서 건넸던 번호로 전화를 걸러 곧바로 가버렸다.

---

* Belle de jour. 1928년 발표된 조셉 케셀의 소설. '벨 드 주르'는 낮에만 피고 해가 지면 지는 메꽃이라는 식물을 지칭하며, '낮에만 몸을 파는 여자'라는 뜻도 있다.

수투는 『에스프리』 그룹의 친구 몇몇과 함께 급히 달려왔다. 그가 우리를 맡았다.

망명의 처음 몇 시간에 대한 내 기억은 흐릿하고 불분명하다. 차라리 적대적이라 할 만한 호기심으로 우리를 바라보던 피서객들이 있었다. 좋게 생각하면, 그들은 무관심했다. 반드시 그들이 프랑코 지지자들이기 때문이라고 할 수는 없다. 그보다는 우리의 도착이 그들에게 전쟁이 가까이 왔음을, 역사와 현실 세계의 위험을 환기시켰기 때문일 것이다. 우리가 구체화한 현실의 침입이 거북스러웠을 것이다. 혐오스러웠겠지, 아마도. 그 시절, 프랑스인들은 전쟁을 피하기 위해서라면 무엇이든 내어줄 수 있을 것 같았다. 무엇이든 내주었으나, 그들은 덤으로 전쟁을 겪었다.

엄청난 근심으로 인해 연민이라고는 찾아볼 수 없는 피서객들과 그들의 시선밖에 없었다. 빵집의 흰 빵과 고급스럽고 바삭한 온갖 종류의 과자도 있었다. 아버지가 돌아오기를 기다리며 우리는 흰 빵을 게걸스럽게 먹었다.

아버지는 운이 좋았다. 수투는 자신이 전화번호를 주었던 그 장소에 정확히 있었다.

그다음은, 말했듯이 혼란스럽다. 우리가 바로 그날 레스텔베타람으로 떠났던가? 확실하지 않다. 수투의 본가, 그 작은 집의 모습들이 떠오르기 전, 내 기억 속에는 정원이 있는 대저택의 이미지가 희미하게 떠다닌다. 확실한 것은 우리가 다음날 대부분의 신문에서 −내가 제대로 기억한다면, "공화주의자들" 혹은 "정부측"이라고 표현한 단 하나의 예외를 제외하고− 우리를 "빨갱이" 취급한 것을 발견했다는 사실이다. 또한 폭동을 일으킨 "민족주의자"로. 밝혀내야만 할 중요한 미스터리였다.

한 가지 더 확실한 것은, 레스텔베타람까지 우리와 동행했던 『에스프리』 그룹 동료의 이름이 테롱이었다는 점이다. 낮고 노래하는 듯한 목소리에 바스크 지방의 베레모를 쓴 그는 건설공병단에서 일하고 있었다. 훨씬 나중에 그가 페르네이볼테르와 제네바에 나타난 이유가 무엇인지는 모르겠다. 곤살로 형과 내가 지내던 곳, 제네바의 그로베티 자매 집에 그가 왔던 것은 사실이다. 그는 내가 잘 따랐던 이본과 결혼했다.

어쨌든 케셀의 『벨 드 주르』는 레스텔베타람에 있는 수트의 본가에 있었다. 서재의 소설 칸을 구성했던 뒤마, 발자크, 졸라의 작품들 사이에서 아주 확실한 본능이 곧바로 그 책을 뽑아들게 했다. 제목에 사로잡혔던 걸까? 나로서는 대답할 수 없을 것 같다, 이제 와서는. 분명한 것은 언어를 충분히 익히지 못했기에 어려움을 느끼면서도 내가 책 읽기에 빠져들었다는 사실이다. 어떤 대목에서는 글자 그대로, 단어 하나하나를 해독해야만 했다. 그럼에도 대략적인 의미를 놓치지는 않았으나, 나를 뒤흔들어놓았다.

나는 숨어서 몰래 그 소설을 읽었는데, 당연한 일이다. 편안한 장소들, 산책을 나선 길에서든 정원 구석에서든 그 책이 함

깨했다. 그렇게 오래전 1936년 9월 베타람에서 읽었던 이후로
『벨 드 주르』를 다시 읽어보려 한 일은 단 한 번도 없다. 혹시
라도 실망감을 맛보고 싶지는 않았으니까. 처음 읽었을 때 느
낀 당황스러울 정도의 강렬함을, 사랑의 무질서와 여성성의 미
스터리적 피폐라는 기막힌 발견을 기억 속에 그대로 간직하고
싶었다.

　루이스 부뉴엘이 ─놀라울 정도로 어리석은 짓이었는데─
케셀의 소설을 가지고 만든 영화*는 『벨 드 주르』의 암울하면
서도 빛나는 실상을 아주 멋없게 그려냈을 뿐이다.

　어여쁜 부르주아 여성─그녀의 이름은 잊었다. 뭐든 상관없
다, 어떤 여자 이름이든 그녀에게 잘 어울릴 테니까─ 이야기
로, 겉보기에는 결혼 생활을 (다들 지나치게 서둘러서 얘기하듯
이) 행복해하지만, 매춘가에서 힘센 노동자들이나 막일꾼들─
마차꾼, 파리 중앙시장의 인부, 마필 매매상, 도살꾼, 목수─의
가슴에 안겨서 쾌락을 찾고, 그들은 분별없이 그녀를 단순한
욕망의 대상으로 취급하며 미리 공을 들이고 뭐고 할 것도 없
이 그녀를 소유한다. 이것이 바로 『벨 드 주르』의 이야기인데,
바로 그날 오를레앙-클리냥쿠르 노선의 숨막히는 지하철 객차
안에서 아무도 모르는 사이 내 눈앞에 펼쳐진 장면을 해독하게

---

* 1967년 카트린 드뇌브 주연으로 영화화되었으며 한국에는 〈사브린느〉라
는 제목으로 알려졌다.

해주었으니, 개인적으로 무가치한 경험만은 아니었던 셈이다.

이제 됐다, 그녀는 소리를 지를 태세였다.

머리가 뒤로 젖혀지고, 알 수 없는 창백함에 굳은 채, 살짝 열린 입술이 떨고 있다. 그녀는 그렇게 미세한 시간, 일종의 고통스러운 영원이라는 한 편린의 투명함 속에 머물러 있다. 명백한 행복의 절정에서, 그녀를 쓸어갔다가 이제는 다시 데려다 놓은 파도의 끝에서, 그녀는 눈을 뜨고 주변을 바라본다. 그리고 나를 본다.

열차는 스트라스부르생드니 역을 떠나고, 남자는 거대한 몸 전체를 움직여, 그 노동자의 손으로, 하던 짓을 이어간다.

그녀는 내 눈에서 무엇을 보는 걸까? 처음에는 당혹스러운 듯 시선을 고정시킨다. 아이같이 밝은 미소가, 사실을 말하자면 육식동물의 미소가 희미하게 떠오르더니 곧 얼굴 전체로 번져가고, 황홀함에 취해 멈춰 있던 몸을 움직인다. 갑자기 그녀의 오른손이, 마치 내맡겨진 그의 품으로 훨씬 더 강렬하게 달라붙고 싶다는 듯, 남자의 뒤, 허리 부근에 놓인다. 똑같은 움직임이지만 그때부터 미소는 장난기 역력한 기색으로 그녀를 더 아름답게 만들고, 그런 그녀는 내 아래쪽을 강렬하게 자극한다, 바로 거기, 가장 하찮은 것이 있는 그곳에, 조금 전부터 움켜잡을 수 있는 무엇인가가 생겼다.

그녀는 스스로 처한 상황에 만족을 느끼는 것이 분명하다. 나도 그렇다. 나로서는 여전히 얼굴을 볼 수 없는 남자에 대해 얘기하자면, 방탕하고 매력적인 여자와 나를 갈라놓은 거대한 몸집의 이 사내는, 갑자기 몸을 부르르 떨더니 희미하게 헐떡이는 소리를 낸다. 열차는 동역에 정차하기 위해 브레이크를 밟고 있는데, 남자는 거기서 내려야 하는 모양이다.

그는 몸을 부르르 떨고, 아주 크게 누군가를 향해 말한다. "내리세요?" 그는 출입문 쪽으로 나갈 길을 트기 시작한다. 그러고는 플랫폼으로 뛰어내리기 직전에 몸을 돌린다. 그는 자신의 육중한 존재가 만족시켰던 여자를 바라본다. 그의 얼굴은 무거워 보이나 두 눈은 이상하리만치 푸르다. 일반적인 의미의 푸른빛과는 다른, 얼음장같이 날카롭고 창백한 푸르름이다. 불행의 장막이 그의 눈 속 생기를 흐려놓았다. 얼굴 전체가 격분에 찬 슬픔의 기색으로 가득하다. 그는 노동과 일정표라는 사회적 제약 속에 다시금 놓인다. 아마도 어딘가로 출근해야 하고, 사무실 어느 곳엔가 있어야만 하리라. 자신을 기다리고 있는, 자신을 조금씩 삼켜가고 있는, 끝없이 이어지는 날들, 무한한 듯 여겨지는 날들의 끈덕진 단조로움으로부터, 자신을 쓸어버릴 그 일로부터, 그 육중한 몸을, 스스로가 지니고 있는 힘을 벗어나게 할 자유가 그에게는 없다. 몇 분 동안 그는 자유를, 쾌락을 누렸을 것이고, 그 쉬운 여자는ㅡ후회와 환영에 시달리지 않으려고 그는 그녀를 그렇게 취급하기 시작할 것이다ㅡ그한테는 향수를 뿌리고 머리를 잘 치장한 하찮은 인형일 뿐이었던 부르주아 여성으로, 자신한테 바싹 다가붙어 은밀하지만 능숙한 손으로 그의 바지 지퍼 근처를 자극했을 때면 언제 느껴도 만족스러울 몇 분의 즐거움을 누리게 해줬으니, 그는 그 즐거움을 흥미진진한 이야기로 만들어내어 점심 휴식시간에 동료들에게 들려줄 것이다.

동역에 정차하자 출입구 여기저기는 매우 혼잡스러워졌고, 새로운 승객들이 올라타 상큼하고 아리따운 금발 여자와 나는 갈라졌다. 그런데 지하철이 북역을 향해서 다시 출발하는 순간, 마치 내가 내릴 차례라는 것을 짐작하고 있었다는 듯, 그녀가 나를 바라보며 침착하고 분명하며 낭랑한 목소리로 말했다. "우리, 마르카데푸아소니에르 역에서 내려요!"

하나의 몸짓, 고개를 끄덕이는 것으로, 나는 그녀의 제안에 동의를 표했다. 그런데 내가 답하기 전부터도 그녀에게는 초조한 기색이 없었다. 내 답변을 확신했던 것이다. 그녀가 옳았던 것이, 내가 달리 어쩔 수 있었을까? 내가 타려던 그로누아예생프리행 열차를 놓치겠지만, 그 시절 그 노선은 운행이 잦았다. 다음 열차를 타면 된다. 아니면 다른 열차를 타도 되고, 훨씬 나중에 말이다. 어쨌든 선택의 여지가 없었다. 말하자면, 해야 할 일을 선택하는 데 망설임은 없었다. 아버지에 대한 나의 사랑이 어떻든 엄청난 것은 아니었고, 스텐-울프의 집에서 하루 종일 이어질 우울한 대화는 – 가족의 미래에 음울한 징조가 드리운 것은 사실이니 – 금발과 함께하는 마르카데푸아소니에르 역의 모험, 모든 주도권을 쥐고 나를 사로잡은 것이 바로 그녀인 만큼 더더욱 매력적인 것으로, 다른 모험과는 비교도 안 되는 것이었다. 내 인생의 첫번째 여자, 그녀는 그런 분위기를 풍겼다.

그래서 나는 북역을 지나쳐버렸고, 그녀는 만족스러워 보였다.

베데커의 책에서 몽마르트르에 대해 읽은 세부적인 사항 중에서 기억해둘 만한 가치 있는 것이 있었던가? 중요하지도 않고 아마도 흥미로울 것도 없을 한 가지 사항이, 기묘한 우연처럼 나를 사로잡았다.

사실인즉 베데커 책에는 앙베르 광장 언덕의 남쪽 경계에 청동으로 만든 스텐의 동상이 있다는 내용이 언급되어 있었다. 어쨌든 우리는 앙베르 역이 아니라 ―그리로 가려면 바르베스 로슈아르 역에서 노선을 갈아타야만 했다― 마르카데푸아소니에르 역에서 내렸다. 그 여인은 낭랑하고 부드러운 음성을 지녔지만, 내릴 곳에 대해서만은 단호한 어조로 말했다.

그건 그렇다 치고. 스텐이 내 인생 여정 여기저기에서 불쑥불쑥 등장하다니 희한하군!

마르카데푸아소니에르 역에서, 우리는 내렸다. 그녀는 내가 뒤따르고 있음을 확신하고는, 뒤를 돌아볼 것도 없이 출입구 쪽으로 걸어갔다. 그녀의 확신대로, 나는 그녀를 좇았다. 거리에서 활기찬 걸음으로 그녀는 어떤 경로를 따라갔는데, 만일 내 눈앞에 파리 18구의 지도만 있다면 적절한 거리 이름을 대며 그 경로를 재구성해 보일 수 있으리라. 그렇지만 주위에 지도라고는 하나도 없다. 게다가, 흥미로운 것은 그 경로가 아니라 바로 그다음에 일어난 일이니까.

파리 지도를 보지는 않았지만, 마지막에 우리가 내려간 거리가 솔 거리였다는 것만은 말할 수 있다. 솔, 그 길 이름은 내게 새겨졌다. '버드나무'를 뜻하는, 전원의 지난날을 암시하는 이 이름은, 신비로우며 금세 사라지고 마는 캐러멜 향을, 마드리드에서 보낸 내 어린 시절의 향기를, 가끔 팡테옹 광장에서 다시 맡곤 했던 그 향기를 떠올리게 했다. 그런 생각이 들자마자, 그렇게 되었다. 향기가 났다, 갑자기. 그리고 덧없이, 그것은 아주 빨리 사라져버렸다.

행복의 징조를 느끼며, 나는 그 자리에 멈춰 섰다. 모든 것이 멋지게 연결된 것 같았다. 삶은 축제였다.

솔 거리의 포석 위에 움직이지 않고 서서, 나는 주변을 둘러보았다. 봄날 아침 사라져가는 안개 속에 "자리잡은 성스러운 도시"에서 솟아오른 부분들, 매력적인 정경이었다.

십 년이 지나, 나는 한동안 몽마르트르 언덕 아래 펠릭스지엠 거리에서 살았다. 내 생각에 그 거리 이름은 그리 널리 알려지지 않은 그 도시 출신의 누군가를 기리기 위한 것 같았다. 1950년대 어느 날 비밀리에 프라하를 여행하던 중, 나는 그 추측이 잘못되었음을 깨달았다. 지엠은 화가였다. 프라하 국립미술관, 프랑스 인상주의 이전 화가들의 작품을 모은 전시실에서, 나는 우연히 펠릭스 지엠의 작은 그림을 발견했다. 재미있는 일이었으니, 바로 옆에 도비니와 샤를 프랑수아의 그림들이 걸려 있었기 때문이다. 내가 파리의 센강 우안에 살았던 것은 두 번인데, 그 거리 이름이 순서대로 도비니와 펠릭스지엠이라, 좌안 지역에서 추방당한 내 삶이 같은 시기의 잘 알려지지 않은 두 화가의 가호 아래 자리를 잡은 듯한 기분이 들었다.

어쨌든 나를 사로잡았던 펠릭스지엠 거리의 매력은, 예술가임에도 잘 알려지지 않은 이 선조한테 신세진 건 아무것도 없다는 점이었다. 그 매력은 무엇보다 내가 그곳에 혼자 살고 있었다는 것, 그리고 혼자만의 삶을 분별 있게 잘 누렸다는 사실에서 비롯한 것이었다. 요컨대, 나는 혼자만의 삶을 최대한 누렸다. 두번째 매력은 라마르크 거리와 담레몽 거리 사이에 놓인 이 작은 거리의 자리가 밤이면 -종일 나는 유네스코에서 일했다- 나를 이끌어 몽마르트르 언덕을 탐험하게 했다는 점이다. 관광객들이 다니는 길을 피하고, 개성은 사라진 채 소란스럽고 저속하기만 한 관광명소만 피하겠다고 결심하면, 온갖 종류의 행복만을 맛볼 수 있는 탐험이었다. 그리고 마지막으로, 결코 사소하지 않은 매력 -더 쉽고 빠르게 이해할 수 있도록 영어로 표현하자면, '라스트 벗 낫 리스트last but not least' 즉 마지막에 말하기는 하지만 결코 무시할 수 없는 것-은, 아파트로 돌아오는 길에 몽마르트르 묘지를 산책할 수 있었다는 점이다.

교통수단으로 주로 버스나 택시를 이용했기에 –택시를 더 자주 탔는데, 이는 유네스코라는 국제기구 직원의 급여가 상당했던 덕이다– 나는 매번 클리시 광장에 내려서 걸어갔다. 이러한 습관은 파리의 길을 즐겨 거닐던 나의 취향에서 비롯한 것이었고, 그 즐거움은 잊지 못할 열다섯 살 시절의 산책 이후로도 한 번도 사그라든 일이 없었다. 하지만 아마도 내 육체, 아직 불분명했던 하나의 운명이라는 유전자 정보에 기입된 가장 육체적인 본능은, 한참 뒤 마드리드 지하조직에서 활동하던 오랜 시간 동안 내가 은신처로 돌아가며 미행당하지 않기 위해 무슨 짓이든 해야 했을 때, 어떤 종류의 여유도 허락지 않고 끊임없이 걸어다니도록 나를 몰아붙였던 것 같다. 어쨌든, 얼마 전 몽파르나스 묘지에서 그랬듯이, 나는 몽마르트르 묘지를 한가로이 걸어다녔다. 이곳 몽마르트르 묘지에도 친근한 무덤이 있어서, 그곳에서 묵념을 하며 마음의 동요를 느끼곤 했다. 밀라노 사람 앙리 벨*의 묘지에서 물론 그러했고. 하인리히 하이네의 묘지에서도, 마리 뒤플레시**라 불렸으며 알퐁신 플레시스

---

* Henri Beyle(1783~1842). 밀라노를 사랑한 스탕달의 본명 중 하나. 몽마르트르 묘지에 있는 그의 무덤 앞 비석에는 생전에 그가 이탈리아어로 써둔 묘비명에 따라 "밀라노 사람인 그는 썼고, 사랑했고, 살았다"라고 쓰여 있다.
** Marie Duplessis(1824~1847). 프랑스의 유명한 화류계의 여자로 알렉상드르 뒤마 2세에게 영감을 준 인물로 알려져 있다. 그의 소설 『동백 아가씨 La Dame aux camélias』의 마르게리트 고티에가 바로 그녀를 모델로 했다.

라는 본명을 지닌 춘희의 묘지에서도.

십 년 전, 나는 춘희에 대해서는 생각하지 않았다. 아리따운 여자를 따라갔지만, 그녀의 우아한 몸매든, 가늘고 섬세한 매력이든, 바로 조금 전 오를레앙-클리냥쿠르 노선의 지하철 객차에서 분명하게 드러난 음탕함을 떠올리려고 하지는 않았다.

솔 거리의 끝에서 쥐노 대로―19세기 프랑스 조각가 다비드 당제의 원형 저부조로 장식된, 나폴레옹이 임명한 사령관 장안도슈 쥐노의 배우자인 아브랑테스 백작 부인의 무덤이 몽마르트르 묘지에 있다. 그런데 나는 십 년이 지나도록 다시 그곳 무덤에는 가보지 않았다. 독자들은 그 이유를 이해하리라 ― 쪽으로 진입했을 때, 그녀가 생기 있던 발걸음을 늦추었다. 내가 자신의 목소리를 들을 수 있을 만큼 가까이 다가오기를 기다리면서. 그러고는 분명하고 또렷한 목소리로 숫자 몇 개를 전했다. 잘못 들을 리는 없었다! 그녀는 내게 쥐노 대로의 번지수 하나를 일러주며 사층이라고 했다.

사태가 악화되고 뜬구름에서 내려와야만 했던 것은 바로 그다음에 일어난 일이다.

사층 초인종을 눌렀지만 ―층계참에는 문이 하나밖에 없었기에 의심할 여지가 없었다― 안쪽에서 반응이 너무 느렸다. 예의 소심함이 다시 고개를 쳐들었다. 어쩌면 집요하게 보일까, 감히 한번 더 벨을 누를 수가 없었다. 되돌아가는 편이 낫지 않을까 나는 자문했다. 내가 제대로 확인했던가, 신호를 잘

못 이해한 건 아닐까?

돌아가려고 마음먹은 순간, 문이 열렸다.

그녀가 내 앞에 있었다, 아니 그보다는 어떤 한 여자가 내 앞에 있었다, 다른 여자가. 말하자면 바로 그녀이지만, 다른 여자가. 내가 다른 여자를 따라온 것이 아닌 이상, 눈앞의 여자는 내가 따라온 그 여자여야만 했다. 정말 그녀의 모습으로 돌아가야 했다. 하지만 틀림없이 둘 모두 진짜 모습이었을 것이다. 그녀도, 다른 여자도. 지하철의 그녀도, 그리고 화장기 없이 매끄러운 얼굴에 머리는 수수하게 뒤로 틀어올리고 교수나 쓸 법한 안경 너머 흐리멍덩한 시선으로 내게 문을 열어준 이 여자도.

"무엇을 원하죠?" 거칠고, 전혀 낭랑하지 않은 목소리로, 그녀가 내게 물었다.

정말이지 나는 아무것도 원하지 않았다. 더는 아무것도, 욕망이 사라져버렸다. '욕망'이라는 단어는 이제 아무 의미도 없었다. 게다가 내가 무엇인가를 욕망하기나 했던가? 오히려 그녀 자신의 욕망에 내가 이끌렸던 것은 아닌가? 하지만 내가 보았다고 생각한 것, 육식식물의 꽃이 활짝 피어오르듯 그녀의 얼굴에서 터져나온 것을 표현하기에 '욕망'이라는 단어가 정말 적절하기나 한 것일까?

말문이 막혔다. 뭐라고 말할 수 있는 가능성은 영원히 멀어져가는 것만 같았다. 나는 발길을 돌렸고, 비겁자처럼 도망쳤다. 그보다는 미친놈처럼, 바보처럼. 말하자면, 나는 아직 열여섯 살도 채 안 되었던 것이다. 그녀가 대체 무슨 우스꽝스러운 희극을 연기한 것인지 나로서는 이해할 수도 없었다. 어떤 목적이었는지도.

놀라울 정도로 거칠게 사층 문이 닫히는 소리가 들렸을 때, 나는 벌써 일층에 있었다.

밖으로 나와 사크레쾨르 광장 쪽으로 걸었고, 그곳에서 머랭으로 만든 듯한 건축물이 서 있는 모습을 보았다.[*]

"그대도 알다시피, 오 사탄이여, 내 고뇌의 수호자여,/ 헛된 눈물을 뿌리자고 내 거기에 가진 않았다./ 그러나 늙은 팔난봉이 늙은 정부에 취하듯,/ 나는 지옥의 매력으로 끊임없이 나를 회춘시키는/ 그 거대한 창녀에 취하고 싶었다……"[**]

선택의 여지는 있었다. 두 다리로 파리를 걸어다니면서 ─ 흩뿌리는 금빛, 햇빛으로 층이 진 흐릿한 봄의 안개 한가운데서, 나는 팡테옹의 궁륭을 정면으로 마주보았다 ─『파리의 우울』 마지막을 장식하는 보들레르 시의 그다음 구절이나, 랭보가 쓴

---

[*] 머랭은 달걀흰자에 설탕과 약간의 향료를 넣어 거품을 낸 뒤 낮은 온도의 오븐에서 구운 것으로, 여기서 뜻하는 건축물은 몽마르트르 언덕 위에 있는 희디흰 사크레쾨르 대성당이다.

[**] 샤를 보들레르, 「에필로그」 중에서.(번역은 『파리의 우울』, 황현산 옮김, 문학동네, 2015 참조)

산문시의 또다른 구절 가운데 무엇을 암송할지, 내게는 선택권이 있었다.

예를 들면 이런 것. "매독 환자들아, 미치광이들아, 왕들아, 꼭두 각시들아, 복화술사들아,/ 너희들의 영혼과 너희들의 육체, 너희들의 독과 너희들의 누더기가/ 저 매춘부 파리에게 무엇을 할 수 있단 말이냐?/ 그녀는 너희들을 떨쳐버리리라, 악질의 썩은 자들아!"*

파리의 매력이 내게 전혀 끔찍해 보이지 않을 때까지. 보들레르와 랭보가 한목소리로 외치는 것처럼 이 도시를 불결하다 여기거나 매춘부 취급하겠다는 생각도 들지 않을 때까지. 내게 파리는 즐겁고, 근면하고, 경쾌하고, 예민하고, 지혜롭고, 반항적인 곳, 모방할 수 없는 도시였다. 전형적인 프랑스의 도시이며, 더할 나위 없는 국제적 도시라고 알고 있던 다른 모든 곳들과도 다르다. 세계에 열려 있고 그 자체로 닫혀 있는, 은밀한 도시.

한편 방금 떠올린 그날 이후, 파리 그로누아예 철도 왕복노선 차비를 정확히 따로 떼어놓고 지냈음에도, 한번은 차비 한 푼 없는 그런 날이 있었다. 지하철 티켓 한 장을 어떻게 구해야 할지도 몰랐다. 파리를 걸어서 가로지르는 것 말고는 다른 해결책이 없었다. 하지만 이미 오래 걷는 것에 익숙해 있었기에 두려울 것은 없었다. 오히려 새로운 것에 대한 의욕이 생겼다.

---

* 랭보, 「파리의 향연 혹은 파리가 다시 북적댄다」 중에서.

베데커의 지도로 경로를 설정한 뒤, 나는 북역 쪽으로 방향을 틀고 생드니 거리를 걸어가면서 갈피를 잡았다.

인도를 걸어다닌다거나, 혹은 선 채, 혹은 꼼짝 않고, 혹은 담배를 입에 물고, 혹은 포즈를 취하며, 혹은 허리를 뒤로 젖힌 모습으로, 매춘가의 문과 복도 구석에서, 여자들이 십여 명씩 몸을 드러냈다. 젊은 여자들, 그리고 더 젊은 여자들, 갈색 머리, 금발, 다갈색 머리, 너무 어리거나 너무 나이가 들어버린, 매혹적인, 날씬한, 다리가 긴, 하이힐을 신은, 엉덩이를 뽐내는, 무기력하게 늙은, 피카도르*의 말처럼 상처투성이인, 온갖 것을 약속하는 훨씬 도발적인 여자들이.

그 여자들이 호객을 하며 썼던 단어들의 절반도 이해하지 못했지만, 나는 그들의 언어에서 ─아마도 덜 세련되고, 덜 명확한 수준이겠지만─ 영화 속 아를레티가 연기한 인물의 입에서 나와 나를 그토록 즐겁게 했던 어휘들, 노골적인 표현 방식과 창의성이 풍부한 그 말들을 다시 들을 수 있었다.

나는 길을 잃었다. 어쨌든 얼이 빠지고 입은 말라 있었다, 이 타락의 세계에서. 말하자면, 좋은 것을 찾아 길을 잃고 싶었던 그 세계에서. 오히려 나쁜 것 때문에 길을 잃었지만, 그럼에도 기분이 좋았다.

기괴하고, 놀랍고, 오만하고, 불쌍한 이미지들에 취해서, 나

---

* 말을 타고 창으로 소를 찔러 성나게 하는 투우사.

는 북역 쪽으로 방향을 잡아 그 동네를 지나갔다. 문득 보들레르인지 랭보인지, 그들이 시에서 돈호법을 사용하거나 맹렬한 비난조로 표현한 것들이 무엇인지 알 수 있을 것도 같았다.

그녀들은 다시 옷을 입으러 갔을 것이다, 거들을 입고 가터벨트를 한 이 어여쁜 여자들은 『하퍼스 바자』 같은 패션 잡지의 아이콘이자 관음증의 대상인데, 정말로 그러한 것이, 나 또한 헤이그 시절 방에서 밤의 고독을 즐기기 위해 공관에서 구독한 미국 잡지들 중 여성 속옷 광고 페이지를 훔쳐오곤 했으니 말이다. 그 여자들은 가련했고, 광택지에 새겨진 그 포즈는 생드니 거리에 몰려 있던 매춘부들에 비견할 법했다.

그렇게, 어쩔 수 없이 파리의 중심 – 아니, 그보다는 파리의 뒷골목 – 을 걸어서 횡단하며, 나는 보들레르와 랭보의 분노를, 그들이 싫어했던 부르주아 세계의 어두운 이면에 집착하며 느낀 환멸을 이해했다.

바로 그날부터 그 여름 내내, 내가 같은 감각을 다시 느끼고자 파리 지하철 노선과 생드니 거리에 인접한 동네를 열심히 탐험하게 되었다는 건 두말할 필요도 없으리라.

6

보나파르트 거리, 몇몇 원숭이들이 음악을 연주하고 있었다.

8월이었고, 헤수스 우시아와 나는 되마고 카페*에서 나온 참이었다. 조만간 그는 프랑스를 떠나 멕시코로 갈 예정이었다. 1939년 스페인 공화 진영 지식인 망명자 대부분이 이런 길을 따랐다.

아마도 그날, 오래된 고통이 그의 오른쪽 다리에서 되살아난

---

* 생제르맹데프레에 위치한 파리의 카페. 베를렌, 랭보, 말라르메 같은 시인들이 자주 드나들면서 파리 문화에서 중대한 역할을 하기 시작했다. 1920년대에는 초현실주의자들이 모이기 시작했고, 앙드레 말로가 『인간의 조건』으로 공쿠르 상을 수상한 것을 계기로 초현실실자들은 '되마고 상'이라는 문학상을 제정했다. 그 이후로 문학 카페로 자리매김하여 앙드레 지드, 장 지로두, 피카소, 프레베르, 헤밍웨이, 사르트르, 시몬 드 보부아르, 레몽 크노 같은 작가와 예술가들이 자주 드나들었다.

모양이었다. 우시아는 지팡이를 짚고 있었고, 천천히 걸었다. 점심을 먹은 뒤 나는 블레즈데스고프 거리로 나섰다. 나는 혼자였고, 에두아르오귀스트는, 내 생각이 맞는다면, 제네바를 여행하고 있었다. 그의 가정부인 마리에트가 커다란 식당에다 식사를 준비해줬다. 유능하고 신중한 그녀는 취리히 근방 마을 출신이었지만 우리 집 스위스 여자와 같은 바덴스빌은 아니었다.

우시아가 출발하기 전, 그를 본 게 그날이 마지막이었던가? 어쨌든, 내가 기억하는 마지막이다. 그 이후에 그를 다시 만났다면, 그 추억이 이 추억을 지웠을 테니까. 아니면, 오히려 나 스스로 그 추억을 지웠던지.

그는 점심식사 후 되마고 카페에서 만나기로 나와 약속했다. 그날 오후 나는 생트주느비에브 도서관에 가지 않았던 것 같다. 카페 안 긴 테이블에는 스페인 사람들이 앉아 있었다. 누군가는 얼굴을, 또 누군가는 이름을 아는 이들이었다. 다들 아버지 친구들이었으니까. 프랑코 부대의 승리로 망명이라는 절대고독에 내맡겨진 작가들과 교수들과 학자들. 몇몇은 대서양을 건너 아메리카 대륙으로 갈 것이다. 다른 이들은 고통스러운 조국의 영혼에서 너무 멀리 떨어지지 않고자 여기 프랑스에 머물기로 결정했다. 바로 그날, 되마고에 있었던 이들 중 한 사람은 그 결정을 후회했을지 모른다, 우리는 이를 짐작할 수 있으리라.

실제로, 그로부터 일 년 뒤 프랑스가 패배하자,* 시프리아노 리바스 체리프는 필립 페탱 정부의 프랑스 경찰에 의해 프랑코에게 보내졌다. 그는 곧바로 특별 군법회의에 따라 사형 판결을 받고 총살당했을 것이다.** 리바스 체리프는 좌파였다, 물론, 스페인 지식인들의 절대다수가 그렇듯이. 그는 극작가이자, 전위적인 연출가이며, 로르카의 친구이기도 하다. 그런데 프랑코와 그 하수인들의 눈에 비친 그의 가장 큰 잘못은 바로 그가 우파의 증오 대상이던 마지막 스페인 공화국 대통령 마누엘 아사냐의 처남이었다는 사실이다. 내전 동안 리바스 체리프는 공화국 외교부를 담당했었다.

마드리드에서 그랬던 것처럼, 되마고에서도 스페인 사람들은 소란스럽고 정열적이면서도 사교적인 논쟁의 장 테르툴리아***를 구현함으로써 8월이라 얼마 있지도 않은 손님들을 당황

---

* 1939년 9월 1일, 독일의 폴란드 침공에 맞서 영국과 프랑스는 독일에 대한 선전고포를 한다. 실질적인 전쟁은 없었지만, 이듬해 5월 10일 독일군이 프랑스 방어선을 돌파하고 프랑스 남부의 온천 도시 비시까지 쫓겨간 프랑스 정부는 6월 17일 휴전을 요청한다. 이로 인해 프랑스는 독일 점령 지역과 친독 성향의 필립 페탱이 지배하는 비시 프랑스로 나뉜다.
** 호르헤 셈프룬은 체리프의 운명에 대해 잘못 기억하고 있다. 인터넷에서 확인한 정보에 따르면 그는 1967년에 사망했다.
*** tertulia. 비공식적이고 정기적인 모임을 뜻하는 스페인어. 주로 예술적, 과학적인 주제와 영역에 관해서 토론하는 이러한 모임은 대체로 카페에서 진행되며, 참석자 간에 의견을 나누거나 정보교환의 장으로 이용된다.

하게 했다.

내가 우시아의 옆에 앉자, 발언중이던 시프리아노 리바스 체리프가 나를 한마디로 소개했다. 셈프룬 구레아의 아들이라고. 이 웅변가─연설다운 연설을 이어가고 있던 리바스 체리프─는 발언이 끝날 무렵, 반가움의 표시로 자신이 일 년 전 헤이그의 공화국 공관에서 나를 만난 적이 있다고 여담을 했다. 그러고는 이어서 자신의 매형 아사냐가 내전이 한창이던 지난 몇 달 동안 쓴 책, 최근 갈리마르에서 프랑스어 번역판으로 출간된 책에 대한 지지를 내비쳤다.

앙리4세 고등학교에서 내 선생님이었던 장 캉이 번역한『베니카를로에서 보낸 밤』은, 바르셀로나에서 프랑스 남동부 도시 발랑스로 가는 일박 여정에서 이루어진 긴 대담집이다. 아사냐와 대담을 나눈 사람들은 작가나 정치가, 공화국을 지지하는 관리들로, 십여 명에 달했다. 젊은 여배우 파키타 바르가스도 포함되어 있었다. 대담은 내전에 관한 것으로, 그 원인과 가능한 해결 방법에 대한 것이었다. 한편 그 책에서 그는 스페인을 지지하는 이들의 기원이 어디에 있는지, 편협한 늙은 악마들을 몰아내는 스페인 사회의 역사와 지성사에 대해서도 심도 있는 분석을 전개했다.

위대한 작가이자 탁월한 웅변가이며, 자유주의 좌파라는 현 정치세력의 우두머리로서, 오랫동안 공화국 수상을 지냈으며, 1936년 대통령으로 선출된 마누엘 아사냐의 명성과 권위에 비추어볼 때, 『베니카를로에서 보낸 밤』은 스페인에서 망명한 정치인 집단의 적극적인 토론을 이끌어낼 수밖에 없었다. 고통스러우면서도 그만큼 실증적인 통찰력을 드러낸 책인가? 아니면 스페인에 대한 불길한 페시미즘으로 쓰인 해로운 팸플릿인가? 의견은 갈렸다.

되마고에서 이런 토론이 있고 반세기가 지나, 펠리페 곤살레스* 정부의 문화부 장관으로 있던 나는, 국가기록보관소의 소장이자 매력적이며 뛰어난 능력을 갖춘 공무원 마르가리타 바스케스 데 파르가가 보내온 메모를 한 장 받았다.

"장관님, 호세 마리아 데 셈프룬 구레아가 마누엘 아사냐에게 편지로 보낸, 『베니카를로에서 보낸 밤』에 관한 논평의 사본 한 장을 보내드립니다. 내무부에서 다시 찾은 아사냐의 서류 중에서 발견했습니다. 장관님께서도 관심이 있으실 것 같습니다."

사실 내가 마드리드에 도착하기 얼마 전, 우연히 내무부 부속 사무실에서 스페인 공화국 전 대통령의 개인적인 문서 일부가 다시 발견되었다. 나치 부대가 1940년 6월 아사냐의 망명지였던 프랑스 남서부 해안지역 필라쉬르메르에서 입수한 이 자료들은 곧바로 프랑코에게 보내졌다.

---

* Felipe González(1942~). 스페인 사회노동당원으로 1982년부터 1996년까지 스페인 총리를 지냈다.

당시 아사냐 자신도 독일 점령지가 아니며 외국인 난민에게 호의적인 좌파 시장이 있던 몽토방에 성공적으로 도착한 터였다. 얼마 지나지 않아 1940년 11월, 그곳에서 그는 사망했다. 몇 달밖에 안 되긴 하나 ─나로서는 그가 보낸 시간에 대해서 생각하고 그 기억을 떠올려보는 일이 지겨워질 것 같지 않다. 그에 대해서 쓰고자 하는 마음만 있다면야 얼마든지 멋진 역사 소설을 쓸 수도 있을 테니─ 아사냐는 콘벤디트 가족과 한나 아렌트*가 사는 곳에서 멀지 않은 미디 호텔에 머물렀다.

어쨌든, 아버지의 감동 어린 감사 표현으로 미루어 짐작하건대, 작가의 따뜻한 헌사가 들어 있는 스페인어 원본을 아버지는 막 다시 읽은 참이었을 테고, 필라쉬르메르에 있는 마누엘 아사냐에게 그 책에 대한 자신의 생각을 모두 전하고자 거기 적힌 날짜대로 1940년 2월 15일 생프리에서 편지를 썼을 것이다.

만약 아버지가 되마고에 있었다면 ─테르툴리아에 모인 사람 모두 아버지 친구니 충분히 있을 법한 가정인데─ 시프리아

---

* 프랑스 68혁명의 학생 주동자로 유명한 다니엘 콘벤디트(1945~)와 더불어 그의 형 가브리엘 콘벤디트(1936~)도 정치가였다. 여기서는 이들의 아버지 에리히 콘벤디트(1902~1959)와 어머니 헤르타 다비드(1908~1963)를 가리키는데, 독일공산당으로 활동하던 에리히는 정치적 위협 때문에 1933년 파리로 망명해 1938년에 창립된 트로츠키주의 공산주의자 연대기구인 제4인터내셔널에서 활동한다. 이들 부부는 당시 파리에서 망명중이던 벤야민, 아렌트, 블뤼허와 자주 어울리기도 했다.

노 리바스 체리프와 견해를 같이하지 않았을까. 내 눈앞에 놓인 편지로 판단해보자면, 아사냐의 텍스트에 드러난 날카로운 명철함을 강조하며 그는 전적으로 똑같은 의견을 내놓았을 듯하다.

우리는 리바스 체리프의 이야기를 듣고 있었다. 그는 쉴새없이, 열정적으로, 설득력 있게 말을 이어갔다. 그로부터 일 년도 채 지나지 않아 그가 프랑스 정부 경찰에 의해 죽음으로 내몰려 프랑코 부대 총살 집행반의 소총들 앞에 서게 되리라고는, 우리 중 그 누구도 상상하지 못했다.

어쨌든 보나파르트 거리, 골동품 상점에서, 원숭이들은 음악을 연주하고 있었다.

원숭이들은 색색깔로 반짝이는 비단과 미끈한 벨벳 옷을 입고 있었는데, 마치 우스꽝스럽게 차려입고 고상한 체하는 18세기의 젊은이들 같은 모습이었다. 바이올린을 들고 활을 다루면서 격렬하게 몸을 움직였다. 멋진 꼭두각시 음악단이었다.

우리가 골동품상 진열대에서 멀어졌을 때, 헤수스 우시아는 생쉴피스 성당에서 내게 무언가를 보여주고 싶다고 했다. 외젠 들라크루아가 그린 프레스코화들이었다.* 기막힌 우연이었다.

---

* 생쉴피스 성당에는 19세기 화가 들라크루아의 벽화 세 점이 있다. 〈용과 싸우는 성 미카엘〉〈성전에서 쫓겨난 헬리오도로스〉〈천사와 씨름하는 야곱〉.

그 벽화들에 대해 묘사한 보들레르의 글*을 읽은 참이었으니 말이다.

한참 뒤 광장의 밤나무 그늘 아래 카페 테라스에 앉아 우시아는 내게 멕시코에 대해 이야기했다. 엄청나게 무더웠고, 바람 한 점 불지 않았다. 캐러멜 향도 더이상 나지 않았다, 그날에는. 서빙하던 종업원은 힘들어하며 이마에 흐르는 땀을 닦았다. 광장은 한적했고, 어색한 침묵에 잠겨 있었다.

베데커에 실린 정보들, 적어도 파리의 전차와 관련된 것이, 더이상 쓸모가 없어졌다는 사실은 유감이었다. 우리는 18번 전차를 탈 수 있었을 텐데. 아니면 25번이나. 두 노선 모두 우리를 생클루에 데려다주었을 것이다. 아마도 그곳은 더 시원할 터였다. 종점은 똑같지만 우리는 르쿠브르와 콩방시옹 거리, 미라보 다리와 베르사유 대로를 지나는 18번 노선을 선택했을 것이다. 아니면 그르넬 대로와 그르넬 다리를 지나서 포르트도 퇴유, 불로뉴 숲을 지나는 25번 노선을 선택했을지도.

어쨌든 파리에 전차는 없었다. 우리는 한낮의 무더위 속에서 움직이지도 못한 채 생쉴피스 광장에 그대로 있었다.

헤수스 우시아는 멕시코에 대해 이야기했다. 최근 그는 이미

---

* 1863년 들라크루아가 세상을 뜨자, 보들레르가 평소에 무척 존경했던 이 거장을 기리기 위해 『로피니옹 나시오날』에 기고한 글이다. 「들라크루아의 삶과 작품」이라는 제목으로 알려져 있다.

그곳에 자리잡고 있던 호세 베르가민의 긴 편지를 받은 참이었다. 그가 내게 편지의 한 부분을 읽어줬는데, 베르가민은 프랑스를 떠나지 않고, 생브리에서 살아남고자 애쓰는 아버지의 최종 결정에 대해 유감을 표했다. 멕시코에는 자기와 같은 지식인들을 위한 일자리가 있고 엄청난 가능성이 있다고, 그는 썼다. 멕시코 대통령 카르데나스가 의지를 가지고 체계화한 스페인 난민 수용은 훌륭하다고도 했다.

베르가민이 현재 준비중이며 곧 활동을 시작할 출판사에서 함께 일하자고 자기한테 제안했다고, 우시아가 말했다. 에디토리알세네카, 베르가민이 그 출판사에 붙인 이름이었다.

맨 먼저 출판하고자 했던 책들 중에는 파울 루트비히 란츠베르크의 논문 모음집도 있었다. 「죽음의 경험」이라는 에세이, 성 아우구스티누스 관련 연구, 아마도 란츠베르크가 「하얀 돌들」이라는 제목으로 묶은 일련의 자전적 성찰과 메모도 포함되었을 것이다.

베르가민은 우시아에게 파울 루트비히 란츠베르크의 텍스트들 중 일부를 스페인어로 번역해달라고 했다. 우시아가 멕시코에 도착하자마자 바로 일에 착수할 수 있을 터였다.

여섯 해 뒤, 추운 나라에서 돌아온 사나운 불구자였던 나는 생제르맹데프레에서 밤을 지새우며 삶을 새하얗게 불태우고 있었다. 퓌르스텐베르그 광장 가로등의 일렁이는 불빛 아래서, 나는 한 어린 소녀로부터, 손에 입을 맞추고 살며시 벌린 부드러운 그 입술을 살짝 건드려도 좋다는 허락을 받았다. 그 여름의 어느 날, 자코브 거리에는 바이올린을 연주하던 원숭이가 있었다. 색색깔의 똑같은 비단 제복을 입은 똑같은 원숭이들. 똑같이 우아한 미뉴에트. 되찾은 과거.

마치 마을의 얼간이처럼 나는 혼자서만 웃었다. 주변에 있는 누구도 내가 왜 웃는지 알지 못했다. 그 여름에 우리는 늘 무리를 지어 다녔는데 그중, 그녀들 중, 누구도 내가 멍청이처럼 웃는 이유를 몰랐다. 어쨌든 아무렇지 않게 보이고 싶었기에 나는 그들에게 아무 말도 할 생각이 없었다.

바로 그다음날 ─그런 일이 일어나길 예상했던 것 같은데─ 헤수스 우시아가 생프리에 있는 아버지의 집, 오귀스트 레이 47번지, 스텐의 집으로 전보를 보내 자신이 유럽으로 돌아올 시간이 임박했음을 알렸다.

몇 주 뒤 우리는 첫 약속을 되마고에서 잡았다, 당연히도.

나와 다시 만난 그가 ─그는 여전히 다리를 약간 끌었지만 지팡이의 도움을 받지는 않았다, 그날만큼은─ 처음으로 한 일은, 호세 베르가민의 출판사 에디토리알세네카에서 나온 작은 책 한 권을 선물한 것이었다. 파울 루트비히 란츠베르크의 텍스트 선집, 우리가 전에 얘기했던 그 책에는 정말로 「하얀 돌들」 「죽음의 경험」 「성 아우구스티누스의 자유와 은총」이 포함되어 있었다. 1940년 3월에 출판된 책이었다.

선집의 첫번째 텍스트는 우시아가 번역한 「하얀 돌들」이었다. 간기면에 '헤수스 우시아가 번역한 스페인어판'이라고 인쇄되어 있는 이 작은 책은, 유달리 신경을 쓴 −세련된 조판과 고급 종이− 장정으로 되어 있었다. 어쨌든 베르가민은 여전히 능력 있는 꼼꼼한 편집자였다. 그가 편집한 『크루스 이 라야』 잡지 전집과 그 잡지 자체가 그 사실을 충분히 드러냈다.

죽음의 경험이라고? 그것이 무언가 내 관심을 끌었던 것 같다. 나는 책을 펼쳐 우연히 눈에 들어오는 첫 문장을 읽었다. "누구도 이웃의 죽음이라는 경험이……" 이 에세이를 번역한 이는 우시아가 아니라 에무헤니오 이마스였다. 란츠베르크는 작가 피에르 클로소프스키의 도움을 받아 이 에세이를 직접 프랑스어로 썼다. 프랑스어판에서 예의 문장은 이렇게 적혀 있다. "누구도 이웃의 죽음이라는 경험이 내가 겪게 될 '나의 죽음'의 경험과 똑같다고 주장할 수는 없을 것이나, 나에게 이웃의 죽음이 갖는 의미는 너무나 심오해서 본질적으로 '우리'라는 지점이 아닌 나 개인으로서의 경험에 속하게 된다……"

나무랄 데 없을 뿐 아니라 당시에 나를 흐뭇하게 해주던 스페인어 번역본, 그것이 눈앞에 있었다. 되마고에서, 나는 얼마나 기뻤는지 모른다. 란츠베르크의 문장보다 내가 지닌 생각을 더 잘 표현해줄 수 있을 것 같진 않았기에. 이웃의 죽음이라는 경험, 그건 실제로 내 일이었으니까. 나 역시 그 이웃이기도 하고. 이웃의 죽음은 내게 중요한 일이고, 내 근간이 될 것이었다, 이제부터는. 이웃의 죽음을 함께하는 이타성이 없었다면, 나의 정체성은 불분명했을 것이다. 나는 책을 덮고 우시아와의 대화로 돌아갔다. 그때 이미 무얼 하며 저녁 시간을 보낼지 알게 되었는데, 바로 독서에 몰입하는 것이었다.

내겐 늘상 철학자들과 함께할 기회가 있었다. 마찬가지로, 시인들과도. 위기를 느낄 때나 불확실한 순간마다 매번, 나는 내게 필요한 시인이나 철학자를 ─가끔은 둘을 동시에─ 발견했다.

예를 들어 생트주느비에브 도서관에서 나는 에마뉘엘 레비나스를, 그가 후설과 하이데거에 대해서 『르뷔 필로조피크』에 쓴 소논문들을 찾아냈다. 앙리4세 고등학교 철학반 시절이었다. 존재에 대한 철학은 유심론자로서 신앙심이 돈독했던 베르트랑 선생님의 관점을 어느 정도 확장하는 데 적절히 맞아떨어졌다. 내가 1941년 전국 고교생 논술시험 철학 부문에서 상을 받을 수 있었던 것은, 간접적으로는 레비나스 덕분이다. 주제는 철학에 있어 직관적 인식이었는데, 그가 내게 안내해준 후설에 대한 몇 가지 조명이 없었다면 나의 논지는 타당성을 잃었을 터였다.

1945년, 마찬가지로 내가 하얗게 밤을 지새우며 보내던 그해 여름이었다. 나는 ─나이 먹고 결혼을 해서 살이 오르긴 했지만 여전히 매력적이고 명민한 사고를 갖춘─ 우시아를 다시 만났고, 아주 운이 좋게도 그가 내게 그날 밤 단숨에 읽어버릴, 파울 루트비히 란츠베르크의 죽음의 경험에 대한 에세이를 가져다주었다.

어쨌든 아직은 그곳에 있지 않다. 나는 그해 여름 8월의 어느 날로부터 여섯 해 전인 1939년에 있다. 생쉴피스 광장, 혜수스 우시아는 멕시코에서의 계획을 내게 이야기하고 있다. 그때까지 나는 파울 루트비히 란츠베르크의 책을 하나도 읽지 않았다. 그저 그가 말하는 것을 들었을 뿐. 헤이그에서, 파리에서, 주이앙조자스에서. 어쨌든 나는 매력적이고 깊이 있는 그의 목소리에 매료당했다.

조금 전부터 옆 테이블에 앉아 있는 젊은 여자가 우시아의 시선을 끌어보려 하는 것을 눈치챘다. 우리 둘과도 떨어져 있고 좀더 멀리서 축 늘어져 있는 카페 종업원과도 떨어진 채, 광장의 그늘진 구석에서 유일하게 생기가 도는 존재인 그녀가, 유혹적인 눈으로 ─유혹적인 시선에 대한 나의 지식은 최근에 지하철에서 겪은 모험을 통해 다져졌다─ 우시아에게 시선을 고정했는데, 이 강렬한 시선에는 결국 그의 얼굴을 자기한테로 돌리고 말 것이리라는 희망이 담겨 있는 듯했다. 그녀는 다리를 움직이며 꼬았다 풀기를 반복했다. 무심한 듯, 그럼에도 선정적으로 머리를 매만졌다.

겉으로 보기에는 아무 일도 없는 것 같았다. 우시아는 돌처럼 굳어 있었다.

그럼에도 미소에 배어 있는 그의 빈정거림에서, 나는 그가 관심 없는 척 연기하고 있음을 짐작했다. 미지의 젊은 여자가 자리잡고 앉아 있던 근처에서 은밀하게 밀려온 파도에, 그는 몇 번인가 눈길을 주었다.

그래서 두서없이 ─미리 생각하고 말고 할 것도 없이, 그보다는 오히려 지하철을 떠돌며 내가 느꼈던, 때로는 참아내야 했던 그런 갈망과는 또다른 갈망을 자극하는 우시아를 향한 미지의 젊은 여자가 보내는 시선에 의해, 왔다가 사라지는 이미지들, 추억이 된 생각들, 환영이 된 생각들로 밀려든 연상작용에 사로잡혀─ 나는 우시아에게 이 성스러운 도시의 지하에 있는 천국에서 내가 경험했던 율리시스의 여행에 대해 이야기했다.

이야기가 끝나자 ─하지만 나는 여기서 이야기가 끝났다고 단정하지는 않는다. 모든 이야기는 본래 끝나지 않기 마련이므로. 내가 더 기억해낼수록 예전의 경험은 더 풍부해지고 다양해지는데(내 경우는 그렇다, 실제로), 마치 기억이 고갈되지 않고, 추억들이 고여 일렁이는 물이 기억 속에서 느릿느릿 빠져나가는 일도 없고, 발자크 작품 속 나귀 가죽 같이 줄어드는 일도 없이, 반대로 지속된 시간 속에서, 축적된 시간의 두께 속에서, 기억이 풍부해져 활짝 피어나기라도 하는 것 같다. 그러니까 내 이야기는 끝난 것이 아니다, 단순히 나 혼자 떠들던 중 잠깐 쉬거나 말을 멈춘 틈을 이용해 헤수스 우시아가 끼어든 것, 혹은 말을 자른 것이다 ─요컨대, 아주 잠시 이야기가 멈춘 사이, 그가 다짜고짜 민감한 질문 하나를 던졌다. "했어? 안 했어?" 좋은 질문이었다, 물론! 한데, 아무 일도 없었다. "잘됐네, 마침 잘됐어." 알다가도 모를 형은 그걸 해냈다.

그는 자리에서 일어나 지폐를 흔들더니 다시 지팡이를 짚고는 이 야시시한 젊은 여자, 말하자면 매춘부에게 눈길을 한 번 주었다. 순간적으로 무기력에서 깨어난 카페 종업원이 그에게 잔돈을 거슬러주었다. 우리는 길을 나섰다.

그늘진 테라스를 나서면서, 우시아는 불을 댕기고 싶어하는 이 여인의 테이블을 건드려볼 참이었다. 아니, 그보다는 이미 불붙어 있던 여인의 테이블을. 그는 그녀에게 고개를 수그리더니 몇 마디 말을 그녀의 귀에 대고 속삭였다. 젊은 여자가 기뻐하는 미소를 보니 잠시 후로 약속을 잡은 것 같았다.

세르방도니 거리, 우시아는 멋진 문 앞에 멈춰 섰다. 아마도 옛날이었다면 그곳으로 말들이 몰려들었을 텐데.*

우시아가 발을 끌었기에 우리는 천천히 걸었다. 그는 순간적으로 멈춰 서곤 했는데, 아마도 산책 때문에 생기는 통증을 가라앉히고 다시 힘을 내기 위함이었을 것이다. 또한, 하던 말을 멈추거나 어떤 점을 강조하고 싶은 경우에도 멈춰 섰던 것 같다.

그는 우리가 조금 전 생쉴피스에서 감탄하며 보았던 그림들을 그린 들라크루아에 대해서 이야기했다. 전반적으로 들라크

---

* 세르방도니 거리는 1600년경에 편자(fer à cheval) 거리로 불렸다.

280

루아의 그림에 대한 이야기이긴 했지만, 그는 보들레르에 보다 중점을 두었다. 보들레르에 대해서라면 나도 알고 있었으니 웬만큼은 그와 대화가 되었다.

아마 그때 최초로 현대 예술, 모더니티와 관련한 모든 방면에 관심을 가지기 시작했던 것 같다. 무더웠던 8월의 그날, 메리라는 카페의 테라스와 세르방도니 거리에 있는 정원 안뜰 구석의 저택 사이에서. 지하철이 오가는 지하에서 투시력을 동원해 엿본 나의 이야기와, 나무들이 있고 분수 소리가 들리는 쪽으로 난 방 — 말 그대로 잠을 자기 위한 방 — 에서 치렀던 나의 진짜 첫 경험 사이에서. 눈으로 탐욕스럽게 우시아를 바라보던 젊은 여자의 매혹적이며 이미 매혹당한 시선과, 내 몸을 깨우는 데 열중한 여자의 상상도 못할 행동들 사이에서. 어쩌면 이미 이해했을지 모르지만 내가 얘기하고 싶은 것은, 그녀가 내 육체를 깨워서 인도한 곳, 그때까지는 내가 결코 도달할 수 없었던 결말, 즉 '헤집다'라는 단어가 진정되지 않는 두려움, 열정 속에서 내게 만들어주었던 결말에 도달했다는 점이다.(바람이 불어 부풀어오른 하얀색 얇은 커튼이 희미한 빛을 받으며 가볍게 움직였다.)

어쨌든 어느 정도 예상하고 있다. 그러니까 다들 이미 이런 수법을 알아봤을 거라고, 그럼에도 나를 이해해줄 거라고. 이러한 방식을 강박이라 규정해도 나는 받아들일 것이다. 혹은 우스꽝스러운 방식이라고 해도. 반면 이를 일종의 수사학적 요령으로 취급하며 서사 방식에 대해 논하려 한다면, 나로서는 동의할 수 없을 것 같다. 육체적으로, 또 정신적으로, 시간의 지속성 속에 나 자신을 새겨넣는 방식이 반영되는 한 ─아니면 그대로 드러내거나─ 시간을 오가며, 예측하고 회상하며 글을 쓰는 것이, 내게는 자연스럽기 때문이다.

어쨌든, 생쉴피스 광장 카페의 그늘진 테라스와 세르방도니 거리의 저택 일층 사이에서, 우리는 현대 예술에 대해 이야기했다. 모더니티에 대해, 그러니까, 대략적으로, 일괄해서, 움직이면서. 이 대화에서 ─아니, 대화라기보다는 내가 몇몇 질문과 견해를 제시하느라 이따금 끊겼을 뿐, 우시아의 독백이라고 할 수 있는데, 나의 지적이 이제 와서는 생각도 나지 않으니 그게 적절한 내용이었는지는 알 수가 없다─ 나는 내 기억 속에 아로새겨진 아주 강렬한 순간을 포착한다.

진정성이라는 관점에서 다양한 형태의 위조, 모방, 모조품을 ─그가 중부유럽을 제외한 곳에서는 아직 쓰이지 않던 '키치'라는 단어를 사용한 것은 아니고, 대신 프랑스어로 번역할 수 없는 스페인 단어 '쿠르시cursi'를 종종 사용했는데, 이는 일부분 키치라는 의미를 갖고 있다─ 예술의 모더니티와 구분하고자, 우시아는 구체적으로 최근에 있었던 일을 예로 들었다.

그가 모더니티를 사칭한 것의 실례로 든 것은, 이 년 전 파리 국제박람회장에서 본, 겉만 삔지르르하고 속은 비어 있으며 똑같은 스타일로 만들어져 서로 마주하게 배치되어 있던, 소련과 히틀러 치하의 독일 전시관이었다. 그의 견해를 따르자면, 건축적인 관점뿐 아니라 소위 예술적인 관점에서 진정한 모더니티는, 세르트*가 엄청나게 절제된 선으로 구현해내고, 피카소의 〈게르니카〉**와 알렉산더 콜더의 〈수은이 흐르는 분수〉,*** 미로****와 알베르토 산체스,***** 그리고 다른 작가들의 작품들로 장식된 스페인 공화국의 소박한 전시관******을 통해 재현되었다.

---

* Josep Lluís Sert(1902~1983). 스페인의 건축가이자 도시계획가. 1937년 파리 국제박람회장의 스페인관을 만들었다.

** 스페인내전이 한창이던 1937년 4월 26일, 스페인내전 당시 나치가 바스크의 수도인 게르니카를 폭격한 사건을 담은 그림이다. 만 오천여 명의 민간인이 희생되었고, 이 보도를 접한 피카소는 이에 분노하여 즉시 작업에 들어갔다. 당시 1937년 파리 만국박람회 스페인관에 들어갈 작품을 의뢰받은 상태였다.

*** 미국의 추상 조각가 콜더(1898~1976)가 프랑코 반란군에 저항했던 알마덴이라는 스페인 도시의 수은 광산 광부들에게 헌정한 작품.

**** 호안 미로(1893~1983)는 1937년 파리 만국박람회에 〈수확하는 사람〉이라는 조각품을 전시했는데, 낫을 들고 있는 카탈루냐 농부를 재현한 이 작품은 박람회가 끝남과 동시에 사라져 현재는 사진으로밖에 남아 있지 않다.

***** 산체스(1895~1962)는 1937년 파리 만국박람회에 높이가 12미터에 이르는 대형 조각품인 〈스페인 인민에게는 하나의 별로 가는 길이 있다〉를 출품했으며, 이는 피카소의 〈게르니카〉 옆에 전시되었다.

****** 스페인내전이 한창이던 시절 공화국 정부 모더니티의 상징으로 여겨진다. 스페인 제2공화국을 대표하는 이 전시관은 스페인 전위예술의 거의 모든 것을 보여주었다. 르 코르뷔지에의 제자로 건축을 담당한 세르트는 합리적이고 기능적인 건물을 상상하여 이미 만들어져 있는 것들을 바탕으로 계단이나 측면의 난간을 서로 연결시켜서 삼층짜리 건물로 만들었고, 내부와

몇 해가 지나고, 몇십 년이 지난 뒤, 나치와 스탈린 시대 예술 비교사史와 관련한 베를린의 대규모 전시장을 방문하면서, 나는 헤수스 우시아가 했던 말들과 그 말들이 갖는 타당성을 떠올렸다. 두 정치체제가 양산한 문화적인 발현에 대해 단지 형식적인 유사함뿐만 아니라, 깊이와 본질의 유사성 – 심지어 소름끼칠 정도의 유사성 – 에 대해 숙고하고자 했지만, '전체주의'의 개념에 대한, 그리고 이를 나치주의와 스탈린주의에 동일하게 적용시킬 가능성에 대한 끝날 것 같지 않던 토론은, 개탄스럽게도 학술적인 것에 그치고 말았다. 각각의 역사적 차별점이 무엇이든, 두 체제에 공통으로 실재하는 본질은 글자 그대로 명백했다.

세르방도니 거리 저택의 문 앞에서, 평소 고상한 행동과는 거리가 먼 우시아가 갑자기 심각해졌다. 국제박람회에 대해 어떤 점을 내게 이야기한 걸로 보면, 그는 스페인 사람이라는 것을 자랑스러워했다. 스페인 공화주의자, 물론, 스페인의 붉은 진영이라는 것을.

한 시간이 지난 뒤, 나는 혼자가 되었다. 혼자인 셈이었다, 매력적인 여인과 함께 있긴 했지만.

가벼운 미풍이 이 침실에 달린 순백의 얇은 커튼을 부풀렸

외부 모두 투명함을 그 원칙으로 삼았다. 1992년 똑같은 건물이 바르셀로나에 세워져 정부 도서관과 국제역사연구센터로 사용되고 있다.

다. 우시아는 나를 능숙함과 부드러움을 갖춘 사랑스러운 여인 곁에 남겨둔 채 가버렸다. "이별 선물일세." 그는 웃으면서 내게 속삭였고, 속된 대화로 몇 마디 사전 절충을 한 뒤 우리를 남겨두고 갔다. "이제 어엿한 사내가 될 시간이라고." 그가 내게 말했다. 물론 스페인어로, '옴브레시토hombrecito' 즉 '사나이'라고. 서두름 없이, 완벽하게 외설적이되 전혀 음란하지 않게, 부드럽고 숙련된 능력으로 L은 내게 남성의 즐거움을 알려줬다.

내가 무언가를 감추려고, 혹은 어떤 기억도 무리하게 다루지 않고자 대문자 L이라는 이니셜만 쓴 것은 아니다. 어쨌든 규정이 있지 않겠는가. 더군다나 죽음은 규정을 세우는 데 가장 중요한 동인일 것이고. 하지만 내가 L을 쓴 것은 '그녀'*를 의미하기 위해서다. 한 여자, 그녀가 누구든, 그녀. 중요한 것은, 경우에 따라 감사 기도 시간에 비치는 희미한 빛 아래서나 중얼거릴지 모를 그녀의 성도, 이름도 아니다. 중요한 것은 그녀의 여성성, 여러 번 채비를 한 뒤, 머리칼을 귀 뒤로 흩뜨리고, 내게 몸을 열면서, 자신의 몸을 뒤로 젖히는 그녀의 방식이다. '아브리르세 데 피에르나스,'* 느껴보지 못했던 기쁨. 어린 시절의

---

* 프랑스어로 대명사 '그녀'는 'elle'이며, 발음은 알파벳 L과 동일한 '엘'이다. 따라서 작가가 이니셜 L로 표현하는 것은 특정인의 이름 첫 글자가 아닌 '여성'이라는 대표성을 지닌다.

피가 내 관자놀이를 때렸다.

　나는 선생님처럼 상냥하고 부드럽게 속삭이는 그 목소리의 안내를 받으며 내 역할을 수행했다. 하지만 불가피하게도, 이 쾌락에 몰입할 수 없었다. 내가 기다리는 것은 오로지 오를레앙-클리냥쿠르 노선 지하철 안 젊은 여자의 얼굴에서 보았던 것, 쉼 없이 헐떡거리며 솟아나고 올라오고 피어나는 격정의 폭발뿐이었다.

　다른 어떤 것도 아니었다. 한데 소리는 터져나오지 않았다. 그녀의 얼굴은 계속 평온했고, 시선이 살짝 멍해지긴 했지만 섬세한 의식만은 전혀 잃지 않은 채였다. 그녀는 서두름 없이, 열의 없이, 자신의 몸짓 하나하나를 자유롭고 영악하게 통제하며, 내가 일을 끝마칠 수 있도록 이끌었다. 단 한 번의 수업으로, 나는 중요한 것을 만들어내기 전에 알아야 할 모든 것을 L에게서 배웠다. 타인의 행복 같은 것을. 연약하고, 일시적이며, 도처에서 위협당하고, 공허에서, 반복되는 지루한 일상에서 우리를 건져내주며, 떠도는 말들과 속으로 삼킨 말들에, 일시에 닥쳐드는 불행에, 그럼에도 끝내 세상에 존재한다는 확정성에 맞서게 해주는 그 행복. 바로 여자들의 기쁨이자, 우리의 행복이다.

　마지막 순간까지, 나는 그녀들의 얼굴에서, 1939년 봄의 어

---

* Abrirse de piernas. 스페인어로 '다리를 벌리다'라는 뜻.

느 날 사람이 가득했던 지하철 속 낯선 여자가 내게 보여주었던 원초적인 황홀경을 끈질기게 기다릴 것이다. 그녀들이 결코 알지 못한 것이 있었으니, 그 순간에 나는 다른 여자를 떠올리고 있다는 것, 비명처럼 날카롭고 맑은 소리에 심장에 강한 충격을 받고 아연실색한, 훔쳐보는 자라는 것이다.

4부

곧 우리는 차디찬 어둠 속으로
빠져들 것이니……*

*샤를 보들레르의 시 「가을의 노래」 중에서.

7

비리아투*에 있는 레스토랑의 그늘진 테라스에서, 나는 비다소아강**의 반대편, 스페인을 바라보았다.

보이지도 않는 바다 위 저 멀리 해가 지고 있었다. 해가 막 사라지려는 참이라 희미한 하늘을 떠다니는 얇고 솜털 같은 구름들이 만들어낸 수평선은 여전히 불그스레했다.

아주 가까이 있지만 금지된 곳, 기억의 몽상에만 머물러 있어야 하는 곳, 스페인을 바라보았다.

하루종일, 가을의 상像들이 밤의 안개 속으로 사라져버린 8월의 빛을 흔들고, 그 빛에 스며들었다. 꽤 밀도 있게 골고루 퍼

---

* 프랑스 남서쪽에 있는 도시로 스페인 국경에 접해 있다.
** 프랑스와 스페인 국경 사이를 흐르는 10킬로미터 길이의 강으로 해안과 가까우며 대부분 스페인 영토에 속한다.

진 여름 햇살을 잘게 분산시키며 생생하게 반짝이는, 금빛으로 빛나며 적갈색을 띠는 가을의 상. 9월은 이미 그 풍경으로, 다시 돌아온 우수로, 바래진 색들로, 무성하게 핀 분홍색과 파란색 수국에 대한 그리움 속으로 스며들었다.

남향으로 지어진 비리아투의 레스토랑 테라스는 비다소아 강물 위로 튀어나와 있었다. 늦은 오후의 그림자들이 이 습기 찬 협곡에서부터, 남쪽으로는 바로 정면에 있는 스페인 엘리손도 언덕의 경사면으로, 서쪽으로는 퐁타라비 언덕의 경사면으로 올라가는 듯 보였다.

작별을 앞둔 저녁식사를 준비하던 에두아르오귀스트 F의 친구들 무리 −다음날 파리로 돌아가야 했던 우리들 대다수− 가운데 누군가가 막 어떤 일화 하나를 꺼낸 참이었다. 거침없고 밝은 어조 덕에 이야기는 더욱 생생하게 느껴졌다. 삼 년 전, 공화국에 맞선 반란군의 대표 중 하나인 몰라 장군이 나바르 부대를 이룬과 퐁타라비 쪽으로 전진시킬 때, 사람들은 비리아투의 테라스에서 망원경으로 그들이 행진하는 것을 쫓을 수 있었다는 이야기였다.

다들 거기서 가장 좋은 자리를 차지하고 있었다, 정말로. 휴가를 온 가족들은 자동화기 총포들이 내는 소음을 들으며 레모네이드 한 잔을 들고 이제 막 자리를 잡았다.

레스토랑 테라스의 돌로 된 난간에 기댄 채, 나는 내 어린 시절의 나라로 늘어지는 해질녘 그림자들을 바라보았다.

여름방학은 끝났고, 곧 개학할 것이다. 그런데 앙리4세 고등학교에서 보내게 될 일학년을 떠올리자 두렵기는커녕 오히려 흥분이 일었다. 나도 곤살로 형과 같은 프랑스어 선생님에게 배울 수 있을까 자문했다. 형은 그 선생님의 박식함과 유머감각을 높이 평가하곤 했다. 어쨌든 그 선생님의 관심을 끌고 싶다면 문학에 흥미를 가질 필요가 있다고, 그렇지 않으면 선생님이랑 수업시간을 대충 때우거나 넋 나간 듯 보낸 게 된다고, 또 청소년기에 저지를 법한 바보같은 짓을 하면 때때로 선생님한테 멸시당할 거라고, 곤살로 형은 말했다.

곤살로 형이 이학년 때 그를 가르친 선생님의 이름은 조르주 퐁피두였다.* 나는 그가 유명해지지 않았더라도 그 이름을 잊지 않았을 것인데, 이는 그의 성姓이 우스꽝스러웠기 때문이다. '소방관'을 뜻하는 '퐁피에pompier'에서 '공들여 치장하다'란 뜻의 '퐁포네pomponner'와 '젠체하는'이라는 뜻의 '퐁푀pompeux'를 거쳐 '루이 15세 애첩 이름을 따서 지은 퐁파두르양식의'라는 뜻을 지닌 '퐁파두르pompadour'까지, 그 이름은 유

---

* 퐁피두(1911~1974)는 프랑스의 19대 대통령으로, 마르세유의 고등학교에서 삼 년간 프랑스어, 라틴어, 그리스어 교사로 일하다 파리 앙리4세 고등학교로 발령, 이차세계대전이 발발해서 참전할 때까지 교사직을 수행했다. 전후 1946년부터 드골 임시정부에서 일하면서 본격적으로 정치에 뛰어들었으며 1968년 5월 혁명으로 드골 대통령이 사임하자, 대통령 선거에 출마해서 당선되었다.

사한 여러 모음을 반복하는 수사법이나 우습고 짓궂은 제운
題韻*에 적합했으니까.

"*Hacia las hondonadas violetas del Poniente/ ya, en un gran cabeceo, hunde su proa el día……*"

비리아투의 테라스에서, 에두아르오귀스트 – 이 만찬의 접
대자인 그 – 에게 자리를 배정받아, 긴 테이블에 모인 시끄러운
손님들 무리로부터 약간 떨어져, 나는 스페인어로 쓰인 이 시
를 떠올렸다. 이런 종류의 회상을 하기에 적합한 자리였다. 어
린 시절의 시를 떠올리기에 이상적인 자리. "서쪽 끝 보랏빛 협곡
쪽으로/ 오랫동안 좌우로 흔들리던 해가 머리를 처박네……"

니카라과의 시인, 루벤 다리오의 시가 아니었다. 아버지의
시, 휴가를 보내던 산탄데르 별장 정원에서 아버지가 우리에게
암송해주었기에 부분적으로 기억 속에 남아 있던 시 한 소절이
었다.

그 기억에 넋을 잃고 있을 때, 문득 죄책감 같은 것이 나를
덮쳤다. 여름방학 동안 내게는 오로지 여유로운 산책과 독서,
영화 감상, 생클루 프장드리에 있는 스타드 프랑세의 트랙에서
느끼는 육체적인 즐거움뿐이었다. 행복, 요컨대 새로운 것을
알아가는, 행복의 연속이었다.

---

* 미리 운을 주고 시를 쓰게 하는 작시법.

물론, 여러 차례 새로운 전쟁의 징조로 음울했던 현실 세계를 떠올리기도 했다. 예를 들면, 7월에 있었던 『에스프리』 회합에서. 신문에 커다랗게 쓰인 기사 제목도 점점 더 염려스러워졌고.

스페인, 스페인의 불행, 망명을 떠난 주변 사람들의 혼란과 고통, "패주하는 부대의 스페인 사람들" 혹은 시인 레온 펠리페*가 말했던, 즉 "집단 이주와 눈물"에 대한 생각이 한시도 나를 떠나지 않았다.

스페인 —너무 가깝지만 다다를 수 없는, 사라져버린 어린 시절의, 무화無化된 가족생활의 영토— 쪽으로 튀어나온 비리아투의 테라스에서 문득 그러한 것들을 의식했지만, 방학 내내 축적된 강렬한 행복의 순간들을 불시에 찢어버릴 만큼 위력적인 이 한결같은 근심거리도, 프랑스어를 나의 것으로 만드는데 성공함으로써 적어도 상쇄되었으며 —어쨌든 경감되었거나— 혹은 지워져버렸으니, 이 성공이 관념적인 공동체 안으로 나를 안내하여 더이상 그 누구도 내게 신분증을 보여달라고 요구하지 않게 된 것이다. 지드, 지로두, 말로, 사르트르, 마르탱 뒤 가르, 레리스, 그 누구도 나한테 경탄할 아름다움으로 가득

---

* León Felipe(1884~1968). 1922년부터 멕시코에 체류하며 교수로 재직하던 그는, 내전 발발 직전 스페인으로 돌아와 공화 진영을 위해 활동하다가 멕시코로 망명했다.

찬 그들의 책을 펼칠 수 있게, 문학이라는 엄숙한 제약 속으로 들어갈 수 있게 하는 데 있어 여권을 요구하지 않았다.

이 과분한 행복을 ─어떤 방식으로든 우리는 행복할 자격이 있지 않은가─ 어쨌든 현실을 고려하면 낯설기만 한 이 모든 행복을 떠올리기만 해도, 향수라는 강렬한 감정이 내 가슴을 아프게 옥죄어온다. 일종의 불길한 전조였달까. 끝을, 사소하되 잊을 수 없는 이 모든 즐거움의 끝을 알리고 있던.

며칠 앞서 비아리츠*에 도착한 우리는 에두아르오귀스트 F 의 친구들이 모인 샹브르다무르** 해변의 인근 별장에서 지냈다. 별장의 주인은 선주船主로, 배와 관련된 일을 하는 사람이었다. 그의 소유이거나 그가 빌린 배들이 바다를 누비고 다녔다. 선주의 역량과 능력, 지칠 줄 모르는 활기에 흠뻑 매료된 충실한 젊은 비서가, 선주한테 자기 배들이 어떻게 움직이는지 알 수 있도록 매시간 전보를 보내주었다.

아침식사 때마다, 저녁 전 음료를 마시는 시간마다, 테라스에서 그 남자는 원료들의 시세를 면밀하게 조사했다. 구리, 니켈, 카카오, 커피 같은 것들의 시세를. 그는 몇몇 숫자에 표시를 한 뒤 전화 몇 통을 걸었다. 그의 눈썹이 조금이라도 찌푸려질

---

* 프랑스 대서양 연안에 있는 도시로 스페인 국경과도 인접해 있다.
** 프랑스 앙글레 지역에 있는 해수욕장. '사랑의 방'이라는 뜻이다.

까, 그의 눈가에 아주 가벼운 그늘이라도 질까 주의를 기울이고 있기라도 하듯, 비서는 그가 부르기도 전에 나타나곤 했고, 그러면 그는 아직 비공식적이었던 결정 사항을 큰 소리로 알리며 속기장을 들고 있는 비서에게 메모를 받아 적게 했다.

선주는 에두아르오귀스트가 관리자이자 경영자로 있는 회사, 소팽콤의 주주였다.

적어도 열다섯은 더 어려 보이는 그의 아내는, 사십대 초반에 환하게 웃는 상이었다. 남편의 직업이 가져다주는 안락함에 분명한 찬사를 보이면서도, 정작 그녀는 원료들의 주가나 해상보험의 이율 따위에 거의 관심이 없는 것 같았다. 게다가 거의 관심이 없다는 사실을 숨기려는 노력도 전혀 하지 않았다.

예술과 문학만이 그녀의 유일한 관심사였다. 그것은 분명했고, 그녀와의 모든 관계의 시작도 그로 인해 단숨에 공고히 되었다. 비아리츠빌 역으로 마중을 나온 운전사가 우리를 별장에 내려주자마자, 에두아르오귀스트는 그 집 여주인에게 내 풍부한 독서량과 멋지고 우아한 글솜씨에 대해 칭찬을 늘어놓았다.

내게 정기적으로 주어지는 과제 가운데 지난주 주제는 몽테뉴의 『수상록』에 대한 것이었다. 보다 정확히 말하자면 「레몽스봉의 변호」, 그리고 당대 스페인의 모럴리스트와 그 텍스트의 관계에 대해서. 특히 17세기 작가 케베도와 비교해서.

약간 잘난 체하긴 했지만, 어쨌든 대리인으로서 F는 내 과제와 내가 구상한 몇몇 접근법의 독창성을 칭찬했다. 나는 몸 둘

바를 몰랐다. 보아하니 예의를 차리는 듯한 공손함을 앞세운 채 빈정거리는 기운이 느껴지는 시선으로 선주 부인이 나를 뚫어지게 쳐다보았기에 그만큼 더 불편했다.

어찌되었든, 비아리츠 체류는 개학 전의 마지막 여름 여행이었을 것이다. 에두아르오귀스트는 내가 바칼로레아 자격을 취득할 때까지 블레즈데스고프 거리에 있는 자기 집에 계속 데리고 있고 싶다고 이미 아버지에게 의사를 밝힌 터였다. 그 의견에 아버지는 전혀 불편해하는 기색이 없었고, 스위스 여자는 몹시 기뻐했다. 입이 하나 줄어드는 셈이었으니까. 보수를 받는 어떤 일, 그러니까 몽리뇽에 있는 마사비엘 가톨릭 중학교에서 스페인어 과목만을 담당하는 아버지에게 기대할 수 있는 것이 변변치 못했던 터라, 에두아르오귀스트 F의 호의는 환영받았다.

내가 산더미 같은 책들 속에서 보냈던 그 여름은 세 차례의 여행으로 나뉜다.

사실을 말하자면 네 차례라고 해야 할지도. 하지만 네번째가 마지막 여행은 아니었고, 시간 순서상으로는 첫번째 여행이었는데, 파리 남서쪽 샤르트르 대성당이 그 목적지였다. "……완전무결하며 저버릴 수 없는 첨탑."*이 있는 곳. 우리는 기차를 타고

---

* 샤를 페기(1873~1914)가 1913년에 지은 시 「샤르트르 노트르담에 보스 평야를 봉헌함」 중에서. 기억에 의존해 이 책을 쓰고 있기에, 셈프룬은 원문

가는 내내 폐기를 읽었는데, 그땐 에두아르오귀스트 F가 아니라 장마리 수투와 함께였다.

세 차례의 여행이라고 하자, 그러니까.

첫번째는 콩브레,* 말하자면 일리에를 방문하기 위한 여행이었다. 에두아르오귀스트는 『잃어버린 시간을 찾아서』의 열렬한 추종자였다. 그가 마련한 문학의 팡테옹 가장 높은 자리는 프루스트의 차지였다. 그래서 그가 프루스트를 읽을 때 내가 앞에서 투덜대면 짜증을 내곤 했다. 일리에 여행도 내 태도를 바꿔놓지는 못했다. 한편, 일리에의 현실 세계가 나로 하여금 콩브레의 상상적인 매력에 더 감상적으로 반응하게 만든 듯한 이유는 무엇일까? 이것저것 따져보건대, 나는 현실의 마을보다 허구 속의 마을을 더 좋아했던 것 같다. 도시의 평범하고 하찮은 집들 위에 콩브레의 소설적인 독특한 분위기를 펼쳐놓고 볼 수 있도록 미화시킨 곳이 바로 일리에다.

언짢아진 에두아르오귀스트는 나를 카부르**에 데려가겠다고 약속했는데, 이 여행은 계획으로만 남게 되었다. 이차세계

에서 '첨탑'을 의미하는 단어 'flèche'를 'tour'로 잘못 인용했다.

* 마르셀 푸르스트의 『잃어버린 시간을 찾아서』에서 중요하게 등장하는 허구의 장소. 부분적으로는 실재하는 도시 일리에에서 영감을 얻었는데, 그곳은 작가가 어린 시절 자주 방문했던 곳이다.

** 프랑스 노르망디 지역의 해안 도시로, 프루스트가 어린 시절 자주 갔던 곳이다. 작품 속에서는 발벡이라는 허구의 도시로 형상화되었다.

대전의 발발로 여행이 무산되고 말았던 것이다.

그다음 근교 여행으로 우리는 노르망디 지방의 해안도시 투르빌에 있는 로슈누아르 호텔*에 갔다. 마르크 J가 우리와 동행했는데, 그는 나와 가까워지던 참이었다. 철학반 시절에 나는 교양 있는 개신교 가정인 그의 집에서 하숙했다.

투르빌에 대해 남아 있는 몇 가지 기억 가운데 내게 강렬한 인상을 남긴 단 하나는, 모래사장 위에 나무판을 죽 이어서 만든 산책로였다. 바보 같은 부르주아의 교만에서 비롯한 비상식적인 물건. 그런 건 본 적도 없었다. 나는 몇몇 부분에만 나무판 산책로를 놓은 스페인 산세바스티안 시의 콘차 해변, 유럽에서 가장 아름다운 해변으로 꼽히는 그곳을 떠올렸다.

지금 이 오래된 기억을 옮겨 적으면서, 산세바스티안에 만약 그 빌어먹을 나무판이 쫙 깔려 있었다면, 에두아르도 치이다가 조각가로 이름을 알리기 전까지 골키퍼로 활약하던, 엘리아스 케레헤타가 영화감독으로 자신을 알리기 전까지 측면 공격수로 뛴, 그 지역 클럽의 프로축구팀 레알소시에다드의 그 젊은 이들이 도대체 어떻게 축구를 배웠을까 자문해본다.

세번째이자 마지막 여행으로, 우리는 비아리츠에 와 있었다.

---

* 1866년 제2제정 시대의 스타일로 지어진 호텔로, 역사 기념물로 보호되고 있다. 마르셀 프루스트와 마그리트 뒤라스가 체류했던 곳으로 유명하다. '검은색 바위들'이라는 뜻이다.

마르크 J는 동행하지 않았다, 이번에는. 그는 비아리츠와 가까운 앙글레트에 있는 거대한 별장과 그 주변에 머물며, 꽤 숫자가 되었던 내 또래의 젊은 친구들 – 하지만 상상 속에서나 가능한 친구였다, 나는 어른들하고만 어울렸으니까 – 과 함께 어울려 해수욕과 산책을 즐겼다.

에두아르오귀스트가 나의 문학적 재능에 대해 칭찬하던 바로 그 순간, 내가 보기에 선주의 아내는 조롱하는 듯한 시선으로 나를 관찰하고 있었다.

내 눈에 그녀는 눈부실 정도로 아름다웠다. 목소리는 금속이 울리는 듯 약간 쉰 소리를 냈다. 마음을 끄는 소리였다. 나의 환상 속에서 한동안 아를레티를 사라지게 해주었던 영화 〈나는 모험가〉* 속 배우 에드위지 푸이레르 같았다.

에두아르오귀스트가 밝은 목소리로 내 재능에 대해 지나친 찬사를 보내는 동안 여주인이 나를 비웃는 듯한 시선으로 바라본 이유를 알게 된 것은, 바로 그다음날 저녁이었다.

나는 일층에, 바다가 내는 소리와 집을 둘러싼 작은 소나무 숲의 향기가 들어오는 커다란 거실에 앉아 있었다. 근처 별장에 저녁을 먹으러 가기 위해 출발할 시간을 기다리며 홀로 있었다.

---

* 셈프룬이 부정확하게 기억하고 있는 이 영화의 원제는, 1938년 레몽 베르나르 감독이 연출한 〈나는 모험가였다J'étais une aventurière〉이다.

에두아르오귀스트 F와 선주는 따로 떨어져 테라스에서 심각한 대화를 나누고 있었는데, 들으려 하지 않아도 그 소리가 들려왔다. 대화의 단편들이 내게 전해졌다. 전쟁의 위험 탓에 근심스러울 정도로 치솟은, 어떤 광석들의 세계 시세에 대한 얘기였다. '구리' 혹은 '니켈'이라는 말이 들렸고, '단치히'*라는 말도 들렸다.

여주인이 나타난 것은 바로 그때였는데, 그녀가 걸친 하늘하늘한 옷감이 ─ 말하자면 가벼운 명주로 만든 옷이었는데 ─ 그녀의 몸매를 잘 드러내주었다. 눈은 반짝였고, 몸짓은 불안정했다. 술을 마신 것 같았다.

내 추측을 곧바로 확인시켜주고 싶기라도 한 듯, 그녀는 바에 가서 기다란 잔에 적갈색 술을 한 잔 따랐다. 그러더니 고개를 뒤로 젖히고는 그 술을 한번에 거의 다 마셔버렸다.

나는 매혹되었다. 영화에서 본 것보다, 정확하게 말하자면 장 뮈라와 에드위지 푸이레르가 나오는, 그 영화에서 본 것보다 훨씬 더 멋졌다. 오래 묵은 금색에 무지갯빛이 도는 술, 조그만 탁자에 놓인 하얀 전화기, 절망에 빠진 아름다운 여인, 그무엇 하나 없는 것이 없었다. 그런데 그녀가 절망에 빠져 있긴

---

* 폴란드 도시 그단스크의 독일 이름. 독립적인 자유시였으나 히틀러가 단치히 반환을 요구하며 1939년 9월 1일 폴란드 공격을 감행했고, 이로 인해 영국과 프랑스가 9월 3일 전쟁을 선포하면서 이차세계대전의 도화선이 되었다.

했던 걸까?

문득 내가 있다는 것을 알아챈 그녀가 두번째 술잔을 채우더니 불안한 손으로 잔을 들고 내게 다가왔다.

그녀는 이쪽으로 와서 내가 앉은 소파 팔걸이에 몸을 기대고는, 그렇게 멀리 외떨어진 방을 내주어 미안하다며 ─ 다시 빈정거리는 듯한 태도를 보였고, 친절함 속에 뭔가 공모의 기색이 뒤섞여 있어 나는 좀 짜증이 났는데 ─ 사과를 해왔다.

이해할 수 없었다. 어디로부터 외떨어졌다는 거지?

그녀가 웃었다. "순진한 척 말아요. 무슨 말인지 잘 이해했을 텐데. 당연히 에두아르오귀스트의 방에서 멀리 떨어졌다는 얘기지요!" 마치 외설적인 이야기를 하듯, 그녀는 감미로운 목소리를 가볍게 치아 사이로 미끄러뜨렸다.

그런 이유라니, 어처구니가 없었다. 즉각적으로 반응이 나왔다. "나는 그 누구 옆에 있을 필요가 없어요, 혼자서도 모든 일을 잘 해결한다고요!" 그녀는 거친 목소리에 놀라 손을 내 쪽으로 내밀며 나를 안심시키려 했다. "하지만 내 생각엔…… 어쨌든, 그게 나쁠 건 하나 없긴 한데……"

분노가 밀려왔다. 내 뒤에서 나누었을 법한 험담, 추잡한 추측, 암시, 농담 따위가 떠올랐다.

에두아르오귀스트가 동성애자이리라 생각한 적은 단 한 번도 없었다. 물론 주변에 ─ 성적인 문제와는 상관없이 하녀로서 자리를 지키는 마리에트를 제외하면 ─ 나이를 불문하고 여자가 없다는 점과 아내와 떨어져 살고 있다는 사실, 스타드프랑세에서 웃통을 벗은 젊은 육상 선수들과 함께 운동을 하며 뛰어다니는 것이 그의 분명한 즐거움이라는 것, 이 모든 것이 미심쩍긴 했지만 말이다. 내게 내보인 마르셀 프루스트와 앙드레 지드에 대한 그의 열정, 마르셀 주앙도를 읽어보라고 권했던 사실,* 이런 것조차 더는 의미가 없다고도 할 수 없을 터였다.

하지만 블레즈데스고프 거리에 있는 그의 집에서 보낸 두 달 반이라는 시간 동안, 그는 결코 사소한 행동도 표현하는 일이 없었고, 모호하게 해석될 수 있을 만한 어떤 미심쩍은 말도 한 적이 없었다. 그리스식 교육에 대한 그의 관심이 잠재적인 남색의 기원 혹은 결과였으리라 짐작하게 할 만한 점도 전혀 없었다.

그렇지만, 신경조직과 혈관으로 채워진 배 아랫부분에서 올라와 숨도 못 쉴 정도로 밀어닥쳐 폭발할 것 같던 분노는 완전히 누그러들었다. 아무리 화가 난다 해도 이런 문제에서는 아무런 의미가 없었다. 나는 남성의 동성애에 대해 어떤 판단도 내리지 않았다. 가족의 전통 – 가톨릭, 부르주아, 가부장적 요소들 –에도 불구하고, 나는 매번 아버지가 동성애에 대해서 가볍게 이야기하는 것을 듣곤 했는데, 이는 아마도 페데리코 가르시아 로르카가 아버지와 가장 친한 친구 그룹의 일원이었으며,

---

* 앙드레 지드, 마르셀 프루스트, 마르셀 주앙도 세 작가 모두 동성애자였다.

아버지 또한 그의 다양한 재능을 높이 샀기 때문일 것이다. 어떻게 보면, 내 주변에서 동성애에 대해 이야기하듯, 동성애는 꽤 순진한 괴짜 짓이거나, 예술가의 나쁜 버릇 혹은 변덕과 같았다. 재능만 있다면 문제될 것이 무엇이겠는가.

내전이 있기 얼마 전인 어느 날, 아마도 어느 일요일, 온 가족 – 형제자매 일곱 명이라고 말해두려 한다. 어머니는 이미 돌아가셨으니까 – 이 함께했던 가족 모임에서, 아버지는 그 전날 일주일에 세 번씩 저녁시간에 알칼라 거리의 리옹 도르 카페에서 열린 회식 겸 토론 모임 테르툴리아에 참석한 로르카가 했던 말을 무척 즐겁게 우리에게 들려주었다.

다른 테이블에 있던 아주 잘생긴 젊은 남자를 쳐다보면서, 로르카가 이렇게 물었다고 했던 것 같다. "저 남자 호모일까, 저기 있는 저 남자?" 그 모임에 있던 누군가 그 새로운 얼굴을 알고 있었고, 아니라고, 그는 동성애자가 아니라고 확인해주었다. "안됐군, 그는 시간을 허투루 쓰고 있는 셈이야!" 로르카가 이렇게 말했다고 한다.

그 적절한 표현에 아버지는 악의 없이 웃었고, 우리로서는 페데리코의 우스꽝스러운 이야기가 다소 당황스러웠지만 그래도 아버지를 따라 웃었다.

얼마간 시간이 흘러 시집 『뉴욕에 온 시인』에 수록된 아름답고도 마음을 뒤흔드는 「월트 휘트먼에게 바치는 송가」를 읽으면서, 나는 로르카에게 있어 동성애가 단지 가볍고 예술가적인 삶의 방식이 아님을 이해할 수 있을 것 같았다. 그것이 얼마나 불확실함과 불완전한 비극의 몫인지, 또 실존적 도전의 몫인지 추측할 수 있을 것 같았다. "너는 강물 같은 맨몸을 찾았다,/ 바퀴와 해초를 잇는 몽상과 황소/ 네 고통의 어머니가, 네 죽음의 동백꽃이,/ 감추어진 적도의 불꽃 속에서 신음한다."*

어쨌든 독서로 보낸 그 대단했던 여름에, 나는 바로 랭보와 베를렌의 관계가 실제로 남성에 대한 남성의 사랑을 포함하고 있음을 짐작할 수 있었고, 성년 남성으로서의 난폭한 욕망과 절대적인 열정의 일부를 가늠할 수 있었다.

"어디 불편한가요?" 여주인이 일그러진 내 얼굴을 보면서 근심스럽게 물었다.

아니, 나는 아주 좋다. 다시 몸을 추스리며 내 온몸을 느껴보았다. 발가락 끝에서 굳어 있던 턱까지, 떨고 있는 두 손까지. 한곳에 몰려 있던 강렬한 감정들까지.

"아니요. 괜찮아요. 당신한테 그런 생각을 심어준 사람 목을 졸라버리고 싶을 뿐……" 나는 그녀한테 중얼거리듯 말했다.

그녀는 깜짝 놀랐고, 단숨에 술이 깨서, 자기 머리를 헝클어 뜨리더니, 담배에 불을 붙였다.

"저 사람들은 저기서 무슨 얘기를 하는 거죠?" 분위기를 바

---

* 로르카의 시 「월트 휘트먼에게 바치는 송가」 일부인데, 원문은 '네 고통의 어머니'가 아니라 '네 고통의 아버지'이다.

꿔보려고 그녀가 내게 물었다.

그녀의 시선으로 미루어 이런 험담을 한 사람이 그녀의 남편이라는 사실을 알 수 있었다. 아마도 그는 억압되고 금지된 에두아르오귀스트의 성향을 알고 있었을 것이고, 이 동업자 주변 사람들 속에 나타난 나를 보면서 빈정댔으리라.

몇 해가 더 흐른 뒤, 나와 가까운 누군가의 직접적인 증언, 의심할 수 없는 증언을 듣고, 나는 나와 관련한 그러한 수군거림이 단 한 번이 아니었음을 알게 되었다. 그렇다고 해서 달라지는 건 아무것도 없었다, 당연히. 어쨌든 에두아르오귀스트가 살아나가는 생활양식에서 나는 이례적인 사람이었던 모양이다. 그러한 사실에 기뻐해야 할지, 아니면 화를 내야 할지는 모르겠지만!

"니켈의 시세에 대해, 그리고 전쟁에 대해 얘기하고 있어요." 내가 그녀한테 답했다.

그녀는 어깨를 으쓱했다. 무척 아름다웠는데, 그래서 정말로 불편했다. "전쟁이 아마도 이 권태로움을 바꿔놓겠죠!" 그러더니 난데없이 그녀가 물었다. "마지막으로 읽은 책이 뭐죠?"

순식간에, 일종의 계시라도 내린 듯, 나는 복수를 해야겠다고 생각했다. 동성애 상대역을 맡김으로써 나를 부서뜨렸다고 생각하다니, 그녀를 매춘부로 만들어줄 테다! 햇빛에 눈이 녹듯 분노가 누그러들었다.

"『벨 드 주르』라는 책입니다." 나는 곧바로 답했다.

그녀는 당황하는 기색이 역력했다. "케셀의 소설?" 물론, 케셀의 소설이다, 정확하게. "나는 종종 케셀의 여주인공이 어떻게 생겼을까 궁금했어요. 이제는 알겠네요. 당신이 바로 이상적인 '벨 드 주르'예요. 이 소설을 영화로 만든다면, 당신이 그 역할을 맡아야 할 것 같은데요. 러브호텔 장면에서 시장판의 마차꾼이나 다른 힘센 남자들의 난폭한 변덕에 몸을 맡기고 있는 당신의 모습이 정말 잘 그려지니 말입니다. 정말이지 그곳에 있다고 믿어도 될 것 같아요!"

그녀는 화를 내기는커녕, 갑자기 아주 순진하게 웃었다.

앉아 있던 소파의 팔걸이 위에서 그녀의 몸이 균형을 잃었다. 내게로 다가오려고 갑작스레 움직인 탓에 스타킹의 고정 밴드가 보일 정도로 다리가 드러났다.

나는 눈을 감아버렸다, 정신이 멍했다.

다른 이미지들이 몰려들었다. 폴 니장의 『음모』에 등장하는 카트린 로장탈에 대해 상상했던 이미지들. 빌다브레 근처에서 파울 루트비히 란츠베르크의 카브리올레 자동차에서 내리던 그의 금발 아내의 실제 이미지 같은 것들이.

그녀는 내 귀에 대고 천박하게 속삭였다. "그 반대일지도, 무슨 말인지 알겠어요? 매일 밤 나는 침대에서 마차꾼이랑 함께 있거든요. 아, 언제까지나 그렇게 있는 건 아니고요. 딱 사정할 때만 그렇죠! 매춘가에서라면, 나는 차라리 낭만적인 젊은 시인을 택하겠어요……"

그녀는 약간 물러서서는 한층 열띤 목소리로 말했다.

"'아주아주' 젊고 낭만적인 시인을!" 그러고는 웃음을 터뜨렸는데, 더는 어린애 같지 않았다. 더이상 순전히 어린애 같은 웃음은 아니었다, 어쨌든. 신랄하고, 꽤 심술궂은 웃음. 그녀는 문장의 동사들을 강조하며 말을 이었다. "그놈 목을 졸라버려야 해, 그놈, 나를 쳐다보느라 계속 따라붙는 그놈을……"

그런데 선주와 에두아르오귀스트의 목소리가 가까워졌다. 그녀는 일어섰고, 곧바로 전과 같이 침착해진 모습으로, 치마 이곳저곳 주름을 폈고, 멀어져갔다. 속을 헤집고 들어갈 수 없는 사람이었다.

그러니까, 8월 22일, 파리로 떠나기 전날, 비리아투에서였다.

그 날짜에 대해 그렇게 단호하고, 그렇게 분명한 태도를 갖고 있긴 하지만, 이는 내가 그날을 의식적으로 기억해두었다거나 그 날짜가 기억 속에 새겨져 있었기 때문은 아니다. 그렇다면, 나는 왜 그 날짜를 기억하고 있을까? 어쨌든 내가 쉽게 따져볼 수 있는 날짜였기 때문이다. 실제로, 그다음날, 돌아오는 기차를 타기 얼마 전 저녁시간에, 모스크바에서 독일과 소련의 협약*이 체결되었다는 소식이 모든 라디오와 신문을 채웠다.

---

* 독일-소련 불가침조약을 가리킨다. 1939년 8월 23일에 나치 독일과 소련의 상호불가침을 목적으로 한 조약으로, 서명한 인물의 이름을 따서 몰로토

그거면 비리아투에서 저녁을 먹은 날짜를 따져보기에 충분하다, 그 일이 있던 바로 전날이니까. 그러니까, 1939년 8월 22일.

이 오래전 저녁 이후로, 나는 비다소아 위로 그늘을 드리우는 이 테라스를 계속 다시 찾아왔다. 물론, 이 첫번째 방문 이후 전쟁이 오랫동안 끼어들긴 했지만. 그때 나는 다른 곳에 있었다. 어쨌든 헤수스 우시아가 멕시코에서 돌아오자마자 그와 함께 다시 비아리츠로 가는 길에 나섰다. 인접한 길을 통해 비리아투에도.

1940년대 말경부터, 1950년대 초반까지, 해마다 여름이 되면 우시아는 해수욕장 근처에 있는 커다란 별장 하나를 임대했는데, 당시만 해도 그곳에 해수 요법 치료센터는 없었고, 미라마르라는 호화로운 호텔 한 채뿐이었다.

그는 멕시코에서 멋지고 호화로우며, 행복해 보이는 결혼식을 올렸다. 정확히 말해 행복해 보였다고 하는 것은, 호화로움만큼은 정말 사실이었기 때문이다. 그보다 연상에, 첫 남편과 헤어진 라파엘라, 하지만 '라피타'라 불리는 —그녀는 키가 작았기에 줄여서 부르는 이름이 잘 어울렸고, 세계와 사람들을 도도한 시선으로 바라보는 그 눈이 종종 부드러움 혹은 친근한

프-리벤트로프 조약이라고도 부른다. 그러나 이 년 뒤인 1941년에 나치 독일이 소련을 침공하여 독소전쟁이 벌어져 이 조약은 파기되었다.

호기심으로 다채롭게 빛나던 – 독특한 여자였다. 우파 신문 사교란의 표현을 빌리자면 그녀가 그에게 매혹적인 딸 손솔레스를 선사했고, 아이는 포르트뮈에트 근처 숲 경계에 있는 파리의 아파트에서도 비아리츠의 별장들에서도, 스페인에서 부잣집 아이들이 입는 빳빳하게 풀 먹인 옷감에 레이스로 끝단을 장식한 원피스를 입고 우리와 함께 산책을 다녔다. 아마도 17세기 벨라스케스나 18세기 고야가 그린 왕족의 초상화 속 아이들이 입었을 법한 잘 정돈된 의복에서 영감을 받은 것 같았다. 매력 있게 공들여 다듬은 구식 드레스 말고도, 손솔레스는 아주 어렸을 때부터 거리낌없이, 무엇보다 적절하게 재잘거릴 줄 알았기에 눈에 띄는 아이였다.

여름 내내 임대해서 사용했던 비아리츠 별장에서, 나는 대체로 휴가가 끝날 무렵 우시아를 만났다. 비아리츠에서 긴 한 주를 보낸 뒤, 곧 그들과 함께 프랑스를 횡단하는 길고 긴 자동차 – 친구의 자동차들은 내게 어린 시절 탔던 자동차들, 미국산에 덩치가 크지만 조용했던 자동차들을, 소리 없이 달리며 공기를 가르던 자동차들을 떠올리게 했다 – 여정을 거쳐서 파리로 돌아오곤 했다.

내가 프랑스 남서부 카스트르의 고야를, 카르카손 시가지의 성벽들을, 세벤산맥 지대의 매혹적인 야성을, 오슈(생트마리 대성당)와 알비(생트세실 대성당)의 성당들, 위제스의 소박한 아름다움, 베즐레의 매력 – 이 이야기를 관광안내서로 변질시킬 생각은 없으니 이쯤에서 그만두겠다 - 을 알게 된 것은, 바로 비아리츠에서 파리로 돌아가던 여행을 통해서였다. 항상 놀랍고 다채로운 프랑스 풍경 위로 9월의 빛이 비추고 있었고, 나는 매일 -라피타가 매우 좋아했기에 - 기회를 엿보아 장 지로두의 글 한 페이지를 큰 소리로 낭송하기도 했다.

우시아가 임대한 비아리츠 별장에서 처음으로 휴가를 보낸 때부터, 우리는 비리아투로 저녁을 먹으러 갔다. 나는 비다소아강 너머 스페인을 바라볼 수 있는 그늘진 테라스를 다시 찾았다. 유럽의 민주주의 국가들이 승리를 거두었음에도, 내 어린 시절의 나라는 여전히 독재자 프랑코 장군의 치하에 있었다. 우리는 여전히 망명중이었다.

바로 그날 저녁, 그 재회의 저녁에, 이 추억 찾기 작업을 더 수월하게 하는 동시에 무겁게 만든 이가 우리 사이에 끼어들었는데, 그는 헤수스 우시아의 친구로 이름은 카를로스 몬티야였고, 필립 페텡 정부의 프랑스 경찰에 잡혀 프랑코의 경찰에게 인도된 일이 있었다. 앞서 언급했듯 -똑같은 경찰력에 의해 인도되었으니- 아사냐 대통령의 처남 시프리아노 리바스 체리프와 같은 운명을 겪었던 셈이다. 그와 마찬가지로 몬티야도, 프랑코의 군사법정에서 사형을 선고받았다. 그러나 그는 총살당하는 대신 감형받았다. 팔 년 뒤 조건부로 석방되었을 때, 카를로스 몬티야는 과거의 혹독한 경험에도 불구하고 국경을 넘어 프랑스에 보호를 요청해 곤경에서 벗어났던 것이다.

또다시, 비리아투에 밤이 내렸다.

거의 십 년이 흘렀다, 1939년 8월 히틀러와 스탈린 사이에 조약이 체결되기 전날 이후로. 그렇다, 계산은 틀림없다, 그때 나는 삶에서 혼자였기 때문이다. 아무도 나와 함께 비아리츠에 가지 않았고, 누구도 파리에서 나를 기다리지 않았다. 새처럼 자유로웠다. 스스로 독일어로 되뇔 때면, '추방된'이라는 뜻을 지닌 형용사 '포겔프라이vogelfrei'를 혼잣말로 하곤 했는데, 이는 어린 시절뿐 아니라 삶의 특정 시기의 기억 속에서 아주 빈번한 일이었다. 누군가의 배우자로 지냈던 한 시기를 보내고 얼마간 인생에서 또다시 홀로 남겨졌던 것이 바로 1949년이었기에, 계산은 정확하다, 그러니까.

1949년 ─ 어쨌든 한 여자와 살아온 삼 년이라는 시간이 방금 흔적도 없이 사라져버렸다는 사실, 매일매일의 햇볕에 젊은 시절의 사랑이라는 눈이 녹아내렸다는 것과는 아무런 관계도 없는 일이었다 ─ 그해에, 무슨 일이 있었건, 나는 생제르맹데 프레에서 달콤한 보헤미안 시절을 보내며 공산당 활동가가 되고자 애쓰고 있었다. 스페인어로 ─ 바람직한 공산당원이 되기 위해 내가 경험을 쌓은 곳이 바로 스페인 공산당에서였으니까 ─ '아시아 메리토스hacia meritos'라고 말할 수 있을 것이다. 그대로 옮기자면, '공적을 쌓았다'는 의미로, 말하자면 나는 스페인 내에서도 활동할 수 있는 비밀 조직원으로 선발되기 위해 자격을 갖추고자 애썼다.

망명 공산주의 지식인들의 출판이나 활동에 탁월한 기여를 했다 하더라도, 내가 꼭 주목을 받아 핵심비밀기구에 접근하고야 말겠다는 것이, 그렇게 했던 방식 때문은 아니라는 것을 나는 알고 있었다. 산티아고 카리요*의 주재하에 스페인에서의 비밀 임무를 수행하기 위해서는 당 간부들로 선정된 심의위원회를 거쳐야 하는 일이었다.

1949년 나는 막 '완성 단계'**로 접어든 참이었다. 여전히 사년을 더 노력해야 했다. 1953년이 되어서야 모든 것을 넘어서서 내가 갈망했던 것을 얻는 데 성공했다. 당에서 나를 은밀히 스페인으로 보내는 것. 하지만 이건 다른 이야기이고, 지금의 이야기와는 상관없는 일이다.

비다소아가 바라다보이는 그늘진 테라스를 알게 된 지 십년이 지난 뒤, 나는 비리아투로 돌아와 저녁 그림자가 천천히 길어져가는 내 어린 시절 나라의 푸른 언덕들을 바라보았다. 아래쪽, 약간 오른편인데 —그러니까 서쪽에, 우리는 남향에 자리를 잡고 있었으니까— 테라스에서는 보이지 않는 곳에, 강

---

* Santiago Carrillo(1915~2012). 스페인의 정치가이자 작가. 1960년부터 1982년까지 스페인 공산당 대표를 지냈으며, 프랑코 사후 스페인 민주주의 전환 과정에서 상당한 역할을 행사했다.

** 16세기 스페인 신비주의 영성가인 성녀 아빌라의 테레사Thérèse d'Avila가 쓴 책의 제목이기도 하다. '완덕의 길'이라고도 번역되며, 하나님과의 충만한 합일로 가는 단계를 이야기한다.

을 건널 수 있는 오래된 베오비 다리가 있었다.

1953년부터 여러 종류의 위조 신분증을 가지고 그 다리를 건넌 것이 열 번쯤 되었을 것이다. 완전히 위장을 하고 있었지만, 그는 나였다. 바로 나 자신, 늘 그러했던 것처럼 똑같은 붉은 스페인인. 이미 열 여섯이었을 때의 나로 돌아가 있는 그 사람.

"너는 건넜다. 한번 더 비리아투의 언덕을 바라보다, 다리를 건너는 일에 약간 무감하긴 하나 살짝 불안한 감정을 느낀다. 너는 밤새 달렸고, 네 입은 부족한 잠과 담배 연기로 말라버렸다. 너는 이른 아침의 흔들거리는 불빛 아래서 한번 더 국경을 넘는다. 네 등뒤로, 엘리손도 언덕 높은 곳에 있던 네 뒤로, 해가 뜬다. 한번 더 너는 건널 것이다……"

바로 1965년 알랭 레네 감독을 위해 시나리오를 썼던 영화 『전쟁은 끝났다』의 첫 장면에서, 우리가 듣게 되는 내레이션이다. 영화 속 풍경은 반대 방향이다, 물론. 이브 몽탕이 연기한 주인공 디에고는, 지금은 사라지고 없는 낡은 베오비 다리를 건너 스페인을 떠나며, 그 앞에 있는 비리아투 언덕을 바라보았다.

은밀하게 오가던 몇 해 동안, 너무 바쁘지 않으면, 그리고 여자든 남자든 프랑스인 공산당 동료 또한 바쁘지 않고 운전도 할 줄 모른다고 하면, 때때로 나는 비리아투에서 쉬었다 가자고 제안하곤 했다. 우리는 베오비의 낡은 다리를 건넌 뒤 —내가 이런 욕구를 드러내는 것은 언제나 스페인에서 돌아올 때였다. 스페인으로 갈 때는 우리에게 주어진 시간이 대략 한 시간 뿐이었고, 따라가야만 하는 경로가 있었고, 지켜야 할 약속이 있었으니까— 국도에서 빠져나와 비리아투의 그늘진 테라스를 향해 올라갔다.

추측건대, 나와 동행했던 이들 중 몇몇은 이 장소가 내 개인적인 삶이나 사생활과 어떤 관계가 있는 곳임을 짐작했을 것이다. 생각에 잠겨 엘리손도의 푸른 언덕에 시선을 고정시킨 채술을 마시는 나를 바라보면서, 그들은 이 장소와 내 개인적인 기억 사이의 어떤 관계를 상상할 수밖에 없었으리라. 그럼에도 그들은 아무것도 묻지 않았다. 그것이 규칙이었고, 그들은 내진짜 삶에 대해 무엇도 알아서는 안 되었다. 그들에게 나는 그래브너, 슬라냐크, 혹은 뒤퐁이기도 했고, 그들은 문제가 발생할 경우 국경 검문 경찰의 심문에 대답해야 할 것에 대해서만알고 있었다, 그것이 다였다.

그럼에도 한번은, 한 여인이, 그러니까 다른 책에서 다른 경우로 언급한 적 있던 에브가, 내게 질문을 던졌다. 우리는 안달루시아 지방의 세비야까지 급히 여행을 했다. 정말이지 한시도지체할 수 없는 상황이었다. 그 자체로 투쟁이라는 메시아적이데올로기에 의해 만들어진, 순전히 공상적인 절박함은 아니었다. 이 절박함은 실제 상황이었다. 조직원이 세비야에서 프랑코의 경찰이 놓은 함정에 빠지는 것을 막기 위해, 모일 모시

전까지 그곳에 있어야만 했다.

어찌되었든, 그때, 비리아투에서, 에브 - 문학이라는 불안정하고 부서지기 쉬운 영원 속에서 이 이름으로 간직될 그녀 - 가 나를 지켜보고 있었다. 드러내지 않았지만 명백했기에 더이상 설명이 필요 없는 합의와 신뢰가 있었으므로, 우리 사이의 침묵은 평온했다.

"어린 시절의 추억인가요?" 에브가 물었다. 나는 긍정의 뜻으로 고개를 끄덕이며 답했다. "그렇다고 할 수 있죠, 처음 와본 것이 열다섯 살 때였어요." 그녀는 우리 정면, 스페인의 강이 흐르는 언덕들을 바라보았다. 그녀가 더이상의 질문을 하지 않을 것임을, 침묵을 지킬 것임을 나는 알았다, 이제부터는. 그래서 나는 그녀 쪽으로 몸을 돌렸다. 그러고는 시 몇 줄을 읊었다.

"오후들이 지나간다, 하나 그날 '오후'는 머물러 있다,/ 내 몽상에 자리잡은 빛과 영원,/ 내 영혼이 찾아내야 할 - 어디서 어떻게 찾아야 할지는 알 수 없는- 그 속으로/ 다른 이들 모두가 현재에서 사라져버릴 때……"

처음으로 비리아투에 도착했던 1939년 8월, 그림자가 드리운 테라스, 바로 여기서, 내 기억 속으로 다시 온 것은 아버지의 시 마지막 몇 행이었다.

에브는 스페인어를 완벽하게 구사했다. 막 읊조린 시구를 그녀에게 번역해줄 필요는 없었다. 번역하지도 않을 것이다, 이제는. 나중에, 어쩌다가 이야기의 소용돌이가 나를 이 기억의 단편으로 다시 되돌려놓는다면 모를까. 어쨌든, 에브는 자동차 사고로 죽었다, 우리가 비리아투에서 잠깐 휴식을 갖고 얼마 안 있어서, 파리행 열차를 타야 했던 나를 비아리츠라네그레스 역에 내려주었을 때였다. 이 시구에 대한 그녀의 기억은 영원히 지워졌지만, 그 시구들이 망각이라는 모호한 영역의 불확실성 속을 그대로 떠다니도록 나는 내버려두리라.

비리아투의 테라스, 에브의 곁에서 진심 어린 침묵의 시간을 보내던 그날 오후였을까? 전원풍의 투박한 성당에 인접한 작은 묘지에 묻히고 싶다는 소망이 처음으로 내게 스쳤던 것이.

어쨌든, 만약 내가 나의 권리를 상속받는 이들, 유산상속자나 유언집행인들을 괴롭히지나 않을지, 혹시 지루하고 진절머리나는 행정적인 절차들이 요구되어 그들의 삶이 복잡하게 되지나 않을지 하는 염려만 없다면, 나는 비리아투의 이 작은 묘지에 묻히겠다고 하리라. 무국적자들한테 가능한 그 조국, 하나의 소속과 다른 소속 ─스페인 사람이라는 아주 절대적이며 때로는 견디기 어려운 근원과 그 자명함, 그리고 프랑스 사람이라는 아주 불확실하고 때로는 근심스러운 선택과 열정─ 사이, 에우스칼레리아(바스크 지방)의 오래된 대지에 자리잡은 이 국경지에. 나의 부재를 영속시키기에 완벽히 딱 들어맞는 장소가 아니었을지.

한편 이 강렬한 내 욕망을 꾸밈없이 얘기할 수 있다면, 다소

부적절하게 여겨질 뿐 아니라 어쨌든 이를 충족시켜야만 한다고 생각하는 이들에게는 어려움이 따르겠지만, 나는 또한 내 육신을 ─ 붉은색, 금색, 보라색 ─ 공화국의 삼색기로 둘러싸달라고 요구할 것이다.*

정치적 입장을 표명하려는 것이 아니다, 당연히 그런 게 아니다! 스페인의 역사적 상황을 고려해볼 때, 오늘날 민주주의를 보장하고 스페인의 민족주의를 요구하는 서로 다른 구성원들에게 반드시 필요한 일관성을 유지하기 위해 가능한 최고의 체제는 의회 군주제임을, 결국 '공화국res publica'의 발전이 최고의 체제임을 나는 믿는다.

내 몸에 둘린 공화국 깃발은 이 모든 확실성에 이의를 제기하지는 못하리라. 이는 그저 나의 주변인들 ─ 비리아투의 그늘진 테라스에서 내가 끊임없이 생각했던 사람들, 지금도 여전히, 내가 그곳에 가게 된다면 생각할 사람들 ─ 의 망명과 죽음의 고통을 훼손하지 않겠다는 상징일 뿐이다.

어쨌든 사람들이 나를 식탁으로 부른다, 내가 떨어져 있는

---

* 현재의 국기는 맨 아래가 붉은색으로, 1931년 왕정을 무너뜨리고 들어선 스페인 제2공화국(1931~1939) 당시의 국기를 말한다. 이는 독립과 반군주제를 강조하기 위한 것이다. 프랑코 정권에 의해 무너졌으나, 지금도 스페인에서는 개혁을 부르짖는 시민운동 때 이 삼색기를 쓰곤 한다.

것이 걱정스러운 모양이다. 아마도, 외면하고 있는 것 같아서?

몸을 다시 돌리니, 에두아르오귀스트가 초대한 손님들이 이미 자리를 잡은 게 보인다. 그는 내게 과장스러운 몸짓을 해 보이며 나를 위해 마련한 자리를 가리킨다. 선주 부인의 왼쪽 옆자리, 원하던 바다. 나는 비다소아 계곡에서 길어지는 그림자로부터, 스페인의 강 위를 비추는 빛으로부터 멀어져, 찰나－지나가는 그 순간, 바로 삶－의 웅성거림을 향해 걸어간다.

이 기회를 이용해야 한다. 그토록 많은 해가 더 지나, 화자가 되어 있는 나는, 내게 주어진, 말하자면 소설 같은 이 기회를 이용해야만 한다. 예상하지도 못했고, 서사적 전략에 대한 계획도 아직 세우지 않았지만. 기억을 떠올리는 작업을 하던 중, 자유로운 연상들의 흐름을 따라가던 중, 불쑥 나타난 이 기회를 나는 붙잡아야 한다.

열여섯 소년이었을 것이다－석 달 뒤 12월이 되면, 내게는 친숙하면서 동시에 유달리 낯설고, 심지어 이상하기까지 한 나이. 마치 영화의 시퀀스를 응시하고 있기라도 한 듯 －더더욱 좋게 생각해보자면, 비리아투의 테라스만이 유일한 배경인 이 장면을 촬영하는 데 내가 참여하고 있기라도 한 듯－ 나는 1939년 8월 22일 에두아르오귀스트의 친구들이 모여 있는 테이블 쪽으로 걸어가는 그 소년을 바라본다. 그 즉시, 나는 그의 육체적인 감각들 깊은 곳에서, 그 감정들의 희미한 우수 속에서 그 자신이 되고, 동시에 그의 밖에 있는 사람이 된다. 겁이 많고 끔찍한 소심함에 얽매인 그를, ─가령 그는 약속 장소인 카페에 먼저 들어가 있을까, 그러면 거기서 혼자 기다려야 하는 것은 아닐까, 근심하면서 십오 분 동안 그 주변을 돌아다니곤 한다는 것을 나는 알고 있다─ 형이상학적인 면에서는 확실한 것이 없는 사람이지만, 어쨌든 자신의 지능에 대해서는 확신을 갖고 있음에도 매번 이를 증명해 보이는 것이 부적절한 행동일 수도 있다는 무력감 속에서 우월성을 자신하고, 종교의 무질서를 정리하기 위해 뭔가 강력한 신념을 소유해야만 한다고 믿으며, 삶에 의미가 없다는 것을 이미 깨달은, 어쨌든 임시적으로나마 결정을 내려야 하는 순간마다 엉뚱한 의미를 부여하는 것은 비상식적이라고 생각하는 그를, 나는 알고 있다. 노력하지 않아도, 그저 더 오래 살았기에 나는 이미 알고 있나니 ─"악마는 지식을 얻어가면서라기보다 오히려 나이를 먹어가면서 현명해진다mas sabe el diablo por viejo que por sabio"라는 이 스페인 속담처럼─ 그를 기다리는 미래는 (아르망 J가 그에게 읽기를 권했던 폴 니장의 『음모』 속 주인공과 비슷한 관점에서 보자면) "신기루로, 함정으로, 거대한 고독으로 가득한 사막처럼 흐리멍덩하다는 것을" 나는 이미 알고 있다. 그리고 그 미래의 마지막 특징, 바로 거대한 고독을 그는 이미 예감하고 있으므로, 이를 실감하거나 고독의 무한한 규모를 측정한답시고 나이 들어갈 필요는 없을 것이고, 함정과 신기루에 대해 말하자면 나는 분명 그보다 더 많이 알고 있긴 하나, 예상되는 그것들을 피해가도록, 혹은 어떤 식으로든 그한테 경고하도록 하기 위한 어떤 조치도 할 수 없는데, 이는 비리아투의 그늘진 테라스를 배경으로 펼쳐지는 신비로운, 어쨌든 비현실적인 이 찰나의 공간에 그와 나는, 나 자신과 나는, 그러니까 우리는, 함께 있지 않기 때문이다. 그리고 또 한번, 바로 이곳에서, 나는 약간의 다정함, 관대한 다정함을 가지고 그를 떠올렸는데 – 스스로를 대할 때 보통은 이렇게 하지 않는다는 점을 알아주길 – 이는 1972년, 내가 영화 〈두 기억〉을 찍을 때였고, 국경을 넘어온 바스크 지방 사람들의 숨김없는 이야기를 듣겠다고 이곳 비리아투의 그늘진 테라스에 녹음기와 카메라를 설치하기란 불가능한 시절이었다. 그리고 나는 이렇게 말하곤 했다. 그가 떠오른다고, 1939년 8월의 그 오래전 밤, 월드 뉴스들, 놀랍고 예기치 못한, 상상을 초월하는 독일과 소련의 협약 체결을 전하는 그 이튿날의 뉴스, 전쟁으로 가는 모든 문이 활짝 열려 있던 그 뉴스 이전에도, (그는 에두아르오귀스트, 마르크J와 함께 「트로이전쟁은 일어나지 않으리라」*를 보았고, 어떤 대목들은, 특히 율리시스와 헥토르 사이에서 그들 삶과 몽상의 중요성을 늘어놓는 대목은,

---

* 유럽에서 세계대전의 우려가 현실이 되려 하던 1935년 장 지로두가 발표한 희곡. 대수롭지 않은 사건으로 위기에 처한 그리스와 트로이가 전쟁을 막아보려고 애쓰지만, 결국에는 우발적인 사건으로 전쟁은 발발하고 만다는 내용이다.

전부 다 외울 수 있었다) 이미 다른 모든 뉴스에서 전쟁 발발의 불가피성을 보여주었기에, 떠들썩하고 부자연스러운, 혹은 꾸며진, 혹은 강요된 환희로 들떠 있는 저녁 식탁으로 가기 위해, 비다소아강의 어두운 풍경에서, 엘리손도의 사면에서 멀어져가던 그의 모습이 떠오른다고. 또 나 자신이 떠오른다고, 1972년, 피할 수 없었지만 적어도 그 초점에 대해서는 추정할 수 있었던 모든 신기루와 함정을 겪고 난 이후의 나 자신의 모습이. 나는 테라스 난간에서 비켜서던 그를, 어림잡아 열여섯살쯤 되었던 그를 기억한다고, 이 특별한 순간 ─아마도 이 순간이 특별하다는 생각은 순식간에 그에게 전해졌으리라─ 그는 사람들이 모여 있는 곳으로 돌아가기 직전, 아주 가까이에 있지만 갈 수 없는 스페인을 향해 팔을 들어, 예전에 그랬던 것처럼 주먹을 꽉 쥐었을지 모른다고, 나는 혼잣말을 해보았다.

어쨌든 그는 선주 부인의 왼쪽에 마련된 자기 자리가 있는 테이블로 왔고, 소설적인 관점에서, 이 유일한 순간이 담고 있었을 법한 모든 것을 다 말할 수 있는 시간이 내겐 없었다.

내가 자리에 앉자마자, 엘렌은 ─이게 그녀의 이름이었는데─ 내 쪽으로 몸을 기울여 베이스에 가까운 음색으로 말했다.

"당신은 젊고 낭만적인 시인이 아니신가요?" 그녀가 속삭였다.

우리가 끝내지 않았던 대화를 이어간 것이다, 전전날 나눴던 대화를. 그날 저녁 이후로 더이상 서로 옆에 있을 수 없었던 것은 사실이니까.

나는 어린 시절 그 키치적인 면모와 화려함으로 그토록 많은 웃음을 자아냈던 루벤 다리오의 시구들로 그녀에게 답하며, 우스꽝스러운 어투로 이렇게 암송해주었다. *"¿Quién que Es, no es romántico?/ Aquel que no sienta ni amor ni dolor,/ aquel que no sepa de beso y de cántico,/ que se ahorque de un pino, será lo mejor……"*

그녀는 손뼉을 치고 머리칼을 흩날리며 마음껏 웃었다.

"내가 이해를 한 것 같긴 한데, 그래도 번역해봐요!" 그녀가 말했다.

나는 그녀에게 대략적으로 번역해주었다. "낭만 없이 우리가 어떻게 존재할 수 있단 말인가?/ 사랑도 고통도 느끼지 못하는 자는,/ 키스와 노래를 모르는 자는,/ 소나무에 목을 매다는 것, 그 편이 나을 테지……"

그녀는 고개를 내저었다, 너무도 즐거워하면서.

"내 생각이 맞았군요…… 당신이 쓴 시예요? 스페인어로도 시를 쓰나요?"

그렇다고, 스페인어로도 시를 쓰기도 한다고 답했다. 한데, 아니다, 이 시구를 쓴 사람은 내가 아니다.

나는 순진하지 않았고, 어쨌든 행복했다. 그녀가 나에게만 집중했으니까. 세계에서 일어나는 사건들에 대한 이야기로 뒤

덮인 대화의 웅성거림 속에서도, 그녀는 노골적으로 나를 향해 몸을 돌려 집중했다. 그러는 동안 자신의 왼손을 내 무릎에 올리기만 했을 뿐, 그리 노골적인 태도는 아니었다.

"당신이 쓴 또다른 시를 들려줘요." 마치 생사 문제라도 걸린 듯 그녀는 간청했다. "스페인어로 암송하는 시를 듣는 게 이렇게 좋을 수가!"

"이 시는 너무 길어요. 시의 마지막 부분을 들려줄게요……" 나는 그녀에게 말했다. "시작과 끝을 들려줘야겠군요…… 그게 낫겠어요. 수호천사를 향한 시예요…… 우리를 보호하는 수호천사를 부르는……"

그날 밤 그녀는 저녁 식탁에 앉기도 전에 이미 너무 많이 마신 것이 틀림없었다. 어쨌든 그녀는 매일 밤 너무 마셨던 것이 분명하다. 어찌되었건, 자기가 맡은 역할을 환상적으로 연기해냈다. 바로 나만을 위해서. 나와 그녀 자신을 위해서 그랬다고 말하고 싶다. 여러 사람이 웅성거리는 곳에서 떨어져 있던, 우리 둘을 위해서였다고.

"나는 못된 천사들만을 알고 있었는데, 나는……"

세상 온갖 종류의 비탄이 그녀의 목소리에 배어 있었고, 눈빛에서도 읽을 수 있었다. 죽을 만큼 아름다운 모습이었다. 그녀는 완벽하게 자신의 역할을 해냈다.

빨리 암송을 해야만 했다, 우리의 밀담이 선주를 자극하기 시작한 것 같았다. 동업자의 짜증이 늘어가는 것을 알아차린 듯한 에두아르오귀스트의 걱정도 느껴졌다.

낮은 목소리로, 나는 그녀에게 선한 천사에 대한 시를 읊조렸다. 그녀의 왼손은 내 무릎을 떠나 허벅지 안쪽을 더듬고 있었다.

Vino el que yo quería,/ el que yo llamaba······ Aquel que a sus cqbellos/ ató el silencio./ Para sin lastimarme,/ cavar una ribera de luz dulce en mi pecho/ y hacerme el alma navegable······

그녀는 입을 다물지 못한 채 행복에 겨워 진심으로 감동했다. 그럴 만했다. 그 시는 멋졌으니까. 내가 지은 시는 아니었다, 당연한 얘기지만. 내가 그녀에게 들려줄 수 있는 시라고는 아직 어렸을 때 암송했던 시들의 어설픈 단편들뿐이었다. 나는 라파엘 알베르티의 시 몇 행을 골라 그녀에게 암송해주었다. 막 엘렌에게 들려준 부분이 수록된 시집 『천사에 관하여』를 썼던 시절, 알베르티는 이미 공산당원이었다. 하지만 그의 시는 공산주의적이지 않았다. 말하자면, 시는 아직 시 자체를 위해, 아름다움의 발견, 발견한 것들의 아름다움을 위해 존재했을 뿐이다. 훨씬 나중에, 그의 시는 공산당을 위한 것이 되었다. 개인적인 위험이 없었던 건 아니다. 그렇다고 시민으로서의 용기가 결여되어 있던 것은 더더욱 아니었다. 하지만 전제된 위험이, 시민의 용기가, 아름다움을 보장해준 건 아니었다.

"그가 왔다, 내가 갈망했던 그가/ 내가 불렀던 그가······ 제 머리칼을/ 침묵으로 묶었지./ 나를 상처 입히지 않기 위해,/ 내 가슴에 부드러운 빛의 강을 파기 위해/ 그리고 항해할 수 있는 영혼을 내게 주기 위해……"

그날 밤, 나는 알베르티의 시구를 해석해주지 않았다. 무엇보다 엘렌이 스페인어를 완벽하게 이해했기 때문에. 그리고 시간이 없었으니까, 거기서 멈춰야 했으니까, 논평과 웃음과 감탄이 오가는 사람들 속으로 돌아와야만 했으니까.

내 사타구니를 부드럽게 스쳐간 그녀의 손은 곧 식탁보 위에 다시 나타났고, 대화에 추임새를 넣으며 이리저리 움직였다.

"그래서요, 이번 전쟁은 언제라는 거죠?"

잠시 아연한 침묵이 흐른 뒤, 한층 정연한 대화가 이어졌다. 이야기를 이끌어가는 이는 엘렌의 남편, 선주였다. 그는 어제 8월 21일자 몇몇 신문에서 일면으로 다루어진 소식에 대해 논평했다. 모스크바에서, 히틀러에 맞서 조약을 맺으려던 소련군 대표단측과 프랑스와 영국 대표단측의 협상이 결렬되었다. 적어도 중단되거나 유보되었다. 서방 주요국의 대표단은 소련의 수도를 떠났다.

이런 상황에도 불구하고, 엘렌의 남편은 유감스럽게도 잠시 일이 중단된 상태일 뿐이며 가까운 시일에 재개될 것이라고 확신했다. 영국, 프랑스, 소련의 대표단은 합의를 보아야만 하고, 히틀러도 이러한 상황을 알고 있다는 것이다. 이런 상황에서 두 곳에서 동시에 전쟁을 감행할 수는 없을 터라고. 단치히와 관련해서 폴란드를 향한 그 모든 위협은 민주주의에 대한 기만이며, 협박일 뿐이었다며. 협박에 굴복해서는 안 된다고 말이다.

내가 암송한 시에 대한 엘렌의 열정적인 관심에, 특히 −그녀의 태도에 약간 꾸밈이 있었고 나 또한 어색하긴 했지만− 더듬대던 그녀 손의 생생한 기억에 고무되어, 나는 위험을 무릅쓰고 말을 해버렸다. 나의 소심함은 언제나 감정과 사회적인 관계에만 국한된 것일 뿐, 결코 사고 혹은 신념에는 영향을 미치지 않았다는 점을 언급해야겠다.

"양보하지 않으려고 무언가를 하기에는 조금 늦은 감이 있습니다." 나 자신도 놀랄 만큼 침착한 목소리였다.

사람들의 시선이 내 쪽으로 쏠렸다. 의아해하는 얼굴들이 나를 중심으로 둘러쌌다. 약간은 비난의 기색이 묻어 있었을지도. 아니면 따분한 표정이었을지도.

"1936년, 그때 양보하지 말았어야 했어요……" 나는 말했다.

선주는 어깨를 으쓱하더니 격분해서 웃음을 터뜨렸다. 아니면 멸시하는 웃음이었을지도.

"물론! 자네는 우리가 스페인에서 붉은 진영을 위해 싸워주길 바랐겠지! 하지만 그게 아니더라도 인민전선은 이미 프랑스에 나쁜 짓을 실컷 했어!"

나는 만족스러웠다. 이 멍청이 같은 인간의 잘못을 지적해볼까 하고 있는데, 갑자기 식탁 밑에서 내게 바싹 밀착한 엘렌의 따뜻한 다리가 느껴졌던 것이다. 나는 선주에게 대답을 하려고 앞쪽으로 몸을 숙였고, 그러한 움직임에 내 손이 그녀의 무릎 쪽으로 미끄러졌다.

"스페인내전 얘기가 아닙니다! 1936년 7월이 아니라, 3월을 말한 거예요. 히틀러에 맞서야만 했던 라인란트 얘기죠……그때라면 모든 것이 여전히 가능했을 겁니다!"

그곳에 있는 남자 몇몇이 내 의견에 동조하며 고개를 끄덕이는 것을 알 수 있었다.

물론 내 의견이긴 했지만, 이것은 철저히 혼자서만 생각해낸 것이 아니었다. 내가 주변에서 들어온 대화들이었다. 스페인내전 초기부터, 특히 내가 이 주제에 대해 눈뜨게 된 1938년 뮌헨회담 이후의 대화들에서 들어왔다. 이따금씩 아버지는, 히틀러가 평화조약에 따라 비무장화되어 있던 라인란트에 독일 국방군을 보내어 재점령하고 영국과 프랑스는 잠자코만 있었던 1936년 3월 – 인민전선이 프랑스에서 아직 권력을 장악하지 않았던 그때 – 에 대해서 우리에게 이야기하곤 했다.

어쨌든 내가 염두에 두었던 것은 특히 파울 루트비히 란츠 베르크의 논지와 논평이었다.

선주는 상황을 다시 정리하려 애썼다. 테이블 아래서는, 마치 거칠고 음험한 작은 동물처럼, 내 오른손이 자유의지로 움직이다시피 엘렌의 치마를 들어올리고 스타킹 고정용 고무밴드 위 맨살에 닿으려는 참이었다. 표현할 수 없을 정도로 부드러운 이 싱싱함에 내 손가락은 굳어졌다. 정신을 놓을 뻔했다.

"라인란트! 하지만 우리가 뭘 할 수 있었겠나, 여론이 따르지 않았을 텐데!" 선주가 소리쳤다.

나는 더이상 논지를 밀어붙일 수 없었다. 다른 손님들이 토론에 개입하여 내가 꺼내놓은 관점을 옹호했다. 토론은 전체로 번져버렸고, 시끄러운 소리도 났다. 나는 그 토론에 관심을 잃었다.

서늘함이 비리아투 한밤의 테라스 위로 내렸다. 여인들은 나뭇가지에 감춰진 전구 불빛을 끌어당기던 맨 어깨를 하얀색 양모로 덮었다.

한참 뒤 동이 트기 시작했을 때, 나는 놀라서 잠에서 깼다. 침상 옆에 무릎을 꿇고 있던 아마야가 내 어깨를 건드리며 말했다.

"부인이 널 보자는데. 방에서 기다리고 있어……"

아마야는 열여섯 살이었을 것이다. 하지만 나와 마찬가지로, 그녀도 아마 스페인내전의 시련들 탓에 더 나이들고 조숙해 보였다. 그녀의 아버지는 공화국을 지지했던 바스크 지방의 의용군 전투원을 지칭하는 '구다리스'*의 사병으로 전사했다. 반면 그녀의 삼촌 한 명은 몰라와 프랑코 부대가 빌바오로 진격을

---

* gudaris. 1936년 8월 초 국민 진영이 스페인 제2공화국에 맞서 쿠데타를 일으켰을 때 창설된 에우스코 구다로스테아의 대원들을 뜻한다.

해오며 고향 마을을 점령했을 때, 카를로스 당의 의용대에 들어가 마을에 남아 있던 그녀 가족을 모두 감옥에 집어넣었다. 아마야와 그녀의 어머니는 프랑스로 무사히 피난을 왔고, 어린 두 남동생은 바스크 지방의 다른 아이들 십여 명과 함께 소련으로 피난을 떠났다.

모녀는 둘 다 엘렌의 집에서 일했다. 엄마는 부엌에서 일했는데 요리를 정말 잘했고, 어린 딸은 그녀가 정말 좋아하는 여주인의 개인 비서로 일했다.

"술을 많이 마시기는 하지만, 그녀는 아주 좋은 사람이지……" 샹브르다무르 해변 별장에 도착한 다음날 둘이서 한참을 얘기할 수 있었을 때, 여주인의 어린 바스크 하녀가 이렇게 말했었다.

아마야에게 물었다. "그녀는 왜 마시는 거지?" 어린 소녀는 어깨를 으쓱했다. 그러고는 짧게 대답했다. "불행하니까." 왜 엘렌이 그런지에 대해서는 말하지 않았다. 대신 그녀는 주인의 아름다움과 친절함에 대해 칭찬했다. 아름다움에 대해서라면, 내가 반박할 여지가 없을 것 같았다. 친절함은 나와 상관없었고.

나는 놀라 잠에서 깼고, 날이 밝았다.

"부인이 만나고 싶대, 방에서 기다리고 있어." 아마야가 속삭였다.

비리아투의 테라스에서, 연회는 아주 늦게까지 이어졌다. 세계정세라든가 전쟁의 위협 같은 논쟁적인 주제에서 벗어나자 마자, 소위 향수라 부를 수 있는 흥분이 참석자들 사이에서 이어졌다. 마치 에두아르오귀스트와 선주의 친구 대부분이 예고된 종말을 예감하고 있었거나 한 것처럼. 단지 여름의 끝, 휴가의 끝이 아닌, 훨씬 더 극단적인 종말을. 연속되는 시간의 단절을, 알 수 없는 곳으로의 도약을.

"내가 어떤 것을 재느냐고, 율리시스? 나는 젊은 남자, 젊은 여자, 갓 태어날 아이를 재겠네. 삶의 즐거움, 삶의 확신, 정확하고 자연스러운 것을 향한 도약을 재겠어……"

포도주에, 웅성거림에, 내 손가락 밑에 있는 스타킹 고무밴드 언저리 엘렌의 따뜻한 맨살에 얼근히 취해, 나는 지로두 희극의 마지막, 율리시스와 헥토르가 나눈 대화의 일부를 혼자서 조용히 암송했다. 드물게도 이 텍스트가 더할 나위 없이 상황에 들어맞는 것 같았다. 1939년 8월 22일 밤, 비리아투의 테라스에서, 「트로이전쟁은 일어나지 않으리라」의 말들은 내 가슴속에 특별한 울림을 남겼다.

그날 저녁을 보내는 동안, 테이블 밑에서 엘렌의 허벅지를 더듬고 있는 이 손을 빼는 편이 현명하다는 생각이 스치곤 했다. 실제로 선주는 두세 차례 때맞추어 자기 자리를 떠나 아내 곁으로 올 생각을 했는데, 그의 태도는 부드러움이 배어 있기보다는 소유물을 다루는 태도였다. 소유자만이 할 수 있는 몸짓, 말하자면. 어쨌든 경고가 해제될 때마다 다시 내 손을 잡고 자신의 허벅지에, 점점 더 두 다리 사이에 가깝게 밀착시키려 하던 이는 바로 그녀였다.

그러면서도, 내가 그 수완과 교활함에 감탄할 정도로, 처음 우리가 밀담을 나눈 이후로 그녀는 내게 관심이 없는 양 굴었는데, 오른편에 앉아 있는 이들 쪽으로 얼굴을 돌린 채, 조금 전 수가 놓인 스페인 숄을 걸쳐 차가운 밤공기를 막기 전까지 대부분의 시간 동안 드러낸 등과 틀어올린 머리 아래 가늘고 섬세하며 애처로운 목덜미만을 내게 보여줬을 뿐이다.

연회가 끝나갈 무렵, 식탁이 이미 치워지고 술이 돌고 있을 때, 그녀가 내 손을 자신의 가장 은밀하고 뜨거운 곳에 더 가까이 가져간 바로 그 순간, 그녀는 술 때문에 흐려진 눈으로 내 쪽을 향해 몸을 돌렸다. "이렇게 해주니까, 『벨 드 주르』가 생각나나요?" 그녀가 느닷없이 물었다.

나는 완전히 취해 있었고, 이 모든 것이 매력적이라고, 아마도 잊을 수 없을 거라고, 그렇게 생각했다. 그녀의 흥분, 희미하고 관능적인 눈빛, 그녀의 입술, 술 때문에 더더욱 황량하고 갈라지고 날카로워진 그녀의 목소리까지.

히틀러는 폴란드 국경에 자신의 기계화부대 사단을 집결시키고 있었고, 우리도 그 사실을 알고 있었다. 나치 독일의 외무장관 리벤트로프는 스탈린과 조약을 체결하기 위해 모스크바로 날아갈 채비를 하고 있었고, 우리는 그 사실을 모르고 있었다. 프랑코의 감옥은 꽉 찼고, 대규모 숙청에 대해서는 누구나 알았다. 뮌헨에서 민주주의 진영이 체결한 조약의 엄정한 결과로 나치 부대는 프라하를 침략했고, 우리는 그것에 대해 끊임없이 생각했다. 불길했던 바로 그날, 밀레나 예센스카는 나치군이 제 시가지로 밀고 들어오는 것을 보며 분노의 눈물을 흘렸는데, 우리는 이 사실을 한참 뒤에 알게 될 것이었으며, 그때 그녀는 우리의 이상적인 동반자가 되어 있을 터였다. 트로츠키 진영의 스파이라는 이유로 유죄 선고를 받아 모스크바 루반카의 감옥에 갇혀 있던 독일의 젊은 미녀, 베르톨트 브레히트의 친구이자 훌륭한 배우였으며 소련으로 추방당한 공산주의자 카롤라 네허*는 자신이 생을 마감하게 될 굴라크를 향해 긴 일주를 시작했다. 그녀는 그곳에서 삶을 잃고, 흔적도 없이 사라질 것이었다. 나치의 화장터에서 쏟아져나온 우중충한 재들에 견줄 만한, 차갑고 가슴 아픈 시베리아 대초원의 아득한 그 옛날 얼어붙을 듯한 추위에 사로잡힌 채. 반세기가 훨씬 더 지나서야 나는 브레히트의 짧은 시에서 카롤라 네허를 만나게 될 터였다. 그리고 알베르트 아인슈타인은 미국 대통령인 프랭클린 델로너 루즈벨트에게 히틀러가 지배하는 절대 광기에 맞설

---

* Carola Neher(1900~1942). 독일의 배우. 나치 정권을 피해 소련으로 피신했으나, 스탈린 시대 대숙청으로 소련의 정치범 수용소 '굴라크'로 불리는 강제노동수용소에 감금되어 그곳에서 사망했다. 1995년 셈프룬은 그녀의 삶을 다룬 『카롤라 네허』라는 연극을 상연한다.

수 있는 민주주의의 절대 무기로써 고안된 원자력 무기 발명을 위한 연구작업 제안 편지를 막 쓴 참이었다. 그리고 지크문트 프로이트는 8월 22일, 그날 밤, 런던에서, 모르핀에 의지해 턱 암으로 인한 악취 나는 끔찍한 고통을 힘겹게 견디고 있었다. 그리고 조지 오웰은 독일과 소련의 조약 체결 소식이 들린 다음날로 민주주의의 근거를 변혁으로 이끌어줄 급진적 우회를 ─그 근저에서부터─ 시작하려 했었는데, 이 모범적인 방향 전환을 따르고 이해하고 높이 평가한 것은 극소수의 동시대 좌파 지식인들뿐이었다. 그리고 그 이후 세대의 수많은 지식인이 있었고.

이렇듯 현실의 정보들, 그러니까 명백한 어떤 것들과 아직 불확실하고 모호하지만 엄격한 방식으로 생각하면 다다를 수 있는 다른 어떤 것들이 있음에도, 비리아투의 테라스에 있던 그 순간 누군가 내 취기를 깨우면서 지난 여름을 결산할 만한 게 있다면 무엇이겠느냐고 물어봤다면, 나는 망설일 것도 없이 『팔뤼드』와 엘렌의 아름다움이라고 답했으리라. 물론 오를레앙-클리냥쿠르 노선에서 만난 이름 모를 젊은 여자의 환하고도 고통스러운 행복으로 가득한 얼굴, 내 기억의 깊은 곳에 성상처럼 간직되어 있는 그 얼굴도 빼놓을 수 없을 것이다.

"그래요, 『벨 드 주르』, 한데 그건 단지 복수를 하려고 꺼냈던 얘기예요." 나는 엘렌에게 말했다. "무엇에 대한 복수 말예요? 신에 대한?" 그녀가 깜짝 놀라 물었다. "당신이 나를 에두아르오귀스트의 애인 취급했잖아요. 별 거 아니죠, 어떤 점에서 보면. 그런 건 내 수음거리도 안 돼요……" 그때가 아니면 기회가 없었기에, 나는 일부러 노골적으로 말했다. "그런데 당신이 그런 식으로 당신의 세계, 여자들의 세계로 나를 몰아붙였다고요! 당신에게 사과할 생각은 없어요……" 그녀는 웃음을 터뜨렸다. "바보 같네요. 정반대예요, 그게 나를 흥분시켰어요, 약간 동성애자 같은 모습이…… 미안해요, 약간 유약해 보이던 모습이…… 처음 본 순간부터, 당신을 음란한 세계로 끌어들여야겠다고 마음먹게 했건만……"

그리고 아마야가 내 침대 머리맡에 있었다, 다음날 새벽에. 그녀가 내 어깨를 잡고 나를 깨웠다. "부인이 널 기다리고 있어"라고 반복해 말하면서. 나는 맨발로, 신중하면서도 태연한 그애의 시선을 느끼며, 서둘러 셔츠와 바지를 입으며 그애를 따라갔다.

어린 바스크 소녀는 자기 주인의 침실 문을 내게 열어준 뒤, 복도에 자리를 잡고 망을 보았다. 엘렌은 화려하고 광택이 나는 커다란 침대에 있었는데, 나를 맞이하기 위해 침대보를 들어올리자 알몸이었다. 그렇지만 무엇보다 눈에 들어온 것은 화장을 하지 않은 그녀의 민낯이었다. 수수하고 화장기 없지만 윤기 있는 얼굴, 무지갯빛 광채에 둘러싸인 잔주름이 진 두 눈, 원래의 모습인 듯 가면을 벗은 채 새로 떠오르는 햇빛에 물들어 있는 그녀의 얼굴은 감동적이었다.

이번만큼은, 나의 스승 샤를 보들레르가 틀렸다. 그는 내게 프랑스어의 아름다움, 파리의 아름다움, 그리고 아마도 무엇보다 여인의 아름다움에 대한 비밀을 아마도 전수해주었다. 파리의 거리에서, 나는 필사적으로 그가 이야기한 지나가는 여인을 찾았다. 세계에 대해, 현대 생활의 통찰력과 영원한 여성의 본성에 대해 내게 가르쳐주었던 그의 문장들을, 아포리즘을, 메모들을 나는 작은 노트에 정성스레 적었었다.

"그 여자가 '자연스럽다,' 다시 말해 끔찍하다"라고 보들레르는 『벌거벗은 마음』에 썼다. 이 난데없는 단상을, 나는 「현대 생활의 화가」*라는 그의 에세이 중에서도 절대적으로 타당하며 심오한 몇 페이지짜리 글인 「화장 예찬」에 관해 적어둔 내 메모들과 연관지어 적어놓았다.

"노력하지 않아도 악은 '자연스럽게' 숙명에 따라 이루어진다. 반면에 선은 언제나 인공의 산물이다"라는 사실을 환기한 뒤, 보들레르는 이렇게 썼다. "마법처럼, 그리고 초자연적으로 보이기 위해 몰두하는 것은 여자의 정당한 권리일 뿐 아니라, 일종의 의무를 다하는 행위이기도 하다. 여자는 사람을 놀라게

---

* 1859년 무렵 보들레르와 개인적으로 친분을 쌓은 풍속화가 콩스탕탱 기를 소개하고 그의 작품들 특성을 설명한 보들레르의 에세이. 1863년 세 차례에 걸쳐 『피가로』에 연재되었고, 이후 수정을 거쳐 보들레르 사후 출간된 『낭만주의 예술』에 실렸다.

하고 매혹시켜야 한다. 열렬한 사랑의 대상이기에, 여자는 사
랑받기 위해 치장해야만 한다."

이 멋진 운율에도 불구하고, 이 문장들로 몇몇 페미니즘 단
체에서 얼마나 분노할지는 쉽게 상상할 수 있다. 그렇지만 지
금은 페미니즘 얘기를 하려는 것이 아니다. 인공적인 것이야말
로 인간을 자연이라는 공포로부터 해방시킬 수 있는 문화적인,
도덕적인, 그리고 미학적인 모든 발전의 조건이 된다는 보들레
르의 범주에서, 엘렌만큼은 예외였다는 점을 확인하는 것이 중
요하다.

꾸미지 않았지만, 그녀는 끔찍하지 않았다.

잠에서 깨어 창백한데다 어떤 종류의 화장도 하지 않았건
만, 그녀는 빛을 발하는 수많은 장식으로 가득한 테라스의 미
광 아래 빛났던 비리아투에서의 지난밤과 똑같이 ─물론 더 불
안정하고 더 위태로워 보이긴 했지만 훨씬 더 연민을 불러일으
키는 모습으로─ 아름다웠다.

엘렌은 나를 자신의 침대로 끌어당겼다. "이리 와요, 내가 당
신에게 가르쳐줄게요." 그녀가 속삭였다.

대략 십 년이 흐른 뒤 다시 비아리츠에 있는 우시아 가족을
방문했을 때, 나는 엘렌을 다시 보았다. 나는 엥페라트리스 대
로에 있는 팔레 호텔 앞 바스크 스타일의 바에 있었다. 안락하
고 평온함이 느껴지는 오십년대풍의 그 바 또한 다른 곳들과
마찬가지로 옷가게로 바뀌어 더이상은 존재하지 않는다.

스페인 친구들과 함께였고, 비아리츠의 시합장에서 펠로타*를 한 게임 한 뒤였다. 나는 내 손이 완전 녹슬지는 않았음을 확인했다. 말 그대로다. 우리는 맨손으로 시합을 했다. 청소년기가 시작될 무렵 레케이티오에서 맨손으로 곧잘 했기에 나로서는 그 방식이 좋았다.

한눈에, 바 구석에 있던 그녀를 알아보았다. 자기보다 훨씬 어린 사내와 함께 있었다. 아마도 그녀가 추근거렸을 젊고 낭만적인 시인일지 모를 사내와.

그녀는 초췌했다. 이 상투적인 단어밖에는 마땅한 표현을 찾을 수가 없다. 세월과 알코올 탓에. 삶에, 결국, 자신의 삶에 치여. 우리는 스페인어로 이야기를 나누었고, 아마도 우리 중 누군가의 목소리가 전해졌는지 그녀가 우리 테이블 쪽으로 몸을 돌렸다. 나는 흐리멍덩하고 약간은 광채를 잃은 그녀의 시선을 응시하려 애썼다. 그녀는 나를 바라보더니, 더없이 어색하고 무기력하게 머리를 매만졌다. 내 시선에서 남성성을 알아보았다는 증거였다.

하지만 나를, 내가 누구인지를 알아보지는 못했다. 그녀는 자신의 위스키와 자신의 젊은 남자에게 돌아갔다. 아주 매력적이긴 하지만, 낭만적인 시인이라기보다는 오히려 운동선수 같

---

* 바스크 지방의 운동으로 손이나 전용 라켓을 이용해 벽에 공을 치며 주고받는 놀이.

은 남자였다.

어쨌든, 자기 파괴의 경계에서 아름다움의 마지막 빛을 발하는 그녀의 모습은 찬란했다.

나는 자리에서 일어나 그녀의 테이블로 가서는 그녀에게 그 옛날의 시구들을 읊어주고 싶다는 유혹에 사로잡혔다. 라파엘 알베르티의 시를. 분명 호락호락한 여자는 아니었다. 수호천사에 대한 시의 단편을 듣고, 그 재능이 원숙함의 절정에 이른 위대한 시인이나 쓸 수 있을 그런 시라는 것을, 말하자면 나 같은 열여섯 애송이가 쓸 수 있는 것이 아니라는 것을, 알아차리고도 남을 만큼 그녀는 충분히 교양을 갖춘 사람이었다.

나는 두 손으로 그녀의 위스키 잔을 빼앗아 한 모금 마시고 보이지 않는 그녀 입술의 흔적에 내 입술을 포개었을 것이다.

갑자기 내가 나타나 어리둥절해진 그녀가 내 쪽으로 몸을 돌릴 때, 그리고 젊은 해수욕장 안전요원이 의혹에 찬 눈빛으로 나를 바라볼 때, 나는 그녀에게 그 시의 마지막 몇 행을 들려주었을 것이다.

"나를 상처 입히지 않기 위해,/ 내 가슴에 부드러운 빛의 강을 파기 위해/ 그리고 항해할 수 있는 영혼을 내게 주기 위해……"

나는 그 시를 그녀에게 스페인어로 읊어주었을 것이다, 당연한 얘기 아닌가. 십 년 전에 그렇게 했던 것처럼, 그 기억을 되살리기 위해. 지금은 프랑스어로 그 시구를 옮기고 있지만, 그건 내가 독자와 나눌 기억이 없기 때문이다. 불가능에 가까운 일이다. 그 대신, 미래를, 도래할 말들과 상황들을, 독자와 나는 나눌 수 있으리라.

그 어떤 것도, 그 누구도, 그녀에게 항해할 수 있는 영혼을 주지 않았다는 건 분명했다, 지난 몇 해 동안.

하지만 그녀가 나를 알아보지 못할까봐, 그래서 그을린 얼굴에 하얗고 가지런한 치아를 가진 체격 좋은 젊은이 앞에서 그녀에게 세세한 것들을 알려주며 나를 기억하게 만들어야 하는 건 아닐까 두려워, 나는 자리를 뜨지 못했다.

중요한 것, 중요한 것은 배울 수 없는 법이라고, 나는 그녀에게, 엘렌에게 이야기했을 것이다. 스스로가 만들어나갈 뿐이라고. 오를레앙-클리냥쿠르 노선 지하철의 혼란 속에서 행복으로 일그러진 낯선 젊은 여자의 얼굴에 대한 기억에 이끌려, 나로서는 그렇게 꾸며낼 수밖에 없었다.

그러고 나서, 아마도 우리는 이야기를 나눌 수 있었으리라, 그녀가 나를 기억해냈더라면 말이지만.

1939년 9월 3일, 나는 수플로 거리와 생미셸 대로가 만나는 카풀라드 카페 정면 신문 가판대 앞에 있었다.

스탈린과 협약을 체결한 이후 두 전선에서 전투를 벌이는 일에 더이상 두려울 것이 없었던 히틀러는, 기갑사단을 보내 폴란드를 침공했다. 영국과 프랑스는 그에 대해 전쟁을 선포했다.

9월의 그날, 나는 아버지와 만나기로 했다. 앙리4세 고등학교가 여학생을 위한 시설이 되었기 때문에, 내가 생루이 고등학교로 편입해야 한다는 슬픈 소식을 막 들은 참이었다. 아버지는 파울 루트비히 란츠베르크와 함께 약속 장소로 오셨는데, 나 또한 그 마지막 몇 달 동안 이런저런 기회에 계속 그를 만나고 있었다. 특히 로몽드 거리에 있는 피에르에메 투샤르의 집이나, 장마리 수투가 사무실로 삼았던 북역 근처, 포부르생드니 거리에 있는 『에스프리』의 편집실에서.

우리는 함께 생미셸 대로를 따라 카풀라드 카페 근처에 있는 신문 가판대까지 걸어올라갔다.

란츠베르크가 그날 치 석간신문들을 사고 있을 때 한 남자가 다가와 그에게 인사를 건넸다. 키가 작고 말랐으며, 불쑥 튀어나온 커다란 두 귀에 앙상한 얼굴, 이미 앞머리는 거의 없었지만 아직 사십대 정도로 보이는, 이 낯선 이의 시선은 지성으로 반짝였다. 환하게 빛나는, 자신의 세상을 저버리지 않은 눈이었다. 그 이후로 레몽 아롱을 ─ 왜냐하면 이 사람이 바로 그였으니까 ─ 그렇게 가까이에서 보는 일은 다시 없었지만, 그 번뜩이던 지성, 빈정대는 듯하면서도 동시에 뜨거웠던 그의 미소는 내 기억 속에 새겨졌다. 에세이스트 니콜라 바브레가 쓴 그의 전기 『레몽 아롱, 이데올로기 시대의 모럴리스트』 안에 있던 두 살 어린 사진, 1937년 울름 거리에서 셀레스탱 부글레*와 함께 찍은 사진을 볼 때면, 나는 바로 9월 그날, 생미셸 대로에서 그에게서 받은 인상을 정확히 다시 발견한다.

란츠베르크가 낯선 이를 아버지에게 소개했다. 그러니까 레몽 아롱을. 그런 뒤 아롱은 내 쪽으로 고개를 돌려 내 학업에 대해서 몇 가지 질문을 했다. 그가 누구였는지 몰랐던 나는 어려움 없이 답했다. 그리고 내 이학년 생활을 생루이 고등학교에서 보내도록 만들어버린 관료주의의 터무니없는 일 처리에 대해 불평했다. 웃으면서, 그는 내게 어디서 공부하고 싶은지 물었다. "당연히 앙리4세 고등학교죠! 내가 다니던 학교"라고, 나는 답했다. 그 역시 앙리4세 고등학교가 아주 좋은 곳이라고 생각하는 것 같았다. "나는 오슈 고등학교**에서 학업을 모두 마쳤지"라고 그가 말했다. 나는 오슈 고등학교가 어디에 있는지도 몰랐고, 우리의 대화는 거기서 끝났다.

그렇게 그는 아버지와 파울 루트비히 란츠베르크 쪽으로 몸을 돌렸다. 그들은 터져버린 전쟁에 대해, 민주주의가 승리할 가능성에 대해, 그들 개인의 운명에 대해 이야기했다.

독일군 점령기 동안 아버지는 마사비엘의 가톨릭 중학교에서 스페인어를 가르치며 받는 얼마 안 되는 수입과 예전에 외

---

* Célestin Bouglé(1870~1940). 프랑스의 철학자이자 사회학자. 공화주의자이며 드레퓌스 사건 등 당대의 문제에 적극적으로 참여했다.
** 1803년 나폴레옹의 지시로 베르사유에 지어진 교육기관으로, 1888년부터 오슈 고등학교로 불렸다.

교관 급여로 받은 것 중 스위스 여자가 모아둔 약간의 돈을 가지고 힘겹게 살아갈 생각이었다. 『에스프리』 동료 대부분이 비점령 지역을 선택했기에, 스페인 연구가인 마르셀 바타이옹과 그 친구들이 엮어주는 관계만을 유지한 채 아주 멀리 떨어져 살고 있던 아버지는 지겹게 같은 생각만을 곱씹으며 잃어버린 환상에, 상징적인 충성심에 갇혀 살아갔다. 생프리의 오귀스트 레이 거리, 스덴의 저택에 있는 낡은 방 한쪽 벽에는 —빨간색, 금색, 보라색으로 된— 작은 공화국 삼색기가 그 시절의 우울함 위에서 선명한 색채로 대조를 이루고 있었다.

파울 루트비히 란츠베르크에 대해 말하자면, 계속 파리에서 지내며 『에스프리』에 글을 쓰다가 1940년 5월 기피 외국인들을 위해 만든 브르타뉴 지방의 프랑스 수용소에 수용되었다. 수용소가 붕괴되자 그는 그곳에서 빠져나왔고, 이를 틈타 게슈타포의 추적에서도 벗어나 은밀하게 남쪽 지방으로 갔다. 우선은 리옹에, 그다음은 포에 있었는데, 그는 레지스탕스와 콩바운동*에 참여하여 이 모임의 정보부에서 일했다. 란츠베르크가 1943년 3월 게슈타포한테 붙잡힌 곳은 바로 포였다. 그는 베를린 인근 오라니엔부르크 수용소로 보내졌고, 거기서 1944년 4월 극도로 쇠약해져 숨을 거두었다.

---

* Combat. 한국어로는 '투쟁'으로 번역되며, 이차세계대전 당시 프랑스에서 활동한 대표적인 레지스탕스 단체.

1939년 9월 생미셸 대로의 인도 한쪽 구석에서 느닷없이 만나 대화를 나눴던 세번째 인물 레몽 아롱의 운명은 잘 알려져 있다. 회고록들, 긴 대담들, 훌륭한 전기가 그 인물에 대해 거의 모든 것을 알려주었다 – 완전히는 아닐 것이다, 당연한 얘기겠지만. 그런 종류의 작업에도 끝내 밝힐 수 없는 존재의 미스터리는 있기 마련이니까.

1939년에 군에 입대했던 아롱은 – 우리가 생미셸 대로에서 만났을 때, 이미 그의 주머니에는 휴가증이 있었다 – 전투부대에 편입되기 위해 온갖 노력을 다했지만, 군 기상대에서 복무했다. 1940년, '이상한 패배' – 군이 마르크 블로크의 책 제목을 인용하는 이유는 레몽 아롱이 마르크 블로크와 장 카바이에스, 그리고 조르주 캉길렘, 장피에르 베르낭, 또 몇몇의 다른 이들과 함께 작은 그룹을 형성했기 때문이다. 직업상의 이점과 가정의 평온함에도 불구하고 그들만의 진영을 선택한, 위대한 대학교수 그룹이었다 – 를 맞이한 시기에, 아롱은 툴루즈*에서 런던으로 떠나 자신이 사 년에 걸쳐 운영하게 되는 급진적 지식인들의 잡지 명칭이기도 한 자유프랑스**에 합류하기로 결심

---

* 1939년 군에 입대하기 전까지 레몽 아롱은 프랑스 남서쪽에 있는 툴루즈 대학의 교수로 재직했다.
** 1940년 6월 18일 런던에서 샤를 드골의 호소문을 계기로 만들어진 프랑스 외부의 레지스탕스 단체. 레몽 아롱은 짧은 기간 동안 자유프랑스에서 활동하다가, 그 단체에서 독립적이며 샤를 드골을 향해 종종 비판적 입장을

했다.

오늘날 수플로 거리와 생미셸 대로가 만나는 곳에 자리한 신문 가판대 앞-몇 달 전 내가 마드리드 함락을 알리는『스수아르』지를 샀던 바로 그곳-에서 펼쳐진 그 장면을 다시 떠올려보면, 그 시절 그대로의 사람들, 그들의 용모를 회상해보면(그리고 막 아버지가 소개받은, 나보다 스무 살쯤 많아 보이던 아롱 씨의 생기 있고 지적인 시선에 붙들려 그런 선생님을 만나면 얼마나 좋을까 생각했던 기억을 되짚어보노라면), 나는 가슴이 미어지는 듯한 느낌에서 벗어날 수 없다.

실제로, 어떤 우연이 나를 사로잡았다. 나를 역시나 꿈꾸게 했으나, 비극으로 밝혀지고야 마는 우연이. 이 우스꽝스러운 전쟁 동안 군 기상병으로 복무하느라 어쩔 수 없이 주어진 여가시간에, 아롱은 마키아벨리에 대한 에세이 작업에 매진했다. 레몽 아롱이 영국으로 떠났을 때, 이 작품의 완결된 단편들은 그에게 우호적이던 한 가족의 정성 덕에 지켜지고 보존되었다. 그리고 한참이 지나서야 출판되었다.『마키아벨리와 20세기의 폭정』이 그 책이다.

그런데「자살에서의 도덕적 문제」가 마지막 텍스트라고 알

내세웠던 잡지『라 프랑스 리브르』에서 기자로 활동을 시작한다. 이것이 레몽 아롱의 기자 이력의 시작이며, 그는 죽을 때까지 기자로서 글쓰기를 그만두지 않았다.

려진 −1941년에서 1942년 사이 이 글을 쓸 무렵, 게슈타포의 손에 잡히는 경우 자살하기로 마음먹었고, 그래서 그 결정에 필요한 독약을 항상 지니고 있었던− 파울 루트비히 란츠베르크 또한 마키아벨리에 대한 에세이를 썼다, 체포되기 전까지. 만전을 기하기 위해 이 작품의 세 원고를 각각 다른 곳에 숨겼지만, 불행히도 어느 것도 다시 찾을 수 없었다.

그러니 우리로서는 마키아벨리를 놓고 무덤 저편에서 벌어졌을 아롱과 란츠베르크의 대립 혹은 대화를 볼 수 없게 됐으니 실망스럽다. 어쨌든 나는 절망적인 분노와 함께 허무를 느낀다. 이 결핍이 안겨준 바보 같은 부당함에 대한 저항으로.

어찌되었든, 생미셸 대로에서 대화는 막 끝난 참이다. 레몽 아롱은 석간신문을 가지고 집으로 돌아간다. 아버지는 교외 열차가 있는 북역 방면 지하철역으로 다시 내려간다. 나는 파울 루트비히 란츠베르크와 함께 남는다.

그는 내게 시간이 있느냐고 묻는다. "네, 시간 있어요." 포부르생드니 거리에 있는 『에스프리』 사무실에서 장마리 수투와 만나기로 한 것은 완전히 해가 질 무렵이니까.

그는 자기와 함께 가자고 제안하고, 나는 따라간다. 우리는 몽파르나스 쪽으로, 나는 동의하지 않지만 장 지로두의 말을 빌리자면, 세상의 중심인 그곳으로 간다. 각자에게는 나름의 세상의 중심이 있다. 나는 팡테옹을 고집하겠다.

란츠베르크는 아이러니하게도 전쟁으로 인해 위험에 빠진

사람들, 독일인 반파시즘 망명자 그룹을 다시 만나기 위해 셀렉트 카페*로 간다. 그들은 이제 적대국의 일원으로 취급된다.

기억의 작업, 과거를 되살리기 위한 모든 절차(자기 성찰. 선잠에 빠져 있지만 아직 생기가 남아 있는 기억, 어쩔 수 없이 혹은 타산에 의해 망각이라는 검은 구멍 속에 감추어져 있던 순간들을 복원해낼 수 있는 기억에서, 떠도는 희미한 형상들을 탐구하고 발전시키는 일. 내 기억이나 다른 것들의 '사회적 틀'을 만들어내고자 시대의 역사적 자료들을 분석하는 일)를 수행하며 이 글을 쓰기로 한 이후로, 『잘 가거라, 찬란한 빛이여……』를 쓰기 시작한 이후로 나를 떠나지 않는 이미지 하나가 있었지만, 그것을 붙잡아 해독하고 해석해내려 해봤지만 그럴 수 없었다.

그것은 꿈일까, 실재하는 기억일까?

나는 파울 루트비히 란츠베르크와 함께 몽파르나스의 카페에 도착한다. 그곳에 있는 아무 카페나 들어간 건 아니다, 물론. 셀렉트 카페다. 한 테이블에 남자들 몇 명이 앉아 있다. 란츠베르크는 그들에게 독일어로 내가 누구인지 이야기한다. 덧붙여, 내가 그들의 말을 완벽하게 이해하며, 독일어를 아주 명확하게 구사한다고 말한다. 그가 독일인 동료들에게 전했던 문장을 그

---

* 1923년 몽파르나스 대로 99번지에 문을 연 카페. 양차 대전 사이에 많은 지식인과 예술가들이 드나들던 곳으로 유명하다.

대로 옮겨보자면 이렇다. "이 친구 독일어 제대로 해es spricht ganz nett Deutsch."

그들이 처한 상황의 부조리함에 대한 논의가 한창이다. 전쟁 선포 전날까지도 그들은, 나치 당국을 자극할 위험이 있는 —어쨌든 그중 누군가는 속해 있던— 반파시즘 운동을 이유로 감시당하고 관리되어왔으며, 뮌헨 협정 이후 프랑스가 나치 당국과 평온하고도 좋은 관계를 유지시키고자 하던 시기, 특히 리벤트로프가 파리를 방문했을 때는 더욱 심했다.* 그러니까 그 전날까지도 그들은 관리하에 놓여 있었고, 때때로 반파시즘 투쟁을 완화해달라는 경고를 받기도 했는데 —프랑스 당국의 제재에 따라 그들에게는 비호권**도 주어지지 않았으며, 주재국의 정치에 개입할 권리도 없었다— 바로 다음날, 이제는 적국의 거주민, 그러니까 잠재적인 적이 되어버렸다.

그런 식으로, 전쟁을 막고자 애썼던 프랑스의 원조가 정말로 효력을 발휘한 순간, 어쩌면 없어서는 안 되는 것이 되어버린 순간에, 그들은 이제 용의자의 범주로 승격되어 강제수용소에 수용되거나 거주지를 지정당할 운명에 처했다. 결국, 반파시즘

---

* 1938년 12월 6일 리벤트로프는 파리를 방문하여 프랑스 외무부 장관인 조르주 보네와 만나 양국의 우호관계를 확인했다.
** 국제법상 외국의 정치범이나 피난자 등 보호를 요구하는 자를 비호할 국가의 권리.

투쟁의 바깥에 놓이거나 추방당한 셈이다.

어쨌든 내 기억에서 이 부분만은 의심할 여지도, 모호한 것도 없다. 확신할 수 없는 것이 있다면, 셀렉트 카페의 그 테이블에 발터 벤야민이 있었는가 하는 점뿐이다. 테이블 끄트머리에서 자기 견해를 밝히며 다른 사람들한테 특히 영향을 주고 있는 것 같았는데, 그가 정말 발터 벤야민이었는지는 알 수 없었고, 앞으로도 결코 알 수 없을 것이다. 한참이 지나 발터 벤야민의 사진들을 보았을 때, 나는 셀렉트 카페에서 본 그 사람, 드물게 말을 할 때면 다른 독일 망명자들이 주의깊게 경청하곤 했던 그 미지의 남자를 기억해낼 수 있었다.

룩셈부르그 공원을 가로지르며 산책을 하는 동안, 파울 루트비히 란츠베르크는 나에게 발터 벤야민에 대해 이야기했다. 어쩌면 그게 아니라 자신의 독일인 친구에 대해 이야기를 하던 중 지나가듯 그의 이름을 언급했는지도 모르는데, 그 순간에는 기억에 담아두지 못했지만 분명 벤야민이라는 이름이었다. 그가 자신의 친구에 대해 주었던 정보들을 바탕으로 추론해보는 일이야 쉬운 일이니까.

몽파르나스 쪽을 향해 산책을 하는 동안, 란츠베르크는 내게 파리에서 잘 지내고 있는지 물었다. 망명생활에 대한 궁금증이 그의 주된 관심사였다. 망명으로 인해 감당할 수밖에 없는 완전한 고독감과 조국과의 단절에 대한 것들이. 그 자신은 직접 프랑스어로 글을 쓰는 연습을 했다면서, 내가 프랑스어를 숙련시켜 그 실력이 발전하게 된 것을 축하해주었다.

파리를 가로지르며 긴 산책을 하는 동안, 내가 베데커를 통해 그랬던 것처럼 보들레르의 안내를 받으며 파리를 발견해나갔다고 말했을 때, 그는 많이 웃었다. 자신의 독일인 친구 하나가 여러 해 전부터 파리에 대한 책 한 권을 집필하고 있다고 그는 말했다. 그의 사고의 총체이자 그 도시 – 몇 달 전인 1939년 3월에 그가 프랑스어로 쓴 에세이에서 "19세기의 수도"라고 명명했던 그 도시 –를 다루는, 그의 역사철학의 총체가 담긴 책이라고 했다. 그는 친구의 이름을 알려주었지만 나는 기억에 담지 않았다. 물론 그는 발터 벤야민이다.

그랬을까? 뒤쪽에 보일 듯 말 듯 존재했지만, 이따금씩 던지는 말 한마디 한마디로 유독 독일인들의 흥미를 끄는 듯했던, 그 말수 적은 인물이. 실제로, 가능한 이야기다. 바로 그날까지만 해도 벤야민은, 자신을 느베르 수용소에 감금하여 11월 말에야 석방시켰던 경찰의 일제 단속에 잡히지 않은 상태였으니까. 이듬해, 게슈타포라는 동포들을 피해 그는 은밀하게 스페인 국경을 넘었고, 프랑스 국경 도시 포르부에서, 결코 완전히 밝혀질 수 없는 상황에 처해 스스로 목숨을 끊었다.

오래전부터 나는 발터 벤야민을 읽고 또 읽는다. 그의 에세이들을, 두 권짜리 『아케이드 프로젝트』를, 역사 개념에 대한 그의 궁극적인 논문들을. 끝나지 않을 독서. 독서를 통해 우리는 가치 있는 새로운 것들을 끊임없이 발견하고, 해석의 새로운 가능성을 끊임없이 밝혀나간다. 벤야민이 쓴 독일어 산문이 지닌 난해하면서도 번뜩이는 간결함에 경탄할 때마다, 나는 묻게 된다. 1939년 9월 초 어느 날, 셀렉트 카페 테이블 끝에 앉아 물병과 신문에 자신의 몸을 감추고 싶은 듯 보였던 그 작은 인물이 바로 그였을까.

그 사실을 결코 확인할 수는 없겠지만, 만남을 사실로 만들기 위해, 그러니까 그 슬프고 고통받은 ―또한 그가 해독하고자 애썼던 그 세기, 그 자신의 세계와 마찬가지로 미로처럼 뒤틀려 있었던― 현대 사상의 천재를 익명으로나마 마주쳤다는 행운을 맛보았다고 믿기 위해, 나는 어떤 값도 치를 수 있을 것만 같았다.

생미셸 대로에서의 만남이 있고 며칠 후, 구버너 폴딩이 블레즈데스고프 거리의 집으로 나를 만나러 왔다. 그는 전쟁중인 유럽을 떠나 가족과 함께 미국으로 돌아갔다.

폴딩은 1936년 가을 페르네이볼테르의 아름다운 저택에 셈프룬 일가를 받아주었던, 건장하고 사람 좋은 바로 그 미국인이었다.

몇 주 동안, 우리 가족은 모두 그곳에서 지냈다. 잠시 체류중이었던 그의 한 친구, 스페인계 미국 철학자 조지 산타야나와의 정열적인 토론으로 점심식사 시간은 즐거웠다. 이런 지적인 즐거움 말고도, 폴딩의 집에서 하는 식사는 소위 미식이라는 흥겨움까지 주었다. 적어도 영양섭취 면에서도 즐거웠다. 이를 계기로, 나는 이국적으로 여겨지는 음식들 중에서도 옥수수에 버터를 발라 적당히 익힌 것을 여기 페르네이볼테르에서 알게 되었다. 맛있는 음식이었다.

몇 주를 보낸 뒤, 가족은 몇 달 후 스페인 공관이 있는 헤이그에서 다시 만날 것을 기약하며 또다시 흩어졌고, 폴딩 부부는 볼테르 성을 마주보는 이 아름다운 저택에 셈프룬의 가장 어린 세 형제들만을 맡게 되었다. 곤살로 형과 나는 제네바의 그로베티 자매 집에서 지내다가 칼뱅 중학교에 들어갔고, 1939년까지 우리를 함께 묶어둔 망명이라는 여행을 시작하게 된다.

아메리카 대륙으로 출발하기 전에 구버너 폴딩은 나를 만나고 싶어했다. 아마 우리 가족을 대표하는 누군가를 다시 보고 싶었던 모양이다. 파리에 있었고, 따라서 파리 외곽에 멀찌감치 떨어져 있는 아버지보다는 만나기가 수월했으니 내가 바로 그 대표였던 셈이다.

우리가 나눈 말들과 다루었던 주제들에 대해 나는 정확히 기억하지는 못한다. 내 기억에 남아 있는 것은 친근하고 키가 크며 쾌활한, 폴딩이라는 사람의 육체적 실체뿐이다. 그리고 그날의 이별은, 바욘에 도착하면서 시작되어 세계대전의 시작으로 끝나버린, 말하자면 내 인생에 있어 한 시기, 청소년기에 치러진 두 번의 전쟁 사이에 놓인 시기의 마지막 장과 같은, 그런 느낌으로 기억된다.

이십오 년 뒤 내 첫번째 책이 번역되어 미국에서 출판되었을 때, 나는 1964년 5월 21일 『리포터』지에 실린 한 기사의 복사본을 받았다.

「그리고 증오할 시간이」라는 제목이 붙은, 구버너 폴딩의 글이었다.

"스페인내전이 끝나갈 무렵, 공화 진영의 셈프룬 가족은 스페인 바스크 지방을 떠나 배를 타고 프랑스에 도착했다. 그들이 바욘에 내렸을 때, 휴가객들은 그들을 멸시의 눈으로 바라보았다. 그들은 붉은 스페인인이었다. 그 이유만으로 그들은 호기심과 당혹감, 그리고 마치 그들이 전염병―자기네 나라에서 그들을 휩쓸어버린 재앙―이라도 가져온 듯한 불편한 감정을 불러일으켰다. 그들 가운데 몇몇은, 어쨌든 어린 호르헤 셈프룬은, 다른 것을 가지고 왔다. 그것은 바로 굴복에 대한, 고분고분 처신해야만 하는 것에 대한 일종의 반감이었다. 나치가 쳐들어왔을 때, 그는 레지스탕스에 가담했다. 1943년, 그는 체포되어서 부헨발트 수용소로 보내졌다. 『머나먼 여행』은 그 보고서이자, 신중히 숙고한 결과로, 산더미처럼 쌓여 있는 육체들 더미 속에서 사 일 낮과 오 일 밤을 보내며 치른 여행을 픽션으로 옮긴 것이다……"

원점으로 돌아왔다. 구버너 폴딩이 내게 그 시절을 한 바퀴 돌아보게 해주었다.

얼마 전 나는 다시 비리아투의 테라스로 왔다.

나는 이 이야기에 '끝'이라는 단어를 쓸 수 없었고(나는 그것을 끝낸다고 말하지 않는다. 모든 자전적 이야기는 그 끝이 없는 법이다. '끝'이라는 말은 멈춰진 시간, 휴지休止 혹은 한 번의 호흡을 지칭할 뿐이다. 혹은 단순히 더 멀리 가는 것, 더 깊이 파는 것이 당분간은 불가능함을 알리는 말일 뿐이므로), 비리아투의 그늘진 테라스로 돌아오지 않고서는 이 글의 마지막 단어를 쓸 수 없었다.

아무것도 변하지 않은 채, 모든 것이 내 기억 속 이미지들과 흡사했다. 물론 스페인은 더이상 갈 수 없는 곳이 아니었다. 어떤 의미에서는 피레네산맥도 더이상 없었다. 국경선에서의 검문도, 국경선조차도 더는 없었다.*

또다시, 그리고 한번 더 8월이었고, 저물녘이었다. 구름들이 떠다니던 희미한 하늘을 떨어지는 해가 분홍빛으로 물들었다.

마치 죽음을 깨닫는 순간 각자의 삶을 다시 돌아보는 것처럼, 그렇게 나는 기억이라는 화면 위에 번쩍번쩍 빛을 발하는 필름을 돌려볼 수 있을 것만 같았다. 어떤 장면이든, 원하는 대로 선택해서 다시 볼 수 있었다. 내가 선택한 장면은, 쉽게 이해할 수 있겠지만, 비리아투에 처음 왔을 때, 바로 1939년 8월

---

* 피레네산맥은 스페인과 프랑스의 경계를 나누는 자연적인 국경선 역할을 했다. 1985년 유럽 내 국가 간의 자유로운 이동을 가능하게 하고, 국경 철폐를 골자로 하는 솅겐 협정이 체결되어 1995년부터 발효되었다. 따라서 호르헤 셈프룬이 이 글을 쓰고 있는 1998년에는, 이미 스페인과 프랑스 사이의 왕래가 자유로워졌다.

22일이었다.

이 먼 과거에 대한 공상의 향기를 되살리기 위해, 그때 나는 다시 한번 내 아버지, 호세 마리아 데 셈프룬 구레아의 시 중 몇몇 편린을 홀로 암송했다.

"서쪽 끝 보랏빛 협곡 쪽으로/ 오랫동안 좌우로 흔들리던 해가 머리를 처박네……"

그토록 오래전과 마찬가지로, 평생 이전의 여러 죽음으로부터 동떨어져 있어왔듯, 나는 현재의 즐거운 친구들 무리에서 떨어져 있다. 흘러가는 비다소아 강물 깊은 곳으로 길어지는 밤의 그림자를 바라보았다. 우연은 많은 것을 만들어냈구나, 하고 혼잣말을 해보았다. 정말이지, 세비야에서 돌아오던 길이야말로 에브에게 들려주었던 아버지 시의 마지막을 프랑스어로 옮기기에 더할 나위 없는 기회였을 것이다.

"오후들이 지나간다, 하나 그날 '오후'는 머물러 있다,/ 내 몽상에 자리잡은 빛과 영원,/ 내 영혼이 찾아내야 할 ─어디서 어떻게 찾아야 할지는 알 수 없는─ 그 속으로/ 다른 이들 모두가 현재에서 사라져버릴 때……"

산탄데르 별장의 정원에서, 아버지는 이따금씩 우리에게 자신의 시를 읊어주며, 재미 삼아 루벤 다리오나 구스타보 아돌포 베케르의 시들을 불시에 뒤섞어 우리가 그것들을 구분할 수 있는지 확인하곤 했다.

내 어머니, 수사나 마우라는 버들가지로 엮어 만든 안락의자에 앉아 우리를 마주보고 있었다. 다섯 남매들이 거기 있었다. 두 누나와 세 형제가. 가장 어린 두 동생 카를로스와 프란시스코는, 당시, 그러니까 1920년대 말과 1930년대 초에 정말이지 너무 어렸다. 아마도 보모와 하녀가 그 아이들을 보고 있었으리라.

어머니는 자신의 사랑을 공평하게 나누는 것을 엄격하게 지키셨기에, 곤살로 형과 나는 순서대로 돌아가며 어머니 발밑에 와 쪼그려 앉곤 했다. 아버지가 우리에게 시를 읽어주거나 암송해주는 동안, 머리칼을 쓰다듬는 어머니의 손길을 느끼기 위해서.

내가 기억 속에서 사랑스럽고 다정한 손길의 행복을 누리던 그날을 선택한다 해도, 그 누구도 –곤살로 형도– 내게 불만을 가지지 않을 것이다. 수국이 만발한 정원에서 어머니가 나를 가리켜 작가나 공화국 대통령이 될 거라고 공언하셨던 바로 그날을 선택한다고 해서 안 될 이유가 뭐가 있겠는가?

1975년, 프랑코 장군이 –사실 그가 총사령관으로, 그해 8월까지 여전히 살아 있었던 유일한 총사령관이었다. 스탈린과 장제스는 죽었으니까– 죽기 몇 달 전, 나는 어린 시절의 풍경을 되찾아보려고 스페인 북쪽으로 여행을 갔다.

산탄데르에서, 나는 그 옛날 여름휴가를 보내던 별장을 다시 찾을 수 없었다. 사르디네로의 해변에서 올라가는 언덕의 경사진 곳에서부터 레알 호텔 근처까지 개발이 된 터였다. 나의 시절, 내 어린 시절 그곳의 별장은 네다섯 채뿐이었지만, 이제는 수십여 채가 세워져 있었다. 새로 지어진 건물들 사이에서 그 옛날 별장의 위치는 찾아낼 수 없었다.

여러 해에 걸쳐 산탄데르 여행을 할 때마다, 잃어버린 집을 찾는 일은 매번 실패했다. 호화로운 주택들이 있는 구역 어디쯤에 그 집이 있으리라 확실하게 예측할 수 있었지만, 나로서는 그리로 다가갈 수 있는 길을 발견할 수 없었다.

그런데 삼 년 전, 미로 속에서 입구를 찾느라 그 부지의 바깥쪽을 한번 더 걸어서 돌던 중, 나는 뜻밖에 진입로를 발견했다. 그때까지는 단 한 집으로 연결된 차로라고 생각했던 곳이 실제로는 예전의 공간으로 이어지는 작은 길이었고, 새로 지은 건물들에 둘러싸여 보이지 않던 그곳에 예전 상태 그대로 보존된 집 두세 채가 있었다.

나는 마침내 다시 찾은 집을 주의깊게 바라보았고, 모든 것을 알아보았다. 입구의 낮은 층계, 튀어나온 창문들, 수국이 핀 정원을 향해 난 베란다까지. 흥분과 큰 감격에 겨워, 나는 그날 나와 동행했던 지인들, 아주 가까운 사람들에게 이야기를 늘어놓았다. 그토록 오랫동안 헛되이 찾아 헤맨 곳, 무엇과도 바꿀 수 없는 자그마한 기억 속 천국으로 이어지는 산토마우로 대로에 올랐을 때, 한 여자가 우리가 있는 곳으로 다가왔다.

"그래, 여기가 네 집이란다." 나를 알아본 여자가 말했다.

그의 두 숙모, 아주 늙은 퐁보가家 숙모들로, 바로 그 옛날

부모님께 별장을 임대해준 분들 중 한 분이었다. 그녀는 우리를 집으로 들여 나이 많은 여인 중 한 분에게 나를 소개했고, 그분은 시간에 지워져버린 추억들을 하나하나 분명히 들려주듯 내 이름을 반복해서 불렀다. 나는 방들을 알아보았다. 가구들, 벽에 걸린 그림들, 왁스와 마른 꽃의 향기까지.

참을 수가 없었기에, 나는 집의 나머지도 둘러보라는 폼보가 부인들의 제안에도 불구하고, 아주 빨리 도망치고 말았다.

산토마우로 대로로 난 출구 쪽으로 가면서, 나는 잠시 시간의 흐름을 거슬러올라갔다는 덧없는 확신에 사로잡혔다. 새로 지어진 건물들로 만들어진 미로 한가운데, 별장 주변의 풍경이 그대로 보존되어 있었다. 이 잔디밭에서, 유칼리나무들 사이에서, 우리는 미국으로 이민을 떠나 엄청난 부자가 되어 매년 고향에 오던 스페인 사람 돈 가비노의 아들딸과 함께 놀았다. 우리 형제 모두가 귀여운 에일린을 사랑했고, 그녀를 위해서라면 가장 끔찍한 위험도 맞닥뜨릴 준비가 되어 있었다.

나는 시간의 흐름을 거슬러올라갔다. 이 빛, 유칼리나무들의 향기, 수국들, 자갈 깔린 오솔길을 굴러가는 자동차 바퀴 소리, 노는 아이들이 외치는 소리, 모든 것이 예전과 같았다. 옛날 그 모습이었다. 베리만의 영화 〈산딸기〉 속 인물처럼, 나는 늙어버린 나를 데리고 현실에 다시 나타난 과거 속을 산책했다.

"오후가 지나간다, 하나 그날 '오후'는 머물러 있다……"

시를 읊는 아버지의 목소리가 들려왔다. 몸을 돌리기만 했다면, 아마도 베란다 아래 수국 만발한 곳 언저리서 아버지의 모습을 보았을지도 모른다. 서른두 살의 남자를, 그럼에도 내 아버지였을 젊은 남자를.

그다음날, 나는 라막달레나 대학에서 여름학기 수업을 듣고 있던 마티유 L에게 그 옛날 별장의 사진을 찍어달라고 부탁했다. 나는 그 사진들을 본다, 내가 보고 싶을 때, 내킬 때면. 나머지는 모두 상상할 수 있으니.

이제 테이블에서 누군가 손님 무리에 들어오라며 나를 부른다. 피에르 H가 절묘하게도 나이와 성별, 그리고 인척관계를 적절히 조정하여 자리를 배정했다. 한번 더, 까마득히 오랜 옛날 1939년 8월에 그랬던 것처럼, 나는 우수에 젖은 아리따운 여자의 옆에 있다.

이제, 그림자들이 길게 늘어지던 비다소아강 협곡에서 멀어지며, 나는 이 글을 쓰는 내내 끊임없이 나와 함께했던 보들레르의 「가을의 노래」 시구를 읊조린다.

"곧 우리는 차디찬 어둠 속으로 빠져들 것이니:
잘 가거라, 너무 짧은 우리 여름의 찬란한 빛이여!"

작품 해설

그럼에도 찬란했던
청춘의 한 시절을
그리며……

호르헤 셈프룬 연보

그럼에도 찬란했던 청춘의
한 시절을 그리며……

윤석헌

"나는 무엇보다 부헨발트 수용소에 강제 수용되었던 사람이다"

호르헤 셈프룬(1923~2011). 우리에게는 생소한 스페인 출신의 프랑스 작가를 어떻게 소개해야 할까? 그의 삶을 20세기 유럽의 역사를 떠올리지 않고는 이야기할 수 없다. 동시대 프랑스 작가였던 조르주 페렉의 표현을 빌리자면, 그는 '거대한 도끼'를 든 대문자로 시작하는 역사Histoire*에 이끌릴 수밖에 없

---

* 조르주 페렉은 "나는 어린 시절의 기억이 없다"라는 자서전 장르라 하기에는 당혹스러운 선언으로 『W 혹은 유년의 기억』을 시작한다. 작가는 개인의 역사histoire가 부재했던 이유를 다른 역사, 그의 표현을 빌리자면 '거대한 도끼'를 든 대문자로 시작하는 역사Histoire가 대신 대답을 해주었다고 강조한다. 거대한 도끼를 든 역사는 다름 아닌, 전쟁과 수용소였다. 참고로 프랑스 알파벳 h의 발음은 '도끼'를 뜻하는 hache와 같은 발음이다.

는 운명이었다.

　스페인의 유력 정치인 집안에서 태어나 부유한 환경에서 문화적으로 풍족한 교육을 받으며 성장했지만, 국내 정치 혼란을 틈타 벌어진 스페인내전으로, 그는 삶의 첫번째 전환점을 맞이한다. 열세 살의 여름, 가족과 함께 휴가를 떠났던 그는 다시는 집으로 돌아갈 수 없었고, 삼년간의 전쟁에서 공화 진영이 패배하고 프랑코 독재정권이 들어서는 바람에 셈프룬은 망명 생활을 시작할 수밖에 없었다. 이로 인해 그의 삶은 표면적으로는 엉망이 되어버렸지만, 프랑스로 망명해 앙리4세 고등학교에 진학하면서 삶의 새로운 이정표가 되어줄 문학의 세계를 발견하게 된다. 요컨대 이 시절에 대한 그의 자전적 이야기가 바로 『잘 가거라, 찬란한 빛이여……』(1998)다.

　그의 인생에서 두번째 서막은 스페인내전 종결과 거의 동시에 발발한 이차대전이다. 고등학교 재학 시절부터 반독 레지스탕스 활동을 했던 셈프룬은 공산당에 가입하며 적극적으로 나치 독일에 저항한다. 레지스탕스 활동을 하던 중 열아홉 살 때 게슈타포에 체포되어, 부헨발트 강제수용소에 수감된다. 수용소에서 보낸 십육 개월은 그의 인생 전체에 엄청난 흔적을 남긴다.

　호르헤 셈프룬은 "나는 스페인인도 아니고, 프랑스인도 아니다. 작가도, 정치인도 아니다. 나는 무엇보다 부헨발트 수용소에 강제 수용되었던 사람이다"*라고 자신의 정체성을 밝힌 바 있다. 자신의 인생에서 가장 강렬한 경험이 바로 나치 강제수용소라고 말하며, 그는 2010년 대담에서 이렇게 언급한다. "수용소에서의 삶이 강박처럼 나를 따라다녔다고, 밤마다 잠 못이루게 하고 삶을 고통스럽게 만들었다고 말하고 싶지 않다. 하지만 그 시절의 기억은 항상 내 안에 있었다. 그리고 나는 언제든 그 기억에 의지해서 판단하고 사고할 수 있었다."** 그뿐만아니라 법학과 교수이자 도지사를 역임하기도 했던 그의 아버지 역시 시를 쓰는 문인이기도 했는데, 당대 유명 작가들을 집으로 초대해 자주 어울렸기에 셈프룬에게는 어려서부터 자연스럽게 글을 쓰고 싶다는 욕망이 생겨났을 수도 있었겠으나, 그는 만약 자신이 수용소 생활을 하지 않았다면 작가가 되지않았을지도 모른다고 강조했다.***

그렇다, 그는 분류할 수 있다면, 이런 분류가 작위적이라는것을 알지만, 그는 수용소 문학 작가다.**** 아니, 수용소를 체험한

---

* 호르헤 셈프룬과 프랑크 아프레드리의 대담집 『언어는 나의 조국』 참조: Jorge Semprun, *Le langage est ma patrie*, Paris: Maren Sell, 2013, 74쪽.
** 같은 책, 75쪽.
*** 같은 책, 26쪽.
**** 이상빈은 『아우슈비츠 이후 예술은 어디로 가야 하는가』(책세상, 2001)에서 수용소 문학과 작가의 규정의 어려움을 인정하며 이를 간략하게 "작품 창조의 주요 주제 또는 부차적 주제로 수용소 체제를 택하고 있는 작가들을 '수용소 작가들'이라 규정"하고 있다.

작가라고 고쳐 말해야겠다. 그러나, 그가 수용소를 문학으로 재현하기까지는 이십 년이라는 긴 시간이 필요했다. 엄밀히 말하자면 오십 년이라고 할 수 있을 것이다. 1994년이 되어서야 그는『글이냐 삶이냐』를 완성할 수 있었으니까. 그 오랜 시간 동안 그를 막아섰던 것은 무엇이었을까? 셈프룬은 글을 쓰고 싶다는 욕구와 글을 써야만 한다는 필연성은 완전히 다른 것이라고 강조한다. 그의 표현을 빌리자면 '숨을 쉬는 것처럼 글을 써야만 한다는 필연성'을 느꼈음에도, 부헨발트 수용소에서 돌아온 그는 아무것도 쓸 수 없었다.

"수용소를 증언한다는 것은 틀림없이 아주 중요한 일입니다. 하지만 저는 그보다 훨씬 더 나아가고 싶었어요. 저는 문학작품을 만들고 싶었습니다. 그러나 실패했지요. 부헨발트 수용소에서 프랑스로 돌아온 스물두 살, 물론 저는 글을 쓸 수 있었지만, 제가 진심으로 원했던 글은 아니었습니다.

글을 쓰기 위해서는 수용소에 대한 기억 속에 머물러 있어야만 했지요. 수용소의 기억은 다름 아닌 죽음의 기억이었습니다. 바로 거기에서 이후에 쓰게 될『글이냐 삶이냐』라는 제목이 탄생한 셈이지요. 글과 삶, 이 둘 중에서 저는 선택해야만 했고, 그래서 저는 삶을 택했습니다. 왜냐하면 부헨발트 수용소의 경험을 써야겠다는 계획을 포기할 수 없었으니까요. 그래서 글을 써야겠다는 생각을 완전히 떨쳐버렸습니다."*

벗어나기 힘든 그의 고뇌는 『글이냐 삶이냐』에 고스란히 녹아 있다. 그는 다른 사람처럼 살기 위해 망각을 선택할 수밖에 없었다.

"겨울 태양 아래에서, 나는 글쓰기라는 죽음의 언어에 맞서 삶이라는 살랑거리는 침묵을 선택하기로 마음먹었다. 나는 전면적인 선택을 했다. 그것이 앞으로 나아갈 수 있는 유일한 방법이었다. 나는 망각을 선택했다. 본질적으로 수용소 체험의 공포 ─ 어쩌면 용기 ─ 위에서 지나치게 비호의적으로 형성된 나 자신의 정체성을 위해 나는 모든 술책을 따져봤고, 잔인할 정도로 체계적으로 자발적 기억상실이라는 전략을 짜내었다. 나는 나 자신으로 남기 위해 다른 사람이 되었다."**

이러한 이유로 글을 써야만 한다는 필연성은 열성적인 스페인 공산당 활동으로 대체된다. 스페인 공산당 핵심 간부로 활동하며 비밀리에 스페인을 넘나들던 중, 조직의 동료들이 체포되고 어수선한 분위기 탓에 마드리드의 은신처에 꼼짝없이 갇

---

* Jorge Semprun, 같은 책, 75쪽.
** 셈프룬 선집 『기억으로 달구어진 쇠』에 실린 「글이냐 삶이냐」 참조: Jorge Semprun, "L'écriture ou la vie," *Le fer rouge de la mémoire*, Paris: Gallimard, Collection Quarto, 2012, 881쪽.

혀 있어야만 하던 때가 있었다. 마드리드에 있던 공산당 비밀 조직원들이 은신처로 모여들었고, 그중에 악명 높기로 유명한 마우트하우젠 수용소 생존자가 있었다. 그는 셈프룬도 수용소 출신이라는 사실을 알지 못한 채 그곳의 삶에 대해 이야기를 해주었는데, 셈프룬이 듣기에 그의 묘사는 지나치게 엉성했다. 그가 들려준 마우트하우젠 수용소에 관한 그 이야기 방식이 묘하게도 셈프룬에게 글을 써야만 한다는 필연성을 다시 자극했다. 그가 은신해 있던 마드리드 아파트에는 마침 타자기가 있었고, 그렇게 그가 써내려간 책이 바로 첫 자전소설『머나먼 여행』(1963)이다.

역사라는 '거대한 도끼'는 그의 삶을 강렬하게 두 번 내리쳤지만, 그는 글쓰기에서 정치로, 정치에서 다시 글쓰기로 자신의 열정을 옮겨갈 수 있었던 것을, 자신의 의지가 아닌 일종의 '운명의 선물'*로 여긴다. 죽음을 기억해야 하는 공포를 이겨낼 수 없어 글쓰기를 포기했을 때, 스페인 공산당은 셈프룬과 같은 여러 언어를 구사하는 지식인을 필요로 했다. 그는 급진적 좌파만이 미래의 희망을 건설할 수 있다는 생각에, 프랑코 치하에서 열정적으로 공산당 활동을 하며 반독재운동에 앞장선다. 그러나 십여 년의 시간이 지나, 공산당 정책이 적절하지 않다는 사실을 깨닫고 공산당을 비판하기 시작했고, 당 지도부와

---

* *Le langage est ma patrie*, 75쪽.

대립하다 결국 당에서 축출당했다. 그는 첫 소설 『머나먼 여행』을 스페인에서 본의 아니게 마지막이 되어버린 임무를 수행하면서 썼고, 이듬해 갈리마르 출판사에서 출간했다. 스페인 공산당에서 제명당하면서, 그는 자연스럽게 작가의 길로 들어선 셈이다.

그후 셈프룬은 거의 대부분 자전적인 경험을 바탕으로 한 소설을 썼으며, 알랭 레네의 영화 〈전쟁은 끝났다〉를 시작으로, 코스타가브라스 감독의 〈제트〉 〈자백〉 같은 영화의 시나리오 작가로도 활동했고, 독재자 프랑코가 사망한 후에는 사회당 정부에서 스페인 문화부 장관을 역임하기도 했다.

"나의 조국은 언어다"

프랑스어로 글을 쓴 스페인 작가 셈프룬, 그렇다면 그는 왜 모국어가 아닌 프랑스어로 글을 썼을까? 앞서 언급한 것처럼, 마드리드의 은신처에서 그는 스페인어 전용 타자기로 『머나먼 여행』을 의도적으로 프랑스어로 집필했고, 소설이 출판된 이후 '왜 프랑스어였는가?'라는 질문에 꾸준히 답을 해야만 했다. 그 이전까지는 이런저런 이유를 둘러댔지만, 셈프룬은 『잘 가거라, 찬란한 빛이여……』를 쓰는 과정에서 그 이유를 분명하게 알게 된다.

"아마도 이런저런 이유에 저마다 약간의 진실이 있었을 것이다. 하지만 내 인생의 그 시절을 재구성하는 지금에 와서야, 진짜 이유가 분명하게 드러났다, 그것도 처음으로. 프랑스어에 적응하는 과정이 내 인성을 만들어가는 데 결정적인 역할을 했다는 사실을 알아내면서, 바로 그 추억의 작업, 1939년의 몇 달을 재구성하면서, 나는 왜 내가 첫번째 책을 프랑스어로 썼는지 이해하게 된다."(본문 177쪽)

호르헤 셈프룬은 시간이 흘러, 2010년 대담에서 좀더 구체적인 이유를 언급한다. 스페인내전을 피해 파리로 망명온 그 시절, 그러니까『잘 가거라, 찬란한 빛이여……』에서 작가가 이야기하는 그 시절 동안, 그는 프랑스어에 매료되었고, 프랑스 문학작품에 사로잡혔으며, 자신이 사랑하는 프랑스 문학 작가들과 어깨를 나란히 하고 싶은 잠재적인 욕망을 갖고 있었다. 게다가『머나먼 여행』이야기는 주로 프랑스어를 쓰던 시기에 일어났던 사건이었기에 자연스럽게 프랑스어로 썼다고 밝힌다. 여기에 필연적인 이유가 덧붙는데, 바로 프랑코 치하의 스페인에서 그가 스페인어로 글을 썼다면 출판될 수 없었으리라는 것이다.* 어쨌든 스페인에 민주정부가 들어선 이후, 아무런 검열 없이 그는 스페인 공산당에서 축출된 배경을 자전적으로

---

* 같은 책, 28~31쪽 참조.

쓴 『페데리코 산체스 자서전』을 스페인어로 썼지만, 그 이후에
도 거의 대부분의 작품은 프랑스어로 집필했다.* 그는 자신의
독서와 사고방식이 프랑스어와 더 밀접한 연관성이 있다는 사
실을 언급하며, 프랑스어권 작가로 불리기를 원한다고 말하면
서도, 나보코프같이 모국어를 버리고 다른 언어를 택한 작가들
과는 달리, 모국어인 스페인어로도 글을 쓴다는 점에서 이중언
어 작가로 불리기를 원했다. 반면 자신의 작품을 직접 다른 언
어로 번역하곤 했던 베케트와는 달리, 셈프룬은 자신의 작품을
번역하는 일은 거부했다.

'나의 조국은 독일어'라고 말했던 토마스 만을 언급하며, 자
신에게 '조국은 프랑스어'냐는 질문에 호르헤 셈프룬은 이렇게
답한다. "나의 조국은 언어다. 개별적인 하나의 언어가 아닌, 일
반적인 의미의 언어다."**

사실 셈프룬에게 언어는 특별한 위치를 차지한다. 망명생활
에 적응하기 위해 배워야만 했던 프랑스어는 불운한 상황 속에
서도 프랑스 문학이라는 새로운 즐거움을 발견하게 해주며 삶
의 원동력이 되어주었다. 아버지의 교육으로 어려서부터 배운
독일어는, 이 책에 나오는 한 일화에서 보다시피 그저 작은 어

---

* 2003년 발표한 『20년 그리고 하루』가, 『페데리코 산체스 자서전』 이후 유
일하게 스페인어로 집필한 작품이다.
** 같은 책, 31쪽.

려움을 벗어나는 데도 도움이 되었지만, 부헨발트 수용소에서는 목숨을 지킬 수 있게 해준 중요 역할을 했다. 어쩌면 셈프룬에게 언어, 그리고 그 언어로 이루어진 문학은 삶 그 자체였을 것이다.

부헨발트 이후: "글이냐 삶이냐, 기억할 것이냐 망각할 것이냐"

셈프룬은 1963년 나이 마흔에 첫 소설 『머나먼 여행』을 발표했고, 그리고 다시 이십여 년이 흘러 오랫동안 죄책감처럼 그를 괴롭혔던 자전적 이야기 『글이냐 삶이냐』(1994)를 완성한다. 기억할 것인가 망각할 것인가라는 질문으로 대체 가능한 작품 제목 『글이냐 삶이냐』는, 셈프룬의 삶을 한마디로 농축한 표현이기도 하다. 앞서 언급했듯, 그는 왜 한동안 글을 쓸 수 없었고, 또 어떠한 계기로 글을 쓸 수 있게 되었는지에 대해, 철저하게 자기 내면을 돌아보며 써내려간다. 고통스러운 기억을 지속적으로 불러내어 글로 풀어낼 것인지, 아니면 거리낌 없이 계속 살 수 있게 해주는 해방적 망각을 택할 것인지, 망설임의 과정과 그 고뇌의 결과, 그것이 바로 『글이냐 삶이냐』다.

"삶에 대해 말하고 표현하고 앞으로 삶을 영위해나가기 위해, 나는 나의 죽음, 죽음에 대한 경험 말고는 가진 것이 아무것도 없다. 죽음과 온전히 함께하는 삶으로 만들어야만 한다. 거기에 도달하는 최선의 방식이 바로 글쓰기다. 그런데 글쓰기는 나를 다시 죽음으로 끌고 가고, 나를 죽음 속에 가두고, 그 안에서 나를 마비시킨다. 이게 바로 내 상태다. 그러니까 글쓰기로 이 죽음을 감당해야만 나는 살아갈 수 있을 뿐, 그러나 글쓰기는 말 그대로 내가 살아나가는 것을 금지시키고 있다."*

"삶은 여전히 살 만했다. 잊어버리고, 불현듯, 단호하게, 결심만 하면 그만이었다. 그 선택은 단순했다. 글이냐, 삶이냐. 그 대가를 치를 용기가 ─ 나 자신을 거스를 냉혹함이 ─ 내게 생길까?"**

이야기는 부헨발트 수용소가 해방하는 날 시작되어, 비로소 죽음의 경험을 글로 쓰기까지의 과정과 그 계기 ─ 이는 아마도 1987년 4월 11일 들려온 아우슈비츠 생존자 프리모 레비의 자살 소식이었으리라 ─ 를 차분하지만 강렬한 언어로 표현한다. 그리고 오십 년의 세월이 흘러 다시 부헨발트 수용소로 돌아가 어쩌면 화장터의 재로 사라졌을지도 몰랐을 자신의 운명을 확인한다. 그제야 비로소 그는 부헨발트 수용소 화장터에서 피어

---

* 같은 글, *Le fer rouge de la mémoire*, 840쪽.
** 같은 책, 868쪽.

오르던 연기, 그를 집요하게 따라다녔던 죽음의 기억으로부터, 조금은 자유로워진다. 글쓰기는, 아마도 그에게 일종의 애도 작업일 수도 있었으므로.

부헨발트 이전으로, 역사Histoire 이전의 이야기l'histoire 속으로

삶을 위해 망각을 선택하고, 끝내 그 죽음을 극복한, 말하자면 글쓰기를 통해 죽음과 기억에 대한 일종의 애도 작업을 끝낸 셈프룬, 그는 이제 수용소 화장터 불꽃에서, 재에 남아 있는 불씨에서 해방되기 위해, 수용소 체험 이전의 자신을 찾아, 잃었던 생의 자유를 찾아, 펜을 든다.

"나는 수용소의 기억으로, 그 기억 속에서, 영원히 살 것을 강요당하고 싶지 않았다. 귀중한 것들과 슬픔들로 채워진 그 기억 속에서. 수용소의 기억이 내 소설적 상상력 앞에 세워둔 장애물들은 나를 짜증스럽게 했다. 다른 것을 만들어내고, 다른-곳, 다른-존재라는 거대한 영토에서 모험하고자 고집을 부려도, 지나치게 대담하며 지나치게 큰 의미를 담은 삶은, 때때로 창작의 길을 막고 나를 나 자신에게로 다시 이끌었다.
어떻게 해서든 오로지 이 명명백백한 경험에 맞서야만 작가ᅳ아무튼, 소설의 기술이야말로 글쓰기 기술의 절정이라 할

374

수 있으니, 소설가-가 될 수 있었다. 그런 일을 겪었음에도, 어찌되었든. 그러한 경험의 빈틈 속에서. 그 경계를 넘어 개척해야-해독해야- 할 영역에서.

이 책은 청소년기와 망명생활에서 발견한 것, 파리와 세계, 여성성이라는 신비로움에 대한 이야기다. 또한, 어쩌면 무엇보다도, 프랑스어를 내 것으로 받아들이는 것에 대한 이야기다. 부헨발트의 경험은 이 책에 아무런 책임도 없으며, 어떤 그림자도 드리우지 않는다. 또한 어떤 빛도 비추지 않는다. 바로 이런 이유로,『잘 가거라, 찬란한 빛이여……』를 쓰면서 나는 결국엔 일종의 운명-좀 덜 거창하게 표현하자면, 전기傳記-에 스스로를 새겨넣고 만 일련의 우연과 선택에서 몸을 빼낸 양 잃었던 자유를 되찾은 기분이었다."(본문 132쪽)

이미 작가는『글이냐 삶이냐』에서 프루스트 책을 읽기 시작했던 1939년 여름을, 보들레르 시구 "잘 가거라, 너무 짧았던 우리 여름의 찬란한 빛이여……"를 인용하며 상징적인 의미를 부여했다. 그리고 인고의 노력 끝에『글이냐 삶이냐』를 끝내자마자,『잘 가거라, 찬란한 빛이여……』라는 제목부터 정하고 영영 사라져버린 그 찬란한 빛을 찾아나선 것이다.

경계를 넘어서, '오고 가는va-et-vient' 글쓰기

『잘 가거라, 찬란한 빛이여······』는 작가의 어린 시절, 정확하게 시기를 한정하는 것이 쉽지 않지만, 스페인내전이 끝나고 파리에서 망명생활을 시작한 몇 개월 동안을 회상해서 쓴 자전적 이야기다. 1939년 3월 23일에서 그해 8월 22일, 독일과 소련의 불가침조약 전날까지가 시간적인 배경이라 할 수 있다. 그러나 이 한정된 시간과 공간은 작가의 기억의 작업 앞에서는 보이지 않는 경계에 불과할 뿐이다. 이 책에는 현실적이고, 상상적이고, 상징적인 여러 층위의 경계가 그어져 있으며, 작가는 그 경계 주변에서 맴돌거나, 그 경계를 넘어선다. 그리고 대개는 그 경계를 왔다갔다한다.

우리가 떠올릴 수 있는 가장 주요한 경계는, 스페인이라는 그의 모국과 그 밖의 영토, 망명지의 경계다. 어린 시절의 문화와 언어, 가족과 나누었던 모든 것이 단절되는 가장 강제적인 경계. 그 경계를 넘어서자 언어와 문화가 바뀌고, 가족은 뿔뿔이 흩어진다. 그리고 셈프룬의 망명 시기는 정확하게 그의 신체적 변화, 청소년에서 성인으로 넘어가는 경계 국면과 궤를 같이하는데, 이 시기는 성의 발견과 더불어 여성이라는 미지의 세계를 발견하는 때이기도 하다. 또한 이 작품에서 중요한 경계 역할을 했던 것은, 팡테옹처럼 작가 자신이 설정한 '세상의 중심'과 산책을 위해 설정한 파리의 경계다. 셈프룬 자신에게 중요한 사건은, 자신이 설정한 경계를 벗어날 때이거나, 그 경계를 살짝 벗어난 언저리에서 일어난다. 프랑코를 지지한 스페인 관광객을 만나거나 지하철 안에서의 모험 같은 것이 바로 그러한 예다. 셈프룬은 바로 이러한 여러 겹의 경계를 넘나들며, 작가로서 그리고 남성으로서의 정체성을 찾아간다.

호르헤 셈프룬의 글쓰기의 가장 큰 특징 중 하나는 시간의 경계를 넘나드는 '오고 가는' 글쓰기다. 그는 결코 시간의 흐름에 따라 글을 쓰지 않았다. 그는 멀어졌다, 되돌아오고, 다시 떠난다. 세 발짝 앞으로 나가는 것 같더니, 이내 한 발짝 뒤로 물러서고, 갑자기 튀어오른다. 그의 시간 사용은 종잡을 수 없다. 자유자재로 플래시백과 플래시포워드 기법을 사용하는가 하면, 주제에서 벗어난 여담을 늘어놓는가 싶더니, 어느새 에둘러 자신이 꺼낸 화제와 비교를 하고 대조를 벌인다. 예측할 수 없기에, 시간 순서에 따라 사건을 연대기적으로 정리하기란 쉽지 않을 뿐만 아니라, 기억을 자신의 등대로 삼은 셈프룬에게는 이 정리가 불필요하다.

그의 첫 소설 『머나먼 여행』을 읽은 영화감독 알랭 레네는 "당신이 소설에 사용한 시간 속을 오가는 방식대로 영화를 만들고 싶습니다"*라고 말하며 셈프룬을 시나리오 작가로 입문시킨다. 실제로 그의 작품은, 영화에서처럼, 시간의 경계가 없다.

---

* *Le langage est ma patrie*, 19~20쪽.

이를테면 『잘 가거라, 찬란한 빛이여……』의 1장을 보자. 이
야기는 앙리4세 고등학교에서 기숙생들이 거쳐야 하는 짐 검
사로 시작한다. 그러다 돌연 이십오 년 후 마드리드에서 헤밍
웨이와 함께했던 일화를 소개하는 듯하더니, 다시 앙리4세 고
등학교로 돌아오고, 이번엔 파리로 출발하기 이틀 전 기차 안
에서 있었던 에피소드를 소개하더니 또다시 학교 얘기로 돌아
온다. 그러고는 다시 헤이그에 살던 시절 성당에서 벌어진 일
화를 소개하고, 그다음에는 1990년 마드리드 이야기로 넘어가
작가가 이야기하는 헤이그 시절과 얽혀 있는 또다른 기억을 꺼
내고, 다시 파리로 출발하기 전날 밤 헤이그에서 있었던 모임
으로 초점이 이동되었다가, 마침내 서막을 열었던 앙리4세 고
등학교 기숙사로 되돌아오면서 1장이 끝난다. 그의 생애에 일
어났던 몇몇 에피소드들이 하나의 사건, 즉 망명을 받아들일
수밖에 없는 상황을 그려내는 것으로 수렴된다. 결국 기억의
작업을 통해 다양한 과거 시점에서 소환된 부차적 에피소드들
이 모여, 하나의 핵심적 사건으로 부각된다.

『잘 가거라, 찬란한 빛이여……』는 셈프룬의 망명 시절 주
요한 몇 가지 사건들(마드리드의 함락과 프랑코의 승리, 프랑스
어를 자기 것으로 만드는 과정, 육체적 쾌락의 발견 등)을 떠올리
는 기억의 작업물이다. 1998년이라는 출판 연도를 고려해보면,
1939년의 일화들은 그 이후로 작가가 그것을 의도했든 아니든
여러 번 작가에게 떠올랐을 기억들일 것이다. 마치 살아 있는

생생한 빛처럼. 그뿐만 아니라, 과거의 기억은 시간 순으로 되돌아오는 것이 아닐 뿐더러, 기억이 갖고 있는 주관적인 특징 탓에 글쓰기 과정에서 그 기억들은 새롭게 각색되고 편집될 수밖에 없다. 그러한 과정에서 작가는 "변덕을 부리는 것처럼 보일 수도 있지만", 과거 각각의 사건과 인물들이 이 자전 작품 속에 제대로 자리잡을 수 있도록 때로는 반복과 변형을 만들어내기도 하고, 그 일화를 적재적소에 꺼낼 수 있도록 이야기할 시간을 기다리는 전략을 세우기도 한다.

그는 자연스럽게 과거의 사건들을 선별하고, 가지치기해서 한 곳에 모았다. 셈프룬 작품은 거의 대부분이 자전적 이야기이고, 그런 이유로 같은 사건들이 여러 텍스트 속에 조금씩 다르게 변형되어 삽입되곤 한다. 그러는 과정에서 그에게 가장 중요한 것은 자연스러움이었을 것이다. 어떤 작품에서는 과거의 중요한 사건처럼 여겨졌던 것이 다른 작품에서 비슷한 시기를 회상할 때 언급되지 않는 것은 바로 그런 원칙 때문일 것이다. 그러한 원칙을 강력하게 뒷받침해주는 것은 바로 독서의 기억, 정확하게 말하면 낭송의 기억이다. 또한 시간의 경계를 넘나드는 일은 바로 언어의 경계를 넘나드는 일과도 연결된다.

인용과 낭송을 통한 기억의 글쓰기

이 책의 제목『잘 가거라, 찬란한 빛이여……』는 보들레르의 시「가을의 노래」에서 따온 것이다.

"곧 우리는 차디찬 어둠 속으로 빠져들 것이니.
잘 가거라, 너무 짧은 우리 여름의 찬란한 빛이여!"

특히 이 시구는 4부의 제목이기도 하며, 작품을 맺는 문장이기도 하다. "차디찬 어둠"은 수용소와 그 이후 작가의 삶을 암시한다는 점에서, 이 시구는 수용소 체험 이전의 삶을 이야기하는 이 책과 공명하며 더 빛을 발한다. 더군다나 셈프룬이『글이냐 삶이냐』에서 죽음의 기억으로 고통받고 있을 때 사랑의 대상인 여성에게서 위안을 찾고 있는 모습은 보들레르의「가을의 노래」에서 화자가 차디찬 겨울 길목에서 어느 여성에게 구원을 청하고 있는 대목과 유사하다는 점에서, 더욱 그러하다. 마치 작가가 사랑했던 보들레르의 시처럼 셈프룬의 삶이 운명지어지기라도 한 듯.

보들레르의 시구에서 제목을 가져온 셈프룬의 자서전은 4부로 나뉘는데, 각 부의 소제목들도 모두 인용문으로 이루어졌다. 1부와 4부는 보들레르의 시구이고, 3부는 랭보의 시에서 가져온 문장들이다. 여기서 가장 흥미로운 것은 "『팔뤼드』를 읽는다Je lis *Paludes*."라는 2부의 부제다. 이 문장은 셈프룬 자신의 작품 『하얀 산』에서 인용해온 것이며, 또한 앙드레 지드의 『팔뤼드』의 주인공 화자가 작품 속에서 여러 차례 반복해서 말했던 "나는 『팔뤼드』를 쓰고 있어J'écris *Paludes*"라는 문장의 변형된 인용이기도 하다. 쓴 것을 읽고, 그것을 읽는 행위는 다시 쓰기로 연결된다.

그뿐만 아니라, 일반적으로 작가의 자서전이 그러하듯, 셈프룬도 어린 시절 자신의 독서 경험을 기술하며 자신이 애독한 작품들을 인용하며 논평한다. 또한 자전적인 작품을 주로 저술했던 작가는 자신이 겪었던 동일한 사건에 대한 기억을 여러 작품 속에 묘사했는데, 자신의 다른 작품에서 기억해낸 것들을 인용하며 작가 자신이 마치 기존의 다른 작가의 문학 텍스트를 다루듯 논평과 첨삭 작업을 진행한다는 점도 흥미롭다. 또한 일반적인 자서전 작가들이 그러하듯이 기억의 작업을 용이하게 하고자 사진이나 영화 속 장면, 혹은 영화 포스터, 편지 같은 매개에 의존하고 있다.

이러한 셈프룬 인용의 글쓰기의 특징은 무엇보다 스페인어와 프랑스어의 경계를 넘어 – 때에 따라서는 독일어까지 동원해서 – 자유롭게 텍스트를 인용하는 방식이 대부분 낭송의 형태를 띤다는 점이다. 낭송을 통한 인용은 단지 시구에 국한되지 않고, 라디오 방송에서 들었던 앙드레 말로의 『희망』한 구절이나, 자신이 시나리오를 썼던 영화 〈전쟁은 끝났다〉의 내레이션 부분 인용까지, 장르도 다양하다.

『잘 가거라, 찬란한 빛이여……』에는 여러 차례 낭송이 등
장하는데, 이는 셈프룬이 어린 시절 아버지가 아이들에게 낭송
해주곤 했던 것에서 그 기원을 찾을 수 있다. 수국이 만발한 휴
가지 정원에서 어머니 발치에 앉아 아버지의 시 낭송을 듣던
그 기억은, 마치 셈프룬에게는 원초적인 장면처럼 각인되어 있
고, 그리하여 그 시절의 시를 낭송하면 그 기억은 영화처럼 그
의 머릿속에 펼쳐지는 듯하다.

"그렇게, 누군가 루벤의 시를 암송하는 것을 들을 때면, 혹은
내가 암송할 때면, 반사적으로 나는 석양이 질 무렵 수국, 진달
래, 베고니아가 만발한 그 별장의 정원에 들어가, 저녁식사 전
에 한자리에 모인 대가족을 위해 시를 낭송하는 아버지의 모습
을 다시 보는 기분이 든다."(본문 111쪽)

아버지가 그러했듯, 셈프룬도 시를 암송하는 것을 즐겼으며,
심지어 그는 부헨발트 수용소에서 스승인 모리스 알박스가 죽
어가는 순간에도 보들레르의 「여행」을 낭송할 정도였다 하니,
시 암송은 그의 삶의 일부였다. 그러니 시 낭송을 통해 과거를
불러오는 것은 셈프룬에게는 어쩌면 자연스러운 일이자, 추억
을, 기억을 다독이는 자신만의 주술작업이었을지도 모르겠다.

가는 비가 내리던 1939년 3월 말 목요일 오후 신문에서 마

드리드의 함락 소식을 읽던 시간으로 되풀이해서 돌아오는 3장을 인용된 시에 초점을 맞추어 살펴보자. 시작은 보들레르의 시 「우울」이다. "천년을 산 것보다 더 많은 추억이 있으니……" 이 시구는 1부 전체 제목이기도 하다. 3장 시작부터 그는 보들레르와의 첫 만남과 그로 인해 프랑스어의 아름다움을 발견하던 자신의 모습을 회상한다.

이어서 이와 대조적으로 작가는 프랑스어와 맺은 첫 기억, 작가에게는 아쉽게도 불쾌했던 기억을 환기하는데, 빅토르 위고의 시구 "패주하는 부대의 스페인 병사"에 얽힌 일화를 소개한다. 이 시구는 3장은 물론 이 책에서 아주 중요한 역할을 하며, 결정적인 순간마다 등장한다. 일종의 현실 인식의 순간에.

"패주하는 부대의 스페인 병사." 빅토르 위고의 말, 생미셸 대로의 빵집 여주인이 환기한 이 말은 나를 지독한 비탄에 빠뜨렸다. 그 말은 사실이었고, 우리는 패주중이었으니까. 그 단어가 가진 모든 의미에서 우리는 그러했다.(본문 90쪽)

가는 비가 내리던 날, 어눌한 프랑스어 탓에 빵 하나 살 수 없던 "패주하던 부대의 스페인 병사"였던 어린 셈프룬은 마드리드 함락 소식을 알리는 신문 기사를 보며 그전까지 그가 읊조리던 보들레르의 또다른 「우울」의 첫 소절, "나는 비 많이 내리는 나라의 왕 같구나"는 이제 루벤 다리오의 시로 대체된다.

어린 시절 아버지의 암송으로 익숙해진, 단 한 번도 활자화된 것을 보지 못했던 루벤 다리오의 시를 암송한다. "우수에 찬 내 눈물 떨어지는 소리가 들리지 않는지?"

보들레르와 루벤 다리오의 교차는 이 책에서 상징적인 지점이라고 할 수 있다. 시의 언어는 달라졌음에도 두 시인이 노래하는 것은 우울함이라는 것은 너무도 선명하다. 그렇다면 작가는 왜 마드리드의 함락과 함께 스페인어로 쓰인 시를 암송하게 되었을까? 아마도 무너져내린 스페인 붉은 진영에 대한 애도의 의미가 아닐까?

"마드리드는 무너졌고, 그 불행은 어떤 점에서 내 삶의 한 시절이 끝났음을 알렸다. 그때부터 나는 조국을 떠나 망명지의 낯선 영토로 모험을 나서야만 했다. 성년이라는 미지의 세계로도. 어린 시절에 이별을 고하기라도 하듯, 니카라과 공화국 시인이 사용한 이 제국 언어의 다소 과격하기까지 한 높은 음색이, 아마도 내게 다른 시절, 지나가버린 시절의 추억들을 깨웠던 모양이다."(본문 105쪽)

이 책에는 보들레르만큼 중요한 위치를 차지한 스페인 시인이 있다. 바로 작가의 아버지, 호세 마리아 데 셈프룬 구레아다. 작가의 아버지는 아이들이 어렸을 때부터 종종 자신의 애송하는 시들과 자작시를 섞어서 낭송해주곤 했다. 활자보다는 낭송에 익숙했던 셈프룬은 훗날 마드리드 헌책방에서 아버지의 시집을 발견하고 비로소 그 시의 저자를 확인한다. 그렇다면 1939년 그 여름, 스페인이 멀리 보이는 비리아투에서 그 시를 낭송할 당시만 해도 셈프룬은 그 시의 저자가 루벤 다리오일 거라 생각하고 있었던 것은 아닐까?

"오후들이 지나간다, 하나 그날 '오후'는 머물러 있다,
내 몽상에 자리잡은 빛과 영원,
내 영혼이 찾아내야 할 −어디서 어떻게 찾아야 할지는 알 수 없는− 그 속으로
다른 이들 모두가 현재에서 사라져버릴 때……"(본문 356쪽)

'그날 오후'는 아마도 수국 만발한 산탄테르 별장 정원에서 어머니의 발치에서 아버지가 시를, 어쩌면 바로 이 시를 낭송하던 그 시간이 아니었을까? 아버지의 시에서 화자가 그토록 놓고 싶지 않았던 '그날 오후'를 셈프룬은 이 책을 통해 재현한 것은 아닐까?

찬란한 빛을 받아 반짝이던 그 시절에 안녕을 고하듯, 그토록 붙들고 싶었던 그 행복했던 그날 오후의 해는 사라져버린다. 이러한 점에서 해질녘 비리아투에서 낭송했던 아버지의 또다른 시의 편린은 작가가 마지막에 인용한 보들레르의 「가을의 노래」 시구와 정확하게 대구를 이루는 듯하다. "서쪽 끝 보

랏빛 협곡 쪽으로/ 오랫동안 좌우로 흔들리던 해가 머리를 처박네……"

결국 셈프룬은 글쓰기라는 행위를 통해 생생하게 빛나던 어린 시절을, 그리고 자신의 작가의 길로 이끌어준 아버지에 대한 기억을 영원히 붙잡아두려 했던 것 같다. 어떤 의미에서 글쓰기는 —그것이 기억의 작업이라면, 더더욱— 일종의 애도 작업이라고 할 수 있을 것이다. 그가 붙잡아두고 싶었던 기억은 죽음과 함께 덧없이 사라져버린 그 찰나, 바로 어느 찬란한 빛 한 줄기이기에.

***

호르헤 셈프룬이라는 작가의 이름을 처음 들었던 겨울 밤, 나는 그의 이름을 되물을 수밖에 없었다. 낯선 작가였고, 낯선 작품이었다. 그래서 좀더 버거웠던 것은 사실이다. 더군다나 과거의 여러 순간을 자유롭게 넘나드는 그만의 독특한 글쓰기 방식이 작품 전체를 지배하고 있었기에 감을 잡기가 쉽지 않았다. 그의 문장 속 부사의 위치도 낯설었다. 대체로 부사들이 문장의 마지막에 위치하는 경우가 많았는데, 이는 아마도 작가가 어린 시절을 회상하고, 그것을 글로 표현하면서 그 기억에 대한 확신 혹은 의심을 덧붙여서 그랬을 것이라 추측하며, 한국어에서 이러한 작가의 문체를 살리려고 최대한 노력을 했다.

번역을 하면서 한 권의 소설 속에 알파벳 'e'를 사용하지 않고 썼던 조르주 페렉을 떠올렸다. 하나의 '제약'을 설정해놓고 글을 쓰면서 유희를 즐긴 '제약의 글쓰기'. 페렉의 글쓰기의 의도와 결과가 무엇이든 번역도 일종의 '제약의 글쓰기'라고 할 수 있다. 작가의 글이 제약이고, 역자는 그 제약에서 벗어나지 않고 자신의 언어로 다시 써야만 하는 글쓰기. 이러한 관점에서 최대한 원문에 충실하게 번역하려 노력했다, 당연한 말이겠지만. 따라서, 번역을 하는 과정에서 가장 중요시했던 것은 이른바 가독성이 아니었다. 원문 고유의 형식을 최대한 존중하려 했고, 그러한 과정에서 우리말로는 낯선 문장들이 종종 만들어졌다. 이러한 낯섦은 오로지 외국문학 독자들만이 맛볼 수 있는 또다른 차원의 독서 경험이리라 생각한다. 마찬가지 이유로 작품 속에서 그가 글을 쓰고 있는 프랑스어가 아니라, 모국어 스페인어로 된 시문학 작품을 인용했을 경우, 그 언어에 대한 작가의 향수나 기억을 끌어들이고 싶어 몇몇 중요한 부분에는 원서에서와 마찬가지로 원문을 그대로 배치해두었다. 어떤 스페인어 시구들은 작가 자신이 바로 프랑스어로 옮기기도 했지만, 그렇지 않은 경우는 의도적인 것이라 판단했고, 두 가지의 차이를 한국어 독자에게도 전달해야 할 것 같아서였다. 부디 부족하나마 역자의 그러한 의도가 독자들에게 잘 전달되기를 바라본다.

번역은 가장 내밀한 독서라는 말이 있다. 거기에 자서전이라는 장르상의 특징 때문에 나는 작가와 더 가까워져야만 했다. 그 과정에서 『잘 가거라, 찬란한 빛이여……』와 관련한 뒷얘기들을 몇 가지 접할 수 있었다. 그 얘기를 전하는 것도 역자의 임무일 듯하다.

마드리드가 함락된 날, 그 가는 비가 내리던 날, 서툰 프랑스어로 빵을 주문했던 어린 호르헤 셈프룬에게 "패주중인 붉은 스페인 사람"이라는 멸시적인 표현으로 그에게 수치심을 안겼던 빵집 여주인 이야기다. 이 책이 출판된 이후 셈프룬은 그 빵집 여주인을 아는 독자들로부터 편지를 여러 통 받았다. 그들은 한결같이 그녀가 어린 외국인에게 그런 혐오스러운 발언을 했다는 것이 놀랍다면서도, 그 여주인은 참 좋은 사람이라는 점을 강조했다고 한다. 이 일화를 소개하며 셈프룬은 아주 괜찮은 사람도 어느 순간에는 이런 유형의 즉각적인 반응을 보일 수 있다는 점에 주목했다고 한다. 한 번쯤 생각해볼 만한 대목이 아닌가 싶다.

또한, 영원한 스페인 붉은 진영의 일원으로, 무국적자로, 자신의 부재를 영속시키기 위해 비리아투의 작은 묘지에 묻히고 싶다는 그의 바람과 달리, 그는 아내가 묻힌 파리 인근의 작은 마을 묘지에 안장되었다. 붉은색, 금색, 보라색 스페인 공화국의 삼색기에 둘러싸여서……

호르헤 셈프룬은 그의 인생의 중간쯤에서 첫 소설을 썼다고 했는데, 나는 그 즈음에 첫 번역서를 끝냈다. 그에게는 언제나 글을 쓰고 싶은 욕구가 있었고, 『머나먼 여행』을 쓸 당시에는 써야만 하는 필연성을 느꼈다고 했다. 대학 3학년 프랑스 소설 수업에서 카뮈의 단편집 『적지와 왕국』을 접하면서 처음으로 번역에 대한 막연한 욕구를 가졌던 나 자신이 새삼 상기되었다. 그리고 한참 시간이 흘러서야 첫 번역서를 책으로 내게 되었다. 보들레르와 지드의 글이 셈프룬을 프랑스어의 아름다움으로 이끌어주었듯, 셈프룬의 『잘 가거라, 찬란한 빛이여……』를 한국어로 옮겼던 지난한 작업이 나를 번역가라는 고되지만 즐거운 언어의 유희장으로 이끌어주길 기대한다.

이 책을 번역하면서, 인터넷이 없었다면 어떻게 되었을까 하는 생각을 하곤 했다. 아마도 정확한 정보가 아닌, 초라한 상상력에 의지하며 오역에 대한 불안감 속에서 작업을 진행했을 것 같다. 무엇보다 의혹이 가는 몇몇 부분을 두고 고심하던 차에, 프랑스에 있는 호르헤셈프룬협회Association des Amis de Jorge Semprun에 많은 빚을 졌다. 협회 홈페이지에 있는 이메일 주소를 찾아 무작정 도움을 요청하는 메일을 보냈다. 몇 페이지에 달하는 질문을 던졌음에도, 협회 회원들이 모여 세심하게 답변을 해주었을 뿐 아니라, 호르헤 셈프룬의 오랜 친구이자 동료였던 프랑크 아프레드리 감독의 한국어판 서문을 받아준 것도 협회의 선의에서 비롯된 것이었다. 특히 이 책의 한국어판 출간을 누구보다 기다렸을 로랑 봉상Laurent Bonsang 대표에게 감사의 인사를 전한다.

끝으로, 『잘 가거라, 찬란한 빛이여……』를 쓰는 내내 호르헤 셈프룬과 함께했다는 보들레르의 「가을의 노래」 전문을 여기 옮겨 적으며 역자의 말을 맺고 싶다. 로버트 프로스트는 시는 번역하면 뭔가 빠져버리는 어떤 것이라고 했지만, 그 비어 있는 것은 독자들이 채워주길 바라면서.

가을의 노래

1
곧 우리는 차디찬 어둠 속으로 빠져들 것이니.
잘 가거라, 너무 짧은 우리 여름의 찬란한 빛이여!
죽음의 타격으로 뜰 포석 위로
떨어지며 울리는 장작 소리 벌써 들린다.

분노, 증오, 전율, 공포, 힘들고 강요된 일,
이 모든 겨울이 내 존재 안으로 다시 들어오리니.
그리고 얼음같이 차가운 지옥에 빠진 태양처럼
심장은 이제 붉은 얼음 덩어리 이상은 아니리니.

벌벌 떨며 하나씩 장작 떨어지는 소리를 듣자니,
교수대 올리는 소리도 이보다 더 둔탁하지 않고,

정신은 지치지도 않고 때려대는 묵직한 망치질에
무너져내리는 망루와 같으니.

단조로운 타격에 마음을 놓고 있으니,
어딘가에서 몹시 서둘러 관에 못질하는 듯하다.
누구를 위해? 어제는 여름이었는데, 이제 가을이라니!
기묘한 소리 마치 출발을 알리듯 울린다.

2
초록빛이 도는 당신의 가녀린 두 눈을 사랑하오.
감미로운 아름다움, 하나 오늘 내겐 모든 것이 쓰디쓸 뿐,
당신의 사랑도, 당신의 방도, 당신의 난로도,
그 무엇도 바다를 비추는 태양만 못하다오.

그래도 사랑해주오, 부드러운 여인이여! 어머니가 되어주오.
은혜를 모르는 이라 해도, 심술궂은 이라 해도.
연인이여, 누이여,
찬란한 가을의, 지는 태양의 덧없는 감미로움이 되어주오.

간단한 일! 무덤이 기다리오, 탐욕스러운 무덤이!
아! 당신의 무릎에 이마를 파묻고,
하얗게 타오르던 여름을 애석해하며

깊어가는 가을의 노랗고 부드러운 햇살을 맛보게 해주오!

"그래 좋다, 나는 계속 이 과거를 휘젓고, 과거의 곪아버린 상처들을 들추어낼 것이다. 기억으로 달구어진 쇠를 가지고 그 상처들을 소훼하기 위하여."

　　　　　　　　　　　　　　　　　　—『페데리코 산체스 자서전』

　1923년 12월 10일 마드리드에서, 호세 마리아 데 셈프룬 이 구레아와 (알폰소 8세 치하에서 다섯 번이나 수상을 역임한 안토니오 마우라의 딸) 수사나 마우라 가마조 사이에서 넷째로 태어났다. 아버지는 법률학자로 마드리드 대학에서 법철학을 공부했으며, 또한 톨레도 도지사를 역임했다. 형제자매로 두 누나 수사나와 마리벨, 형 곤살로, 남동생 알바로, 카를로스, 프란시스코가 있다.

　1931년 아버지가 산탄데르 지방 도시사로 임명되었다. 4월 12일, 선거에서 공화파가 대승을 거둔다. 곧바로 정치혁신위원회는 왕에게 스페인을 떠날 것을 요청한다. 4월 14일, 제1공화정이 붕괴한 지 육십여 년 만에 제2공화정이 선포된다. 공화정 선포 당시, 셈프룬 가족은 창문에 (붉은색, 금색, 보라색) 공화국 삼색기를 내걸었다는 이유로 이웃과 불화를 겪는다. 여름, 셈프룬 가족은 산탄데르 해변의 빌라촌 산디네로로 휴가를 간다. 호르헤 셈프룬은 그 집과 베란다를 회상한다. "네가 막 알게 된 것이 무엇인지 의식도 못하던 여덟 살의 나이에 부르주아와 공화주의자의 모순들과 자유로운 의식의 내적 파열을 바로 이 베란다에서 깨달았다."(『페데리코 산체스 자서전』)

1932년 어머니 수사나 마우라가 패혈증으로 사망한다. 10월, 에마뉘엘 무니에를 주축으로 『에스프리』 잡지가 창간된다. 호르헤 셈프룬의 아버지는 인격주의 운동의 탄생을 이끈 이 흐름에 합류하고, 『에스프리』 그룹의 스페인 통신원이 된다.

1933년 4월, 작가 호세 베르가민과 호르헤 셈프룬의 아버지가 『크루스 이 라야』를 창간하고, 이 잡지는 1936년 6월호(제39호)까지 발행된다. 여름, 셈프룬의 어머니가 사망한 후 그의 아버지는 바스크 지방 레케이토의 작은 어촌 마을로 피서지를 옮겨서 저택을 임대한다. 12월, 아버지가 『에스프리』(제15호)에 첫 소논문 「스페인: 새로운 스페인 공화국의 기원과 양상」을 기고한다.

1936년 아버지가 톨레도 도지사로 임명되고, 『에스프리』 잡지에 총선 이후 스페인 상황에 대해 낙관적 전망을 전한다. 셈프룬의 집에서는 정치적 토론뿐만 아니라, 문학적 토론도 이루어진다. 실례로 바로 몇 달 후 8월 19일 체포되어 총살당한 로르카는, 그라나다로 떠나기 전에 셈프룬의 집에서, 자신의 마지막 희곡을 낭송한다. 7월 17일, 모로코에서 공화국에 대항해

군부가 쿠데타를 일으킨다. 쿠데타가 완전히 성공하지 못했고, 공화정부도 반란을 진압하는 데 실패해서 국민 진영과 공화 진영으로 나뉘어 스페인내전이 시작된다. 여느 때와 마찬가지로, 바스크 지방으로 휴가를 떠난 셈프룬 가족은 마드리드로 돌아오지 못한다. 아버지는 산탄데르에서 인민전선 모임에 참석한다. 8월, 무니에는 지난해 프랑스 포에서 『에스프리』그룹에 합류한 장마리 수투를 레케이토에 보내어 아버지와 그 가족의 안부를 확인하게 한다. 쿠데타 세력이 이룬 지방을 점령함으로서, 프랑스 국경으로 갈 수 있는 방법이 사라진다. 8월 초, 프랑스 인민전선 정부는 스페인 사태에 '개입하지 않겠다는 정책'을 채택한다. 9월 말, 셈프룬 일가는 배를 타고 바스크 지방을 떠나 프랑스 바욘 지방에 도착한다. 가을, 네덜란드 주재 스페인 공화국 공사로 임명된 아버지가 장마리 수투를 자신의 비서직으로 앉혔고, 『에스프리』에 「알려지지 않은 스페인의 문제」라는 소논문을 기고하는데, 나중에 이 글은 네덜란드어로도 번역된다. 11월, 군부세력이 마드리드 함락을 포고한다. 국민들이 동원되고 외국인 자원병들로 구성된 국제여단이 처음으로 참여해서 군부세력의 공세를 차단한다. "……1936년 11월, 역시 마드리드에서 일어난 사건이 일간지 일면을 장식하곤 했다. 내가 제네바에 있는 칼뱅 중학교에 다니던 시절이었다."(본문 94쪽) 호르헤의 두 누나는 가톨릭 기관에, 어린 세 남동생은 『에스프리』그룹의 일원이었던 미국인 구버너 폴딩의 보호를 받으며 페르네이볼테르에 머문다. 얼마 후, 아이들은 아버지와 함께하기 위해 헤이그로 떠난다.

1937년 공산주의 전략과 맞물린 소련의 개입(무기 보급)으로 스페인 공화국 조직에서 스페인 공산당은 점점 더 상당한 영향력을 얻는다. 7월 말, 부헨발트 수용소가 운영되기 시작한다. 12월, 앙드레 말로의 『희망』이 나온다.

1938년 1월 초, 호르헤는 비밀스럽게 성당에 나가는 것을 그만두고, 미사 시간에 스헤베닝언 해변까지 자전거로 긴 산책을 한다. 장마리 수투가 그에게 보들레르의 『악의 꽃』을 소개한다.

1939년 2~3월, 곤살로 형과 셈프룬은 장마리 수투와 함께 헤이그를 떠나 파리로 온다. 그들은 앙리4세 고등학교에 등록한다. 3월 28일, 마드리드가 프랑코 장군 진영에 넘어 가면서, 스페인내전이 종결된다. 봄, 장마리 수투는 『에스프리』 잡지의 편집실무 책임자가 된다. 5월, 마지막 학기에 호르헤 셈프룬은 그와 마찬가지로 앙리4세 고등학교의 기숙생인 아르망 J를 알게 된다. 그보다 더 정치적으로 성숙한 아르망은 호르헤를 5월 1일 노동절 집회에 참석하도록 이끈다. 지드의 『팔뤼드』를 읽었던 셈프룬은 지드의 『소련에서 돌아와』에 대한 아르망의 비판에 귀기울인다. "그는 루이 기유의 『검은 피』, 폴 니장의 『음모』, 장폴 사르트르의 『벽』과 『구토』, 앙드레 말로의 『인간의 조건』과 『희망』을 읽으라고 권했다. 내게 깊이 영향을 미친 책들이다, 분명히."(본문 135쪽) 7월 2일, 아버지와 함께 주이앙조자스에서 열린 『에스프리』 그룹 3차 회의에 참석한 호르헤 셈프룬은 그곳에서 그들 가족에 관심이 있던 그룹 일원인 에두아르 오귀스트 F를 만난다. 8월 23일, 중부유럽을 양분하겠다는 비밀 조항을 포함한 협정을 독일과 소련이 체결한다. 9월 1일 독일이 폴란드를 침략하고, 17일에는 소련이 폴란드를 침략한다. 스페인 공화국만이 서구 열강들에게 버림받았다고, 어린 호르헤는 생각한다. 9월, 호르헤 셈프룬은 생루이 고등학교로 전학한다. 셈프룬 가족은 기한을 정하지 않고 『에스프리』 그룹 도움으로 생프리에 자리잡는다. 그의 아버지는 아이들의 가정교사였던 스위스 여자와 재혼한다.

1940년 6월, 아버지가 프랑스 국적을 요청한다. 6월 20일, 필리프 페탱은 독일에 휴전을 요청하고, 22일 협정을 체결한다. 11월 11일, 일차대전 승리를 기념하는 것을 독일이 금지한 것에 맞서, 대학생들과 고등학생들이 개선문 앞 미지의 병사 무덤 앞에서 집회를 연다. 셈프룬은 대학생들이 조직한 첫번째 반독 레지스탕스 활동에 참여한다. 몇 명이 부상당하고, 수십 명이 체포된다. 11월 17일, 파리 대학 및 30여 개의 시설들에 폐교령이 내려지고, 12월 20일까지 지속된다.

1941년 6월, 호르헤는 바칼로레아 시험에 합격하고, 전국 고교생 논술대회에서 철학 부문 2등 상을 수상한다. 대학 신입생인 호르헤는 레비나스와 후셀의 저작들을 읽고, 1941년 말 자신을 정치 참여로 이끈 마르크스주의를 배워나간다. 독일어로 읽은 루카치의 『역사와 계급의식』이 결정적 역할을 한다. 1938년부터 소르본 대학에서 프랑스사회학협회를 주재했던 모리스 알박스를 만난다.

1942년 장마리 수투와 호르헤의 누나 마리벨 셈프룬이 결혼한다. 장마리 수투 부부를 통해 공산주의 이민노동자단체 회원인 미셸 에르를 알게 되고, 그 단체에 가담한다.

1943년 공산당에 가입한 이유에 대해 셈프룬은 다음과 같이 언급한다. "당시에는 공산당이 되는 것이 어려운 일이 아니었다. 스탈린그라드 전투가 일어났을 때, 우리는 이십대였다. 스페인 내전과 연관된 이유들도 있고, 망명생활과 관련된 것들도 있고, 투쟁을 위해 가장 쉽게 찾을 수 있었던 것이 공산당이라는 것도 이유였다."(1986년 『리르』) 3월, 『에스프리』 그룹의 일원이었던 파울 루트비히 란츠베르크가 체포되어 오라니엔부르크 수용소에 감금되었다가 1944년 4월 사망한다. 미셸 에르의 보좌관 역할을 하며 욘 지방에서 레지스탕스 운동에 가담한다. 무장항독저항 단체인 '타부'에 정기적으로 들르며, 당시 제라르라는 이름으로 활동한다. 10월, 레지스탕스 운동원 두 명이 무모한 행동을 벌여 독일 경찰의 대대적인 소탕 작전이 펼쳐진다. 10월 8일, 주아니의 작은 마을 에피지에 있는 이렌느시오의 집에서 하룻밤 묵기 위해 갔다가 독일 경찰에 체포되어, 오세르에 있는 감옥에 수감된다. 12월 1일, 독일군이 '타부'

를 공격한다. 레지스탕스 당원 열일곱 명 중 두 명이 사살되고, 여섯 명이 도주하지만, 아홉 명은 체포되어 다음해 1월 14일 총살된다.

1944년 1월, 호르헤 셈프룬은 수감번호 44904번으로 부헨발트 수용소에 수감된다. "프리모 레비가 정의한 생존을 위한 조건은 이런 것이다. 독일어를 말할 줄 알거나 혹은 숙련공이어야 했다. 내 서류를 작성했던 늙은 공산당 당원은 학생이라고 기입해야 했는데, 건축 분야 숙련공이라고 적었다. 그가 내 생명을 구해주었다. 왜냐하면 학생들은 죽으러 가는 열차를 타야 했기 때문이다. 스페인내전 당시 국제여단에 참여했던 대부분의 독일 공산주의자들은 부헨발트 수용소에 수감된 백여 명의 스페인 정치범들을 잘 보호해주었다. 그들의 눈에는 스페인 정치범들이 스페인의 마지막 생존자라 여겼기 때문이다."(『의학의 영향』, 1997년 5월 2일) 수용소 도착 후 사십여 일간 격리되어 있다가 셈프룬은 62번 방에 수감되는데, 그는 그곳에서 온 지방에서 알고 지냈던 공산당 지도자를 만난다. 1996년 한 인터뷰에서 셈프룬은 "수용소에서 스탈린주의자가 되었다"고 밝힌다. 한편 소르본 대학의 스승이었던 모리스 알박스는 56번 방에 수감되어 그곳에서 사망한다. 8월 25일, 파리가 해방되었다는 소식이 수용소 내에 아주 빠르게 전해진다.

1945년 4월 11일, 미국군에 의해 독일 바이마르 근처 부헨발트 수용소가 해방된다.

1946년 파리로 돌아온 호르헤 셈프룬은 클레버 대로에 있는 유네스코에서 번역 담당으로 일하게 된다. 유네스코 건물 앞에는 스페인 공산당 사무실이 있었다. "내가 일하는 유네스코 사무실에서 공산당사로 가려면, 나는 클레버 대로 짝수 번지 열에서 홀수 번지 열로 건너가기만 하면 되었다."(『페데리코 산체스 자서전』) 셈프룬은 프랑스 공산당 파리 6구 활동에 참여함과 동시에 스페인 공산당의 세포 조직에 소속된다. 그는 간헐적으로 가명을 사용해 공산당 신문 『악시옹』에 참여한다. 셈프룬의 시 「우리 모두는 살고 있다는 옛 꿈을 꾸었다……」가 앙드레 베르데가 편집한 『부헨발트 시선집』에 수록된다.

1947년 3월 19일, 프랑스 몽트뢰이에서 스페인 공산당 총회 개최. '시계꽃'이란 뜻의 '라 파시오나리아'라고 불리는 바스크 지방 출신의 돌로레스 이바루리, 스페인 공산당의 이 상징적 인물을 처음으로 만난다. 7월 4일, 로베르 앙텔므의 『인류』에 대한 서평을 『악시옹』에 기고한다. 7월 26일, 롤레 베롱과 호르헤 셈프룬의 아들 자미가 태어난다.

1952년 스페인 공산당 당사에서의 상근직 담당으로 유네스코 번역 업무를 그만둔다.

1953년 3월 5일, 라디오-모스크바에서 스탈린의 사망 소식을 알린다. 셈프룬은 스탈린을 추모하는 시를 쓴다.

스탈린의 심장이

멈추었다.
뛰는 것을 멈추었다,
뛰는 것을 멈추었다.
그의 심장이! 공산당의 호흡이!

생각도 할 수 없었다, 스탈린이 그렇게 되었다는 것을,
더는 할 수 있는 게 없다는 것을, 이것이 마지막이라는 것을,
삶은 모두 어두워진다는 것을
스탈린의 죽음으로
결국:
소란과 열정으로 가득 찬 시간이 고요해질 것을
스탈린의 침묵으로,
영원히.
언제든, 그를 생각하자, 언제든.
그리고 결코 더는, 결코 더는, 더는 결코,
스탈린의 말들, 그의 미소도 결코 더는
그를 생각하자, 언제든, 결코 더는.

"내가 바로 그 시를 썼다. 그것은 그를 추억하기에 적절한 방식이었다. 1953년 3월 스탈린 사망이 공식적으로 알려지고 몇 시간 지나 시를 썼다. 명령에 의한 것이 아닌, 잃어버린 내 의식의 가장 깊은 곳에서 솟아올랐던 그 무엇인가로 썼다."(『페데

리코 산체스 자서전』) 6월, 프랑코 경찰에게 발각되지 않았던 조직원 호르헤 셈프룬은 완벽한 프로필을 갖춘 위조 여권으로 스페인으로 들어간다. 처음으로 바로셀로나에서 산세바스티앙까지 비밀 여행을 떠난다. 스페인에서 셈프룬은 스페인 문화에 관심을 갖고 있는 프랑스인 스페인 전문가 행세를 한다. "1953년에서 1959년까지, 나는 내 돈과 동료들의 후원으로 마드리드에서 지낼 은신처를 찾아야만 했다."(『페데리코 산체스 자서전』)

1954년 호르헤 셈프룬은 프라하 공산당 총회에 참석할 스페인 공산당 핵심 위원으로 선출된다.

1955년 호르헤의 동생 카를로스는 공산당이 보낸 비밀 관리가 되어 1957년까지 마드리드에 머무른다. 호르헤 셈프룬은 비밀요원의 삶을 이렇게 묘사한다. "이런 종류의 약속에 곧바로 가서는 절대 안 된다. 너는 필요한 시간보다 더 충분한 시간을 갖고, 천천히 그곳으로 가야 한다. 너는 여러 번 우회하고, 그 동네의 분위기를 살피고, 멀리서 약속 장소를 관찰한다…… 맞은편 인도에 신문 가판대가 있다…… 너는 석간신문을 사서, 천천히 멀어진다. 단지 몇 발자국 떨어진 곳에서, 세 아베르무데스 거리 맞은편 인도에서 약속 장소를 관찰할 시간을 갖는다. 너는 의심스러운 것을 하나도 찾지 못한다. 이상한 자동차도 없고, 낯선 움직임도 없고, 약속 장소를 이상하게 떠돌아다니는 보행자도 하나 없다…… 약속 시간이 되었다. 동료의 흔적이 없다. 길고 긴 몇 분이 흐르지만, 동료의 그림자는 여전히 보이지 않는다······/ 그는 체포되었다. 또다시 너는 자유라는 것에 대해 한참 동안 생각한다. 현 상황에서 네 자유에 대해. 네 자유는 체포된 동료들의 침묵이다."(『페데리코 산체스 자서전』) 호르헤 셈프룬은 돌로레스 이바루니와 함께 체코 프라하에서 루마니아 부카레스트까지 기차 여행을 떠난다. 그는 공산당 중진 인사들이 향유하는 상상을 초월하는 사치를 발견한다.

1958년 셈프룬은 기획자이자 한 아이의 엄마인 콜레트 르룹과 처음으로 소련을 방문한다. 그녀는 1963년 그의 두번째 아내가 된다.

1960년 3월, 스페인 공산당 기관지 『누에스트라 반데라』에, 마드리드에서 비밀 업무를 조직하던 페데리코 산체스(호르헤 셈프룬)는 당이 직면한 조직의 문제들을 분석한 글을 싣는다. 6월, 셈프룬은 모스크바에서 소련 공산당의 관념론자 미하일 수슬로프를 만난다. 셈프룬은 소련 공산당이 자국의 정치 상황에 유리하게 이용하거나, 다루기 수월한 하수인 역할을 할 경우에만 스페인 공산당과 스페인 문제에 관심을 갖는다는 사실을 간파한다.

1962년 마드리드에서 비밀 임무를 수행하던 셈프룬은 틈틈이 글을 쓴다. "망각이 이미 자리한 순간, 더는 꿈을 꾸지도, 떠오르는 것도 없어지는 순간, 마우타우젠 수용소를 체험한 스페인 사람의 글을 읽으며 나는 수용소를 떠올렸다. 마치 내 정체성을 되찾은 것 같은 느낌이었다. 아주 오래전 죽음에 대한 말로 되돌아오면서 나는 다시 나 자신이 될 수 있었다. 그렇게 해서 바로 그때 나는 『머나먼 여행』을 썼다."(1986년 『리르』) "더 생각해볼 것도 없이, 부러 그것을 떠올려볼 것도 없이 - 책을 써야겠다고 혼잣말을 하고 말 것도 없이 - 나는 『머나먼 여행』을 쓰기 시작했다. 말을 해야만 할 것 같아서, 나는 뭔가를 쓰기 시작했고, 이것이 끝나고 보니 『머나먼 여행』이 되었다."(『페데리코 산체스 자서전』 중에서) 셈프룬은 그 책을 '외국어', 즉 프랑스어로 쓴다.

1963년 5월 1일, 갈리마르 출판사에서 『머나먼 여행』이 출간된다. 이와 동시에 13개국 13개 출판사가 행사를 개최하는 마요르카섬의 지명을 딴 국제문학상 포르멘토르 상을 수상한다. 이를 계기로 이듬해 14개국에 출판, 클로드 루아와 장 블로를 비롯해 비평가들의 찬사를 받는다. 4월, 셈프룬은 독일 극작가 롤프 호흐후트가 이차대전 당시 유대인 박해와 관련하여 교황 피우스 12세의 태도를 비판한 『신의 대리인』을 프랑스어 버전으로 쓴다. 피터 브룩의 연출로 아테네 극장에서 상연된다. 솔제니친 『이반 데니소비치, 수용소의 하루』 출판되자 호르헤 셈프룬은 굴라크를 알게 되었고, 자신의 정치 참여에서 그 근간들에 대해 전면적으로 되돌아보게 된다. 그때까지 스페인 문제에만 집착했던 그는 소련 수용소들의 실체에 대해서는 의식하지 못했다. 이런 자각을 한 후, 그는 자신의 생각과 공산주의에 대한 근본적인 입장에 대해 재검토한다. 그는 소련 수용소로 확장시켜서 『머나먼 여행』을 다시 쓰겠노라 결심을 했는데, 이것이 바로 십 년 후에 발표한 『얼마나 멋진 일요일인가!』이다.

1964년 1월 29일. 페데리코 산체스는 스페인 공산당의 방향 선정에 대한 토론에서 마지막으로 발제를 하는데, 스페인 공산당 정파들의 맹렬한 공격을 받는다. 5월, 『머나먼 여행』이 레지스탕스 문학상을 수상한다.

1965년 1월, 셈프룬은 결국 스페인 공산당 중앙위원회에서 제명당한다. 1981년 제라르 드 코르탕제와 나눈 대담에서 셈프룬은 공산당에서 제명당한 배경을 다음과 같이 설명한다. "나와 몇몇 동료가 공산당에서 제명당한 이유 중 하나는⋯⋯ 주어진 상황이나, 다른 나라에서 경험한 것을 보아왔음에도 불구하고, 프랑코 독재에서 프랑코 독재 이후로 가는 전환기가, 단순히 말해, 민중세력 주도가 아닌 부르주아 주도로 이루어져 가고 있었기 때문이다." 3월, 마르크스주의 잡지 『라 누벨 크리티크』는 '마르크스주의와 휴머니즘'이라는 주제로 알튀세르와 셈프룬이 나눈 대담을 수록한다.

1966년 앙드레 말로의 딸이자 영화감독 알랭 레네의 조감독이었던 플로랑스 말로는 『머나먼 여행』을 읽고 1964년부터 감독에게 셈프룬을 추천한다. 알랭 레네는 셈프룬에게 영화 〈전쟁은 끝났다〉 시나리오를 부탁하고, 이브 몽탕이 주연을 맡는다. 7월, 레네와 프라하 영화제에 참석했지만, 영화는 스페인 공산당 중앙위의 요청으로 공식 경쟁 부문에서 제외되었다. 체코 공산당의 검열에도 불구하고 심사위원 특별상을 수상했다. 로마에서 아버지가 사망한다.

1967년 1월, 〈전쟁은 끝났다〉의 시나리오와 사진들을 모아 갈리마르에서 출판한다. 5월, 셈프룬의 두번째 소설 『소멸』이 출간된다. 자신의 기억의 허약함과 추억의 폭력으로 괴로워하는 수용수가 프랑스로 돌아온 후 재기하기 위해 노력하는 이야기다. 7월, 호르헤 셈프룬은 처음으로 스페인에 합법적으로 입국한다. 1959년 작가이자 혁명 지도자 중 하나인 카를로스 프랑키의 초대로 쿠바에 방문한다. 몇 달 후 엄선된 유럽 지식인 대표의 일원으로 모리스 나도, 미셸 레리스, 마그리트 뒤라스, 후안 고이티솔로와 함께 하바나에서 열린 문화행사에 참여한다. 프랑스 좌파 지식인들은 다시 환상을 가질 수 있을 만큼 쿠바식 사회주의에 관해 예상하지 못한 쇄신을 인지한다. 셈프룬은 쿠바에서 돌아와 이런 결론을 내린다. "공산당은 그 자체가 목적으로, 탐욕스럽고 추상적인 창조로 변형된다. 그 근본적인 사명은 당의 존재를 유지하는데 있다."(『페데리코 산체스 자서전』)

1969년 2월 26일, 코스타가브라스 감독의 영화 〈제트〉가 개봉한다. 1963년 그리스에서 좌파 진영 국회의원 람브라키스가 암살당한 사건을 토대로 쓴 바실리 바실리코스의 소설을 호르헤 셈프룬이 시나리오 작업을 한 작품으로, 코스타가브라스에게 세계적인 명성을 안겨준다. 봄, 코스타가브라스 감독과 함께 1952년 체코 공산당원 루돌프 슬란스키 소송을 다룬 아서 런던의 소설을 바탕으로 한 영화 〈고백〉 촬영차 프라하에 체류한다. 여름, 마드리드에서 평온한 휴가를 보낸다. "너는 이제 더 이상 페데리코 산체스가 아니다. 그 유령은 이제 사라졌다. 너는 다시 너 자신이다. 말하자면 나는 이미 내가 되었다."(『페데리코 산체스 자서전』) 11월, 『라몬 메르카데르의 두번째 죽음』을 갈리마르 출판사에서 출판하고 페미나 상을 수상한다. 그는 『렉스프레스』와 인터뷰에서 자신의 입장을 분명하게 밝힌다. "저는 공산주의자였던 사람이 아닙니다. 저는 공산주의자입니다." 11월 4일, 『머나먼 여행』이 텔레비전 극영화로 제작되어 방영된다.

1970년 4월 23일. 영화 〈고백〉이 개봉된다.

1972년 스페인내전을 다룬 다큐멘터리 영화를 촬영한다. 모로코 정치인 벤 바르카 납치 사건을 다룬, 이브 부아세 감독의 영화 〈습격〉의 시나리오 작가로 참여한다.

1974년 5월 15일, 셈프룬이 시나리오 작업을 하고, 알랭 레네 감독이 연출한 장폴 벨몽도 주연의 영화 『스타비스키』가 개봉한다. 셈프룬의 시나리오는 같은 해 갈리마르 출판사에서 나온다. 1930년대 프랑스 사교계를 뒤흔든 희대의 사기꾼 스타비스키의 삶을 영화화했으며, 스타비스키 아들이 영화 압류 소송을 벌인다.

1975년 4월 23일, 코스타가브라스 감독과 함께 시나리오 작업한 〈스페셜 섹션〉이 개봉한다. 8월, 가티네에 있는 자기 집에서 프랑코의 죽음을 다룬 픽션 『에이예트 성』을 쓰기 시작했지만, 후에 포기한다. "프랑코의 죽음에 대한 픽션이었는데, 현실에서 죽어가는 프랑코가 작품을 그만두게 했다."(『페데리코 산체스 자서전』) 11월 20일, 프란시스코 프랑코 사망. 12월, 플로랑스 말로를 통해 알게 된 조셉 로지 감독 영화 〈남쪽으로 가는 길들〉 시나리오 집필차 바르셀로나를 방문한다.

1976년 11월 10일, 피에르 드리외라로셸의 소설을 셈프룬이 시나리오로 작업하고 피에르 그라니에드페르 감독이 영화화한 〈창가의 여자〉가 개봉한다.

1977년 10월, 호르헤 셈프룬은 스페인어로 쓴 『페데리코 산체스 자서전』으로 플라네타 상을 수상한다. 가르시아라는 필명으로 발표해서 심사위원은 작가의 실제 이름을 알 수 없었지만, 작가 자신이 기자 회견장에서 그 사실을 밝힌다. "1965년 스페인 공산당에서 제명당한 후, 이 정치적인 책을 구상했다. 프랑코는 살아 있었고, 정치적으로든 사적으로든 당과 산티아고 카리요한테 반해서 어떤 것들을 말할 수 없었다. 공산당이 합법화 되었을 때, 바로 그때가 말할 수 있는 시간처럼 보였다."(1986년 『리르』) 셈프룬은 그 책에서 마르크스주의의 본질을 다시 언급한다. "마르크스주의는 무엇보다 그 원칙이나 방식에 있어 무신론적이다. 다시 말해 공산주의자가 되기 위해서

는-공산주의자와 공산당원은 다른 것이니 헷갈려서는 안 된
다-, 설사 그 조건이 충분하지 않더라도 믿지 않는 것에서부
터 시작해야만 한다."(『페데리코 산체스 자서전』)

1978년 4월 28일, 〈남쪽으로 가는 길들〉이 개봉한다. "〈전쟁
은 끝났다〉에 비해 덜 자전적인 영화다. 참여지식인 주인공이
공산주의에 실망하면서도, 충실하게 당을 위해 임무를 수행해
나가는 모습은, 오늘날 나와는 거리가 있다. 그럼에도 내가 완
전히 결별한 나와는 어느 정도 관련이 있는 인물이다."(1978년
5월 『렉스프레스』) 5월, 쇠이유 출판사에서 『페데리코 산체스
자서전』을 프랑스어로 번역해서 출판한다.

1980년 2월, 『얼마나 멋진 일요일인가!』를 발표한다.

1981년 『횡설수설』을 출간한다.

1983년 3월, 『몽탕, 삶은 계속된다』 출간을 계기로 이브 몽
탕과 셈프룬은 베르나르 피보가 진행하며 당대를 풍미한 TV
서평 프로그램 '아포스트로프' 방송에 함께 출연한다.

1985년 드노엘 출판사의 새로운 총서 책임자가 된다.

1986년 4월 30일, 셈프룬이 시나리오를 맡은 위고 산티아고
감독의 영화 〈토성의 거리들〉이 개봉한다. 『하얀 산』을 출간
한다.

1987년 4월 11일, 『글이냐 삶이냐』를 쓰기로 결심한다. "이
날은 부헨발트 수용소가 해방된 날이기도 하지만, 프리모 레비
의 자살 소식을 라디오로 들은 날이기도 하다." 9월, 『네차예프

돌아오다』(1991년 자크 드레이 감독 〈마지막 총성〉의 원작)를 출간한다. 테러리즘을 양산하는 맹목주의에 대해 옹호하며, 소설은 또한 무기 밀매와 같은 민주주의의 어두운 이변에 대해 비판한다.

1988년 7월 7일, 스페인 수상 펠리페 곤살레스로부터 문화부 장관직을 요청받고 1991년까지 수행하게 된다.

1989년 2월, 국회에서 있었던 안토니오 마차도 50주기 기념식에서 연설을 한다.

1992년 손자들과 함께 부헨발트를 방문한다.

1993년 『페데리코 산체스는 여러분께 경의를 표합니다』를 내는데, 이 책은 스페인에서 문화부 장관으로 활동한 것을 정리해서 기록한 책이다.

1994년 5월, 독일문고협회에서 수여하는 평화상을 수상한다. 9월, 갈리마르 출판사에서 『글이냐 삶이냐』가 나온다.

1995년 2월, 『리르』에서 '올해 최고의 책' 상을 수여받았다.

1995년 3월, 아르테 채널에서 부헨발트 수용소 생존자들인 호르헤 셈프룬과 엘리 비젤의 대담을 방영했고, 대담집은 1997년 『침묵하는 것은 불가능하다』라는 제목으로 출판된다. 배우 랑베르 윌슨과 함께 프랑스 국립도서관에서 앙드레 지드의 『팔뤼드』를 소개한다. 그 자리에서 배우가 책을 낭송한다. 4월 5일, 『글이냐 삶이냐』로 페미나 바카레스코 상 수상. 4월 8~11일, 부헨발트 수용소 해방 50주년을 기념해 그곳을 방문한다. 5월, 아카데미프랑세즈 회원 후보로 추천받는다. 그러나 스페인 국적을 유지하고 있었고, 아카데미 정관은 외국인 선출을 용인하지 않았다. 6월 1일, 아카데미 회원 선출이 10월 중순으로 연기되고, 7월 7일 호르헤 셈프룬은 언론을 통해 후보 사임을 밝힌다. 6월 3일, 루이 기유 상을 받는다. 8월, 바이마르 연극 페스티벌에 『카롤라 네허』라는 작품으로 참여한다. 소련으로 망명을 갔다가 굴라크에 수용된 브레히트의 친구인 한 여배우에 대한 이야기다. 10월 5일, 바이마르 연극 페스티벌 상 수상. 『주르날 뒤 디망쉬』의 시평 담당자가 된다. 에세이 『악과 모더니티』를 발표한다.

1996년 3월 26일, 아르테 방송에서 호르헤 셈프룬 특집을 다루고, 프랑스 퀼튀르 방송은 장 라쿠튀르와의 대담을 기획하여, 2012년 대담집이 출판된다. 6월 4일, 만장일치로 아카데미 공쿠르 (최초의 외국인) 회원으로 선출된다.

1998년 『카롤라 네허의 귀환』 『잘 가거라, 찬란한 빛이여……』가 나온다.

1999년 10월. 바욘에 있는 보나 미술관에서 셈프룬에게 자신의 취향에 따라 미술관이 소장하고 있는 엘 그레코, 앵그르, 고야, 무리요, 드가, 다비드의 작품들을 전시해줄 것을 요청받는다.

2001년 오십 년 전 1944년 겨울 부헨발트 수용소에서 있었던 사건에 관한 기억을 바탕으로 개인적이고 역사적인 사건들을 기술한 자전소설『필요한 죽음』이 출간된다.

2003년 『20년 그리고 하루』 스페인어로 출간, 이듬해 갈리마르에서 프랑스어판이 나온다.

2005년 4월, 프랑스 총리 도미니크 드 빌팽과 공저로『유럽인』을 출간한다.

2007년 10월 20일, 아내 콜레트 셈프룬이 사망한다.

2008년 드니 올리벤느와 공저로 프랑스와 유럽 좌파의 비전을 제시한『좌파는 어디로 가는가?』를 낸다.

2009년 동생 카를로스 셈프룬 마우라가 사망한다.

2010년 영화감독 프랑크 아프레드리가 셈프룬의 지적 여정에 대한 긴 대담을 다룬 다큐멘터리『흔적들』을 촬영한다. 3월 7일자『르 몽드』에 논설「나의 마지막 부헨발트 여행」을 기고한다. 4월 11일, 부헨발트 수용소 해방 기념식에 초청받아 참석한다. 8월 30일, 에세이 작가이자 출판 편집자였던 아들 자미 셈프룬이 죽는다. 마지막 작품『구름들이 파놓은 무덤 – 유럽의 어제와 오늘에 관한 에세이』를 출간했고, 2010년『리르』최고의 에세이로 선정된다.

2011년 프랑크 아프레드리가 호르헤 셈프룬의 시나리오『침묵의 시대』를 영화화한다. 6월 7일, 호르헤 셈프룬은 파리에서 사망한다.

2012년 셈프룬 자신이 겪었던 과거의 사건들, 특히 고문에 대한 그의 기억을 기술한 미완성작『생존 연습』이 출간된다.

2013년 2010년 여름에 프랑크 아프레드리와 열 시간 동안 나눈 대담을 추린 대담집 『언어는 나의 조국』이 출간된다.

호르헤 셈프룬 선집 1

잘 가거라, 찬란한 빛이여...

초판인쇄 2017년 10월 20일
초판발행 2017년 10월 30일

지은이 호르헤 셈프룬 | 옮긴이 윤석헌 | 펴낸이 염현숙
기획 고원효 | 책임편집 송지선 | 편집 홍상희 허정은 김영옥 고원효
디자인 강혜림 이주영 | 저작권 한문숙 김지영
마케팅 이연실 김도윤 안남영 | 홍보 김희숙 김상만 이천희
제작 강신은 김동욱 임현식 | 제작처 영신사

펴낸곳 (주)문학동네
출판등록 1993년 10월 22일 제406-2003-000045호
주소 10881 경기도 파주시 회동길 210
전자우편 editor@munhak.com | 대표전화 031)955-8888 | 팩스 031)955-8855
문의전화 031)955-1933(마케팅), 031)955-2686(편집)
문학동네카페 http://cafe.naver.com/mhdn
홈페이지 www.munhak.com

ISBN 978-89-546-4874-5 03860

www.munhak.com